国家社科基金
后期资助项目

# 左翼文学思潮
# 与东亚儿童文学

The Left-wing Literary Trend
and East Asian Children's Literature

窦全霞 著

南京大学出版社

# 目 录

导 论 …………………………………………………………… 1
  一、"东亚"与"世界文学""儿童文学" ………………………… 1
  二、有关"东亚儿童文学"的学术史整理 ……………………… 5
  三、"左翼文学思潮"与"东亚儿童文学"的研究思路及学术价值 ……… 9

**第一章　左翼文学思潮影响下东亚儿童文学的发展与交流** …… 13
  第一节　近代东亚儿童文学史略 ……………………………… 13
  第二节　东亚左翼文学同盟组织与左翼儿童文学兴起 ……… 33
  第三节　左翼文学时期东亚儿童文学之间的连带与交流 …… 42

**第二章　左翼文学思潮中东亚儿童文学的理论建设** …………… 57
  第一节　文学巨匠对儿童文学理论的介入 …………………… 57
  第二节　围绕童话的理论之争 ………………………………… 71
  第三节　童谣、童诗的理论发展 ……………………………… 95

**第三章　左翼文学思潮与东亚童话** ……………………………… 107
  第一节　民间故事与民间文学资源的汲取 …………………… 107
  第二节　童话中"反帝国主义"及"民族主义"的体现 ………… 116
  第三节　"爱丽丝"在东亚的现实性变型 ……………………… 126
  第四节　"幻想"与"现实"之间的挣扎与相拥 ………………… 143

**第四章　左翼文学思潮与东亚儿童小说** ………………………… 159
  第一节　"阶级对立"和"阶级意识"的描写 …………………… 159
  第二节　"忍苦的儿童"与"反抗的儿童" ……………………… 168
  第三节　"有意识"与"有意思"的异动与共振 ………………… 183

1

**第五章　左翼文学思潮与东亚童谣、童诗** …………………………… 187
　第一节　中国的红色儿童歌谣与诗歌 …………………………… 187
　第二节　韩日无产阶级童谣集《火星》与《小同志》 ………………… 193
　第三节　"儿童性""文学性""社会性"的权衡与探索 …………… 217
**结　论** ………………………………………………………………… 231
**参考文献** ……………………………………………………………… 241
　1. 主要史料与文本 ………………………………………………… 241
　2. 专著类 …………………………………………………………… 243
　3. 论文 ……………………………………………………………… 248
**后　记** ………………………………………………………………… 255

# 导　论

## 一、"东亚"与"世界文学""儿童文学"

当今世界处在百年未有之大变局的局面，西方作为霸权宗主统治世界的时代已不复存在。现在是一个由单极文明世界向多极文明世界发展转变的新时代。同样，西方文学也不再是"世界文学"的代名词。众所周知，"世界文学"（Weltliteratur）一词在1827年由歌德（Johann Wolfgang von Goethe, 1749—1832）首次提及。1827年的德国，当时既没有实现统一，也没有实现工业化，但以英法为中心的西方帝国主义正在向世界迈开铁蹄。深入探究歌德提出这一理论的社会背景，就会发现虽然歌德提出"世界文学"是一种包含"善意"的文学研究举动，但这一概念的政治经济学基础很大程度上是源自帝国主义。不可否认当时的歌德对中国、日本、印度文学有着浓厚的兴趣，但是比起文学的"特殊性"，他更注重的还是文学的"普遍性"。在当时西方帝国主义国家占据优势的背景条件之下，作为"普遍性"的文学标准的设定自然而然倾向于西方文学。

随着帝国主义的不断膨胀发展，将西方视为"世界"，将西方文学视为"世界文学"的观念深深扎根在世界各个角落。西方文学成为评价文学价值的准绳，完成度较高且符合这种"普遍性"标准的作品往往被认为是经典优秀作品；只强调"特殊性"的作品就会被评价为缺乏经典意识的作品，这一观念被沿袭成为一种惯识，甚至被制度化。在文学领域，对以帝国主义为基础的"世界文学"的定位与评价，需要重新审视。

纵观历史，在近代西学东渐的风潮中，日本走在"学西"的最前列，这股"学西"的风潮继而横扫包括中国在内的整个亚洲地区。在这不可阻挡的狂风骤雨中，梁启超当时却依然畅谈"亚洲地理大势论"。他认为，近代的欧洲文明发达程度极为迅速的原因在于其地理结构"浅小"，未来的希望和答案仍然要在亚洲这块东方的土地上才能找到：

> 以谓欧洲发达之原因全由于其地势之"Permeability"（易透达之义）。而因以颂扬欧陆构造之佳妙。沾沾自喜焉。殊不知凡物之易于透达者。适足以见其物体之小而已。质而言之则欧洲之结构也。规模浅小。寻常人类易擎举而易指挥之。此其所以速进文明之原因也。亚洲则不然。其规模绝大。其器量深宏。渊渊浩浩。而不可测焉。亚洲之所以为亚洲者。不在现在。而在未来也。①

梁启超把希望寄托在"未来的亚洲"的言说是一种高瞻远瞩的姿态，同时也是在"学西"的浪潮中试图把亚洲作为一种打开"未来"的方法论。②日本学者竹内好在围绕西方与东方的政治、历史与文化问题时，也曾尝试着把"亚洲"作为一种方法论。竹内好认为，近代西方通过武力和霸权把它的文化价值渗透到东方之后，东方如何处理这个外来价值内化的问题是个难题。他的态度是，东方必须以自己独特的主体性重新打造来自西方的价值，而不是直接把西方的价值体系视为"普遍性"。③

目前的东亚是打开"未来亚洲希望"的一把至关重要的钥匙，东亚地区是走向亚洲希望未来的"要塞之地"。在探索东亚地区相关交流对话的过程中，"东亚认识论"的究明工作非常重要。中国学者孙歌曾提出，如要在东亚建立我们自己的知识范畴，必须摈弃一些误区，如"理论"与"实践"、"普遍性"与"特殊性"的二元对立等，建立新的历史认识论，即所谓的"即物性理论"和"差异的普遍性"，从而在我们习以为常的"东亚论述"和"东亚感觉"中发现问题和裂隙，把握住进入历史的瞬间。她认为，在处理历史的时候，不受观念和已有的所谓理论框架的束缚，既有的理论与观念是第二位的。第一位的是在试图面对一个有生命的、有机的动态历史过程。④

---

① 梁启超：《亚洲地理大势论》，《饮冰室文集全编》第3册，广益书局（上海）1948年版，第90页。
② ［韩］崔源植：《比较文学断想》，《民族文学的伦理》，创作与批评出版社（首尔）1982年版，第290页。
③ 孙歌：《我们为什么要谈东亚：状况中的政治与历史》，生活・读书・新知三联书店2011年版，第9页。
④ 刘志伟、孙歌：《在历史中寻找中国：关于区域史研究认识论的对话》，东方出版中心2016年版，第12页。

# 导　论

对此,韩国学者崔源植与白永瑞也深表赞同,并提出了"东亚国际主义论"与"东亚分断结构论",把"东亚认识论"放到一个更具体的人文学科中去探究。崔源植认为东亚应该秉持一种既是国民的同时,又是国与国之间的市民的这种双重思考(生活)的视角,即"东亚国际主义"视角。[①] 白永瑞则强调,能够使沟通成为可能的"普遍性"要素存在于个体之内,因此在个体间的沟通过程所产生的共感和想象力的弹性作用下,"普遍性"能够得以确立。从这种觉悟出发,也许能找到解决问题的答案。[②] 在这里我们要认识到,这里提出的"亚洲认识论",或者说"东亚认识论",是一个探求区域和世界和平发展的方法,而不是一个复制既往霸权主义的赝品。

近代以前的东亚地区,中国文明的影响力极大,明末以后,整个东亚地区基本处于一种闭关锁国的状态之中,民众之间的交流甚少。近代以后,伴随着日本亚洲侵略计划的展开,充斥的是一方霸权,各国彼此之间更是缺少平等性的对话和交流。二十世纪八十年代以后随着经济方面相互依赖程度的增加,东亚各国及地区在生活方面的相互渗透较之从前有了长足的进展。现在,我们甚至可以把整个东亚地区看作紧密连接在一起的"同一板块"。而所谓彼此的"嫌恶"现象的不间断出现,正是东亚人民的交流步入正轨的一个有力佐证。

最近一段时间东亚地区的文化领域与文学领域的双向互动风潮,所具有的意义无与伦比。"东亚文学"之间的交流目前虽还处于打地基的起步阶段,但是也在慢慢走向正轨。作为本地区力图实现"多边"交流的"东亚文学论坛",从2008年开始举办,目前还处于一种试探与摸索阶段。这个论坛作为东亚文人之间的交流由"单边关系"进化到"多边关系"的一个出发点,具有划时代的意义,但同时还留有诸多的空白在等待填充。相比而言,"东亚儿童文学"交流的破冰之行,要更早一些。"东亚儿童文学大会"从1990年开始召开,到现在已成功举办十余届,儿童文学为东亚的文化交流提供了重要的平台。这一国际性的交流大会由开始仅限于日韩两国,继而发展为中日韩三国共同承办的东亚儿童文学研究探讨大会,到后来东亚地区吸收各个国家和地区的研究者、出版人、作家等积极参与,接纳来自亚

---

[①] [韩]崔源植:《东亚国际主义的理想和现实》,《东亚韩国学的理论和实题》,太学社(首尔)2013年版,第21页。

[②] [韩]白永瑞:《思想东亚:朝鲜半岛视角的历史与实践》,生活·读书·新知三联书店2011年版,第8页。

洲各国及世界各国关心儿童文学的人士参与。东亚儿童文学的"三边交流"及"多边交流"在循序渐进中践行,现已逐渐成为体系,东亚儿童文学间的交流也日渐活跃。

2016年中日韩三国共同联袂推出"祈愿和平·中韩日三国共创绘本"东亚绘本系列。这套绘本系列由三国图画书作者们联手策划和创作,共由8部作品组成,分别是《迷戏——秦淮河一九三七》《火城——一九三八》《两张老照片的故事》《和平是什么?》《你能听见我的声音吗?》《靴子的行进》《非武装地带的春天》《花奶奶》。该系列绘本以"祈愿和平"为主题,通过书写不同国家、不同视角的战争故事,揭示战争的罪恶和战争中体现出的人性之思。这些作品被翻译成多种语言出版,引起了巨大的社会反响,引领东亚及全世界的人们共同反思战争的伤痛,品味和平友爱的来之不易。

东亚儿童文学能够开启"多边交流对话"的一个很重要的因素在于各国儿童文学的发展历程之间存在着很多的相似性。有别于西方儿童文学,孕育东亚儿童文学的土壤是截然不同的,有着自己的独特烙印。东亚儿童文学在现代演进过程中,虽然都不同程度地受到了西方儿童文学影响,却没有照搬西方儿童文学,因其历史环境的不同,东亚儿童文学具有独特的"主体性"特质。这一独特的主体性特质主要体现在东亚儿童文学的现代化进程中。

纵观历史,西方掀起的"现代化"其本质是"资本主义化"进程;作为"现代化进程"产物之一的"儿童文学"也顺理成章地开启了资本主义社会化过程。儿童文学则首当其冲挑起了培育资本主义制度建设人才这一重任。然而,儿童文学的读者是"儿童",所以不能激发儿童阅读兴趣的作品注定会在出版市场遭受冷遇。虽然西方的儿童文学肩负着育人的职责,但是它更重视读者的喜好。所以在资本主义体制下,西方的儿童文学依然能够以一种立足于"儿童性"的"文学"存在。即我们应该认识到西方的儿童文学是从"成人本位"的儿童文学开始的,但在出版市场的要求或读者喜好的影响下,逐渐向"为儿童"的儿童文学进行转变。

在近代,作为后起资本主义国家的日本高喊要尽快追赶英美等西方国家。在军国主义体制下,日本的贫富差距十分严重,日本的儿童文学无法像西方儿童文学那样稳健发展;沦为殖民地的朝鲜半岛和半殖民地的中国面临的情况比日本还要恶劣。当时中国和韩国只有极少数的儿童可以在学校接受正规教育,大部分儿童要和成人一样从事体力劳动,文盲率很高。

在这样的背景下形成发展的儿童文学很难完全地以"文学的"形式存在。

由此可见,中日韩为代表的东亚儿童文学与西方儿童文学的发生环境以及发展土壤不同,东亚各国儿童文学彼此之间具有很多的共同性与联系性。导入"东亚认识论",可以更清楚地廓清东亚儿童文学与西方儿童文学之间的异同,以及明确东亚儿童文学所具有的"主体性"特质。

### 二、有关"东亚儿童文学"的学术史整理

目前针对以中日韩为代表的东亚儿童文学的综合性研究比较少见,有关中日韩儿童文学的比较研究也还未详尽展开。目前学术界主要是针对中韩儿童文学、中日儿童文学、日韩儿童文学两两之间的比较研究。

首先,梳理中韩儿童文学的比较研究现状如下。从事中韩儿童文学比较研究的研究者主要有韩燕、张美红、南海仙等。中韩建交之前,两国之间的儿童文学交流本来就少,有关中韩儿童文学的比较研究从 2000 年以后才正式拉开序幕。韩燕的《中韩童话文学比较研究》[①](2002)主要考察了从 1920—1950 年代中韩两国创作童话的形成背景和童话创作的展开样相,并试图借此来找寻中国和韩国创作童话的相似性和相异性。在"创作童话的出现"这一章节里,主要考察了中国的叶圣陶和韩国的马海松的作品;在"成长期的童话"这一章节里,则列举了中国的张天翼和陈伯吹以及韩国的李周洪的作品;"时代状况的克服"这一章节里则提到了中国的严文井和金近两位作家,以及韩国的李元寿和金耀燮的作品。此研究可以说是正式开启了中韩儿童文学比较研究的大门,但只是单一地列举了两个国家的主要儿童文学作家及其代表作品,没有进行细致的比较研究;另外,也没有更深入地结合和分析各自国家的社会背景、文化背景以及历史背景,可以说在系统研究展开上还不够深入。

张美红的《萌生·汲取·绽放——中韩现代儿童文学形成过程比较研究》(2013)[②]以比较文学方法论切入,对中韩儿童文学进行深入考察。这一研究主要围绕中国和韩国儿童萌芽期、自觉期以及开拓期为中心展开,列举了当时各个历史时期比较有代表性的人物和杂志。有关中韩儿童文

---

① 参见[韩]韩燕:《中韩童话文学比较研究》,全南大学 2002 年硕士学位论文。
② 参见张美红:《萌生·汲取·绽放——中韩现代儿童文学形成过程比较研究》,文化艺术出版社 2013 年版。

学的形成过程,主要列举了中国孙毓修的"童话"丛书和韩国崔南善的《少年杂志》,还提到了中国郑振铎的《少年世界》和韩国方定焕的《俄里尼(儿童)》杂志。此研究从理论方面入手,对中国的周作人和韩国的方定焕的儿童文学观进行分析;另外对中韩创作童话的代表人物叶圣陶和马海松的作品进行了比较详细的分析。此研究主要围绕中韩两国儿童文学的形成过程中的共同性和相异性为中心,并探究其中的背景和原因。

更加深一层探究中韩儿童文学研究的是南海仙的《韩中"童话"概念的形成和变化过程研究》①。这一论文不仅探讨了中韩两国童话概念的形成,而且对其发展过程也进行了研究,分为以下几个阶段来探讨这个问题。第一阶段是二十世纪初的第一个十年,论文中指出这一时期的中国的童话主要泛指各种神话传说以及寓言、小说等。这些体裁都包括在童话这一含义里面,童话也就是泛指儿童故事;韩国这一时期的童话还没有形成一个清晰的概念,所谓童话一般就是用来代指民间故事。而到了二十世纪二十年代,韩国民间"传来童话"和"创作童话"的界限也还没有一个明确的划分。到了二十世纪二十年代中国的童话概念之中"幻想"这一特征逐渐凸显,童话与儿童小说、寓言及故事体裁这些概念,开始慢慢区分。到了二十世纪三四十年代,韩国"生活童话"体裁出现,"童话"这一概念,不是作为儿童文学叙事的一个方面来论述,而是被指为儿童文学叙事体裁的全代称;相反中国此时"童话"和"儿童小说"已经成了儿童文学下属分支中的重要体裁。此论文以相当丰富的史籍资料为基础,并结合实证主义的方法论考察了儿童文学中的童话的概念以及这一文学体裁的发展情况,开启了中韩比较儿童文学的新篇章。另外,关于中韩儿童文学的比较研究,还有韩国的赵平焕的《韩中童话比较研究——〈狗和猫〉和〈神笔马良〉为中心》②等。

有关中日儿童文学研究方面,比较有代表性的有蒋风《中日儿童文学交流的回顾与前瞻》③,此文对中日儿童文学的发展和影响关系,以及之后的中日儿童文学交流的前瞻进行了论述。在中日儿童文学研究中,朱自强的研究也非常具有代表性。他通过《战后日本儿童文学的变革》④和《二十

---

① 参见[韩]南海仙:《韩中"童话"概念的形成和变化过程研究》,仁荷大学2012年硕士学位论文。
② 参见[韩]赵平焕:《韩中童话比较研究——〈狗和猫〉和〈神笔马良〉为中心》,《童话与翻译》2009年第18卷。
③ 参见蒋风:《中日儿童文学交流的回顾及前瞻》,《文科教学》1995年第2期。
④ 参见朱自强:《战后日本儿童文学的变革》,《东北师范大学学报》1991年第6期。

世纪日本少年小说纵论》①等正式拉开研究日本儿童文学的帷幕。在《中日儿童文学术语异同比较》②这篇论文里面对"童心主义"、"童话"、"战争儿童文学"、"少年小说"这些文学用语进行分析,指出这些用语在中国和日本使用脉络上的差异。另外他还提出了日本的"ファンタジ"和"御伽噺"这一用语是具有日本特色社会背景的用语,在中国没有与之可以相对应的用语。另外他在《"童话"词源考——中日儿童文学早年关系侧证》③里曾经对中国的童话和日本的童话的起源进行考察,提出日本的"童话"用语的出现要早于中国,中国儿童文学的形成过程中受到了日本的影响。朱自强的《日本儿童文学论》④这一著作中,对日本的儿童文学发展史进行了全面梳理,以比较文学的视野对中日儿童文学进行了详细的分析。

从事韩日儿童文学比较研究的研究者主要有韩国的李在彻、元钟赞、金英顺和日本的大竹圣美等。韩日儿童文学的比较研究从二十世纪九十年代以后正式步入正轨。李在彻的《韩日儿童文学比较研究(Ⅰ)》⑤是早期韩日儿童文学比较研究的重要论文。这一论文主要针对近代日本占领朝鲜半岛期间发行的韩国和日本的儿童杂志为中心展开,考察了韩国儿童文学家在日本留学期间所受到的影响,并对日本杂志是如何看待殖民地韩国的进行了考察。另外,还分析了日本杂志对韩国杂志的影响及两者之间的文学影响关系。此研究主要是以日本杂志资料为基础进行的概括性研究,主要是针对日本对韩国的影响为中心展开论述的。这一篇论文在韩日儿童文学比较研究史上具有非常重大的研究意义。

另外,元钟赞的《韩日儿童文学的起源和性质比较——方定焕和韩国近代儿童文学的本质》⑥这篇论文使用了世界文学的视角,即一般文学的观点来观照韩国文学的研究方法论,利用比较文学的观点来重新探讨方定焕文学的本质。首先他对日本杂志《赤鸟》的童心主义儿童文学观进行考察,分析了《赤鸟》和方定焕之间的联系和关系。并对当时日本儿童文学的

---

① 参见朱自强:《二十世纪日本少年小说纵论》,《浙江师范大学学报》1994年第6期。
② 参见朱自强:《中日儿童文学术语异同比较》,《东北师范大学学报》1993年第5期。
③ 参见朱自强:《"童话"词源考——中日儿童文学早年关系侧证》,《东北师范大学学报》1994年第2期。
④ 参见朱自强:《日本儿童文学论》,山东文艺出版社2007年版。
⑤ 参见[韩]李在彻:《韩日儿童文学比较研究(Ⅰ)》,《韩国儿童文学研究》1990年创刊号。
⑥ 参见[韩]元钟赞:《韩日儿童文学的起源和性质比较——方定焕和韩国近代儿童文学的本质》,《韩国学研究》2000年第11集,仁荷大学韩国学研究所。

重要作家小川未明和北原白秋等的作品与方定焕的作品进行比较分析，论述了方定焕和他们之间的相似性以及差异性，以上探究在殖民地韩国方定焕的独特的儿童文学意义，对其给予了肯定性的评价。这一论文以这一时期的社会历史以及文学背景为基础展开，运用了大量文史资料，论证充分，可以说是开启了日韩儿童文学比较研究的新篇章。

日本学者大竹圣美的《殖民地朝鲜和儿童文化——近代日韩儿童文化文学关系史研究》[1]是以通史论述的形式考察了从1895到1945年间日韩两国儿童文学领域的相互关系。以韩国旧京城发行的日本资料为基础，针对以下四个时期进行考察。第一时期是1895到1910年，第二时期为二十世纪二十年代，第三时期是1931年前后，第四时期是1937到1945年。对近代日本儿童文化和近代韩国儿童文化的相互关系进行对照研究，并论述了殖民地儿童文化的特性以及发展脉络。此研究不是基于儿童文学，而是以儿童文化教育为中心展开讨论。这是比较让人觉得遗憾的一点。但是此研究为日韩儿童文学比较研究提供了大量的文学史资料，是值得肯定的。

另外值得关注的一位研究者是韩国的金英顺，为韩日儿童文学的比较研究做出了大量的贡献。分别有《日本童话体裁的变化过程和在韩国的接受——以日本近代儿童文学史中的脉络为中心》[2]、《1930年代韩国和日本的儿童文学》[3]、《近代韩日儿童文学交流史研究——以日本童谣题材在韩国的接受为中心》[4]、《韩日近代创作童话中投影的人生之仪礼特征》[5]等关于日韩儿童文学的关系研究。另外她于2013年出版了《韩日儿童文学接受史研究》[6]这一本书，切入比较文学方法论，针对韩国儿童文学对日本儿

---

[1] 参见[日]大竹圣美：《殖民地朝鲜和儿童文化——近代日韩儿童文化文学关系史研究》，社会评论社（东京），2008年。

[2] 参见[韩]金英顺：《日本童话体裁的变化过程和在韩国的接受——以日本近代儿童文学史中的脉络为中心》，《儿童青少年文学研究》2009年第4期。

[3] 参见[韩]金英顺：《1930年代韩国和日本的儿童文学》，《儿童青少年文学研究》2010年第7期。

[4] 参见[韩]金英顺：《近代韩日儿童文学交流史研究——以日本童谣题材在韩国的接受为中心》，《儿童青少年文学研究》2012年第10期。

[5] 参见[韩]金英顺：《韩日近代创作童话中投影的人生之仪礼特征》，《儿童青少年文学研究》2013年第12期。

[6] 参见[韩]金英顺：《韩日儿童文学接受史研究》，采轮出版社（首尔）2013年版。

童文学接受过程中的传承和改变进行考察。金英顺的研究为韩日儿童文学比较研究提供了很重要的参考资料。

通过上述研究史的整理，可以看到中韩儿童文学、中日儿童文学、日韩儿童文学两两之间的儿童文学比较研究已经初具规模。但是，中日韩三国之间整合性的儿童文学比较研究还没有正式开启。本著作是针对中日韩三国儿童文学进行综合性的研究的初试。左翼文学思潮于二十世纪二三十年代在中日韩等东亚国家地区蓬勃发展。伴随着左翼文学思潮的发展，中日韩左翼文学同盟组织也相继成立。韩国的卡普（KAPF）是从1925年持续到1935年，日本的纳普（NAPF）于1928—1934年间存在发展，中国左联的活动是从1930年开始一直到1936年结束。在左翼文学思潮的影响下，儿童文学作为左翼文学运动的重要组成部分发展起来。本著作针对二十世纪二三十年代，特别是以韩国的卡普、日本的纳普、中国的左联时期为中心，考察中日韩为代表的东亚儿童文学的发展状况。

### 三、"左翼文学思潮"与"东亚儿童文学"的研究思路及学术价值

二十世纪二三十年代的左翼文学作为一种世界性的文学现象迅速发展，左翼文学问题的研究已经成为世界学界极其重视的课题。左翼文学思潮影响下的儿童文学的发展，是文学史上需关注的一个重要文学现象，以中日韩为代表的东亚儿童文学也都参与了此次文学的现代演进过程。但国内外学术界对于左翼文学思潮影响下的儿童文学的研究本身就不多，对东亚儿童文学的关注更为稀少，中日韩三国之间也多处于各自为营的状况，这方面的研究大致呈现如下趋势。

首先，集中在评议其在文学史上的意义与局限。中日韩学界对左翼文学思潮影响下的儿童文学的时代价值与历史意义，意见相左，各有所见。中国以蒋风的《中国儿童文学发展史》（2007）、张香还的《中国儿童文学史（现代部分）》（1988）为代表的儿童文学史叙述中都明确地指出，左翼文学思潮为中国儿童文学注入新的血液，对儿童文学的发展具有重大推动作用。王泉根的《三十年代中国儿童文学现象的历史透视》与尹晶晶的《论三十年代儿童文学的革命性追求》则分别讨论了二十世纪三十年代中国儿童文学与现实及社会进程接轨的意义和探讨其革命性追求的价值。除此之外，一些研究者把儿童文学中的"为儿童书写"与"成人话语"问题相结合来探讨左翼文学思潮影响下的儿童文学的复杂性。宋立国、钱万成在《中国

左翼儿童文学的特征化研究》中指出左翼儿童文学具有"文学与儿童"、"文学与社会"、"文学与审美"的多重复杂意义,左翼文学"自豪"与"无奈"、"力量"与"局限"的时代特征需要我们着力审视。

韩国学术界对左翼儿童文学的认识,根据所属文学阵营的不同而分为两派。其中"纯粹主义文学"阵营的李在彻与"现实主义文学"阵营的李在福两人的观点最具有代表性。李在彻在《韩国现代儿童文学史》(1978)中认为,左翼思潮影响下的儿童文学作为政治目的与意识形态宣传的工具,不具备文学"美的表象",在文学史上不具备什么重要意义。相反,李在福在《正确阅读我们的童话》(1995)中,对李在彻的这种出自"反共"立场的观点进行了反驳,认为这一文学正是立足当时儿童现实需要,对其价值给出了高度评价,这一观点得到韩国元钟赞、柳德载等学者的支持。

日本学术界对于左翼儿童文学的研究本来就较少,很多研究者把左翼文学思潮发生的这一时期称为"日本儿童文学的冬季",对它的关注也是倾向于揭示其问题与局限,而多于言说其成就与张力。鸟越信在《日本儿童文学史》(2001)中肯定地指出左翼文学思潮影响下的儿童文学理论在当时文坛存在的必要性,但是文学理论与文学实践出现脱节现象,导致了儿童文学作品创作表现为教条主义,可读性作品太少。横谷辉的《左翼儿童文学运动是什么——成果与缺陷》在对左翼文学思潮影响下的儿童文学的历史价值进行一定程度的肯定之外,重点针对其缺陷与受制方面进行了系统的总结,其局限性具体表现在意识形态的急功近利与理论方面不够深入,文学理论与创作主体的自身变革不统一,以及没有很好地继承文学遗产等方面。

其次,集中关于个别作家的思想及作品的研究。关于本时期儿童文学作家研究,中国学术界主要集中在对左联成员张天翼及其作品的研究。赵步阳的《左翼文学思潮影响下的张天翼儿童文学作品》、蒋明玳的《张天翼:左翼文坛的新人——论张天翼的文学创作在现代文学史上的意义》、许萌的《在幻想与现实之间——张天翼童话创作研究》等论文,就张天翼此时期的作品进行分析并论述其创作特点,力求探寻其在儿童文学史上的地位。而韩国学术界对左翼文学组织(卡普)成员李周洪及其作品关注比较多,有代表性的研究有金圣镇的《1930年代李周洪的童话研究》、朴太一的《李周洪初期的儿童文学和〈新少年〉杂志》、元钟赞的《李周洪的特质——以卡普时期为中心》、李在彻的《向坡李周洪的文学世界——诙谐的文章,健康的现实主义》等,这些研究也主要是针对李周洪在韩国左翼儿童文学中的地位和独特的创作风格进行分析。日本学术界则以新兴童话作家联盟成员的小川未明及其本时期的思想和作品为研究重点,主要研究有增井真琴的《小川未明的知识人批判:〈童话作家宣言〉的真意》与《转向者:从小川未明阶级斗争到八纮一宇》、伊原洋次郎的《未明文学与社会批判:以〈红蜡烛与人鱼〉为中心》、三泽裕见子的《小川未明的儿童文学观相关考察》等,从多个角度展开对其理论世界与作品世界的探究。

再次,表现在多元化视角下的跨文化研究很少。中国学术界对外国左翼文学思潮影响下的儿童文学的研究领域是一块处于尚未开垦的不毛之地,除了王予霞的《生存转向与美国左翼儿童文学的勃兴》等几篇涉及西方左翼儿童文学的研究之外,有关日韩等周边东亚国家本时期的儿童文学的研究则极为少见。同样,韩国学术界的研究重心主要放在韩日儿童文学的比较方面。金英顺的《1930年代交叉的韩国和日本的儿童文学》针对韩日左翼文学时期的童谣方面展开,联系当时的社会背景与文坛动向,主要是论证日本左翼儿童文学对韩国左翼儿童文学的影响关系。尹珠恩的《槙本楠郎与李周洪的儿童文学比较研究》则聚焦日本左翼儿童文学理论指导者槙本楠郎与韩国左翼儿童文学的主力李周洪两者的理论,通过史证资料揭示槙本楠郎对李周洪的影响。日本的大竹圣美的《殖民地朝鲜与儿童文化——近代日韩儿童文化文学关系史研究》(2009)是从教育与文化关系方面入手,针对近代日本与韩国的儿童文化交流史的研究,对左翼文学发生时期的儿童文学的理论与作品只是简单提及,没有深入展开分析。

以上以中日韩为代表的东亚左翼文学思潮影响下的儿童文学研究,在儿童文学研究的畛域中对一些基本和具体问题有所突破,但也存在一些不足:第一,对其文学史上的意义与局限的研究很多,而结合儿童文学本源性问题进行思考的研究较少。第二,研究对象相对集中,对特定作家作品的研究较多,把作品与理论梳理相结合去探索当时儿童文学整体脉络与特征的研究较少。第三,研究角度多局限于"一国视角"或"单向比较",跨文化的多角度综合性研究相对较少。如上所述,左翼文学思潮影响下的东亚儿童文学的发展研究还处在一个尚待积极开垦的阶段。

上文提出,中日韩为代表的东亚儿童文学与西方儿童文学的发生环境以及发展土壤不同,东亚各国彼此之间又具有很多的共通性与联系性。笔者认为聚焦二十世纪二三十年代左翼文学思潮影响下的东亚儿童文学,可以更清楚地廓清东亚儿童文学与西方儿童文学之间的异同,即东亚儿童文学的发生与发展与"文学运动"之间存在着密切的联系,以及明确东亚儿童文学身上所具有的"主体性"特质。东亚儿童文学在发生之初,借鉴西方儿童文学的经验,受到了西方儿童文学的诸多影响。但是,在这一过程中,东亚儿童文学不是直接把西方的儿童文学价值体系视为"普遍性",而是以自己独特的"主体性"来重新打造来自西方的儿童文学价值,"左翼文学思潮"与"东亚儿童文学"的相互作用是其中重要的一环。

左翼文学思潮在蓬勃发展之前,中日韩为代表的东亚儿童文学以"童心主义"的思潮占据主导地位。这样的看法使得成人看待儿童时,不把他们当作"存在的现实"来看,而是把他们看作"想象中的天使",这无疑是一种带有局限性的认识。之所以出现这样的认识,主要是受到了启蒙主义的影响,其中满含了人们对"被发现的儿童"的期待,即将来可以把自己国家建设成像西方强国一样的现代国家的殷切期望。伴随着帝国主义的强压侵略愈演愈烈,知识学界的认识风潮也从"追求西方"转变为"克服西方"。苏维埃成立后,马克思主义和无政府主义等思想取代了启蒙思想,占据了中日韩儿童文学的主导地位。笔者认为,受左翼文学思潮影响的东亚左翼儿童文学运动的兴起,在克服超越"童心主义"这一点上起到了重要作用,并且为新儿童文学登上历史舞台提供了可能性。

但是,我们也必须承认无论是当时的启蒙主义者,还是马克思主义者,中日韩三国有很大一部分文人和知识分子只是把儿童文学当成了一种"教化的工具"来认识。相反,也有一些人认为,只是把儿童文学作为灌输给儿童读者特定教育目的和思想的工具是万万不可取的,儿童文学应该有"趣味性",在强调"社会性(政治性)"的同时,要注重"儿童性"与"文学性"。聚焦二十世纪二三十年代的左翼文学思潮影响下的中日韩为代表的东亚儿童文学的研究,不仅仅是因为它的时代意义,对这一领域的研究能够使我们对"儿童文学"的本质是什么发出最基本的疑问和考虑。

# 第一章　左翼文学思潮影响下东亚儿童文学的发展与交流

## 第一节　近代东亚儿童文学史略

### 一、日本——"赤鸟运动"与"童心主义"的兴起

在东亚诸国之中，日本儿童文学的发轫萌芽是最早的。日本在1862年明治维新以后逐渐发展为现代国家。教育制度的建立、印刷技术的发展以及具有资本主义性质的生产者和消费者的出现，为日本儿童文学的形成提供了条件，《颖才新志》(1877)、《少年园》(1888)、《小国民》(1889)、《幼年杂志》(1891)和《少年世界》(1895)等儿童杂志陆续出版。

当时的日本，以岩谷小波(1870—1933)为首的文人团体—博文馆成为这一时期儿童文学的主流。他创作的《黄金丸》(1891)被认为是日本最早的儿童文学作品。而在日本儿童文学萌发史上，与岩谷小波倡导从民间文学改写而成儿童故事(御伽噺)不同，另一支脉流是以严本善治和若松贱子夫妇为代表，以《女学杂志》为阵地的一支儿童文学翻译队伍。严本善治在1882年2月的《女学杂志》上开辟了《儿童故事》栏，介绍了不少欧美儿童文学名作，如安徒生的《皇帝的新装》等。严本善治夫人若松贱子翻译巴内特的《小公子》，也于1890年8月开始在《女学杂志》上连载，立即引起文坛注目，后来被日本儿童文学史研究者鸟越信誉为四大名译之一。另外，这一时期由森田思轩翻译的儒勒·凡尔纳的作品《十五少年》于1896年3月开始在《少年世界》连载，受到当时读者热烈的欢迎，当年10月连载结束，并由博文堂出版全译本。在东亚各国儿童文学的发生期之初，像日本这样各国对西方儿童文学的介绍与翻译是非常重要的一项工作，这为本国儿童

文学的发展提供了借鉴的平台与经验。

与此同时,岩谷小波、川田河山人、黑田湖山也合译了马克·吐温的《乞丐王子》,小松武治译的兰姆姐弟的《莎士比亚戏剧故事集》、北田秋圃译的路易莎·M·奥尔科特《小妇人》、藤井白云子译的巴内特的《小公主》等都是这一时期介绍到日本的西方儿童文学代表作。此外,富山房出版的《少年世界》也刊登了不少西方儿童文学作品,如土肥春曙和黑田湖山合译的《狼少年》等。坪内逍遥也动员其门下的文学家做了这一项具有先驱意义的工作。这些西方儿童文学名著的翻译和引进,对处于萌芽期的日本儿童文学,在想象力、题材、内容、结构、文体以至伦理、价值观等都曾有过潜移默化的影响。

日本在第一次世界大战期间通过军需物资供应积累了大量的资本主义资本,市民阶层不断壮大,使儿童文学发展进入新的阶段。1918年7月,铃木三重吉(1882—1936)创办《赤鸟》杂志(1918—1936),在日本儿童文学发展上发挥了决定性的作用。北原白秋和小川未明等文坛一线作家通过《赤鸟》掀起"童话和童谣运动",塑造了新的"儿童"形象。

日本的《赤鸟》杂志使日本的"童心主义"得到大力发展。创刊号上刊有《〈赤鸟〉宣言》,其中就写道:"《赤鸟》是摒弃当下低俗无品位的儿童读物,为了保留与发展儿童的纯真性,这里整合了现代第一流的艺术家,为之付出真诚的努力,更成为培育新人作家的划时代的创举。"①在这里特别注意的一点是,《赤鸟》杂志将"儿童的纯真性"作为追求的对象,我们可以从这一点知晓这一时期童心主义的基点是对"儿童的纯真性"的发现。《赤鸟》杂志吸引了一批主张"童心主义"的作家。

在铃木三重吉的鼓励下,北原白秋(1885—1942,童谣诗人)开始了童

图1 日本《赤鸟》创刊号杂志封面

---

① [日]鸟越信:《初学日本儿童文学史》,密涅瓦书房(东京)2001年版,第25页。

## 第一章　左翼文学思潮影响下东亚儿童文学的发展与交流

谣创作,并为《赤鸟》编选童谣栏。北原白秋的一生共创作童谣上千首,其中有上百首童谣被作家谱成曲子,至今在学校、家庭中广为传唱。以北原白秋的童谣为中心而形成的童谣歌曲的传统成为当今日本儿童歌谣的内核。北原白秋倡导"恢复童心",他认为童心即"纯真无邪"。他认为,无论什么样的成人,都不能失去作为本性的童心,正是因为不失去童心,才会拥有做人的尊严。要回归童心,但并非将儿童的无知当作优点,更非模仿儿戏,讨好儿童。他所指的是凭借童心彻底达到真正的思无邪的境界。在恍惚忘我的一瞬,与真正的自然浑然融合。因此,他提倡"童谣是童心童语的歌谣"[①]。显然,在北原白秋看来,童心是宝贵的,成人亦不应失去童心;他认为回归童心并不是将儿童的一切作为膜拜的对象,而是提升成人境界的方法,并且成为童谣创作的方法。

北原白秋不仅强调"童心",他坚持童谣文学品位的追求。他把童谣的价值看作艺术的价值,主张童谣必须是诗,必须有诗的高雅、含蓄、质朴以及天真。他还认为,童谣在其内容和表现方面应该容易被儿童理解与接纳。对成人来说,应使他们能漫游于更高深的想法之中,而童谣的表现是以儿童的语言来进行。与北原白秋一起立于童谣运动的第一线的还有西条八十、野口雨情等。西条八十受铃木三重吉的邀请,为刚创刊的《赤鸟》创作童谣,他最早的童谣《蔷薇花》发表于《赤鸟》1918年9月号。1919年,八十在杂志《大观》上发表《童谣之我见》一文与北原白秋展开童谣的论争,并于同年8月离开《赤鸟》转向了《童话》杂志。西条八十的童谣追求象征性的意味和艺术性的诗意。他认为"作为童谣诗人,我现在的使命便是以情绪宁静的歌谣,将高雅的幻想,即睿智、想象植入儿童的心中"。他认为除了给市井的儿童以优秀的童谣之外,还希望通过给成人以童谣,在他们的心中唤起昔日的儿童时代的纯真情绪。

将"童心"作为文艺理念并付诸童话文学创作实践的是被誉为"童话之父"的小川未明(1882—1961,日本童话作家、小说家)。小川未明认为孩子的心是新鲜、纯真、洁净的。他指出,没有什么东西能像儿时的心灵那样伸展开自由的羽翼,能像儿时的心灵那样不被污染。没有什么时代能像少年时期那样,面对美丽的东西就直率地认为美丽,遇到悲伤的事情便感到悲伤,对正义的事情便感到感慨。可见,小川未明是童心或人的天性热情的

---

[①] [日]鸟越信:《初学日本儿童文学史》,密涅瓦书房(东京)2001年版,第35页。

讴歌者，是儿童世界热情的讴歌者。他还表示，通过创作诉诸这种纯真感情的闪光和自然的良心的裁断，并表现少年时代的特有的梦幻世界的故事，使读者沉醉于美与忧愁的氛围之中，这就是他所要追求的童话。依据纯情的儿童的良心来裁判什么是美、什么是恶，这即是这一艺术所具有的伦理观。只有以童心为镜子，才可能追求人性。因此，在小川未明看来，成人也有不泯的童心，创作童话便是在成人、儿童共通的童心世界里耕耘播种。在这种观点的影响下，日本告别了民间故事翻版的"御伽噺（故事）"时代，迎来了"创作童话"的时代。这种由作家自己创作、主张童心观点的童话被称作"童心文学"。

小川未明在创作"童心文学"的时候，将象征主义与其对故乡的怀念之心相糅合，使他的作品充满了浪漫神秘的气氛，蕴含着原始朴素的生命感。他在富有诗意的表述中，传达了自己对自然、人生所怀着的幻想和神秘感。这些方面与岩谷小波的"御伽噺"有着质的不同。例如《红蜡烛与人鱼》这篇作品中，讲述了住在北方大海中的人鱼妈妈，希望自己的孩子能在善良的人世间生活，就将小人鱼送往人间。一对做蜡烛的老夫妇捡到并收养了小人鱼。小人鱼长大了，在红蜡烛上画下各种美丽的图案，这些蜡烛很畅销。一个商人听闻此事骗老夫妇说人鱼是不祥之物，并出大价钱买走了人鱼姑娘。当晚有个女

图2 ［日］小川未明《红蜡烛与人鱼》童话集封面

人买走了这些红蜡烛。就在商人乘船将人鱼姑娘运走的时候，海上掀起了暴风雨，无数船只遇难。从那以后，只要神社点起红蜡烛，夜里就会刮暴风雨。红蜡烛成了不祥之物，老两口最后关了铺子，城镇也渐渐荒废了。小川未明通过描写灰暗的日本海、神社的隐秘红烛光以及夜晚月光下女人湿漉漉的黑发等营造了一种神秘恐怖的氛围，这样的细腻描写可谓引人入胜。作品中隐含着小川未明对自然和善恶因果的敬畏，透露出他对人心丑

恶的披露。

但是,后世很多研究者评价小川未明的童话故事时,认为其在艺术上的表现并不是特别成功,尤其是故事性不强。日本战后鸟越信、古田足日等人对以小川未明为代表的日本近代童话传统进行了批判,对小川未明这种自称为"特殊的诗"的童话展开剖析,鸟越信指出小川未明童话的主题基本是消极的,比如讲人的死去、草木枯萎、城镇走向颓败,故事内蕴的能量没有向活泼、能动的方向转化。在这一点上,作为儿童文学是失格的,作为儿童读物也全然没有趣味性可言,而且其晦涩的文章也使人产生很大的抵触。他认为未明童话归根结底应该算作给成人读的文学,属于儿童文学的支流部分。古田足日也指出同样的问题,认为未明童话依据共同的要素把握事物,这意味着描写的不是"儿童",而是"儿童性"。他认为"儿童性"是超越时间、空间的静止的存在,小川未明的童话则割弃了"环境"这一要素,他所构建的儿童与社会的世界是相互闭锁的。换句话说,未明童话是在与儿童隔绝的地方创造出来的。这些后世有关于未明童话的批判的声音可以引发我们对于童话的重新审视,不过值得注意的一点是,当时小川未明努力突破"御伽噺"这一体裁,以"童心"为基础创作"新童话"给儿童看的理念,也算一个大胆的尝试。

掀起童心主义艺术思潮的"赤鸟运动"并不局限于童谣和童话,还扩展到音乐、儿童画、自由诗、自由画等各个方面,形成了一场综合的"儿童文化思潮运动"。从上面的梳理可以看到,伴随着日本《赤鸟》的发行与推动,"童心主义"成为日本近代儿童文学文坛的一个主流方向,而这一文学理念对日本以后的儿童文学的发展起到了重要的推动,也对韩国的儿童文学起到了一定的影响作用。

## 二、韩国——"少年运动"与"俄里尼"的诞生

在近代,日本觊觎朝鲜半岛已久。日本当局为将朝鲜半岛纳入自己的殖民地统治之下,对朝鲜政府不断施压。在重重高压之下朝鲜政府于1894年6月起发动的一系列近代化改革,即甲午更张运动。这场运动是日本为推动对朝鲜殖民统治的一次尝试之举,同时也拉开了开韩国现代历史的幕布。① 甲午更张运动表现在思想教育领域,意味着传统的儒学教育

---

① [韩]赵润济:《韩国文学史》,张琏瑰译,社会科学文献出版社1998年版,第466页。

模式在韩国开始走向终结,以日本和西方为楷模的教育模式开启。

1910年8月22日《日韩合邦条约》签订,韩国沦为日本殖民地。日本殖民者不仅在韩国设立宪兵警察,并毒杀了朝鲜高宗皇帝李熙。殖民地朝鲜人民本来就对日本的残暴统治积怨已久,日本的这一疯狂行径成为韩国开展独立运动的导火索,各个宗教社会组织的领袖、青年教师以及学生积极参与这场运动,继而发展成为一场声势浩大的反日本殖民统治的民族解放运动——三一运动。1919年3月1日韩国民众以33位民族代表的名义,展开了对日的斗争运动,呼吁朝鲜半岛的民族独立。这场运动不仅是一场反帝爱国运动,更是一场声势浩大的思想启蒙运动。虽然这场运动在日本殖民当局的镇压之下最后以失败告终,但是在这场运动的影响之下,一大批以民族独立为己任的组织结社在韩国国内成立,一些具有民族意识的杂志也开始陆续发行出版,各个地方纷纷建立学校和有关讲习所,由此韩国民众的民族意识得到增强,越来越多的人意识到民族独立解放的重要性。

在这一时期,国外的很多进步思想被传播并介绍到国内,同时很多作品被翻译引进过来,文学创作也迎来了一个崭新的新时代。这一时期引进翻译的外国儿童文学主要以《伊索寓言》这类作品为主。在1896年学府编的小学教科书《新订寻常小学》中,曾介绍了数篇《伊索寓言》中的故事,如《乌鸦吃牡蛎的故事》等。而直到1907年《大韩留学生报》上刊登《伊索寓言初译》,才再次开始有了外国儿童文学的译介。此后直到二十世纪二十年代,虽然也有其他儿童文学作品译入韩国,例如《巨人漂流记》(即《格列佛游记》,崔南善译,1908)和《罗宾逊漂流记》(即《鲁滨逊漂流记》,金稽译,1908),所谓外国儿童文学的译介仍然只是停留在《伊索寓言》这类作品的翻译。这一时期的译介基本上不是完译或者直译,作者对原文进行了大幅度的删改。

三一运动推动了韩国的思想启蒙,同时也在引导民众社会开始思考有关人的解放、妇女和儿童的解放等问题。人们对儿童和儿童问题的认识更加深刻。李光洙曾在1918年发表《子女中心论》,这篇文论是作者基于本国状况与西方对比的过程中,批判当时朝鲜家族制度与其关联的传统文化中占据道德最高位的"孝"的观念,主张由以父辈为中心的家族制度向以子女为中心的家族制度进行转变,呼吁解放子女并给子女独立自由的个性。

## 第一章　左翼文学思潮影响下东亚儿童文学的发展与交流

在朝鲜孝被奉为是最高位的美德,所谓孝就是子女要承顺父母的意志。父母在世期间,子女没有任何的自由可言,就好像是专制君主之下的臣民,和任凭父母任意摆弄处理的奴隶和家畜没有两样。不仅是父母在世期间,即使父母去世了,死后三年间要遵循守丧的严法,以后还要履行祭祀的义务,这在耗费子女的时间精力和金钱以及约束子女自由方面是有过之而无不及。因此欲成为孝子的子女们一生为了父祖牺牲自己以外,没有余暇做其他事情。①

崔南善(1890—1957)1909年创刊发行《少年》杂志,并在上面发表评论文章和新体诗《在大海致少年》等。《少年》杂志对于近代韩国的思想启蒙提供了一个重要的契机,通过梳理崔南善1910年6月发表在《少年》杂志上的《〈少年〉的既往和将来》一文可以了解到,这一杂志的主要目的是引导和教育少年们成为有识之人,使之能担当起建设新大韩现代国家的重担。

简单说一下《少年》的创刊目的,即为了教导新大韩的少年成为有觉悟的人,成为会思考的人,成为有识之人,成为能做事的人,即使孤身一人也能担当重任。②

韩国对儿童的深入认识与儿童文学初萌芽的是伴随着天道教社会运动的"少年运动"完成的,其中金起田(1894—1948)的理论和方定焕(1899—1931)的实践在其中发挥了十分重要的作用。金起田对长幼有序体制进行批判,认为它扼杀儿童的人格与自由,提倡儿童解放。方定焕号召发起少年运动,创办《俄里尼(儿童)》杂志,并开创了"儿童节",又称"俄里尼日"。这一系列活动切实推动了韩国儿童文学的形成与发展。

方定焕号为小波,很多研究者认为方定焕的这个号是从日本当时有名的儿童文学先驱者岩谷小波的名字中取来的。方定焕曾在1920年9月留学日本东京,在他留学的时期(1920—1924)正是日本童心主义思潮急速发

---

① [韩]李光洙:《子女中心论》,柳德济编《韩国现代儿童文学批评资料集(1900—1920年代)》,昭明出版社(首尔)2016年版,第26页。
② [韩]崔南善:《〈少年〉的既往和将来》,柳德济编《韩国现代儿童文学批评资料集(1900—1920年代)》,昭明出版社(首尔)2016年版,第21页。

展的时期。当时方定焕留学的东洋大学原本是以哲学学科而扬名的大学，在 1921 年为顺应时代的要求新设文化学科，方定焕积极参加当时大学设立的"子供会"(儿童会)及定期举行的口演童话活动。他所提倡席卷整个二十年代韩国的口演童话之旅，应该也是受到发表《编做故事的方法》的岩谷小波的影响，而他组织的"彩衣会"也正是留学日本期间的 1923 年在东京成立的。我们可以肯定方定焕也是通过日本这座桥梁认识西方新教育运动，但他并不是盲目地去模仿接受他们的思想，而是当时殖民地的社会背景下，接受进步的、改进的教育论及需人格尊重的儿童期的重要性，并实践这一观点。

方定焕在日期间接受了《赤鸟》的自由教育和艺术教育思想，回国后发起少年运动，并重视儿童的自觉性和情感教育，但是由他主导并推动的儿童文学运动与日本有着很大的差异。1921 年 5 月方定焕组织创办天道教少年会，开展社会运动，继而于 1922 年 5 月 1 日开创"俄里尼日(儿童节)"，并于 1923 年 4 月筹备建立了朝鲜少年运动协会。经过这一系列的努力，他重新定义了"俄里尼(儿童)"一词，成为少年运动和儿童文学的先锋人物。有关韩国"俄里尼(儿童)"的诞生，的确经历了一个漫长的过程。1920 年 8 月 25 日《开辟》杂志第 3 号上发表了方定焕的《俄里尼之歌》，"俄里尼"这一指称第一次正式登上韩国儿童文学的舞台。虽然"俄里尼"一词早在十八世纪《童蒙先习谚解》中也被提及过，在 1914 年 11 月崔南善的《青春》杂志创刊号中出现过"俄里尼的梦"这样的用语，但是直到方定焕这里"俄里尼"才被赋予了真正的意义使命，成为"儿童"的正式称呼。"俄里尼"用语从无意识中的儿童代语发展成为有意识的儿童用语，这意味着成人开始认识到"儿童"与"成人"是两个不同的存在。"俄里尼"的发现是完成了对儿童拥有的独特世界的尊重的开始。

图 3　韩国《俄里尼》创刊号杂志封面

## 第一章　左翼文学思潮影响下东亚儿童文学的发展与交流

韩国的儿童文学一开始就有反抗"西方中心主义"的倾向。方定焕首次为"俄里尼"赋予了"儿童"重要的历史意义,他通过"俄里尼"这个词赋予了所谓真正的儿童思想。"俄里尼"这个词站稳了脚跟后,以此为基础的韩国儿童文学破土而生。中国学者高玉曾从语言层面深入强调,古代文学的"古代性"来源于古代汉语,现代文学的"现代性"来源于现代汉语。随着反映现代思想的现代汉语的出现,现代文学得以成立。① 同样,这一论断也适用于此,韩国随着反映现代思想的"俄里尼"一词的出现,韩国的儿童文学得以开拓。细究"俄里尼"一词所反映的现代思想来源于"东学"的"天道教"思想。"东学"源于以天主教为首的西方思想,但是表现的是对"西学"的抵抗。"东学"追求"儒释道"三教合一,尤其在继承儒学方面尤为突出,另外,"东学"的"人乃天"思想也对道家思想和墨家思想有所吸收。"人乃天"思想跟朱熹的"天人合一"思想也有很多相近之处。

日帝殖民史观将朝鲜儒学贬低为中国儒学的"亚类",把遵循儒学"春秋笔法"的"事大交邻"外交政策歪曲为"事大主义"。但是,朝鲜儒学家们尊重中国儒学的同时不断学习吸收,不遗余力地将其朝鲜化,使其扎根于朝鲜。伴随着中国明朝灭亡清朝建立,朝鲜儒学家们依据朱熹的"华夷论",宣布朝鲜是继承中华文明的"小中华",确立了"朝鲜中华主义"思想。"朝鲜中华主义"让"真景文化"开花结果,增强了朝鲜的文化自尊意识。"东学"以及"天道教"是确立"朝鲜中华主义"及弘扬文化自尊意识的朝鲜儒学进行现代化尝试的一部分。"东学"和"天道教"都提倡建设儒家所追求的"抑强扶弱的大同世界",这一点上可谓异曲同工。天道教宣扬"人就是上帝"的思想,这里的"人"不存在个别例外的人,是指"所有人",所以点名儿童也是像"上帝"一样的存在。但直到方定焕之前的时期,虽然还有关于"老人(늙은이)"和"青年人(젊은이)"的尊称,但没有关于"儿童"的尊称。在"老人"、"青年人"中,依赖名词"尼(이)"构成对他们的尊称。对此,方定焕同样添加了不完全名词"尼(이)",创造了"俄里尼(어린이)"这个对于"儿童"的尊称。出于对"西学"的抵抗,"东学"延续了"天道教"这一韩国式的现代思想,随着反映韩国式现代思想的"俄里尼(儿童)"一词的出现,韩国儿童文学得以真正确立。

方定焕创办了《俄里尼(儿童)》(1923—1934)杂志是天道教少年会的

---

① 参考高玉:《现代汉语与中国现代文学》,中国社会科学出版社 2003 年版。

机关杂志,在韩国儿童文学形成中发挥了关键性的作用。方定焕受到《赤鸟》的影响,将儿童文学视为一门艺术,而非启蒙工具,为儿童文学的发展做出了贡献。由此可以看出,方定焕的儿童文学观更接近于"儿童本位"的儿童文学。作为一名天道教社会活动家,他并没有忽视儿童文学的"社会性"。韩国现代儿童文学是以方定焕1923年3月创刊的《俄里尼》为契机形成的,而《俄里尼》从创刊那天开始,与方定焕的思想与一生并轨。方定焕的忍耐思想、平等的人生观很多都是来源于天道教的影响,方定焕主张长辈对子孙晚辈们也要用尊敬语,并主张他们的权利与成年人是对等的。方定焕的儿童观不仅是想要恢复儿童们的权利,并试图去找寻什么才是儿童最为适合的和最需要的。从他在《俄里尼》创刊号中的发言,能够窥探到他的思想主张。

> 孩子们张开小鸟一般,花朵一般,樱桃一般的小嘴,天真地歌唱,这正是自然的声音,是上帝的声音。
> 
> 像鸽子一样,兔子一般软软的头发,被风吹拂着,孩子们蹦跳玩耍的模样,正是自然的姿态,是上帝的影子。这里没有大人的欲望,也找不出什么贪心的预谋。
> 
> 没有罪恶,没有过失,和平自由的天国——这就是孩子们的国度。
> 
> 我们无论何时都不要弄脏这片天国,为了使在这个世界上生活的所有人,都可以去这个纯净的国度,我们要扩展这片国度。
> 
> 为了成就做成此两件事,欲汇合收集所有纯净的事物在此,这就是《俄里尼》。
> 
> 我们相信,用滚烫的热情成就的《俄里尼》,在投入到大家暖暖的怀抱时,你们纯净的灵魂之芽会就此重新绽放。[1]
> 
> (方定焕《俄里尼》1923年3月20日创刊号)

从上述文字表述中,我们可以看出方定焕把儿童看作"自然"、"上帝",儿童的世界"没有罪恶,没有过失,和平自由的天国",在这个国度世界里哼出来的孩子们的歌声是来自"上帝的声音";儿童们蹦跳玩耍的样子是"上

---

[1] [韩]方定焕:《最初》,柳德济编《韩国现代儿童文学批评资料集(1900—1920年代)》,昭明出版社(首尔)2016年版,第124页。

帝的姿态"的展现,这些观念跟他对天道教的信仰是分不开的,但是更加具有"社会革新性"和"现代性",表现出对儿童的尊重。

以方定焕为首的倡导的天道教的少年运动为处于形成期的韩国儿童文学打下坚实的基础,提高了儿童文学的社会影响力。另外方定焕也非常注重西方儿童文学的引进与翻译。方定焕1922年出版了韩国最初的童话集《爱的礼物》,收入介绍英国、法国、意大利等国的11篇名著童话。在这部童话集中的《王子与燕子》《玻璃鞋》,在他创刊的《俄里尼》期刊中的《卖火柴的少女》等,在幻想的世界中他所收入的主题思想是爱与冒险、劝善惩恶。童话世界无所不有,人类的幻想都可以在童话中实现,这正是童话的价值所在。方定焕希望多给儿童梦想与希望,正因为如此才更多地去译介经典童话也积极创作童话。从中日韩译介西方儿童文学的情况看,从思想内容到文学形式都对亚洲儿童文学的建设起到积极推动的作用。不过,方定焕考虑到殖民地朝鲜儿童的处境,结合当时的现状,进行了更为深刻的思考。

1923年3月,方定焕、孙晋泰、尹克荣、郑顺哲、高汉承、秦长燮、曹在浩、丁炳基等人创立"五彩缎会(直译:色童会)",在《俄里尼》杂志编辑中发挥了十分重要的作用。方定焕相信,失去国家的儿童不能成长为殖民地资本主义的忠实臣民和消费者,他梦想着殖民地朝鲜的孩子们即使失去了国家,过着贫穷的生活,也可以成长为堂堂正正的"主体性"存在,因此开展了"天道教少年运动",首次创造使用了"俄里尼"一词,通过发行《俄里尼》杂志开拓了朝鲜儿童文学。就如他的代表作《万年背心》(1927)中,主人公昌南即使比任何人都贫穷,也不会畏缩或看别人眼色而活,总是堂堂正正威风凛凛,这正是他所期盼的,现实中朝鲜儿童应该拥有的精神风貌。

### 三、中国——新文学运动与"儿童本位"论的摸索与践行

在中国,现代儿童文学诞生初期,也曾出现过译介西方儿童文学的热潮。中国从1875年到1911年共译介出版了600多部外国小说,其中就有不少西方儿童文学作品,如林纾译的《爱国二童子传》《鲁滨逊漂流记》,周桂笙的《新庵谐译》(其中包含《格林童话》),梁启超译的《十五小豪杰》,包天笑的《馨儿就学记》(即《爱的教育》)等。鲁迅、周作人兄弟在留学日本期间就开始西方儿童文学的译介,鲁迅译了凡尔纳的《月界旅行》和《地底旅行》,周作人译介了王尔德童话。

左翼文学思潮与东亚儿童文学

　　五四前后,从西方译介儿童文学更是风行一时,特别是安徒生热。《新青年》1918年就专题介绍安徒生。1925年《小说月报》连续编印了两期《安徒生专号》。沈雁冰主编的《小说月报》和王蕴章主编的《妇女杂志》分别开辟了"儿童文学"和"儿童领地"专栏,源源不断地译介了安徒生、格林兄弟、王尔德、梅特林克、托尔斯泰等作家的儿童文学作品。郑振铎、穆木天、赵景深、顾均正、赵元任、严既澄、徐调孚、陈伯吹等,都做了大量译介工作。①这都反映了当时文学界普遍感受到儿童缺少读物,认识到中国需要向西方儿童文学学习、借鉴,借以促使本国儿童文学的成长。

　　《童话》丛书在中国儿童文学的形成过程中发挥了重要的先导作用,主要编撰者孙毓修(1871—1922)被茅盾赞誉为"中国编辑儿童读物的第一人"、"中国有童话的开山祖师",《童话》丛书的编撰者分别有孙毓修、茅盾,1908年11月的《童话》丛书是中国儿童读物出版的里程碑之作,亦是促成五四儿童文学诞生的重要事件之一。②《童话》丛书中所言及的"童话"与现代儿童文学中童话的概念略有不同,可理解为适合儿童阅读的文学读物,近似于"儿童文学"。尽管这一时期中国尚未真正出现"儿童文学"这一概念,但从孙毓修发表在1908年12月《东方杂志》第十二期的《〈童话〉序》中的言说,我们已经可以窥见现代儿童文学意识的萌发。

　　孙毓修现代儿童文学意识的展露主要可以从以下几个方面得到确认。首先,孙毓修对儿童相异于成人的阅读心理和接受能力已经有了较为充分的认识。他注意到,"自新教育兴",针对儿童的教育虽突破了"专主识字"的功利范畴,但应运而生的教科书因其典雅庄重"非儿童之所喜也"。而"本于人情"、"中于世故"、"故作奇诡"、"浅而不文"、"率而不迂"的小说,则因其内容符合儿童喜爱故事的阅读天性,语言浅近通俗适合儿童阅读,在很大程度上得到了儿童的喜爱。正如他所说的:"至于荒唐无稽之小说,固父兄之所深戒,达人之所痛恶者,识字之儿童,则甘之寝食,秘之于箧笥。纵威以夏楚,亦仍阳奉而阴违之,决勿甘弃其鸿宝焉。"由此,儿童读者在阅读喜好上的独特性得以被发掘。在此基础上,孙毓修注意到欧美人"推本其心理之所宜,而盛作儿童小说以迎之"的实践,开始了取材编撰《童话》丛

---

①　参考蒋风:《中日儿童文学交流的回顾及前瞻》,《文科教学》1995年第2期。
②　关于《童话》丛书第一集第一编的最初出版日期,历来存在争议,王泉根、方卫平、李莉芳等学者认为是1909年,朱自强认为是1908年;笔者考察综合各种史实,认为朱自强的主张更符合实情。

书的工作。他在本国"不足为学问之助"、相对非功利性的旧小说中"刺取旧事",又将目光投注于海外,"与欧美诸国之所流行者,成童话若干集,集分若干编"。由此可见,孙毓修所编撰的《童话》丛书是主要从儿童的阅读兴趣、审美需求出发,顺应和满足儿童本能之兴趣与趣味,在内容与形式上都更适合儿童阅读,且与晦涩典雅的教科书相区别的课外儿童读物。此种"为儿童"、"从儿童角度出发"的心态已经逼近现代儿童文学的创作意识。另外,孙毓修能以发展的眼光看待儿童,采用分集出版的方式,力求关涉到不同成长阶段儿童的阅读需求与接受能力。"文字之浅深,卷帙之多寡,随集而异。盖随儿童之进步,以为吾书之进步焉。"不将真实的儿童无差别地统摄于"儿童"这一概念之中,可见孙毓修对儿童的认识已较为深入,超越传统。而这一举措与当下儿童文学分级读本之间的联系也是不言而喻的。

从中可以看出,孙毓修为了使《童话》丛书能被儿童所喜爱和被接受,并达到适合不同年龄儿童阅读的效果,在成书过程中表现出非常强烈的读者意识。"每成一编,辄质诸长乐高子,高子持归,召诸儿而语之,诸儿听之皆乐,则复使之自读之。其事之不为儿童所喜,或句调之晦涩者,则更改之。"当成人褪去绝对权威、自以为是的姿态,儿童作为接受主体才有了与之沟通对话的可能性。同时,注意到儿童的阅读喜好与习惯,他还在书中"并加图画,以益其趣"。正是秉持这样一种严谨、尊重儿童并处处为儿童考虑的成书态度,《童话》丛书深受儿童喜爱,其中不少优秀的作品更是滋养了许多现代儿童文学作家的童年。

尽管《童话》丛书的出现仍处于中国儿童文学诞生的前夜,但我们依然能从孙毓修的观念与做法中窥见现代儿童文学意识的萌芽。然而值得注意的是,孙毓修总结梳理《童话》丛书中的主要内容"以寓言、述事、科学三类为多","假物托事,言近旨远,其事则妇孺知之,其理则圣人有所不能尽,此寓言之用也。里巷琐事,而或史策陈言,传信传疑,事皆可观,闻者足戒,此述事之用也。鸟兽草木之奇,风雨水火之用,亦假伊索之体,以为稗官之料,此科学之用也"。从他对"童话"功用的解释,可以了解到"理性的教化"与"知识的传播"似乎才是真正的目的,而深受儿童喜爱的故事仅能作为抵达教化的手段。而当"理性"占据了上风,作品离真正的儿童文学便有了距离。此外,尽管孙毓修编撰的作品力求贴合儿童的阅读心理,但他也指出:"说事虽多怪诞,而要轨于正则,使闻者不懈而几于道,其感人之速,行世之远,反倍于教科书。"这一观点恰恰显现出成人对儿童自上而下的训诫教化的姿态,与现代意义上的"儿童本位"仍存在一些差距。

　　五四新文化运动以后,"儿童文学"的确立与对"儿童"的认识有着密切的关系。周作人、鲁迅、郭沫若、郑振铎等为树立现代儿童观做出了贡献。周作人早期的《儿童问题之初解》《儿童研究导言》等这些文章,就论述过"儿童本位"儿童观的思想内涵。周作人1914年谈到儿童艺术教育问题时,就提到了"以儿童为本位"的说法。1914年6月20日原载于《绍兴教育会月刊》第9号的《学校成绩展览会意见书》这篇文章中就明确提到过"故今对于征集成绩品之希望,在于保存本真,以儿童为本位"。紧接着他在《小学校成绩展览会杂记》这篇文章中又提出了"今倘于此不以儿童为本位,非执着执于实利害,则偏主于风雅"。这是周作人文章当中,"以儿童为本位"的表述的最早的文字记述。当然也有学者提出,周作人在此之前的前四个月发表的《玩具研究(一)》中就曾提出使用玩具"应以儿童趣味为本位"这样的一个说法。周作人已经将儿童的世界,与"世俗"、"大人"相向而置,并在评论儿童创造的艺术时,提出了以"儿童为本位的"艺术观。

　　周作人写《儿童的文学》(1920)的时候,就将此前的他所表露的"儿童本位"的儿童观与对儿童的文学的论述整合了起来。《儿童的文学》这篇文章中也并没有出现"儿童本位"这一字眼,它其实是更加清晰、更加深入地论述了"儿童本位"思想的。周作人的《儿童的文学》是中国首次用"儿童文学"这一词语,来表述儿童文学这一概念的文章。而且,也可以说是中国第一篇最为系统地论述儿童文学的论文。当然周作人前面发表的诸文章,为他的"儿童本位"论思想,做了很好的一个铺垫。周作人在1912年的《儿童问题之初解》这篇文章就人格权利,主张儿童与成人应是平等的。这篇文章也是最早质疑成人本位的儿童观这样一个观点,可以看作周作人的儿童本位论的出发点。他说"中国思想,视父子之伦不为互系而为统属……重老轻少,于亲子关系见其极致"。在他之后发表的《儿童研究导言》中,则进一步揭示了儿童在心理和生理上与成人不同。在此用他原文中的原话是这样表述的,"盖儿童者大人之胚体,而非大人之缩形……世俗不察,对儿童久多误解,以为小儿者大人之具体而微者也。凡大人所能知能行者,小儿当无不能之,但其量差耳。"儿童在人格权利上是与成人平等,而且在心理和生理上是与成人不同。

## 第一章 左翼文学思潮影响下东亚儿童文学的发展与交流

可以说,他在1912年和1913年所提出的这两点主张,是他的"儿童本位"论,也就是中国的"儿童的发现"的两个重要逻辑支点。到了1918年周作人发表的《人的文学》这篇文章中,主要是对"人的文学"进行思考。而周作人在这里所主张的"人的文学",其实主要是为儿童和妇女争得做人的权利的一种文学。作为思想家,周作人表现出了他反封建的现代思想是十分独特的一面,周作人在人的文学中表达的现代文学观,主要是在颠覆"父为子纲,夫为妇纲"这两纲。而他主要解放的对象也主要是儿童和妇女,而不是男人。《人的文学》这篇文章中的这一核心的论述逻辑也是周作人的思想逻辑,这也充分体现出周作人的现代思想的一个独特性,以及他对"国民性"进行批判的独特性。正如这篇论文题目所显示的,在"人的文学"这一新文学理念的训示的文章当中,儿童的发现与妇女的发现,成为周作人的"人的文学"的思想源头。

而到了《儿童的文学》,周作人就将之前的"儿童本位"的儿童观,有关于儿童的文学的论述整合起来。我们对周作人的以儿童为本位的儿童观,如果进行归纳总结的话,可以总结为以下几个方面。

首先,他认为儿童不是不完全的小人,而是完全的个人,有他自己的内外两面的生活。所以成人社会必须承认作为完全的个人的儿童的。他在文中继续批判了封建的儿童观,将人们把儿童当作缩小的成人,或者是看作不完全的小人进行了猛烈的批判。其次,他认为儿童在生理心理上虽然和大人有点不同,但仍是完全的个人,有他自己的内外两面的生活,所以他主张儿童期的二十几年的生活,一面固然是成人生活的预备,但一面也自有独立的意义与价值。因为这是成长过程中的一个阶段,我们不能指定那一截的时期是真正的生活。然后他基于儿童内面的生活与大人不同,提出了我们应当客观地理解他们,并加以相当的尊重这一观点。还有他还提出儿童的生活是转变的、生长的。这一观点基于这一层,所以他认为我们可以放大供给儿童需要的歌谣、故事。像这样周作人建立起了两个支撑自己的现代儿童观的基本观点。即首先儿童具有与成人对等的人格。再者,儿童具有与大人不同的内面生活。最后,他认为就是要顺应自然,助长发达,使儿童得保其自然之本相,按程而进,正蒙养之最要义也。[①] 周作人提出的以上的这几点,就是以儿童为本位的儿童观,放在今天我们会发现也是

---

[①] 《周作人散文全集2》,广西师范大学出版社2009年版,第274—275页。

非常具有警醒意义的。周作人他深知儿童观对儿童文学的影响力。所以他不仅明确地认识到在中国如果不改变对儿童的观念，就不会有儿童文学的发生，另外他还非常清醒地看到，即使有了儿童文学，对儿童观的变革依然是不能放弃的工作。周作人的上述"儿童本位"思想为中国儿童文学理论的形成奠定了象征性的基础。

在五四时期"发现儿童"的思潮中，鲁迅是位于前沿且具有重大影响力的人物，其儿童观更是显现了五四时期中国儿童观所能抵达的现代高度。在《我们现在怎样做父亲》(1919)一文中，鲁迅对其儿童观进行了充分的阐释，我们从中可以发现，根植于生物进化论而提出的"幼者本位"思想是其"儿童观"的核心所在。有感于几千年来封建伦理中"父为子纲"的亲子关系对儿童的压迫，以及虚伪的"孝"道所导致的"无谓的牺牲"，鲁迅从进化论的角度，认为生命的发展与进化使得"后起的生命，总比以前的更有意义，更近完全，因此也更有价值，更可宝贵；前者的生命，应该牺牲于他"，由此批判了长久以来以长者为本位、父权至上的亲子关系，将儿童从成人绝对的权威中解救出来。而其所阐述的"本位应在幼者"则进一步为儿童赋权。

针对如何才能达到"幼者本位"这一问题，鲁迅依然将目光聚焦于亲子关系，认为父母需要改变对子女的态度，应以生物天性出发的"爱"代替利害关系主导的"恩"，即无恩有爱。传统的孝道认为父母有恩于子女，"幼者的全部，便应为长者所有"，且幼者"理该做长者的牺牲"。然而这不仅不能达到劝孝的目的，还会如《二十四孝图》一文中所表达的那样，引起孩子对愚孝的反感与恐惧，使他们产生与长辈之间情感上的对立。鲁迅由此从生物学的角度将自然的性交、生育与"孝"解绑，削弱父母的权威，从而解放幼者，使其不必再被道德捆绑，做出无谓的牺牲，获得独立的人格。他又从人类发展进化的需求出发，强调父母对子女的养育义务，当"用无我的爱"、"牺牲于后起新人"，"放他们到宽阔光明的地方去"。

在此基础上，鲁迅还引用了儿童发展心理学与教育学的知识，阐述了在无恩有爱的前提下，成人对儿童的教育义务，其核心要义在于理解、指导与解放。鲁迅在为儿童争取人格独立的同时，也认识到儿童生命的独特性，意识到儿童并非"缩小的成人"，"孩子的世界，与成人截然不同"。因此，成人应"以孩子为本位"，理解、尊重儿童的思想，而非"将他们看作一个蠢才"（出自《看图识字》一文）随意愚弄。与此相应的，为儿童创作的图书

"必须十分慎重",不仅要对儿童生活的实际做精准的把握,还需严谨把控图画的质量以及知识的广博与确切。此外,鲁迅认为,为使儿童获得真正的解放,成为一个全部为自己所有、独立的人,成人有义务指导他们养成"有耐劳作的体力","纯洁高尚的道德"以及"广博自由能容纳新潮流的精神",拥有不被世界新潮流淹没的力量。

由此可见,鲁迅的"儿童观"并非仅仅关注个体的儿童,还将儿童视作人类的未来,国家、民族的未来。在探讨儿童的教育、成长等问题之余,鲁迅还跨入思想文化阵地,对中国的封建伦理加以批驳,对"人"之生存加以反思,以"儿童"的发现为突破口,进一步寻找获取"人"的独立的变革力量。这一颇具现代高度的儿童观为中国现代儿童观的建立以及现代儿童文学的发生贡献了强大的力量。

在"发现儿童"与"儿童本位论"确立的道路上,郭沫若也做出了重要的贡献。郭沫若在1921年发表的《儿童文学之管见》中提出"儿童文学无论采用何种形式(童话、童谣、剧曲),是用儿童本位的文字,由儿童底感官可以直诉于其精神底堂奥者,以表示准依儿童心理所生之创造的想象与感情之艺术"。从这句话中,我们可以看到郭沫若是最先明确提出"儿童本位"字样的人。从他开篇第一句提出"国内对于儿童文学,最近有周作人先生讲演录一篇出现,这要算是个绝好的消息了"。可以说这种观点显示了对周作人意见的赞同,以及他的"儿童文学"理念和周作人是有相近之处的。

郭沫若在《儿童文学之管见》一文中所表现出的儿童观及对儿童文学的认识,在很大程度上与周作人的"儿童本位论"形成了呼应,在此基础上又对其加以补充和完善。首先,郭沫若与周作人都将儿童视为未来之国民,将儿童问题置于思想文化的高度,将其与国家、民族的命运相联系。郭沫若在文中指出,"人类社会根本改造的步骤之一,应当是人的改造。人的根本改造应当从儿童的感情教育、美的教育入手"。在此基础上,他又基于文学对人性有熏陶作用的前提,对儿童文学之于儿童及国民的功用进行了阐述。他将儿童文学不仅仅视作儿童教育者需要关注的问题,认为"儿童文学的提倡对于我国社会和国民,最是起死回春的特效药",因此一切文化运动家都应对其高度重视。

再者,郭沫若与周作人都认识到儿童与成人在生理与心理上的差异,并赋予儿童人格以独立性。周作人在《儿童研究导言》中指出儿童"非大人之缩形",又在《儿童的文学》一文中表明儿童有着不同于成人的内外两面的生活。郭沫若则在文中明确表示,"儿童与成人,在生理上与心理上的状态,相差甚远。儿童身体绝不是成人的缩影,成人心理也绝不是儿童之放大"。

此外,郭沫若与周作人对于儿童文学的认识都立足于"以儿童为本位"的前提之上。周作人认为儿童文学首先之要义在于是"儿童的",应以儿童为本位,其本意在于"顺应满足儿童之本能的兴趣与趣味",进而"培养并指导那些趣味","唤起以前没有的新的趣味"。郭沫若则在此基础上对儿童文学进行了更为明确的定义,认为"儿童文学无论采用何种形式(童话、童谣、剧曲),是用儿童本位的文字,由儿童底感官可以直诉于其精神底堂奥者,以表示准依儿童心理所生之创造的想象与感情之艺术"。他在文中多次强调儿童文学的创作应"以儿童心理为主体",以儿童智力为标准,用儿童的眼睛去观察,用儿童的心灵去感受,重在表现儿童的情感与想象。与此同时,作家还需兼顾用"儿童本位"的文字进行表达,二者缺一不可,且这些文字应兼具儿童性与艺术价值,不可以"平板浅薄的通俗文字"滥竽充数。此外,郭沫若还将儿童文学的创作与一般文学的创作相区别,他认为"纯真的儿童文学家必同时是纯真的诗人,而诗人不必人人能为儿童文学",由此在创作的维度上赋予儿童文学以独立性。

还有,郭沫若与周作人都排斥教育与儿童文学中的"教训主义"。周作人将目光投注于儿童本身,力求顺应儿童的趣味,使其获得符合身心发展的滋养,反对儿童文学的功利性。郭沫若则在文章的开头就表明文学艺术都是表现人生的,然而太过功利的作品本身就太过浅薄而不能动人,也就不能称其为真正的艺术。在此基础上,他又从否定对儿童文学的错误认知的角度入手,表明"儿童文学不是些干燥辛刻的教训文学",由此摆脱以儿童文学为工具的教训主义。同时,他也没有否定儿童文学中的教育性,但在表现方式上要"像藏在白雪里面的一些刺手的草芽,绝不是如像一些张牙舞爪的狮子"。这与周作人对儿童文学中教育性与艺术性的思考是相通的,周作人不完全排斥作品中的寓意,但认为应像"果汁冰酪"一样,"把果子味混透在酪里"。然而即便是"果汁冰酪"式的作品在周作人眼中也不属于最上乘的,相比于郭沫若的"儿童文学中本寓有教训的意义"的观点,他更青睐那些"无意思之意思"的作品。

## 第一章　左翼文学思潮影响下东亚儿童文学的发展与交流

另外,郭沫若与周作人意识到中国没有专属于儿童的文学的现实,都表明应建设儿童文学事业。周作人在《儿童的文学》一文中号召人们结合成小团体,"收集各地歌谣故事,修订古书里的材料,翻译外国的著作"。郭沫若则在文中更为系统地阐明了建设儿童文学事业的三种方法:收集我国旧有童话、童谣;以儿童为本位创造新的儿童文学;翻译别国优秀且适合中国儿童阅读的儿童文学。

儿童文学的确立过程需要伴随着成人对"儿童的发现",也需要儿童文学阵地的强大后援。1922年《儿童世界》的创刊是文学研究会发起的"儿童文学运动"中一次重要的文学活动。该杂志作为中国第一本现代意义上的儿童专刊,在创刊初期(第一卷至第二卷)以纯儿童文学期刊的形式存在,自第三卷开始加入了"游戏""手工"等专栏,由单纯的审美教育、阅读习惯的培养走向综合能力的培养,成为综合类的儿童期刊。它一扫过去儿童刊物成人化、质量低的弊端,以其崭新的内容、多样化的形式、生动活泼的版面赢得了小读者的欢迎,达到了二十世纪二十年代初期儿童刊物从未有过的兴旺局面。然而无论杂志如何调整,儿童文学作品始终是《儿童世界》杂志的核心。结合主编郑振铎有关该杂志的两篇重要文章,我们可以从中窥见郑振铎及《儿童世界》所呈现的儿童文学理念。

该杂志创刊的初衷以及办刊的宗旨体现了郑振铎对儿童文学所存在意义的认识。有感于"儿童自动的读物,实在极少"的现状,郑振铎在《〈儿童世界〉宣言》一文中表明,出版《儿童世界》就是为了弥补这个缺憾,为儿童提供专属的读物,使刻板庄严的教科书不再成为他们唯一的读物。而编辑该杂志的宗旨则与麦克·林东对儿童文学的要求相同,即"使他适宜于儿童的地方的及其本能的兴趣及爱好"、"养成并且指导这种兴趣及爱好"、"唤起儿童已失的兴趣与爱好"。由此可见,郑振铎不仅认为儿童需要教科书以外的专属于他们的文学,且儿童文学应以儿童为本位,适应、养成、指导、唤起儿童本能的兴趣与爱好。

郑振铎主编的《儿童世界》杂志探索性地尝试了各种现代儿童文学体裁,如诗歌童谣、童话、儿童剧本、寓言等,其中占比最大的是童话及神话、传说等,而这与郑振铎对儿童心理的认知是紧密联系的。或许是受"复演说"的影响,郑振铎认为人类儿童期的心理与初民心理类似,所喜欢的正是怪诞之言,由此对他人关于儿童文学中"多荒唐怪异之言"的质疑进行了反驳，为童话等文体发声。为顺应儿童本能的兴趣与爱好，尊重儿童的心理，他在杂志中广泛地为儿童提供了各民族的神话、传说以及各类"荒唐怪异"的童话等，并且认为不必担心这些作品会对儿童将来的心理产生影响。

郑振铎重视外国儿童文学的译介，他呼吁人们克除文化偏见，认为不应存有排斥"外国货"的心理而拒绝外国儿童文学，而应以中国儿童的阅读需求为主，尽量引入世界各国适合于中国儿童阅读的儿童文学作品。此外，在译介的过程中，他始终将儿童摆在第一位，为使作品更能合乎儿童的阅读兴趣与接受水平，在将这些作品编入杂志时，多采用重述而非翻译的手段使其尽可能本土化，易为中国儿童所接受。

另外，郑振铎充分认识到不同年龄段的儿童对儿童文学有着不同的需求，因此在《〈儿童世界〉宣言》的文末，他对该杂志的主要受众年龄层进行了说明，表明"本志的程度和初小二、三年级及高小一、二年级的程度相当"。此外，在对杂志进行调整时，他也充分考虑到儿童的阅读习惯以及接受水平。一方面，认识到图画有助于儿童理解文本，自第三卷开始他增加了彩色图画在杂志中的篇幅。另一方面，为适应儿童的阅读能力，他自第三卷开始主要注重于刊登短篇的材料，并"在字句上力求逆适合于'儿童的'"。由此可见，他对特定年龄段的儿童所读的儿童文学作品的"形式"已有了充分的认识，表现出对"儿童性"的重视。

值得注意的是，郑振铎的儿童文学观及其主编《儿童世界》的心态是清醒且独立的。在他看来，在编选作品入刊时，虽应反对教训主义，力求适应儿童的一切需要，但也不能一味地顺应儿童的趣味而不加以必要的引导。他清醒地认识到，儿童文学绝不应该"迎合"儿童的劣等嗜好及一般家庭的旧习惯，而应对那些会养成儿童劣等嗜好及残忍性情的作品加以排斥，并"本着我们的理想，种下新的形象，新的儿童生活的种子，在儿童乃至儿童父母的心里"。因此在编选作品时，他尤其警惕某些"非儿童的"、"不健全的"纯粹的中国故事。综上所述，"儿童本位"的论点对中国儿童文学的发展起到了重要的影响作用。

以中日韩为代表的东亚儿童文学在近代儿童文学发生期之初，虽然从开始先都是介绍和翻译西方儿童文学，借鉴西方儿童文学的经验为主，伴随着时代的发展及关于儿童的概念及儿童文学的深入探讨，进而都是以自己独特的主体性来重新打造儿童文学的价值，开启探索自主儿童文学发展之路。日本儿童文学与"赤鸟运动"、韩国儿童文学与"少年运动"、中国儿童文学与"五四新文化运动"之间存在着密切关联,从中可以看出,中日韩为代表的东亚儿童文学的发生与"文学运动"之间存在着紧密的联系,这也是东亚儿童文学身上所具有的与西方儿童文学不同的"主体性"特质。而伴随着左翼文学思潮在东亚的发展,这种主体性特质的体现愈发明显。

## 第二节 东亚左翼文学同盟组织与左翼儿童文学兴起

左翼文学思潮于二十世纪二三十年代在中日韩等东亚国家蓬勃发展。伴随着左翼文学思潮的发展,中日韩左翼文学同盟组织也相继成立。韩国的卡普(KAPF)全称"朝鲜无产阶级艺术家同盟",于1925年成立,1935年解散;日本的新兴童话作家联盟解散之后,倡导无产阶级文学的"日本无产者艺术联盟"于1928年成立,又称纳普(NAPF),到1934年解散之前一直发挥着重要的作用。中国的左联的活动是从1930年开始,一直到1936年结束。在左翼文学思潮的影响下,儿童文学是作为左翼文学运动的一个组成部分蓬勃发展。

### 一、日本——纳普与《少年战旗》

1920年代初,日本的劳动文学引入马克思主义艺术论,向阶级主义文学转变。1922年日本共产党正式成立。以当局镇压日本共产党的"三一五"事件为契机,1928年3月25日,日本无产阶级艺术联盟(简称无艺)和前卫艺术家联盟(简称前艺)为谋求组织的团结奋斗,合并成立为全日本无产者艺术联盟(简称纳普),其机关刊物《战旗》于同年5月在东京创刊。《战旗》杂志从属于为战旗社,山田清三郎出任战旗社主事及《战旗》发行人,佐藤武夫任《战旗》的首任主编。1929年4月,佐藤武夫因公殉职后,主编由山田清三郎继任。从1922年日本共产党创立到1928年"纳普"(全日本无产者艺术联盟)的结成,标志着日本普罗文学形成了大潮。它与中国始于1928年的创造社和太阳社的"革命文学"倡导,以及1930年"左联"的成立几乎是同时发生的。1926年6月,《无产者新闻》开设"儿童世界"专栏,被认为是日本左翼(无产阶级)儿童文学的开端。① 1927年,左翼文学杂志《文艺战线》②开设"小同志"专栏。此外,《前卫》也开设了"儿童页"专栏。

1928年10月,新兴童话作家联盟成立,为日本儿童文学史画上了划时代的一笔。该联盟以小川未明和槙本楠郎(1898—1956)为中心,旨在广泛团结"具有反资本主义社会意识的儿童文学作家"。自由主义者、无政府主义者和共产主义者团结起来,"为创作和普及具有艺术价值的、丰富多彩的儿童文学做贡献,并参与教化战线",成立该运动组织。新兴童话作家联盟批判岩谷小波和铃木三重吉等人是"资产阶级童话代言人",主张创作新兴童话,并创办机关杂志《童话运动》(1929)。从该联盟发表的宣言和声明中可以窥探其方向和方针。

《宣言》

为了把儿童从时代弊病中解放出来,具有反资本主义社会意识的童话作家结成联盟。

《声明》

资本主义在政治和经济上践踏所有人,儿童也不能幸免。

与我们的父亲和兄弟一样,儿童遭受着经济上的贫困,统治阶级对儿童实行的教育方针令人毛骨悚然。今天,统治阶级对自然科学研究避而不谈,他们将历史改称国史,增加内容并对其进行神化,歪曲史实。他们不仅使儿童遭受身体上的痛苦,还通过教育让未来的国民变得愚昧无知。

他们的企图显而易见。但是过去的儿童文学作家创作资本主义甚至封建主义的渣滓,遵循并助长他们的邪恶意图。

儿童作家应该保护儿童不受恶势力的侵害,帮助他们健康成长。

---

① [日]上笙一郎:《日本的儿童文学》,金耀翰编译《现代日本儿童文学论》,宝齐斋(首尔)1974年版,第30页。

② 《文艺战线》(1924—1932)是左翼文学杂志,贯穿二十世纪二三十年代,创办于关东大地震发生的第二年,即1924年6月。今野贤三、金子洋文、中西伊助、青野季吉等13位同仁在创刊号上发表作品,他们同时也是《播种人》的同仁。从1925年6月号到1927年11月号由山田清三郎负责杂志编辑,收录了叶山嘉树、黑岛传治等人的作品,成为左翼文学强有力的发表舞台,曾多次被禁止发行。《文艺战线》发生过三次分裂,后来随着劳农艺术家联盟的成立,成为机关杂志。1931年以后,先后更名为《文战》、《REPORT》、《新文战》。随着1932年劳农艺术家联盟解体,《文艺战线》于1934年停办。

## 第一章　左翼文学思潮影响下东亚儿童文学的发展与交流

今天,能够实现这一目标的只有我们反资本主义的儿童作家。

为了壮大我们的力量,我们组织成立新兴童话作家联盟,为创作和普及具有艺术价值的、丰富多彩的儿童文学做贡献,并参与教化战线。

特此声明。①

这一时期,在以东京大学为代表的全国的学生团体中产生了众多的社会主义思想问题研究团体。起初,这些社会主义思想研究团体主要是作为单纯的学术研究团体,但是随着社会主义思想研究的深入,学生们不再单纯地从事理论研究,而是与改革运动相结合,汇入无产阶级运动的大潮中。这些学生与当时不断高涨的工人运动和农民运动相结合进行实践探索。在国际共产主义运动的推动下,结合本国改革运动的需要,1928年日本成立了"日本全国工会协议会"和"全国农民协会",在这些进步团体的鼓励和影响之下,以工会和农会子弟为核心的"劳农少年团"纷纷建立。这些劳农少年也与资产阶级和地主阶级展开了激烈的斗争。无产阶级的文化运动在各个方面相继开展起来,它通过艺术、社会和自然科学等各个领域对当时的进步学生运动和反对军国主义教育等方面都给予了重要的方向性指导。②

从1928年底开始,各地农村发生多起佃农纠纷,劳农少年团的少年们团结起来积极参加到反地主与反资产阶级的斗争当中,少年的教育、组织和训练等问题受到关注,要求创办面向劳农少年的杂志的呼声不断。1929年5月,纳普机关杂志——《战旗》③开始发行《少年战旗》副刊,立刻

---

① [日]猪野省三等编:《新兴童话作家联盟宣言》,《日本儿童文学大系》,三一书房(东京)1955年版,第346页。

② 刘双喜:《日本新教育运动发展研究(1912年—1941年)》,光明日报出版社2020年出版,第144页。

③ 《战旗》是日本于1928年5月至1931年12月创办的文艺杂志,是左翼文学作品的重要发表舞台。1928年存在多个左翼文学团体。这一年发生了"三一五事件",日本共产党人因违反《治安维持法》在全国范围内遭到羁押。事件发生后,全日本无产者艺术联盟(纳普)成立。纳普发行机关杂志《战旗》,陆续刊登了小林多喜二的《蟹工船》、德永直的《没有太阳的街道》等引发热议的作品,成为代表左翼文学的杂志。虽然经常被禁止发售,但是由于采取了禁售前直接发放到读者手中或者开售便被读者购买等措施,它才能够继续发行。后于1931年12月停办。《战旗》的副刊有《少年战旗》和《妇人战旗》等。

收获了众多劳农少年的大批读者。此后,日本的左翼儿童文学以《少年战旗》为中心全面发展起来。1929年10月,《少年战旗》从《战旗》中分离出来,实现独立发行。由于日本政府残酷镇压左翼儿童文学,并下达禁售令。具有左派思想倾向的作品全部被没收,作家也被捕入狱。1939年12月,《童话的社会》停刊,标志着日本的左翼儿童文学运动正式宣告结束。[①]

很多日本儿童文学评论者认为,日本的左翼儿童文学运动没能留下在创作上具有较高客观评价的作品。今天,只有猪野省三(1905—1985)和川崎大治(1902—1980)等人的几部短篇作品的文学性受到肯定评价。

图4 日本《少年战旗》创刊号封面

他们指出日本的左翼儿童文学运动不但没有形成评价较高的作品,而且在理论上也有很大的缺陷。但是它对于日本儿童文学史的意义不能因此而忽视。日本的左翼儿童文学对建立在童心主义基础之上的初期儿童文学进行批判,采用现实主义手法对当时日本儿童所处的社会现实进行描写,这在一定程度上代表了创作方法的进步,也对日后日本儿童文学的发展产生了极大的影响。

## 二、韩国——"少年运动"与《俄里尼》《新少年》《星国》

1923年3月,李元珪、高长焕、丁洪教、金亨佩等人组织成立"半岛少年会",社会主义思想开始在少年运动团体中传播。但是,关于半岛少年会的记录并没有发现。1925年5月,半岛少年会和其他少年团体联合成立全国性的团体"五月会"。从二十世纪二十年代初开始,随着少年运动的深入,全国各地成立了一些少年会。1923年底,"朝鲜少年运动协会"成立并开展运动,成为一个全国性的组织。但是随着五月会的成立,少年运动出

---

[①] 朱自强:《日本儿童文学论》,山东文艺出版社2007年版,第13页。

## 第一章　左翼文学思潮影响下东亚儿童文学的发展与交流

现分化。当时,五月会受到社会环境的影响,标榜无产阶级儿童文学。①

1927年7月,朝鲜少年运动协会和五月会合并成立"朝鲜少年联合会"。此后,少年运动组织开始提倡无产少年运动和无产少年文艺运动。成立朝鲜少年联合会是左派和右派合作路线的产物。1928年3月25日,在方定焕等主要人物缺席的情况下,朝鲜少年联合会更名为"朝鲜少年总联盟"。围绕少年运动组织的变化,重视理论斗争的少年运动论和少年文艺运动论也热火朝天地发展起来。此时,卡普按照"方向转变论"对组织机构进行改革,左翼文学从"自然发展期"进入"目的意识期"。受此影响,少年运动论和少年文艺运动论也开始提出要转变前进方向。

1927年末至1928年初,韩国"方向转变论"积极开展起来,主要参与人有金泰午、崔正谷、洪银星②、宋完淳等。他们以相互批判或补充的方式展开讨论,基本观点是所有的少年运动和少年文艺运动都应该在马克思主义这一鲜明的目的意识的基础上进行方向转变。他们一致批判过去的少年运动缺乏统一性、组织性和计划性,呈现出分裂的、散乱的和临时性的特点。他们还批判过去以方定焕为中心开展的少年运动是"为了让儿童过上富裕的生活、提高他们的兴趣而进行针对性的教育,要求他们投身社会"③。

金泰午在《在全朝鲜少年联合会成立大会前夕的发言》中表示,"为了必须开展的少年运动,我们应统一行动,就连牺牲也应该是有组织有计划的"④。洪银星在《少年运动与少年文艺运动理论的建立》中表示,为了"提高"少年运动和少年文艺运动的"社会价值","应率先组织自发的少年运动,但是如果不开展理论大讨论,是不可能实现的。理论大讨论可能会促进方向转变"。⑤ 宋完淳在《克服空想理论——告洪银星书》中表示,"我们

---

① [韩]沈明淑:《韩国近代儿童文学论研究》,仁荷大学2002年硕士学位论文,第37—38页。
② 洪银星,原名洪淳俊,韩国小说家和评论家,主要以"洪晓民"的笔名进行文坛活动,但他有关儿童文学的作品和评论主要是以洪银星的笔名进行,所以,在此著作中用"洪银星"一名标注其身份。
③ [韩]洪银星:《少年运动与少年文艺运动理论的建立》,《中外日报》1927年第12期,第12—13页。
④ [韩]金泰午:《在全朝鲜少年联合会成立大会前夕的发言》,《东亚日报》1927年第7期,第29—30页。
⑤ [韩]洪银星:《少年运动与少年文艺运动理论的建立》,《中外日报》1927年第12期,第12—13页。

的少年运动是无产阶级儿童的运动,我们应在写作中坚持实践精神,创作一些表达无产阶级意识形态的作品"①。他认为朝鲜儿童应该认识到现实之美和实践性,而非空想和幻影。

后来成立的朝鲜少年总联盟继承了少年运动和少年文艺运动的"方向转变论"。《朝鲜少年总联盟决议事项》(1928)中指出,少年运动拒绝"资产阶级"文学,重视无产阶级少年教育。② 从此,左翼儿童文学成为韩国这一时代的主流思潮,席卷了《星国》(1926—1935)、《新少年》(1923—1934)、《俄里尼》等儿童文坛的代表性杂志。1928年,卡普成员朴世永(1902—1989)和宋影(1903—1978)等人加入《星国》带来新的变化。从1930年开始,左翼儿童文学初具雏形。③

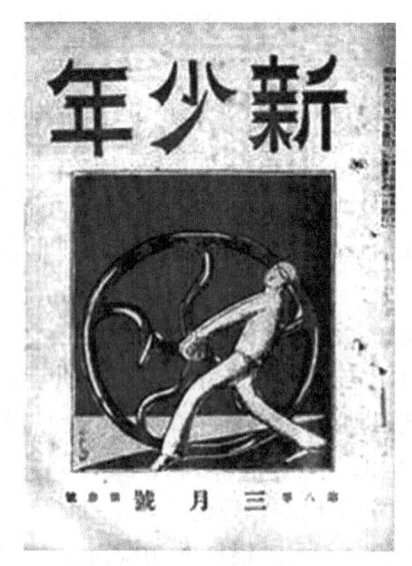

图5　韩国《新少年》杂志封面　　图6　韩国《星国》杂志期刊封面

《新少年》创办之初,申明均(1889—1941)、郑烈模(1895—1968)和李秉岐(1891—1968)等人发挥了主要作用。其中,申明均是朝鲜语研究会和朝鲜教育协会的干部,郑烈模和李秉岐是朝鲜语研究会的会员,也是大倧

---

① [韩]宋完淳:《克服空想理论——告洪银星书》,《中外日报》,1928.1.29—1928.2.1。
② [韩]沈明淑:《韩国近代儿童文学论研究》,仁荷大学2002年硕士学位论文,第40页。
③ [韩]元钟赞:《中立和谦虚带来的左右合作——20世纪20年代的儿童杂志〈新少年〉》,《创作与批评(儿童)》2014年夏,第179页。

教徒。初创期的《新少年》提倡振兴"民族语言"和"民族意识",收录了部分"五彩缎会"作家和少年文艺作家的作品。① 但是到了1929年左右,李周洪(1906—1987)、李东珪(1911—1952)和洪九(1908—不详)等新派作家全权负责编辑,《新少年》开始标榜左翼儿童文学。②

天道教发行的《俄里尼》与《开辟》(1920.6—1926.8)有着相同的思想渊源。值得注意的是,天道教的民族社会运动与左翼儿童运动有着密切的关联。方定焕主编的《俄里尼》也允许宋影等左翼文学作家发表作品。因此,二十世纪二十年代宋影的主要作品《被赶走的老师——某个少年的手记》(1928)和《衣襟如旗帜》(1929)等才能在韩国《俄里尼》文学杂志上发表。③

二十世纪三十年代出现的左翼文学思潮改变了二十年代儿童文学的发展方向,它虽然提倡反映沦为殖民地的朝鲜的儿童所处的社会现实,但是不具备连续性。由此可以看出,韩国的左翼儿童文学受外部因素影响较大,呈现出追随成人文坛和日本潮流的特点。④

## 三、中国——左联与《少年大众》

二十世纪三十年代,中国文坛出现了许多以无产阶级儿童为素材、使用现实主义方法创作的儿童文学作品。这与左翼文学思潮有着十分密切的关系。从1928年出现"无产阶级革命文学"⑤到1930年成立左联,"左翼文学在整个时代文学中掌握着主导权,能够决定文学的发展方向,是一股强大的文艺思潮"⑥。这一文艺思潮强调现实主义,极大地影响了儿童文学创作。

左联从成立之初就把儿童文学视为左联文学的重要部分,对儿童文学

---

① [韩]元钟赞:《中立和谦虚带来的左右合作——20世纪20年代的儿童杂志〈新少年〉》,《创作与批评(儿童)》2014年夏,第180—185页。
② 同上书,第179页。
③ [韩]元钟赞:《从作品年表中分析李周洪儿童文学的特点——以卡普时期的成果为中心》,《文学教育学》2012年第38期,第341页。
④ 同上书,第342页。
⑤ 1928年1月1日,郭沫若(1892—1978)在月刊《创造》的第一卷第8期上发表名为《英雄树》的论文,提倡"无产阶级"或"社会主义文艺方向",认为"文艺界应该出现暴徒"。1927年底,从日本回国的中国共产党党员成仿吾、冯乃超、彭康、李初梨、朱静我、李铁生等加入创造社,郭沫若称他们为"新锐斗士"。1928年1月1日,《太阳月刊》创办,标志着革命文学团体"太阳社"的成立。太阳社的成员有蒋光慈、钱杏邨、杨邨人等,其大部分成员都加入了左联。
⑥ 姚辛:《左联史》,光明日报出版社2006年版,第2—3页。

理论建设给予了极大关注。1930年3月2日,左联成立大会在位于上海的中华艺术大学举行。成立大会结束后不久,同年3月29日,左联的机关杂志《大众文艺》①在上海召开讨论会,讨论制定《少年大众》②编辑方针。此次会议共有包括左联作家沈起予、欧佐起、孟超、邱韵铎、华汉、冯宪章、叶沉、白薇、潘汉年、田汉、周全平、钱杏邨、戴平万、洪灵菲、冯乃超、蒋光慈、陶晶孙、龚冰庐等参加。其中左联常务委员七人中有四人到场,分别是田汉、钱杏邨、洪灵菲、冯乃超,从这点上可以看出左联对《少年大众》栏目刊发的重视。

在《少年大众》编辑方针讨论会上,钱杏邨指出这一杂志应启发少年的阶级意识,帮助他们认识到团结斗争和组织的重要性;邱韵铎也认为应该"使用具有宣传性和煽动性的语言与图片向儿童灌输先入为主的观念,将他们在所有革命斗争中联合起来"③。通过这方面的表达可以看出,与日本的纳普和韩国的卡普左翼同盟组织一样,左联也将儿童文学视为向儿童读者传播阶级意识和斗争观念的工具。

但是,左联众与会者在强调"阶级意识"、"大众化"的同时,也有许多人都认为还要注重"少年化"、"儿童的喜好"。蒋光慈在会上明确指出,"少年不是成年,少年有少年的兴味,成年有成年的兴味,所以少年大众应该是大众化而且要少年化"④。田汉也提到,要让儿童少年们看懂并喜欢上这本杂志是非常重要的,特别强调了文字通俗易懂的重要性,在这基础上,提倡给孩子们一点新的、有益的东西,指示给他们新的世界观。

> 田汉　那么让我来先说罢。——对于少年,我们第一先要使他们懂,其次是要使他们爱。我们不论著译,文字总要通俗。好比新文学

---

① 1928年9月《大众文艺》创办,收录原创作品和翻译作品。起初由郁达夫和厦莱蒂负责编辑。1929年2月20日第1卷第6期出版后停刊8个月,后于同年11月1日复刊,由陶晶孙负责编辑,出版第2卷第1期。每期开设"大众文艺小品"专栏,介绍国内外作家的作品。用文艺为大众服务是左联的行动纲领,同时也是《大众文艺》的发展方向和奋斗目标。

② 1930年3月29日《少年大众》创刊会议召开。此次会议共有包括左联作家在内的17人参加。1930年5月1日,《少年大众》以《大众文艺》第2卷第4期《新兴文学专号》的形式出版,与少年读者见面。1930年6月1日,《少年大众》第2期在《大众文艺》第2卷第5期和第6期合刊中出版,之后被国民党政府禁止发行而停办。

③ 上海鲁迅纪念馆编:《纪念与研究 第2辑》,上海鲁迅纪念馆,1980年,第50页。

④ 同上。

第一章　左翼文学思潮影响下东亚儿童文学的发展与交流

的不普遍,最大的原因还是文字不通俗。文字的通俗浅显是使他们懂的重要条件。

其次说到爱。儿童是喜欢泥人,糖果的,现在我们要另外给他们一点新的,有益的东西。并且我们要使他们对于爱好泥人的心理转向我们所给他们的东西上来。

所以我们不妨把过去的英雄意识化起来以使他们了解,指示他们新的世界观。并改编他们日常所接近的故事以转移他们的认识,抵抗他们的封建思想。①

上面钱杏邨提出要培养启发少年们的阶级斗争意识,除此之外,他还考虑到儿童的特性和需求,建议采用大字印刷,并要注重插画的使用。针对此建议,潘汉年、叶沉和起予等也认为多加插画和色彩,并提出要积极争取小朋友的意见。另外,周全平还提出,连环图画和黎锦晖的歌曲,对少年们的影响很大,可以拿来作参考,进而把想要传达的意识加进去。

1930年5月1日,《少年大众》第1期以《大众文艺》第2卷第4期的"新兴文学专号"的副刊形式发行。《少年大众》通过题为"给新时代的弟妹们"的发行宣言指出,在《少年大众》上发表的所有文章都是为了新时代的少年大众,一个光明的时代即将到来,他们要向广大读者传达过去、现在和未来的社会现实。

给新时代的弟妹们
《大众文艺》编者

这里的种种,都是预备给新时代的弟妹们阅读的。

这个光明的时代快到了,我们的社会是不断地在进展着。

也许我们所讲的种种是你们所不曾知道过,不曾看见过的;但是这些都是真的事情,而且是必定会来的。

因为这些种种都是你们在学校里和家庭里所不会谈起的,大人们是始终把这些事情瞒着你们的。

我们要告诉你们,过去是怎样,现在是怎样,将来又是怎样。

---

① 上海鲁迅纪念馆编:《纪念与研究 第2辑》,上海鲁迅纪念馆,第49页。

我们要告诉你们真的事情。这是我们新编《少年大众》唯一的抱负。①

此外,《北斗》(左联的机关杂志),《文学导报》《萌芽》《拓荒者》《大众文艺》等左翼杂志成为左翼儿童文学作品和理论的发表基地;北方左翼作家联盟等革命文艺团体创办了《少年先锋》等杂志。②

二十世纪三十年代,中国的左翼儿童文学在左翼文艺运动的影响下提倡反映中国儿童的现实生活。他们通过创作教会身处残酷环境中的儿童,尤其是极度贫困的劳动者和农民的子女,怎样与命运抗争。因此,这一时期的左翼儿童文学作品大都是向儿童读者揭露残酷的社会现实的作品,主要的创作目的是使儿童读者学会观察社会百态。

## 第三节 左翼文学时期东亚儿童文学之间的连带与交流

### 一、中国儿童文学与东亚的连带与交流

中国左翼儿童文学的兴起受到众多因素的影响,其中一个方面则与日本留学派文人有着密切的关系。中国左联同盟有外国留学经历或体验的文人作家中,去日本留学归来的文人占据了大多数。以郭沫若为中心的"创造社"与以鲁迅为中心的"语丝派"以及"太阳社"的活跃,为左联的成立奠定了基础。"创造社"、"语丝派"、"太阳社"里面有日本留学经验的文人数量也是非常多的。

早在二十世纪初年,鲁迅与周作人就前往日本进行深造。鲁迅、周作人、茅盾等人对日本文坛一直很关注。鲁迅在日阅读并翻译日本小说的过程中,对夏目漱石、森鸥外、菊地宽、芥川龙之介等人的作品给予了很高的评价。可以说,中国文人们的"日本体验"与中国左翼文学的兴起与发展有着很重要的联系。

1927年年末,从日本回国的成仿吾、冯乃超、彭康、李初梨、朱镜我、李铁生等人一起成立创造社。这些文人在日本的时候,深受日本福本主义的

---

① 王泉根:《中国现代儿童文学文论选》,广西人民出版社1989年版,第118页。
② 蒋风主编:《中国儿童文学发展史》,少年儿童出版社2007年版,第110页。

影响,提出了"无产阶级革命"的口号。而以太阳社为中心活动的很多文人作家,则对日本藏原惟人的理论极其推崇,特别是他的"新写实主义"。太阳社主要成员中的蒋光慈、楼适夷、冯宪章等人非常清楚当时藏原惟人在日本的重要地位。从对"福本主义"的推崇到藏原惟人的"新写实主义"被提倡,显示了日本左翼文学的真正成熟。日本在理论倡导、大众化论争和运动组织等技术方面略微先行一步,中国左翼文学运动中的骨干成员多为留日学生,他们很多方面参照了日本的经验。

蒋光慈在1929年10月和当时全日本无产者艺术联盟(纳普)的理论指导者藏原惟人会面,并与其讨论"新写实主义"的问题。1931年以后,"新写实主义"成为推动中国左翼文学思潮发展的重要口号之一。[1] 当然,之后国内的"福本主义者"与"新写实主义者"之间就相关的理论也有过相互的批判与论争。从这里可以看出,中国的左翼文学运动的形成与发展与日本的左翼文学运动有极其密切的连带关系,特别是在理论方面,中国左翼文学的发展受到日本左翼文学的影响很多。但是,这并不是说,中国左翼文学的发生就是日本左翼文学的一个复本,或者说中国左翼文学就是以日本左翼文学为模本而生成发展的。日本左翼文学运动对中国左翼文学运动虽有巨大的推动作用,但严格上来说,中日左翼文学运动都是受到共产国际直接指导的,是以反对帝国主义战争和资本主义压迫,最终实现全人类解放为目的的世界革命的有机组成部分。[2]

左联成立不久之初,在日本的中国留学生叶以群、森堡、谢冰莹、楼适夷等成立了"中国左翼作家联盟东京支部"。有了这些知识分子的参与支持,左联与日本左翼文学之间的交流也变得更加活跃。他们在日本还去访问秋田雨雀、村山知义等日本左翼文学联盟的作家,记录有关日本左翼文学运动的发展状况。[3]

日本纳普的机关杂志《战旗》创刊伊始就对中国革命和文学的动向进行了密切的关注。例如,创刊号就刊登了广濑宏的《中国资产阶级的没落》。另外,《战旗》6月号(第1卷第2号)还推出了"中国特辑",该特辑由

---

[1] 陈红旗:《"日本体验"与中国左翼文学的发生》,《贵州师范大学学报》2005年第5期,第95—96页。

[2] 赵京华:《中日间的思想——以东亚同时代史为视角》,生活·读书·新知三联书店2019年版,第392页。

[3] 姚辛:《左联史》,光明日报出版社2006年版,第56页。

两张照片及一组配有漫画的评论组成，评论有鹿地亘的《为什么要拿起武器》、小川信夫的《致中国同志》、藤枝丈夫的《禁战区域》、佐田孝之助的《兵卒》、木部正行的《等等，等不及了吗》等。另外，在这一期的创作栏中还刊登过山口慎一翻译的中国王独清的诗歌《我回来了，我底故国》。紧接着《战旗》的7月号（第1卷第3号）刊出了山田清三郎的《访问中国的两位作家》、藤枝丈夫的《中国的新兴文艺运动》、川口浩二的《中国情况——弥漫中国北方的战火》三篇文章。山田清三郎和藤枝丈夫的文章是他们在千叶县市川市采访郭沫若和成仿吾的相关访谈内容。[1] 单援朝指出，这些访谈录不仅使当时日本（也包括中国）的读者了解到中国无产阶级文学运动发生的历史及现状，也加深了对创造社与鲁迅的关系的认识，同时实证了超越国界的"东亚文坛"的存在，以及《战旗》在其中所起的作用。这一现象凸显了日中现代文学的同时代性。[2]

积极参与左翼儿童文学理论建设的胡风于1929—1933年间在日本应庆大学留学。日本普罗无产阶级运动正在蓬勃开展之际，胡风读到了许多普罗文学的期刊，如他所讲"那里写的无论是日常生活或是基层斗争，都有真情实感，吸引了我"[3]。在日本，胡风结识了一批日本普罗文化领导人如小林多喜二、江口涣等，并以中村护、谷非等笔名为普罗文学刊物撰稿，介绍中国左翼文化运动。而后，胡风与方翰、王承志等参加日本反战同盟，成立一个中国人的小组，后接到日共领导的通知，加入日本共产党。接着，胡风团结留日的进步青年组成"新兴文化研究会"，并由他自己负责下属的文学研究会，编辑出版了油印刊物《新兴文化》两期，反对日本侵略中国的战争阴谋。同时，胡风参加了"左联东京支部"，接受冯雪峰的领导。因其组织新兴文化研究会和反战活动，胡风遭到了日本政府的逮捕和拷问，以至1933年被驱逐回国。胡风留日期间，不仅接触日本左翼文化运动，也与中国左翼文化运动有所接触。胡风通过韩起与当时负责"文总"领导工作的冯雪峰通信，他办的《新兴文化》刊物得到"文总"的承认。1933年6月，胡风从日本回到上海，在鲁迅先生的关心帮助和指导下从事文学工作。为了使左联工作有新的进展，胡风迅速在宣传部下设理论、诗歌、小说三个研究

---

[1] 单援朝：《从〈战旗〉对郭沫若、成仿吾的采访看日中无产阶级文学运动交流》，《郭沫若学刊》2000年第134期，第4页。
[2] 同上书，第12页。
[3] 胡风：《胡风回忆录》，人民文学出版社1997年版，第1页。

## 第一章 左翼文学思潮影响下东亚儿童文学的发展与交流

会,并编辑出版了油印内部刊物《文学生活》,向盟员通报左联情况,作为组织联系之用。

左联与日本左翼文学运动的交流也离不开日本文学作家的努力,如内山完造、山上正义、尾崎秀实、鹿地亘、山本实彦等人与鲁迅交往甚密,同时与其他左联成员之间也有着联系与交流。例如,1933年左联成员林焕平去日本东京恢复左联的支盟,就曾得到江口涣、中野重治等纳普领导者的帮助。鹿地亘与左联的冯乃超、郭沫若等一直有着密切交流。而日本的左翼作家,以及具有共产国际背景的新闻记者在上海直接参与中国的左翼文化运动等,亦充分地说明了彼此之间存在着互通有无的联系。可以说,中日的文人作家为中日左翼文学的彼此交流做出了重要贡献。

当时中日之间的儿童文学交流以及左翼儿童文学的交流也是活跃的。1930年3月29日,左联刊物《大众文艺》在左联成立还不到一个月的时候,立即召开商讨创办《少年大众》栏目的方案。左联常务委员中的冯乃超、钱杏邨、田汉、洪灵菲四人到会,另外还有沈起予、冯宪章、蒋光慈、陶晶孙、龚冰庐等另外十四人到场。龚冰庐提出,《少年大众》是给"新兴阶级的少年少女们的读物",主张用浅显的文字和插画来教育儿童,同时还同陶晶孙商量之后提议《少年大众》的编辑计划可参考日本的《少年战旗》。欧佐起①紧接着龚冰庐的提议,讲到日本农村的教育很普及,很多少年能读到《少年战旗》,还特意讲到日本少年的示威曾威胁到地主们,而这对中国有重要的借鉴意义。从这里可以看出龚冰庐、陶晶孙、欧佐起都对日本的左翼文学期刊《少年战旗》非常熟悉,欧佐起作为日本左翼文学运动的重要参与者,自然对《少年战旗》这本杂志熟悉,陶晶孙刚从日本回来不久,应该对《少年战旗》作为日本左翼文学运动中一个重要组成部分的事实非常了解。也是基于这一认识,他们提出了《少年大众》栏目在以后的办刊中,要向《少年战旗》借鉴经验与学习。由此可以看出,通过当时这些众多的有日本留学经历或者是对日本左翼文学运动极其关注的文人作家的努力,中日左翼儿童文学间的交流是非常密切的。

之后发行的《少年大众》杂志中除了刊登苏尼亚的《苏俄的童子军》、冯铿的《小阿强》、钱杏邨的《那个十三岁的小孩》、龚冰庐的《顾正鸿》等作品,

---

① 欧佐起原名尾崎秀实,日本文学评论家,日本左翼文学运动重要参与者,在中国左翼文学运动中也起到了重要影响作用。

45

还收录了司徒慧敏翻译的日本藤森成吉[①]的《金木王子的故事》。藤森成吉于1921年参加社会主义同盟,之后很长一段时间内到工厂、农场和工农群众劳动,并根据真实履历发表报告文学《狼!》。他之后转向剧本创作,并写成《茂左卫门遭磔刑》一剧。这个剧本描写不堪忍受领主盘剥的农民决心发动武装暴动,其中一个叫茂左卫门的农民自愿替农民上诉,以此想避开暴动引起过大的牺牲,结果却是他和妻女一起被领主处以磔刑,这件惨案的发生最终使农民们觉醒起来。藤森成吉积极投身于日本无产阶级革命运动,并于1928年被选为全日本无产者艺术联盟(纳普)的第一任委员长。在左翼文学刊物《少年大众》栏目中有登载日本纳普组织领导者翻译作品的这个事实,可以看出当时《少年大众》编辑部对于介绍日本左翼儿童文学的情况并与其交流这一事项是极其重视的。

上面提到鲁迅与日本的左翼文学的作家们有着密切的交往,鲁迅对日本的左翼儿童文学的领导者槙本楠郎的活动动向有着密切的关注,这一点我们可以在《〈表〉译者的话》中确认到这个事实。鲁迅在1935年1月1日—12日间翻译班台莱耶夫(1908—1987)的《表》,在同年7月由上海生活书店出版。《〈表〉译者的话》这篇文章则刊载在1935年3月《译文月刊》第2卷第1期上。

鲁迅在文章中提到,自己翻译的《表》是以1930年在柏林出版的德国玛利亚·爱因斯坦女士的德译本为蓝本的。同时,他还特意提到日本的槙本楠郎的日译本《金时计》对他翻译《表》起到了很大的帮助这件事。槙本楠郎的日语译本于1933年12月在日本东京乐浪书院发行出版。因为槙本楠郎的《金时计》没有阐明是依据哪一版本译著而成,鲁迅根据藤森成吉发表在《文学评论》创刊号上的内容,推测槙本楠郎的译本也不是参考的苏联原本,而应为德译本。从这里看出,鲁迅读过槙本楠郎的《金时计》,而且对它是非常熟悉的。不仅如此,鲁迅对于槙本楠郎在《金时计》中的译者序

---

[①] 藤森成吉,日本小说家、剧作家。生于长野县一药商家庭。在东京第一高等学校学习期间对文学产生兴趣。1913年以旅游大岛为题材,写作长篇小说《波浪》(1914),1915年以在《新潮》杂志发表短篇小说《云雀》成名。1916年毕业于东京大学,1918年发表短篇小说《在研究室里》、中篇小说《旧先生》、长篇小说《妹妹的结婚》等。藤森成吉于1928年被选为全日本无产者艺术联盟(纳普)的第一任委员长,1930年参加在苏联哈尔科夫召开的世界作家会议。第二次世界大战以后参加民主主义文学运动,并于1949年参加日本共产党。1955年发表长篇小说《悲哀的爱》。1960年发表长篇小说《悲歌》和剧本《独白的女人》。

第一章　左翼文学思潮影响下东亚儿童文学的发展与交流

言部分的言说非常认同,并把它翻译成中文,以求给予中国读者参考,具体内容如下:

> 人说,点心和儿童书之多,有如日本的国度,世界上怕未必再有了。然而,多的是吓人的坏点心和小本子,至于富有滋养,给人益处的,却实在少得很。所以一般的人,一说起好点心,就想到西洋的点心,一说起好书,就想到外国的童话了。
>
> 然而,日本现在所读的外国的童话,几乎都是旧作品,如将褪的虹霓,如穿旧的衣服,大抵既没有新的美,也没有新的乐趣的了。为什么呢?因为大抵是长大了的阿哥阿姊的儿童时代所看过的书,甚至于还是连父母也还没有生下来,七八十年前所作的,非常之旧的作品。
>
> 虽是旧作品,看了就没有益,没有味,那当然也不能说的。但是,实实在在地留心读起来,旧的作品中,就只有古时候的"有益",古时候的"有味"。这只要把先前的童谣和现在的童谣比较一下看,也就明白了。总之,旧的作品中,虽有古时候的感觉、感情、情绪和生活,而像现代的新的孩子那样,以新的眼睛和新的耳朵,来观察动物、植物和人类的世界者,却是没有的。
>
> 所以我想,为了新的孩子们,是一定要给他新作品,使他向着变化不停的新世界,不断的发荣滋长的。
>
> 由这意思,这一本书想必为许多人所喜欢。因为这样的内容簇新,非常有趣,而且很有名声的作品,是还没有绍介一本到日本来的。然而,这原是外国的作品,所以纵使怎样出色,也总只显着外国的特色。我希望读者像游历异国一样,一面鉴赏着这特色,一面怀着涵养广博的智识,和高尚的情操的心情,来读这一本书。我想,你们的见闻就会更广,更深,精神也因此磨炼出来了。
>
> 还有一篇秋田雨雀的跋,不关什么紧要,不译它了。①

如上述所述,鲁迅与日本无产阶级儿童文学理论指导者槙本楠郎的认识是一致的,认为为了孩子们要给他们看新的作品,世界在不断发展变化,

---

① 鲁迅:《〈表〉译者的话》,《鲁迅全集》第10卷,人民文学出版社2005年版,第436—437页。

孩子们应该跟上这一步伐,不断地成长进步。从这里能够看出,鲁迅对于当时处于无产阶级儿童文学理论指导者地位的槙本楠郎以及当时的日本左翼儿童文学都很关注。特别是在翻译期间,参考了槙本楠郎的译本资料的这一点,并在自己的"译者的话"里不惜用大篇幅的文字来翻译和介绍槙本楠郎的主张,而且表示对其非常有同感,这一点在中日儿童文学交流史上,应该是非常重要的一件史实内容。

1929年11月由许广平翻译、鲁迅校稿的《小彼得》在上海春潮书局出版发行。这一作品的作者是曾投身于德国无产阶级文学活动海尔密尼亚·至尔·妙伦(Hermynia Zur Mühlen,1883—1951)。许广平翻译的这一版本,是以1927年在日本东京晓书阁出版的林房雄为蓝本进行重译的。通过这一事实,我们能够再次确认,《小彼得》这一作品的翻译,也是中日左翼儿童文学历史上,乃至中日交流史上重要的一环。鲁迅在译本序言里对《小彼得》的翻译蓝本以及原作者进行了详细的阐述。

> 这连贯的童话六篇,原是日本林房雄的译本(一九二七年东京晓星阁出版),我选给译者,作为学习日文之用的。逐次学过,就顺手译出,结果是成了这一部中文的书。但是,凡学习外国文字的,开手不久便选读童话,我以为不能算不对,然而开手就翻译童话,却很有些不相宜的地方,因为每容易拘泥原文,不敢意译,令读者看得费力。这译本原先就很有这弊病,所以我当校改之际,就大加改译了一通,比较地近于流畅了。——这也就是说,倘因此而生出不妥之处来,也已经是校改者的责任。
> 
> 作者海尔密尼亚·至尔·妙伦(Hermynia Zur Mühlen),看姓氏好像德国或奥国人,但我不知道她的事迹。据同一原译者所译的同作者的别一本童话《真理之城》(一九二八年南宋书院出版)的序文上说,则是匈牙利的女作家,但现在似乎专在德国做事,一切战斗的科学底社会主义的期刊——尤其是专为青年和少年而设的页子上,总能够看见她的姓名。作品很不少,致密的观察,坚实的文章,足够成为真正的社会主义作家之一人,而使她有世界底的名声者,则大概由于那独创底的童话云。[①]

---

[①] 鲁迅:《〈小彼得〉译者序》,《鲁迅全集》第4卷,人民文学出版社2005年版,第155页。

### 第一章　左翼文学思潮影响下东亚儿童文学的发展与交流

在《小彼得》的序言中，鲁迅指出作者写作品的本意应该是写给劳动者的孩子们看的，但是在中国，不能实现。其中很大一个原因是源于劳动者的孩子们得不到受教育的权利，不识字。另外，他还指出劳动者的孩子们也没有足够的钱去买书，更没有时间去阅读这些书籍。从这里我们可以看出，鲁迅对于当时处于贫困状态的广大无产阶级劳动者的孩子们的处境的同情与担忧。而且可以确认到，鲁迅收藏有槙本楠郎与林房雄等日本左翼文学作家的日文翻译本，他对当时日本儿童文学运动是十分关注的。

中国左联时期的文学运动从苏联那里受到了很多的影响，而中国左翼儿童文学也吸收了苏联很多的儿童文学理论。从1930年代初，苏联儿童文学的理论就被翻译介绍到中国。在前面提到了茅盾介绍和引进了很多国外的理论，特别是参考了很多苏联的儿童文学理论，其中包括苏联马尔夏克（Самуи́л Я́ковлевич Марша́к，1887—1964）的儿童文学理论。茅盾曾写过《儿童文学在苏联》《〈团的儿子〉译后记》《儿童诗人马尔夏克》和《马尔夏克谈儿童文学》等文章，对苏联马尔夏克的儿童文学理论与创作经验进行总结阐述。

> 从前最通行的意见是："儿童文学者"，给儿童们一种心灵上的娱乐，并且启发了儿童们的想象力。但是现在有人把"儿童文学"的使命看得更严肃些了。我们可以引玛尔夏克（S.Marshak）的话来做代表。这位苏联的有名的儿童读物的作家以为"儿童文学"是教训儿童的，给儿童们"到生活之路"的，帮助儿童们选择职业的，发展儿童们的趣味和志向的。他以为"儿童文学"必须是很有价值的文艺的作品，文字简易而明快；是科学的技术的文学，但必须有趣而且活泼。一部"儿童文学"必须有明晰的故事（结构），使得儿童们能够清清楚楚知道怎样的人是好的，怎样的人是坏的；而这故事必须是热闹的，因为儿童们喜欢热闹，必须有英雄色彩的，因为儿童们喜欢英雄，必须用简明而有力的文字，必须有"幽默"，但这"幽默"不是"油腔"，不是"说死话"，而是活泼泼的天真和朴质的动作。①

---

① 茅盾：《茅盾和儿童文学》，少年儿童出版社1984年版，第55页。

左翼文学思潮与东亚儿童文学

上述文章片段出自刊登在1935年2月《文学》月刊第四卷第二期上的茅盾的《关于"儿童文学"》这一文章,由此看出,茅盾对于马尔夏克的儿童文学理论是很认同的。茅盾在《儿童文学在苏联》这一篇文章中介绍了苏联儿童文学的发展状况与理论批评,并对苏联作家们亲自与小读者们见面进行交流的这一举动非常赏识。有关这一方面的内容将会在下面章节中具体展开。

**二、日韩儿童文学的东亚连带**

在1920年代的殖民地韩国,以留学日本后回国的人物为中心成立了"黑友会"等许多政治组织,并在1925年8月成立了"朝鲜无产阶级艺术家同盟"。之后从1920年代后期到1930年代前半期,韩国文坛上涉及谈到无产阶级文学系列的日本文学非常多,这体现了殖民地韩国无产阶级文学阵营与日本无产阶级文学的紧密联系。[①] 与此相照应,这一时期韩国儿童文学家和日本儿童文学家的交流也很活跃。

日本学者大竹圣美介绍了日本杂志《少年战旗》上登载的四篇有关韩国的文章,并考察了韩日无产阶级儿童文化的交流情况。《少年战旗》中介绍的韩国相关报道大致可分为两种:一种是介绍韩国的主体少年运动为主;另一种是介绍居住在日本的韩国人的劳动运动为主。大竹圣美认为,《少年战旗》是一本"无产阶级运动杂志",因此,在涉及工人这一共同主题上,日本人和韩国人是存在连带的关系的。

韩国学者金英顺在《少年战旗》中关于韩国的文章中,对大竹圣美没有提到的日本西田伊作的《撕裂的袄》这一部作品进行了补充介绍。这一作品是围绕殖民地韩国的光州地区发生的学生劳动运动为中心展开,作者想通过劳动者和农民运动来倡导日本与中国、韩国应该团结起来一起做斗争。[②] 通过《少年战旗》中大量有关韩国的文章可以看出,日本职业文坛对殖民地韩国的儿童文学非常关注。这意味着韩国和日本的儿童文学之间存在着较有价值的交流活动。

曾经发表出版无产阶级童谣集和无产阶级儿童文学理论书、主导日本

---

① [韩]徐恩珠:《日本文学的言表和殖民地文学的内心》(民族文学史研究所基础学问研究篇),《作为制度的韩国近代文学和脱殖民声》,昭明出版社(首尔)2008年版,第275页。
② [日]大竹圣美:《近代韩日儿童文化教育关系史研究》,延世大学2002年博士学位论文,第130—131页。

第一章　左翼文学思潮影响下东亚儿童文学的发展与交流

无产阶级儿童文学理论的槙本楠郎，与殖民地韩国的无产阶级儿童文学有着非常重要的关系。他出版了《红旗》童谣集，于1930年5月5日在红玉堂书店发行，共收录35篇童谣，是日本第一部无产阶级童谣集。日本的冈一太与川崎大治、松山文雄等九名无产阶级诗人一起集稿发表出版另一本重要的无产阶级童谣集《小同志》。《小同志》于1931年7月25日在日本的自由社出版，这一童谣集共收录了这九名诗人的47篇作品。

值得关注的是日本无产阶级童谣集《红旗》和《小同志》的发行时间。殖民地韩国的第一部无产阶级童谣集《火星》于1931年3月10日出版。即《火星》出版的时间，不仅与《红旗》和《小同志》的出版时间非常接近，而且出版的时间就在日本发行两本无产阶级童谣集之间。由此推测，韩国无产阶级童谣集和日本无产阶级童谣集之间存在着一些关联，日、韩的左翼文学成员之间存在着密切交流的这一推断，并不是没有道理的。最能证明这一点的是，日本无产阶级童谣集《红旗》的封面上赫然用韩文写着"无产阶级童谣集"的字样，这足以证明当时韩国和日本无产阶级儿童文学文坛之间是存在着密切的交流关系的。

图7　[日]槙本楠郎

图8　日本无产阶级童谣集《红旗》

仔细地翻看《红旗》童谣里面的内容，会发现目录的前面首先介绍的是

"童谣小雪的朝鲜语翻译(童謠《コンコン小雪》の朝鮮語譯)",收录了殖民地韩国文人林和所翻译的槙本楠郎的《小雪》。另外,槙本楠郎在《红旗》的序言部分阐述了自己的想法的同时,还刻意提到了殖民地韩国文人们的名字。

> 使用日语的国内还没有一本专门为无产阶级儿童创作的"童话集"或"童谣集"。我的《红旗》就是它的开始。帮助寻找投稿者的同志是山田清三郎和林房雄两位。也非常感谢一直鼓励我的同志藤森成吉、江口涣、藤枝丈夫、猪野省三,还有狱中的同志仁木二郎,朋友难波亦三郎、浦上后三郎、冈一太等同行们。另外,还有出版这本书时,大力相助的白须孝辅、伊东欣一、李北满,还有将我的诗翻译成优秀的朝鲜语的殖民地诗人林和。①
>
> 1930.4.10 校正当日

通过槙本楠郎在书末收录的文章,可以了解到与他一起活动的日本无产阶级学文人的面貌,例如像当时活跃在日本无产阶级儿童文学领域的人物江口涣、藤枝丈夫、猪野省三等。另外,他提到,"出版这本书时,大力相助的李北满"和"将我的诗翻译成优秀的朝鲜语的殖民地诗人林和"两人。由此可以看出,当时23岁的韩国文人林和(1908—1953)和当时33岁的槙本楠郎之间有着相当密切的关系。同样,槙本楠郎提到李北满对他的书曾经提供大力帮助,说明他与殖民地韩国的文人李北满也保持着联系和通讯。

1927年韩国左翼文学同盟组织卡普东京支部设立。1927年3月,作为殖民地韩国的文人李北满在东京参加了无产阶级文学运动,并发行《第三战线》。1929年5月,以卡普东京支部为中心组织的"无产者社",致力于扩大朝鲜共产党重建运动相关组织。林和于1930年前往日本加入李北满主导的"无产者社",第二年回国,并于1932年成为韩国左翼文学同盟组织卡普的书记长,成为卡普第二代的领军人物。当时,李北满在日本积极结合阶级主义运动,还在日本左翼文学同盟组织纳普《战旗》(1928.5)等日本左翼文学杂志上发表了文章。

---

① [日]槙本楠郎:《红旗》,红玉堂书店(东京)1930年版,第105页。

## 第一章　左翼文学思潮影响下东亚儿童文学的发展与交流

通过我们的武器——艺术,向劳动者、农民、小市民、学生、富人等其他所有阶层的朝鲜民众以及外国人,要让他们知道我们充满鲜血的悲惨生活和反抗的火花。应该让他们知道所有以无产阶级战士为先锋的民众,被逼到结成反帝国主义战线的强大力量。一言以蔽之,就是要大胆摒弃我们现实的生活。还有就是要在全国范围内有组织、敏捷地、勇敢地进行。

——李北满《有关朝鲜无产阶级艺术运动的过去与现在(2)——普罗艺术四月号续》①

除了李北满之外,朝鲜的左翼文学文人中还有金浩英、金中生、金熙明、金光旭、申得龙、金重政、朴达、韩铁镐等曾在日本的左翼文学杂志《撒种之人》《战卫》《文艺战线》上发表文章与评论。日本的左翼文学团体也非常关注殖民地韩国的文学动向。曾在韩国无产阶级文学童谣集《火星》上发表五篇童谣的韩国儿童文学家金炳昊在日本文坛发表了多篇日语诗。②在日本左翼文学杂志《战旗》上也可以找到他的作品,例如《我是朝鲜人》就是其中一个代表性的例子。

我是朝鲜人!
没有国家也没有钱
虽然没有什么好开心的事
悲痛欲绝的泪水也一扫而光。

道德是什么!
一线的融合又是什么
我们太受骗了

从先辈那里生活的充满感情的家
从先祖那里继承的田地

---

① [韩]金桂子、李敏熙:《日本普罗文学志的殖民地朝鲜人资料选集》,文出版社(首尔)2012年版,第254页。
② [韩]朴京洙:《被遗忘的诗人,金炳昊的诗世界》,《韩国诗学研究》2003年第9辑,韩国诗学会,第69—70页。

有人贪得无厌,就敲诈走了!
现在只剩下光身一人了

(……)

日本人是我们的×
但是全日本的无产者站在我们这边
同情我们而试图拯救我们的人
全日本的无产者
你们在想的,我们也在想
你们想做的事
我们也能做到!
同志们拉起手来
拜托做好大事业!
——金炳昊《我是朝鲜人》,《战旗》1929 年第 3 期①

如上所述,二十世纪二三十年代殖民地韩国许多文人前往日本开展各种活动。曾是卡普盟员的李周洪于 1924 年赴日本,辗转于煤矿、土木、五金、文具、点心工厂,一边做苦工,一边自学庞大的中国经书系列。另外,他还曾在 1925 年 4 月 1 日至 1928 年 3 月 26 日三年多的时间里,在东京政治英语学校的近英学院教侨胞子女。1923 年后,李周洪在《新少年》上发表童谣和童话,在当时担任开壁社编辑的申亨哲的介绍下,成为《新少年》的主编。②

特别是李周洪在评价 1929 年韩国儿童文学的《儿童文学运动一整年》中提到了槙本楠郎,并直接引用了他的儿童文学相关理论。

那我就在这里引用日本的同志槙本楠郎的话吧。
儿童文学的真正使命不是跨越式地直接解释普罗米乔亚的政治

---

① [韩]金桂子、李敏熙:《日本普罗文学志的殖民地朝鲜人资料选集》,文出版社(首尔)2012 年版,第 264—265 页。
② [韩]柳宗烈:《李周洪与近代文学》,釜山外国语大学出版部(釜山)2004 年版,第 95—98 页。

## 第一章 左翼文学思潮影响下东亚儿童文学的发展与交流

性口号等,而是干脆把这种标语与成长一起自动包含进去,不实现不可以的,把儿童培养成无产阶级战士的训练和教化是必不可少的。以槙本的例子为例,例如字母的 ABCD 在交响乐中是指音阶的哆来咪发,而且列宁也清楚地告诉人们,儿童文学的领导者不能仅仅是语言学家和音乐家。这样,我们不得不清醒地认识到,成年人的文学和儿童的文学无论从其使命还是其功能上,都是根本不同的性质。(……)

而且直到去年中期为止,我们所写的童谣几乎都是站在个人立场上的。虽然根据那些情况不能一一教导,但我们有意识地写了多篇这样的童谣。之后我们面对作品写作需要注意的事项,虽然在这一方面槙本同志也有具体规定,但不能是根据抽象性批判而进行的概念性评价,而是对象的阶级、阶层、地域性、生活性、年龄差距等特殊情况也进行考虑,赋予特色,才能呈现出本来的效果。①

通过上述文章中李周洪直接引用槙本楠郎的理论展开讨论这一点,可以看出李周洪读了槙本楠郎的无产阶级儿童文学论。另外,在开展自己的儿童文学批评活动上,也可以看出他相当部分地吸收借鉴了槙本楠郎的儿童文学论。

而另一方面槙本楠郎也对朝鲜无产阶级儿童文学非常感兴趣,还介绍了自己在无产阶级儿童文学理论开展方面有关朝鲜的情况。在他的《新儿童文学理论》(1936 年)中,槙本楠郎对《朝鲜的新兴童谣》(无产阶级童谣)做出了如下评价。

朝鲜(殖民地韩国)儿童文学界出现所谓"新兴童谣"色彩的作品,可能是始于 1930 年左右的春天。然而,由于朝鲜政治上存在特殊情况,所以其近似的作品在此之前也出现过。但是,"新兴童谣"主导一种潮流,成为一种运动风潮。从这一点来看,应该不难理解。这些带有倾向性的作品主要在韩国儿童文学的综合性文艺杂志《新少年》(朝鲜语杂志 4×6 版型,每期约 60—70 页,定价 5 钱)或《星国》上发表,从而也产生了很多新晋作家。这一良好的状况持续到 1933 年秋天。

---

① [韩]李周洪:《儿童文学运动一整年》,《朝鲜日报》,1931.2.13—2.21。

之后,似乎又同日本的文学运动一样迎来了苦难时期。①

槙本楠郎在自己的《新儿童文学理论》书中,介绍翻译了韩国李久月的《追鸟之歌》,孙丰山的《蚂蟥》,申孤松的《乞丐孩子》,金成道的《春节》和《太多的米》等无产阶级童谣作品。他还提到了韩国的金炳昊、严兴燮、李周洪、郑青山、李东奎、金宇哲、安龙民、洪九、金旭等倡导左翼文学的文人名字。另外,他还写道"他们的作品虽然有很多缺陷,但我们应该承认他们拥有很多我们需要学习的东西"②。

---

① [日]槙本楠郎:《新儿童文学理论》,东宛书屋(东京)1936年版,第184页。
② 同上书,第191页。

# 第二章　左翼文学思潮中东亚儿童文学的理论建设

## 第一节　文学巨匠对儿童文学理论的介入

二十世纪三十年代中国国内外社会政治形势急剧变化，在大革命失败以后，国共两党陷入对峙局面，革命进入低潮期，随着民族危机的加深，人们要求民族独立的救亡意识也更为强烈。国际上欧美等西方诸国陷入经济危机，苏联社会经济却稳步发展，显示出社会主义制度的优越性，学习苏联的浪潮在国内兴起。这一国际国内形势的变化反映到文学中，在左翼文艺运动的影响下，中国现代儿童文学进入一个新的发展阶段，这一时期的儿童文学理论也贴近儿童的现实生活，紧密关注儿童教育与民族未来的关系，同时也将目光转移到苏联，儿童文学的社会批判性与革命意识得到加强。众文人知识分子大力提倡现实主义儿童文学的创作观，为之后中国现代儿童文学的理论发展道路做了铺垫。

1930年代以后，鲁迅、茅盾、胡风等左翼文学界的文豪巨匠们对中国儿童文学的理论批评建设都有建树。鲁迅作为左联的领导人物，以及整个文学界的文豪巨匠，曾经很谦虚地表示自己对儿童文学从来没有研究过。但是，我们可以发现鲁迅实际上对儿童、儿童教育，还有儿童文学的发展是非常关注的。鲁迅翻译了很多外国儿童文学作品，而且还积极提拔与挖掘新晋儿童文学作家。其中，张天翼就是鲁迅力推的新晋作家代表中的一位。

前文中曾提到过，鲁迅1926年对《二十四孝图》这个中国古代儿童读物的分析，不仅仅揭示了封建孝道的虚伪和残酷，还关涉到未来中国培养什么样的儿童的重大问题。鲁迅主张儿童文学作品要符合儿童的心理和经验,而不是一味地给儿童灌输荒谬的"孝道"思想。他在文章中指出,"无论忤逆,无论孝顺,小孩子多不愿意'诈'作,听故事也不喜欢是谣言,这是凡有稍稍留心儿童心理的都知道的。"在他看来,中国古代的"孝道"不过是"奴性"的代名词,新时代的儿童应该有新的启蒙读物,应该是告诉儿童如何做人的,而不是如何做奴的。另外,他还指出,自文学革命以来,给孩子们读的书比起欧洲、美国、日本来说是少的。但是还好的一点是这些作品和文章不光有字,而且有图画。但是有很多的人,包括在从事教育的工作者或者从政人员一直想要阻挠这发展,把图画也拿掉。鲁迅认为这批人是想把孩子们世界当中的快乐完全抹杀掉,对此行为进行了猛烈的批判。

另外,鲁迅在1933年8月发表的《我们怎样教育儿童的?》①这一文章中,曾指出关于研究历代儿童教育史的重要性。他认为,在中国需要作家,需要文豪,也需要真正的学究。他指出,如果有谁能够把中国历代的儿童教育方法进行整理并写成书,使人们了解到从先祖到现在是受到了怎样的教育的话,那真是一大功德,而这一功德可以说堪比大禹治水之功。

> 看见了讲到《孔乙己》,就想起中国一向怎样教育儿童来。
> 现在自然是各式各样的教科书,但在村塾里也还有《三字经》和《百家姓》。清朝末年,有些人读的是"天子重英豪,文章教尔曹,万般皆下品,惟有读书高"的《神童诗》,夸着读书人的光荣;有些人读的是"混沌初开,乾坤始奠,轻清者上浮而为天,重浊者下凝而为地"的《幼学琼林》,教着做古文的滥调。再上去我可不知道了,但听说,唐末宋初用过《太公家教》,久已失传,后来才从敦煌石窟中发现,而在汉朝,是读《急就篇》之类的。②

如上面所揭示,鲁迅对有害的儿童文学作品进行了非常锋利的批判,他对于儿童文学的这一思考,其实是基于他充分考虑到儿童的特性为基础展开的。他认为给儿童选择作品需要非常谨慎。而这一工作实际实施起来也会比较困难和复杂。在这里我们可以看得出,尊重以及理解儿童的特

---

① 《我们怎样教育儿童的?》最初于1933年8月18日发表于《申报·自由谈》。
② 《鲁迅文集全编》编委会编:《鲁迅文集全编》,国际文化出版公司1995年版,第931页。

第二章　左翼文学思潮中东亚儿童文学的理论建设

性是鲁迅儿童文学观中的一个基本理论。①

这一时期,鲁迅非常注重对苏联和西欧革命儿童文学的译介,以传播无产阶级革命思想,启发儿童的阶级觉悟,先后翻译了《表》、《小彼得》等六部儿童小说和童话。鲁迅在《〈表〉译者的话》一文中感叹叶圣陶给中国童话开创的自己创作的道路未得到延续,对中国儿童文学在三十年代初期"不但并无蜕变,而且也没有人追踪,倒是拼命的在向后转"的趋势加以严厉的批评,认为其还是拘泥于陈旧的题材故事,传达着不合于现代思想的旧观念,而缺少立足当下"像现代的新的孩子那样,以新的眼睛和新的耳朵,来观察动物、植物和人类的世界"的"有益"、"有味"的创作。他借日本槙本楠郎的话旗帜鲜明地提出了建设儿童文学的意见,即"为了新的孩子们,是一定要给他新作品,使他向着变化不停的新世界,不断的发荣滋长的"。相应的,鲁迅在呼吁新的创作的同时,也强调了对外国崭新作品的引进。

> 叶绍钧先生的《稻草人》是给中国的童话开了一条自己创作的路的。不料此后不但并无蜕变,而且也没有人追踪,倒是拼命的在向后转。看现在新印出来的儿童书,依然是司马温公敲水缸,依然是岳武穆王脊梁上刺字;甚而至于"仙人下棋","山中方七日,世上已千年";还有《龙文鞭影》里的故事的白话译。这些故事的出世的时候,岂但儿童们的父母还没有出世呢,连高祖父母也没有出世,那么,那"有益"和"有味"之处,也就可想而知了。②

文学界的另一位文豪巨匠茅盾在他的一生当中都对儿童文学的理论建设倾注了大量的心血,还写了很多儿童文学批评理论的文章。茅盾早在1920年发表的《文学上的古典主义、浪漫主义和写实主义》这一篇文章中,考察了三大文艺思潮的历史以及其发展的特征,他强调要充分吸收其中合理的思想要素。他对"五四新文学"发表了自己的认识与见解,并主张把这些思想内核用在儿童文学理论批评上。

二十世纪三十年代是茅盾在文学创作上的收获期,同时也是他在儿童

---

① 方卫平:《中国儿童文学理论发展史》,少年儿童出版社2007年版,第214—215页。
② 鲁迅:《〈表〉译者的话》,《鲁迅讲古籍序跋》,河海大学出版社2019年版,第217—218页。

文学评论领域中最活跃的一段时期。他从1932年12月开始到1938年4月,一共写了十几篇儿童文学批评理论的文章,鲁迅就曾经称茅盾为"战斗的批评家"①,这一时期他的一些主要儿童文学批评理论文章整理如下:

1.《"连环图画小说"》,《文学月报》1932年第一卷第五、六期合刊
2.《给他们看什么好呢》,《申报·自由谈》1933年5月11日
3.《孩子们要求新鲜》,《申报·自由谈》1933年5月16日
4.《论儿童读物》,《申报·自由谈》1933年6月17日
5.《怎样养成儿童的发表能力》,《申报·自由谈》1933年7月19日
6.《关于"儿童文学"》,《文学》月刊1935年第四卷第二期
7.《几本儿童杂志》,《文学》月刊1935年第四卷第三期
8.《读安德生》,《世界文学》1935年第一卷第四期
9.《再谈儿童文学——评凌叔华的儿童小说集〈小哥儿俩〉》,《文学》月刊1936年第六卷第一号
10.《不要你哄》,《文学》1936年第六卷第五期
11.《儿童文学在苏联》,《文学》1936年第七卷第一期

1933年5月到7月,茅盾在《申报·自由谈》上相继发表《给他们看什么好呢》《孩子们要求新鲜》《论儿童读物》《怎样养成儿童的发表能力》等文章,指出当时儿童文学出版界流通的"世界少年文学丛书"的量不仅少,而且过于欧化,无法满足孩子们的需求。他还指出为低年龄段的儿童创作的文学作品中,相互模仿剽窃这样的问题非常严重,呼吁大家要创作新鲜题材的作品。他还指出,以高年级的儿童为对象创作的儿童文学作品中,关于科学历史的作品是非常不足的。

> 现在程度不等的儿童读物光景也有一万种罢,而"连环图画小说"至多不过百数十种,可是后者流通之广,吸引力之大,远非前者所能及;这种现象是可怕的。现在的儿童读物,十之九是文艺性的;约可分为三类:一是猫哥哥狗弟弟的简单故事,或译或著或取中国民间故事

---

① 方卫平:《中国儿童文学理论发展史》,少年儿童出版社2007年版,第217页。

## 第二章 左翼文学思潮中东亚儿童文学的理论建设

稍加改换；读者对象是七八岁的儿童。二是较为复杂的了，但题材大部分还是属于第一类，偶有历史传说和神话。三是西洋文学名著的译本，例如宝岛之类。依这分类，我们就知道第一第二类虽有繁简之别而并无本质上的差异，第三类则突然跳高，特别在文字上；如果第一二类适合于八岁乃至十岁的儿童，则第三类是适合于十四五岁的初中一二年生，因而十二三岁的儿童便简直无书可读。我以为这是"连环图画小说"风魔了高小五六年生的原因之一。

其次，上述第一二类的读物数量虽多，而质料却很单薄，不论是西洋故事或本国故事，同是那么一点来源，大家采用，结果就成为内容雷同。所以即使是七八岁的孩子也感到读物的缺乏。"抄来抄去的几只故事啊！"七八岁的孩子对于新书不满意了。于是他也学他哥哥的样，看起连环图画小说来了。

所以就初级儿童读物而言，现在的毛病不在书少而在书的内容辗转抄袭，缺乏新鲜的题材。这是和高级儿童读物的毛病恰恰相反的！①

茅盾1935年2月在《关于"儿童文学"》这篇文章中，则考察了现代儿童文学三十年的历史。他提出"儿童文学"名称的来源始于五四时代，对于孙毓修也进行了综合性的评价，提出五四时代的儿童文学运动，是把从前孙毓修改编过的或者未曾用过的西洋的现成"童话"采取了所谓"直译"，真正翻译的西洋"童话"是从那时候起的。另外，他批判参与儿童文学运动的知识分子们沉浸于翻译童话，认为儿童文学应该是把"儿童文学"与"儿童问题"相关联起来对待，应更加严肃地看待儿童文学的使命，不再仅仅将其限定于为儿童提供心灵上的娱乐、启发儿童的想象力，而应是"给儿童们'到生活之路'的，帮助儿童选择职业的，发展儿童们的趣味和志向的"，即能给儿童的人生带来现实指导意义的。

"五四"时代的儿童文学是把"儿童文学"和"儿童问题"联系起来看的，这观念很对。记得是一九二二年，《新青年》那时的主编陈仲甫先生(陈独秀)在私人的谈话中表示过这样的意见。他不很赞成"儿童

---

① 茅盾著，孔海珠编：《茅盾和儿童文学》，少年儿童出版社1990年版，第403—404页。

文学运动"的人们仅仅直译格林童话和安徒生童话,而忘记了"儿童文学"应该是"儿童问题"之一。①

他在文中指出中国三十年代的儿童文学主要是以翻译西方文学作品为中心展开,而大部分的译本的语言枯燥无味,不能使孩子们感受到其中的趣味。他认为,当务之急要做的是创作新的儿童文学。

在材料方面,千万请少用些舶来品的王子,公主,仙人,魔杖,——或者什么国货的吕纯阳的点石成金的指头,和什么吃了女贞子会遍体生毛,身轻如燕,吃了黄精会终年不饿长生不老——这一类的话罢!在文字方面请避免半文半白的字句,不必要的欧化,以及死板枯燥的叙述(narrative);请用些活的听得渣说得出的现成的白话!②

紧接着1935年3月,茅盾在仔细阅读了当时全国六家主要儿童杂志的最新的全部作品后,在他自己主持的《文学》杂志第四卷第三期"书报述评"专栏上发表了《几本儿童杂志》。茅盾从作品的实际出发,以对儿童的影响和儿童的接受能力、阅读兴味为标准,犀利评析了六家儿童杂志的办刊宗旨、作品质量、各自的特点及存在的问题,并就提高刊物质量与建设儿童文学提出了自己的见解。他指出当时流行的低幼读物粗制滥造,缺乏创意;高层次读物又太依赖于翻译,文字偏向欧化,语言沉闷难懂。这些问题的存在给那些格调低下的迷信、通俗读物提供了可乘之机。

茅盾在他的文论中会不断地提出一个重要的儿童文学要点内容,即"要能给儿童认识人生"的价值,他也多次直言讲到"儿童文学应该有教训意味"。并引述苏联儿童文学作家马尔夏克(1887—1964)的"儿童文学是教训儿童的文学"的观点。马尔夏克主张儿童文学应该能够引领儿童们"到生活之路",帮助儿童们选择职业,发展儿童们的趣味和志向。所以茅盾也主张儿童文学必须是很有价值的文艺作品,它应当注重对儿童进行思想、认识和审美教育,"要能给儿童认识人生,构成他将来做一个怎样的人的观念",能够引导儿童"到生活之路去"。

---

① 茅盾著,孔海珠编:《茅盾和儿童文学》,少年儿童出版社1990年版,第410页。
② 同上书,第413页。

## 第二章 左翼文学思潮中东亚儿童文学的理论建设

虽然茅盾强调儿童文学应该有一定的教训性，但要注意的一点是，茅盾所提到的"教训意味"，并不是所谓的"教训主义"，也并不是鼓励儿童文学只讲说教性内容，而否定儿童文学的"文艺性"特征。正如他在《几本儿童杂志》中所言及的，儿童读物即使是"教训性"的，也应当有浓厚的文艺性。

> 我们并不是无条件反对儿童读物的"教训主义"。但是我们以为儿童读物即使是"教训"的，也应当同时有浓厚的文艺性；至于"故事"，"戏剧"等等完全属于儿童文学范围内的作品，自然更应当注重在启发儿童的文艺趣味，刺激儿童的想象力了。儿童文学当然不能不有"教训"的目的，——事实上，无论哪一部门的儿童文学都含有"教训"，广义的或狭义的；但是这"教训"应当包含在艺术的形象中，而且亦只有如此，这才儿童文学是儿童的"文学"而不是"故事化"的"格言"或"劝善文"。①

1936年，茅盾又发表了长文《儿童文学在苏联》，详细介绍苏联的儿童文学情况。文章着重介绍了苏联举国上下重视儿童教育与儿童文学的情况，苏联儿童文学的出版现状，苏联作家协会"儿童文学大会"所做的工作，儿童文学界重视"神幻故事"的编写译介，动员作家为孩子们写作，建立起作家与小读者的密切联系，重视儿童剧院与儿童剧的发展等。他借用苏联作家马尔夏克的话"苏联儿童的此等需要，就反映着社会主义文化的成长以及社会主义的巨大成功"，表达自己对创造中国儿童新生活与新儿童文学的憧憬和期望。

曾担任左联宣传部部长与行政书记的胡风也积极地参与当时儿童文学理论的批评建设，对左翼儿童文学理论的建设，做出了很大的贡献。他在之后的回忆录中关于之前在左翼儿童文学时期所做的这些努力，持较为积极肯定的态度。他主张无论是左翼儿童文学时期，还是新中国成立以后，儿童文学所担负的任务都是非常重大的，他认为儿童文学"表扬好的，清除不良的以至有害的东西"这一点是非常重要的。

---

① 茅盾著，孔海珠编：《茅盾和儿童文学》，少年儿童出版社1990年版，第423页。

评介了鲁迅译的苏联作家的《表》,和关于儿童文学的短论配合起来,也许对儿童文学的发展起了一点促进的作用。儿童文学的任务是重大的,不但当时,就是半个世纪以后,通过了社会主义的革命,在进行社会主义精神文明建设的今天,促进儿童文学的发展非常重要。在儿童文学里表扬好的,清除不良的以至有害的东西,这一项也是非常重要的。[1]

胡风于1935年1月12日在《文艺笔谈》上发表《关于儿童文学》一文,他在文中表明,五四以后的儿童文学被冷淡地放在"文坛"之外,文学创作方面没有认真考虑过儿童对于文学的要求,文学批评方面也很少把儿童读物当作对象来进行评析。胡风对当时儿童文学受冷遇的现象不满,他认为文学评论界应该对儿童文学的创作加强关注。

五四以后的这个长长的文学发展过程里面,儿童文学有过怎样的收获呢?各书局出版了不少的儿童读物,也有不少为儿童办的杂志,甚至有专门出版儿童书籍的书店。虽然如此,但儿童文学一般地是被冷淡地放在"文坛"底领域之外的。在创作上没有真正回答过儿童对于文学的要求,文学批评也没有把那些儿童读物当作对象。[2]

胡风在文中指出,应该严肃地看待儿童文学的使命,不再仅仅将其限定于为儿童提供心灵上的娱乐、启发儿童的想象力,而应是能给儿童的人生带来现实指导意义的。他认为现有的儿童读物,很多内容要么是养成崇拜黄金的心理的,如乐善好施的富翁,挥金如土的志士,老实人得到巨大的遗产以及发现金窖金矿等内容;要么是养成崇拜权力、地位等的心理的,如宣传封建的奴隶道德和超人的英雄之类的内容;要么是养成迷信的心理的,如荒唐无稽的鬼怪,善有善报恶有恶报之类的内容。这些内容的作品都遭到了胡风的反对。他在肯定叶圣陶《稻草人》现实主义创作的基础上,对张天翼的《大林和小林》给予了高度的评价,认为张天翼的创作"摆脱了以往底儿童文学底传统",以新奇的想象和跳跃的笔法传达出了以儿童的

---

[1] 胡风:《胡风回忆录》,人民文学出版社1997年版,第41页。
[2] 胡风:《胡风评论集(上)》,人民文学出版社1984年版,第74页。

## 第二章　左翼文学思潮中东亚儿童文学的理论建设

兴味和理解力为基础的社会的批判。

> 由《稻草人》到《大林和小林》，大概还不到十年的时间，但天翼底童话却取了和《稻草人》完全不同的崭新的样相。就我读过了一半的《大林和小林》说，作者摆脱了以往的儿童文学底传统，他底新奇的想象和跳跃的笔法所传达的内容是以儿童底兴味和理解力为基础的社会的批判。①

紧接着胡风于1935年10月14日在《文艺笔谈》上发表《〈表〉与儿童文学》一文，继续阐述他的儿童文学理论观点。他否定了过去抽象化看待儿童，将其看作处于超现实世界的儿童观，认为成人不能忽视儿童对自然、社会以及千变万化的人生所持有的好奇，而应给予相应的解释与说明。他主张儿童文学"必须是反映人生真实的艺术品"，而那些只写公主王子的童话"不能使儿童了解人生的真实"。他评价班台莱耶夫的《表》作为一部外国儿童文学作品，受到了国内学者的高度肯定，为中国儿童文学的创作与理论批评带来了启发。《表》这部作品从现实生活取材，截然不同于此前引进中国的儿童文学，胡风称其"把儿童底精神活动看做一方面也是和现实生活纠葛的交涉"的创作态度。

胡风通过对《表》的艺术特色的分析同时进一步阐述了他认为儿童文学应有的表现方式与艺术水准。在他看来，《表》这部作品不仅故事结构明了、有趣，合于儿童的好奇心理，而且文字明快，新鲜，具体，不用繁复抽象的语句却能写出新鲜真实的内容，而这恰是他所认为的儿童文学作者必要的本领。此外，他也肯定了这部作品浓厚的幽默色彩，认为儿童本就爱笑且喜欢热闹，因此幽默、能说出对生活的明朗的感觉的表现方法会被孩子接受和欢迎。

这与茅盾在《关于儿童文学》(1935)一文中对儿童文学的艺术水平所提的要求不谋而合，如胡风所言："儿童文学底特征并不是绝对地在于题材和主题，不过是选择题材和设定主题的方法比较不同，而且须用一种特殊的结构和表现方法罢了。"因此，尽管在这一时期人们倡导立足于现实的写作，认为儿童文学应反映人生的真实，但对于如何表现现实以便于儿童接

---

① 胡风：《胡风评论集（上）》，人民文学出版社1984年版，第75页。

受已经有了较为清晰的认知,即"必须用的是切合儿童底心理状态和知识水准的取材法和表现法,使儿童能够最大限度地容易了解"。

尽管在这一时期儿童文学承担起新的使命,需立足于人生的真实指导儿童的现实人生,将儿童培养成"真的人"与无产阶级的"战士",并包含一定的教训意味,但可喜的是这份教训在理论上并没有与说教相等同。就儿童文学中的说教问题,胡风在其文章中都表现出对枯燥的教训与说教的否定。胡风在《〈表〉与儿童文学》一文中否定了将儿童屈服于道德世界,使其被动接受教义的说教类文本。

> 在这以前被介绍过来的儿童文学底绝大多数里面,我们看得出什么主要的特征呢?第一,作家们把所谓"儿童"完全看成了一种抽象、一种概念,好像生殖器崇拜教底传统观念把处女看成神秘一样,他们把儿童当作了神秘的存在。他们以为儿童是完全处在一个超现实的世界里面,只是和幻影神游,所以在他们为儿童写的作品里出现的不是美丽的公主就是漂亮的王子,再不然就是能够征服一切妖魔鬼怪的万能的英雄。
>
> 第二,和上面所说的相反,一部分作家想把儿童屈伏在特定的道德世界里面,勉强使他们只是被动地接受教义,完全追随作者底主观希望。最明显的例子是托尔斯太底童话,部分地说,《爱的教育》也是属于这一类的。[1]

这一观点与茅盾的理论观点也是相通的,茅盾在《再谈"儿童文学"》一文中通过点评凌叔华的《小哥儿俩》《搬家》《凤凰》《小英》《开瑟琳》等作品,肯定了其在作品中避开正面说教的姿态,通过描摹儿童的天真和纯洁,使其从中不知不觉受到道德影响的方式,并且认为可对这种"写意画"的形式进一步加以改进和发展。

值得注意的是,在主张现实主义的潮流中,胡风对现实主义的追寻也没有完全否定儿童文学中的浪漫主义。胡风在积极倡导现实主义写作的同时,也没有拒绝与忽视"儿童文学里面的健全的浪漫主义"。在《关于儿童文学》一文中,他以爱罗先珂的童话为例,首先将这类童话与"有毒的神

---

[1] 《胡风评论集(上)》,人民文学出版社1984年出版,第213页。

怪故事以及葡萄仙子之类底廉价的幻想世界"相区别，进而肯定了这类童话在扩大儿童想象力界限、养成儿童对人生的热爱与勇气、对黑暗与丑恶的憎恨等方面的功用，表现出客观、辩证的态度。他在《〈表〉与儿童文学》里也强调，"儿童底精神活动里面还有富于幻想的一面，儿童文学里面是有浪漫主义的一面的"①。

上面所述鲁迅、茅盾和胡风作为左联的领军人物和当时文坛的巨匠文豪或者理论指导者，对儿童文学是非常关注的，而且写了大量的儿童文学理论批评文章。另外，还要提到的一个重要人物是郑振铎，郑振铎虽然不是左联的正式成员，没有加入左联，但他自始至终与左联结下不解的因缘。通过对他当时的行动、思想和发表的一系列文章、作品的梳理，都能鲜明地证明他是左翼文艺战线上的一名战士。② 左翼文学时期，他和鲁迅及茅盾等一直保持着密切的关系，不遗余力地投身于儿童文学的事业之中。郑振铎从1920年代开始就一直活跃在儿童文学界。1934年5月20日，郑振铎在《大公报》上发表《儿童读物问题》，后又在1936年7月《文学》第七卷第一号上发表《中国儿童读物的分析》，这些文章在中国儿童文学理论批评史上都具有重要的价值。

他在《儿童读物问题》里大声疾呼"救救孩子吧！"提倡要给儿童适合的读物。他认为，儿童读物和成人读物是完全不同的，要根据儿童的年龄以及智慧、精神的发展状态，来为他们选择读物。也就是说，要承认儿童的精神世界与成人是不一样的。所以，他认为当时儿童出版界的《三字经》《大学》《中庸》等这些篇目对于孩子来说是不适合的。

> 把成人的"读物"全盘的喂给了儿童，那是不合理的；即把它们"缩小"了给儿童，也还是不合理的。
> 我们应该明白儿童并不是"缩小"的成人。
> 我们常常看见有不明白的父母，把成人的衣冠，缩小尺寸给儿童穿着。那是怪可怕的不调和。人们称之为"小大人"，他们也怡然以为是"小大人"而不以为可怪，可羞！却不知道，这是不适合于儿童身体

---

① 《胡风评论集(上)》，人民文学出版社1984年出版，第219页。
② "左联"成立会址恢复办公室编：《中国三十年代文学研究》，上海社会科学院出版社1989年版，第89页。

的发育的。识者便会怪之,羞之!

为什么把"成人"的读物缩小了给儿童读,便没有人以为可怪,可羞呢?

《三字经》时代,《大学》《中庸》时代,《正蒙》《近思录》《呻吟语》时代虽然已经远远过去了;然而新的《大学》《中庸》时代却又来临了。①

另外,他还指出神话传说原来不是针对儿童而写的,所以在刊登神话和传说给儿童看的时候,要慎重地选择。郑振铎在《中国儿童读物的分析》这篇文章当中,对要把儿童培养成"忠实的奴隶"和"顺从的市民"的传统儿童教育的本质,进行了猛烈的批判。郑振铎认为要根据现代社会及现代教育的需要出发,去理解儿童的特性。

在旧式的科举制度不曾改革以前,中国的儿童教育简直是谈不上的。假如说是有"教育"的话,不过是注入式的教育,顺民或忠臣孝子的教育而已。以养成顺民或忠臣孝子为目的,而以注入式的教育方法为一成不变的方法。对于儿童,旧式的教育家视之无殊成人,取用的方法,也全是施之于成人的,不过程度略略浅些而已。他们要将儿童变成了"小大人"……他们根本蔑视有所谓儿童时代,有所谓适合于儿童时代的特殊教育。他们把"成人"所应知道的东西,全部在这个儿童时代具体而微的给了他们了!②

综上所述,在左翼文学思潮发展时期,或者说整个二十世纪三十年代,像鲁迅、茅盾、胡风、郑振铎这样的文学巨匠文豪对中国现代儿童文学的理论批评建设,可以说倾注了大量的心血。而且他们都亲自埋头于对儿童文学理论文章的写作,以及参与到儿童文学理论论争中来。鲁迅和茅盾都曾积极地参与二十世纪三十年代在中国发生的"鸟言兽语"的论争,这是中国儿童文学史上具有重大意义的一次综合性的全面论争,这次论争直接决定了中国童话的发展命运。鲁迅、茅盾、胡风、郑振铎等一般文学巨匠和文豪在中国现代儿童文学的理论建设中,担当了重要的角色,并起到了重大的

---

① 《郑振铎全集 13——儿童文学》,花山文艺出版社(石家庄)1998 年版,第 42 页。
② 郑振铎:《中国儿童读物的分析》,《文学》1936 年第 7 卷第 1 期。

第二章　左翼文学思潮中东亚儿童文学的理论建设

影响作用。这一点对于中国儿童文学的发展来说,也是非常具有重大意义的。他们都认为孩子是"最可爱以及最有希望的下一代"①,所以也在儿童文学以及儿童文化建设方面,竭尽全力倾注心血来关心儿童文学的发展。

在日本一般文学的巨匠对儿童文学创作相当感兴趣,也发表过许多作品,但对理论讨论没有积极介入。日本无产阶级儿童文学的理论领袖是槙本楠郎。他著有《无产阶级儿童文学的诸问题》(1930年)和《无产阶级童谣讲话》(1930年)两卷评论。这两卷评论集收录的文章,作为日本无产阶级儿童文学的重要批评理论,起到了积极的指导作用。在中韩日左翼儿童文学中,这是唯一出版了的无产阶级儿童文学理论集。槙本楠郎立足于马克思主义,在无产阶级儿童文学的发展方向及童话理论、童谣理论等多方面展开了理论讨论。

槙本楠郎主张要通过儿童文学培养儿童的革命意识。另外,他批判了大正时代的"超阶级"儿童文学。槙本楠郎的理论是日本儿童文学史上第一个系统性儿童文学论,具有划时代的意义。但相比艺术性,他的理论更强调的是政治性,他着力提出解放工人阶级的口号,强调宣传和煽动斗争的儿童文学,结果导致他倾向于脱离民众基础的激进主义。日本无产阶级儿童文学的崩溃,不仅是日本统治阶级残酷镇压的外部原因,还有脱离民众基础的激进理论的内部原因。②

猪野省三(1905—1985)于1927年加入日本无产阶级艺术联盟。起初,他作为画家与这一联盟结合在一起,但逐渐对文学产生了兴趣。猪野省三于1928年在《无产阶级艺术》上发表儿童小说《烧祭》,此后陆续发表童话,并被认定为无产阶级儿童文学家。他还在《战旗》等杂志上发表了童话和儿童文学评论。猪野省三于1929年2月发表《日本无产阶级作家同盟创立大会关于童话的报告》,成为日本无产阶级作家协会的会员。1929年,他对日本无产阶级儿童文学要达到的目标也提出了几点意见。1930年5月,他在《无产阶级艺术教程》第4辑中发表的《〈战旗〉与〈少年战旗〉如何编辑和经营?》的这一文章,对理解《少年战旗》中所阐述的日本无产阶级儿童文学有很大帮助。特别是通过他的文章和相关儿童文学活动,虽然

---

① 方卫平:《中国儿童文学理论发展史》,少年儿童出版社2007年版,第228页。
② [日]上笙一郎:《日本的儿童文学》,金耀燮译,载金耀燮编《现代日本儿童文学论》,宝晋斋(首尔)1974年版,第30页。

纳普旗下没有单独设立儿童文学部,但可以明确地了解到《少年战旗》作为日本左翼儿童文学的机关刊物发行过。

猪野省三在日本共产主义阵营中担任儿童文学理论的指导角色,无政府主义阵营的重要领导者是小川未明。小川未明是日本无产阶级儿童文学中代表无政府主义阵营的作家,在提倡让反资本主义的儿童文学家聚集起来的"新兴童话运动"中,小川未明的加入具有重大意义。但是,日本无产阶级儿童文学运动最终还是分离成了共产主义阵营和无政府主义阵营。围绕这个问题的详细讨论,将通过另外的章节详述。

在韩国,卡普时期文学界的巨匠们对儿童文学的讨论没有表现出多大的兴趣。在韩国无产阶级儿童文学的杂志《星国》和《新少年》上发表作品的主要作者如下:宋影、朴世永、申孤松、李周洪、李东奎、严兴燮、朴雅枝、金宇哲、安俊植、具直会、崔清谷、郑青山、孙丰山等。① 林华和李起荣是韩国文学界的文学巨匠。他们参与过儿童文学,但是从史料中看不到他们积极参与或介入当时儿童文学讨论的痕迹。宋影、朴世永、申孤松是卡普中央委员会的主要成员。宋影和朴世永在韩国第一次方向转换和第二次方向转换中发挥了重要作用,特别是在卡普的主导权从东京第三战线派到无产派转变的过程中,两人占据了卡普的核心位置。

图9 [韩]朴世永

宋影与朴世永虽然在韩国卡普儿童文学的成立过程中起到了主导作用,但是并没有积极介入卡普儿童文学理论的建设过程中,主导卡普儿童文学理论讨论的人物是洪晓敏(洪银星)、宋完淳等年轻的文士。虽然在倡导阶级主义的文坛上,有可以指出年轻文士们的错误并予以纠正的文学巨

---

① [韩]元钟赞:《朝鲜的儿童文学》,青铜镜出版社(首尔)2012年版,第23—24页。

第二章　左翼文学思潮中东亚儿童文学的理论建设

匠的存在,但他们几乎没有介入卡普儿童文学理论的讨论过程。可能出于此原因,韩国左翼儿童文学未能摆脱教条主义,未能广泛地团结更多的进步文人。

日本左翼儿童文学和韩国左翼儿童文学一样,没有围绕儿童文学理论建设展开激烈的争论。共产主义阵营和无政府主义阵营之间发生了激烈的争论,导致日本左翼儿童文学运动的分裂,但是像韩国左翼儿童文学一样否定童话的讨论并没有得到积极响应。在以小川未明为中心的无政府主义阵营中,强调了童话的目的性和艺术性,在以槙本楠郎为中心的共产主义阵营中,也没有否定童话的重要性。韩国左翼儿童文学和日本左翼儿童文学之间之所以出现这种差异,很大的一个可能性是因为像小川未明、槙本楠郎等这样在儿童文学中占据重要地位的人物都强调了童话的重要性。

如前所述,在中国左联时期,鲁迅、茅盾、胡风、郑振铎等一般文学的巨匠积极参与儿童文学讨论,而且鲁迅、张天翼等左联文人积极参与到"鸟言兽语"的论战中,积极维护"鸟言兽语"。正是有像鲁迅、茅盾等这样的文学巨匠积极地参与到儿童文学理论的建设中,中国的左翼儿童文学避免了陷入极端的教条主义错误。得益于此,相比较于日本与韩国的左翼文学联盟,左联得以团结更广泛的文人,并积极发展为文坛的统一战线。

## 第二节　围绕童话的理论之争

幻想力之于儿童,之于人类,都是一种极其宝贵的品质与财富。能培养这种无限幻想力的童话,不仅儿童需要它,整个人类也需要它。但是,在文学的漫长发展历程之中,成人社会中总有一些人对童话的这种想象力有很深的担忧,甚至一度存在着想去破坏它的念想。在二十世纪二十年代的西方,美国就曾出现过反对童话教材的言论,之后五十年代加拿大也曾有"连比喻和童话都是危险的"论调。[1] 相对于西方儿童文学,东亚儿童文学起步较晚,且童话的确立和发展过程也并非一帆风顺。在东亚儿童文学发展历程中,也曾有过对具有"幻想性"特质的童话进行质疑的事例发生。中

---

[1] 朱自强:《儿童文学概论》,高等教育出版社2009年版,第34页。

国早在二十世纪二十年代，人们就曾对儿童文学中"猫话狗话"这类文本的利弊得失问题有所关注。例如周作人与学衡派之间就"猫话狗话"儿童文学存在的合理性进行了讨论。这场小规模的论争可以说是中国现代儿童观与传统儿童观的一次有力碰撞。到了二十世纪三十年代初，"鸟言兽语"论争发生，儿童文学界与教育界的相关人士对童话的去留问题进行了深刻的讨论，这场论争加深了人们对童话的认识。在同一历史时期的韩国，也掀起过一场规模浩大的"否定童话"浪潮，这一论争直接危及了韩国童话的后续发展。发生在中韩两国的这两场童话论争，显示出了当时成人社会对于童话以及"幻想性"的看法。对于今天的我们，仍然具有很重要的意义，督促我们对童话与儿童文学诸问题进行反思。

### 一、中国："鸟言兽语"之争和"新兴童话"的形成

中国的"鸟言兽语"之争序幕的拉开，源于一篇针对教科书去童话化的改良学校课程咨请。这篇咨请文的登报，引发了教育界、文学界以及整个社会关于童话的讨论。1931年3月5日，湖南政府主席何键在《申报》上发表《何键咨请教育部改良小学国语课本文》一文，对教科书上"猫说"、"狗说"、"猪说"、"鸭子说"等动物开口说话的这种"鸟言兽语"行为，表达了不满之意。他认为在教科书中收录的篇目中，禽兽说人话以及人类对它们给予尊称这一举动，是一件"鄙俚怪诞"的事情。

> 民八之前，各学校国文课本，犹有文理。近日课本，每每"狗说"，"猪说"，"鸭子说"，以及"猫小姐"，"狗大哥"，"牛公公"之词，充溢行间。禽兽能作人言，尊称加诸兽类，鄙俚怪诞，莫可言状。尤有一种荒谬之说，如"爸爸天天帮人造屋，自己没有屋住。"又如，"我的拳头大，臂膀粗"等语。不啻鼓吹共产，引诱暴行。青年性根未能坚定，往往被其蛊惑。（何键《何键咨请教育部改良小学国语课本文》）①

从何键的发言中我们可以得知，他对动物能言的"拟人体童话"进行了贬斥，还认为这出现在语文课本中，是一种荒谬之举。另外，从他的字里行间，我们还可以察觉他对当时受左翼文学思潮影响下无产阶级文学运动的

---

① 朱自强：《现代儿童文学文论解说》，海豚出版社2014年版，第263页。

## 第二章 左翼文学思潮中东亚儿童文学的理论建设

恐惧。他非常担心儿童看到这些内容之后，会受其蛊惑，萌发阶级意识，参与到追求共产之风的斗争中。由此可以看出，"反鸟言兽语"与"反共产"是他这篇咨文中所着重强调的内容。何键作为国民党政府的一介政要官员，对儿童文学与教育方面并不深知，但是对小学语文课本中的选材内容展开了激烈声讨。这一声讨，无疑是针对五四时期童话选入小学语文教材这一改革内容进行的一次攻击。

何键的提议继而引发了教育界、文学界以及整个社会关于童话的讨论。首先，儿童文学和教育领域关于童话的价值进行了一场别开生面的学术讨论。身为初等教育专家的尚仲衣于1931年5月在《儿童教育》上发表《选择儿童读物的标准》一文，就儿童读物的选择问题，提出了自己的看法。他站在儿童教育的立场上，表达了对童话收入教科书之举的隐忧，并提出童话会带给儿童种种危害。他把选取儿童读物的标准分为"消极的标准"与"积极的标准"两大类，整理如下表。

表1 尚仲衣《选择儿童读物的标准》

| 消极的标准 | | 积极的标准 |
| --- | --- | --- |
| （一）违反自然现象（如鸟言兽语神仙故事）<br>（二）违反社会价值与曲解人生关系（如猫会讲人话是一种错误的社会观念）<br>（三）曲解人生理想（儿童会把大富大贵升官发财与王子公主作为人生理想） | 文学价值 | （一）有一贯之情节的<br>（二）能引起永久之兴趣的<br>（三）有生动之描写的<br>（四）语气诚恳地<br>（五）词意调和的 |
| （四）信任幸运（"万事由天"与"委之气数"）<br>（五）妨害儿童心理卫生（沮丧、忧郁、向内省察的、恐怖的、可怕的、引起心理惊悚的）<br>（六）玩弄残废者（打趣天然缺陷者）<br>（七）引起迷信的<br>（八）颓废、无病呻吟的 | 兴趣价值 | （一）含有戏剧情节之动作的<br>（二）含有关于人物、儿童生活及家庭生活之描写的<br>（三）含有奇突性的<br>（四）含有关于动物之叙述的<br>（五）含有紧凑之局势的 |

如上述所列，他把"违反自然现象"而带有幻想色彩的童话，归为"消极的标准"。尚仲衣通过列举"消极标准"，认为"神仙出现"或"鸟兽作人言"这一类作品有悖于自然现象以及违反社会价值，是教育中的"倒行逆施"。通过这一论述，可以看出他作为一名初等教育专家，是站在教育的立场上

73

看儿童读物（儿童文学）的价值与意义。他在文中明确提出,在选取或创作读物的时候,"尽可于合乎事实不违反自然现象范围以内取材"。另外,尚仲衣认为所谓的"鸟言兽语神仙鬼怪故事"还会给儿童带来错误的社会观念。例如说儿童故事中把"后母"丑化的描写,会使儿童养成对此类人物的误解,妨碍儿童全面理解事物。

> 遍观历来的办法,凡专为儿童所作的读物,多先从不可能处着想（如鸟言兽语神仙鬼怪等故事）。这种情形,未始不是教育中的倒行逆施。（……）儿童在读物中看到猫会讲人话,在生活里,即能修正,若是读物给了儿童错误的社会观念,或为儿童曲解了人生价值,儿童连修正的机会都没有,那就成为不治之症了。凡用变态不近人情的材料去描写社会,把社会观念曲解了,把人生真价值"弄糟"了的故事,在儿童教育中,不应占有位置。（尚仲衣《选择儿童读物的标准》）[①]

如是,尚仲衣以"消极的标准"为名,对"拟人体童话"进行了否定。后来在《再论儿童读物——附答吴研因先生》里边,以"童话的危机"为中心展开论述,认为童话的价值可疑而危机甚多。他认为童话:(一)阻碍儿童适应客观的实在 (二)使儿童脱离现实而向幻想中逃遁的心理 (三)让儿童在幻想中得求满足或产生不劳而获的趋向 (四)养成儿童畏惧与厌恶现实生活 (五)并使儿童产生离奇错乱的思想等。尚仲衣认为,具有"幻想性"的童话在启发儿童想象这一功能上并不是绝对的,"幻想性"并不是引发儿童阅读兴趣的最好材料,甚至认为童话的"幻想性",可能会给儿童带来各种认识危机,所以主张"纵使把童话从儿童读物中全部流放,儿童读物仍有极广极富的园地"。如上面所提到的,他作为初等教育专家,主要从教育的立场来看待儿童文学的价值,规划儿童文学的运用,启发了人们对儿童读物选择的思考。但是这些言论流露出的是否定幻想精神的儿童文学观,从而也否定了童话的价值,可谓阻碍了童话的发展。另外,他还鼓励大家"将童话所占之儿童的时间削缩至最低限度",而对于童话本身,则是"把童话的数量大加删削,格外审慎地选择"。从这一点可以看出,尚仲衣不仅在理论方面对童话的价值质疑,而且他要从实际的阅读选择方面以及

---

[①] 朱自强:《现代儿童文学文论解说》,海豚出版社2014年版,第250页。

## 第二章 左翼文学思潮中东亚儿童文学的理论建设

童话的创作方面,限制童话的发展。

具有"幻想力"的童话,作为儿童文学中的重要组成部分,一旦有人试图否定它的价值而进一步想摒弃它,必定会引起轩然大波。伴随着否定童话价值论调的出现,捍卫童话地位的主张也相应而现。在中国,有关否定"鸟言兽语"的言论一经发表,就引起了鲁迅、吴研因、叶圣陶、陈鹤琴、张天翼、魏冰心、张匡等人的一致反驳。他们从理解儿童,以及维护童话的艺术性特征立场出发,对"鸟言兽语"的作品进行辩护。这场维护童话的辩论,引发了对童话文学价值与教育价值的再探索研究。

鲁迅作为左联以及当时文坛的文学巨匠,从一开始就对儿童文学非常关注。从他曾在1918年的《狂人日记》中提出"救救孩子",到后来发表《我们现在怎样做父亲》,以及翻译各种儿童文学作品,都显示出他对儿童文学的关注与用心。鲁迅儿童观的思想资源来自现代话语的"人学"[①]立场,并由此影响了同一代学人。鲁迅对何键的"复辟"言论进行了严厉反驳。首先,他对何键干涉童话选材问题进行了批判,认为这是一种杞人忧天之举。他指出,孩子的心和文武官员的心是不一样的。以文武官员之心(成人之心)去认识孩子,这是不对的。从这一点,可以看出鲁迅是立足"儿童本位",站在儿童的立场上为儿童的心声辩护。

> 对于童话,近来是连文武官员都有高见了;有的说是猫狗不应该会说话,称作先生,失了人类的体统;有的说是故事不应该讲成王作帝,违背共和的精神。但我以为这似乎是"杞天之虑",其实倒并没有什么要紧的。孩子的心,和文武官员的不同,它会进化,绝不至于永远停留在一点上,到得胡子老长了,还在想骑了巨人到仙人岛去做皇帝。(鲁迅《〈勇敢的约翰〉校后记》)[②]

鲁迅认为,虽然小孩子们有可能不知道作为艺术形式的一种假想性格,把拟人手法看作一种真实的情况,但是,孩子们会成长,并不会只在原地逗留。譬如说等他长大了,就不至于有想骑着巨人到仙人岛去做皇帝之

---

① 吴翔宇:《思想资源与中国儿童文学的学术化建构》,《西南大学学报(社会科学版)》2020年第3期,第127—136页。
② 鲁迅文集全编委员会编:《鲁迅文集全编》,国际文化出版公司1995年版,第1897页。

类的想法了,我们应该做的不是要剔除"鸟言兽语",而是要普及科学与文化,提高儿童的鉴赏能力。所以说,儿童读童话,在幻想中遨游想象这一行动,与学习科学文化知识,提高辨别能力,并不冲突。由此看出鲁迅的反驳言论可谓一针见血,对所谓抨击"鸟言兽语"的言论进行了正面批判。

吴研因则针对尚仲衣所提出的"选择儿童读物的标准"问题进行了直接的回应,进而与尚仲衣展开了一场学术的对话与讨论。吴研因针对尚仲衣的《选择儿童读物的标准》与《再论儿童读物——附答吴研因先生》,发表了《致儿童教育社社员讨论儿童读物的一封信——应否用鸟言兽语的故事》与《读尚仲衣君〈再论儿童读物〉乃知"鸟言兽语"确实不必打破》,反驳尚仲衣所提出的"童话价值质疑论"。他首先向尚仲衣提出一个问题,即"鸟言兽语是否神怪而至于不合情理?",认为尚仲衣等人是把"鸟言兽语"与"神怪故事"的概念相混淆,按照他们的逻辑推理,《中山狼》、《愚公移山》等故事,以及"圣经贤传"等也该大加删减。进而,他又指出尚仲衣把"鸟言兽语"与"幻想性童话"以及"神怪故事"的概念没有区别清楚,才会提出要把"鸟言兽语"一类一概否定的谬论。吴研因认为小学教科书中"儿童化"苗头刚刚崭露头角,却被说成是"猫狗教科书",感到极其痛心。他认为如果这一论调得势复活,将会给儿童带来巨大的灾难与损失。

> 可悲的很,我国小学教科书方才有"儿童化"的趋势;而旧社会,即痛骂为"猫狗教科书"。倘不认清尚先生的高论,以为尚先生也反对"猫狗教科书",则"天地日月""人手足刀"的教科书,或者会复活起来。果然复活了,儿童的损失,何可限量呢?(吴研因《读尚仲衣君〈再论儿童读物〉乃知"鸟言兽语"确实不必打破》)①

由此可见,吴研因主张教科书中应该用"鸟言兽语"童话,并极力捍卫童话在儿童文学中的地位。在捍卫"鸟言兽语"的众多论说中,大致的观点认为儿童喜欢童话始于心性本然,所以必须维护"鸟言兽语"这一文学体裁。例如,陈鹤琴在《"鸟言兽语的读物"应打破吗?》文章中,通过列举幼儿实际生活的例子,来证明童话对儿童并没有危害,相反幼儿对童话这一艺术形式极为喜爱,我们没有权力剥夺幼儿喜欢的东西。魏冰心在《童话教

---

① 朱自强:《现代儿童文学文论解说》,海豚出版社2014年版,第260页。

第二章 左翼文学思潮中东亚儿童文学的理论建设

材的商榷》一文中通过童话教材考察童话的文学价值与科学价值,指出儿童读物的选择按照年龄段进行即可,而不是盲目否定童话的价值。张匡在《儿童读物的探讨》中,则明确指出成人期的心理与儿童时期的心理不同,不要妄自以成人的心理去揣测儿童的心理,儿童对童话感兴趣,作为成人就要好好活用这一点,为他们选读一些好的童话作品。由此可以看出众教育者和儿童文学工作者坚决拥护童话的决心。另外,叶圣陶直接写了一则名为《"鸟言兽语"》的童话,用实际作品进行回击,对否定童话的论说进行了猛烈的批判。

二十世纪三十年代初,"鸟言兽语"争论在五四运动以后扩大到全社会范围,是一场针对童话和儿童作品的全面争论。以这一争论为契机,人们对"鸟言兽语",即童话的价值有了更明确的认识。最终,左联时期,成为童话在中国儿童文学中地位相对稳固的时期。左联时期,乃至二十世纪三十年代,鲁迅、茅盾、郑振铎等文学巨匠们批判儿童文学,尤其对童话的发展倾注了极大的关注。他们不仅仅关注,还积极参与到童话和儿童小说的讨论中,引领了儿童文学批评的前进。这些文人巨匠的具体理论批评,对中国儿童文学具有重要的意义。他们将儿童视为"中国最可爱、最有希望的第二代人"[1],对关心儿童文化的建设,躬行实践。

从上述内容可以看出,中国与韩国的情况正相反,经历了左翼儿童文学运动时期,更加强调童话的重要性。童话在中国的地位稳固之后,开始积极反映现实主义精神,在此过程中形成的童话,被称为"新兴童话"。新兴童话登场前,非此即彼的两极化思维支配着人们的思想,认为童话的幻想性和现实主义精神不能共存。但是,新兴童话证明,童话既可以维持幻想性的特征,也能反映现实主义精神,并将"社会性"恰当地融入作品中。

> 新兴童话:假使说民族童话是历史的(或者说是民俗学的),文学童话是艺术的,教育童话是唯心的,科学童话是唯物的,那么可以说新兴童话是社会的。此种童话,虽然在这第二次世界大战序幕揭开之前夜,非常的重要,然而收获却非常的少。[2]

---

[1] 方卫平:《中国儿童文学理论发展史》,少年儿童出版社2007年版,第228页。
[2] 陈伯吹:《童话研究》,《儿童教育》1933年5月。李利芳:《中国发生期儿童文学理论本土化进程研究》,中国社会科学出版社2007年版,第243页。

基于"幻想性"和"社会性"的结合,中国的新兴童话在二十世纪三十年代乃至二十世纪四十年代,与儿童小说一并,延续了现实主义儿童文学的发展。新兴童话的杰出代表作之一来自左联代表作家张天翼创作的《大林和小林》(1932),该作品虽然有一些政治说教的内容包裹在其中,但在今天依然受到广大读者的喜爱,可以称为中国儿童文学的经典作品之一。此外,到了二十世纪三十年代,随着儿童文学体裁认识的更加深入,中国文学中"童话"和"儿童小说"的体裁区分也更加明确。在以后的儿童文学中,以"鸟言兽语"思维为基础具有"幻想性"的体裁属于"童话",以现实为基础进行写实性创作的小说体裁则属于"儿童小说",可谓体裁分类鲜明。

## 二、韩国:"童话否定论"和"少年小说强调论"

中韩两国此时期发生的"否定童话"之说,都曾对童话的"幻想性"进行直接批判,进而否定童话所具有的文学功能与社会功能。不过值得注意的一点是,都质疑童话存在的必要性,在背景与起因及性质方面,两者却存在很大的差异。二十世纪二三十年代,左翼文学思潮在世界范围内蓬勃发展,迎来现实主义文学创作的发展高峰。在左翼文学思潮的影响下,中韩两国反映现实生活、描写残酷生存环境的儿童文学作品,特别是描写贫穷劳动者和农民大众的子女如何进行抗争的作品大量增多。很多作家的创作也逐渐转向让孩子们如实了解残酷的社会百态,偏爱采用现实主义描写手法的儿童小说这一文学体裁。基于这一背景,韩国文坛的很多文人认为,当务之急是要多创作反映儿童生活现实的儿童小说,对于具有"幻想性"特点的童话作品,则提出了强烈反对。韩国左翼文学同盟组织卡普(KAPF)占据当时文坛的主导地位,也是这场"强调儿童小说、否定童话"论争的主要推动者。

韩国儿童文学是在"殖民现代化"的特殊条件下萌芽的,其出发点不同于为儿童带来梦想和幻想的西欧儿童文学。在日本帝国主义强占时期,韩国少年运动是民族、社会运动的重要组成部分,而韩国的儿童文学正是借着少年运动的兴起而发展开来,这在其他国家是无例可循的。[1] 因此,韩国的儿童文学具有强烈的目的意识,旨在让儿童成长为建设独立的民主国

---

[1] [韩]元钟赞:《儿童与文学》,《韩国儿童文学的争论点》,创作与批评出版社2010年版,第16页。

第二章　左翼文学思潮中东亚儿童文学的理论建设

家的主力军。故而,韩国儿童文学也就自然地将焦点放在如实地展现殖民地儿童的悲惨生活上。

韩国儿童文学的萌芽处于近代日本对韩国殖民统治时期,儿童文学作为民族运动和社会运动的一环,与当时的少年运动相结合而展开。这一点,是区别于东亚其他国家的。韩国儿童文学从萌生之初,就被赋予悲壮的使命感。对儿童的要求,是希望他们能够尽快成长为实现民族解放与建设现代国家的主力军。所以,韩国儿童文学创作从一开始,就把重点放在了描写本时期儿童悲惨的生活现状上。这一时期描写现实生活为主的儿童小说作品确实不少,不过值得注意的是,这时童话作品的创作数量也并没有比儿童小说少多少。这一说法来源可以在张善明发表于《东亚日报》上的《新春童话概评》(1930)里找到依据。张善明在文中谈到,1930年以前韩国新春文艺创作还是以童话为主,报刊社所选评的作品也主要集中在童话体裁。然而没有预想到的是,伴随着"克服空想性的反童话"论争的展开,韩国儿童文学创作的版图发生巨大改变,童话发展受到重创,从此陷入一蹶不振的状态。

在韩国朝强调阶级性而否定童话幻想性迈开理论批评第一步的是宋元淳,他的《克服空想的理论》于1928年1月29日到2月1日连载于《中外日报》上。宋元淳在此文中明确提出"应该抛弃所有的空想性观念,只能写与现实不相违背的作品,只有这些作品才具有可读性"[1]。宋元淳认为对于殖民地朝鲜的儿童来说,比起"空想",所谓的"现实认识"更为重要。所以,他认为文坛作家们只能写突出现实感的作品。在《克服空想的理论》这篇理论批评文章中,他对作为童话重大特征的"空想性",也就是我们常说的"幻想性",进行了全盘否定。特别是,对民间童话中所体现的"空想性"要素进行了彻底的批判。在韩国现代儿童文学发展过程中,这样的主张让顺其自然地吸收神话传说与民间故事的"幻想性元素"这一道路,变得更加步履艰难。他的这一理论批评,成了韩国儿童小说创作超越童话作品创作的契机。

张善明在《新春童话概评》一文中,针对韩国《中外日报》《东亚日报》以及《朝鲜日报》上榜的"一九三〇年新春童话"进行一一评价。他主张作家们应该抛弃童话,多创作儿童小说作品。他认为只有积极创作描写朝鲜少

---

[1] [韩]宋元淳:《克服空想的理论》,《中外日报》1928年1月29日。

年现实生活为主的作品,才能对广大无产阶级少年有效开展意识形态的教育。并且指出只有这样的作品符合他们的心理需求。张善明在文中认为应该果断抛弃那些"远离社会现实、远离人生、远离生活的神话传说,以及所谓神奇的非科学作品"。他还明确指出,"如果说艺术是人类生活的反映,那么作为少年文艺一部分的童话,需要反映少年的生活。只有敢于描写在资本主义社会里备受压榨的劳动大众悲惨境遇的童话,才能成为广大无产阶级儿童的好朋友"。在文末部分他这样写道,"简而言之,就是想在此拜托诸位作家,希望你们能够捕捉社会现象中的事实,在进行文艺化的升华之后,让广大少年大众阅读到这些作品"[1]。通过这个结尾,我们可以发现非常有意思的一点,是这篇批评文章的结论是"拜托诸位作家"。正如他所期待拜托的那样,他的主张的确对当时儿童文学创作方向起到了至关重要的影响作用。在卡普阵营已经成为当时韩国文坛主流的背景下,那些想获得"新春文艺"评选奖的作家在看到这样的理论批评之后,便纷纷把创作的重心放在了儿童小说这一体裁上。

随后"克服空想"这一理论批评进一步深入展开。韩国的卡普左翼文学组织成员洪银星,在宋元淳的理论批评基础上,发表了《少年文艺一家言》一文,他在文中对于和儿童现实生活有距离的童话作品进行了猛烈的批判,指出儿童文学创作"应该向现实性方向转换"。洪银星在《少年文艺一家言》一文中批判当前儿童文学创作"与少年实际现实生活相隔甚远"[2],提倡应该创作现实感强的儿童小说。金完东在《为了新童话运动的童话教育考察》一文中,也强调了童话的"现实性",否定了童话的"空想性",努力提倡"无产阶级童话"创作。他把儿童时期按年龄段进行划分,并对儿童各年龄段应读童话进行了梳理。他主张儿童文学创作就应该切实反映儿童生活,童话不应该只停留在幻想上,而是需要把重点放在引导儿童正确认识社会阶级性上。金完东最后指出,儿童文学创作要面向年龄大一些的"少年",作家们应该积极创作反映社会现实的"少年小说"给他们看。

上述提到的宋元淳、洪银星、张善明等都是韩国左翼文学组织卡普阵

---

[1] [韩]张善明:《新春童话概评——以三大报纸为中心》,《东亚日报》1930年2月7日、1930年2月15日。

[2] [韩]洪银星:《少年文艺一家言》,《朝鲜日报》1929年1月1日。

## 第二章 左翼文学思潮中东亚儿童文学的理论建设

营的主力理论批判者,金寿昌、金泰午、玄东炎等其他卡普成员也均发声附和"克服童话"论调。金泰午在《朝鲜日报》上发表了《少年文艺运动当务之急的任务》(1931.1.31—2.10)这一文章。文中把童话的"空想性"要素看成一种迷信的概念,认为童话讲述的是一种"虚无梦幻"的故事。玄东炎也在《朝鲜日报》上发表了题为《童话教育问题》(1931.2.25—3.1)的文章,围绕"童话的教育问题",对童话的"空想性"进行了批判。在整个卡普文学时期,诸如这些"否定童话、强调少年小说"的文章可以说是数不胜数。

相对于中国鸟言兽语之争中"捍卫童话"一边倒的声势,韩国虽然也有为童话进行辩护的文章,但是比起声势浩大的"否定童话"之声,为童话进行辩解的声音极其微弱。李周洪在发表于《朝鲜日报》上的《儿童文学运动一整年》(1931.2)这篇文章中,认识到了童话的重要性。他提出当下韩国因为无产阶级文学运动的需要,描写残酷现实的儿童小说是需要的。但是,李周洪对作家们一致摒弃童话,都转向儿童小说创作这一行为表示极为反对。他认为,儿童比成人更追寻自由的"空想"精神,儿童文学还是需要"非现实作品"。

> 在1930年,甚至让我们产生怀疑的一种存在是,我们都不再写童话了。以后如果在童话的发展方面,不进行促进的话是不行的。在儿童文学里,比起其他领域,对于意识水平认识低下的儿童来说,更需要给他们读这样的作品,才更有效果。根据现实中的儿童的需要与是否有效果来计算,如果是有利的,即使是写非现实的作品也是无妨的。儿童比成人更加追求自由奔放的空想,所以根据不同的情况,可能非现实作品更有效得呢。①

如上李周洪所指出的,他认为"非现实的作品"在儿童阶级意识教育上,具有很好的效果,所以他鼓励大家不要只偏重于儿童小说的创作,也要写一些童话作品。鉴于当时作家创作往儿童小说一边倒的倾向,《东亚日报》的新春文艺评选人士曾在《新春童话选后言》中发言指出,"或许是源于本社对现实生活题材的要求,是不是让作家们误会以为是都应该去创作儿童小说呢? 现在看来讲给孩子们听的童话故事作品非常少。大家有必要

---

① [韩]李周洪:《儿童文学运动一整年》,《朝鲜日报》,1931年2月13日、1931年2月21日。

在自由宽广的空间里进行发挥，少年小说与童话都要创作"。从这个呼吁中我们可以看出，发言人提倡大家进行童话创作的迫切性。由此可见，当时韩国文坛受"否定童话"这一风潮影响，童话创作已经备受冷落。

另外，虎人在发表于1932年9月《新少年》杂志上的《儿童艺术批评》一文中，也曾指出韩国《新少年》和《星国》等杂志上收录的童话篇目太少。他认为童话作品太少的原因，主要有以下三个方面：第一，源于"无产阶级儿童艺术"的历史太为短暂，属于技术方面的欠缺；第二，无产阶级儿童文学作家还未能充分认识到童话的重要性；第三，无产阶级儿童文学作家重视小说，轻视童话。虽然李周洪与虎人等带有批判性的文章相当具有说服力，但是"重视童话"的论调在当时韩国文坛并未产生实质性影响。而且只凭几个人的理论批评已难以改变整个"否定童话"局面。整个文坛的创作倾向于儿童小说，导致童话作品几近消失殆尽。"否定童话论"的余波延续至今，致使韩国童话创作一直处于劣势状态，究其缘由，盖始于此。

卡普时期，否定童话、强调儿童小说的儿童文学批评，除上述文章外，后续又出现了很多。金寿昌、金泰午、玄东炎的作品也和前面提及的文章一样，否定童话的幻想性。① 当时并非没有强调童话的重要性的批评，只是这类批评未成为主流。② 最终，童话几乎从韩国文学中消失，儿童小说成为创作主流。可以说，卡普时期正是促成这一转变的决定性契机。这一特征不仅仅存在于卡普时期，还造成之后的很长时间，童话体裁发展受限，儿童小说成为创作主流。

---

① 金寿昌在《现今朝鲜童话》(《东亚日报》1930年12月26—30日)中，以鬼怪故事、恐怖故事、悲伤故事为例解释了不好的童话。金泰午在《少年文艺运动的当前任务》(《朝鲜日报》1931年1月31日—2月10日)中，主张童话的空想性要素是迷信观念和荒谬的故事，对其进行了否定。玄东炎也在《童话教育问题——权氏的现今朝鲜童话论批判》(《朝鲜日报》1931年2月25日—3月1日)中，对童话的空想性要素进行了否认。

② 提及童话的重要性的批评，简要整理如下：《新春文艺童话选后言》(《东亚日报》1931年1月23—26日)中，《东亚日报》新春文艺评选人指责"此次投稿中，'能向孩子们讲述的故事'童话是少之又少。我怀疑诸位作家是不是有什么误解。本社是让各位从实际生活中选材进行创作，但并没有规定只能创作儿童小说"，作者们需要在更广泛、更自由的环境下，对儿童小说和童话进行分类创作。虎人在《儿童艺术时评》(《新少年》1932年第9期)中指责&，《新少年》和《星国》等杂志中收录的童话作品数量太少。随后，他将创作数量较少的原因总结为以下三点：第一，专业儿童艺术的历史较短，技艺不足。第二，左翼儿童文学家们对儿童缺乏理解，未能正确地认识到童话的重要性。第三，与小说相比，左翼儿童文学家更轻视童话。虎人的批评虽具有很强的说服力，但想要改变儿童小说创作远超童话创作的现实，还是远远不够的。

第二章 左翼文学思潮中东亚儿童文学的理论建设

由此可见,韩国"单枪匹马"式捍卫童话之战与中国的"群起卫之"形成了强烈的反差。虽然中国当时在左翼文学思潮的影响下,创作描写现实生活的儿童小说作品有所增加,但在儿童文学领域,没有像韩国卡普引领的韩国文坛一样,陷入对童话作品的全面声讨境遇。1930年3月29日左联针对机关刊物《大众文艺》中"少年大众"栏目的开辟,也曾召集相关人士在上海进行了热烈的讨论。从会议讨论的记录文稿中,我们可以看到,虽然他们也提倡要认清现实,积极向少年们宣传阶级认识。但是,与会的人士指出儿童文学的创作方面,还是要考虑儿童的喜好与接受问题。如蒋光慈在会上指出,"少年不是成年,少年有少年的兴味,成年有成年的兴味,所以《少年大众》应该是大众化而且要少年化"。总而言之,考察当时会议发言内容,没有人提出"否定童话"的论述。

### 三、日本:围绕"童心"与"阶级"的"新兴童话"论争

1928年10月成立的新兴童话作家联盟倡导发展"新兴童话",他们所提倡的"新兴童话"不是沿袭过往的非现实、违反自然科学的表现形式创作的童话,而是一种直接描绘儿童的现实生活的新表现形式的童话。

> 纵观日本国的创作童话可知,其表现形式大致分为两种。一种是沿袭过去的表现,所谓打开童话世界的童话,主要是非现实和违反自然科学的形式。第二种是前面提到的,与形式严格对立,直接描绘儿童的现实生活的童话,是一种崭新的表现形式。其中,后者是新兴童话作家们创作的新童话形式。①

从槙本楠郎的话可以看出,当时的日本儿童文学界更关注现实性而非空想性。值得注意的是,这种局面导致了一种错误的倾向,使以儿童现实为素材创作的作品也全部被归类于童话。

在日本左翼阵营内部,围绕"新兴童话",共产主义阵营和无政府主义阵营之间也出现了不同的见解。先来梳理一下代表共产主义阵营的槙本楠郎的观点。槙本楠郎的《无产阶级儿童文学的诸问题》是一部跨越1928年和1929年历时两年出版的评论集,被称为日本左翼儿童文学的里程碑

---

① [日]槙本楠郎:《无产阶级儿童文学的诸问题》,世界社(东京)1930年版,第52页。

式的著作。槙本楠郎主张,童话应该帮助儿童读者确立阶级观念,但另一方面,他又强调阶级意识的教化应该考虑儿童心性的特殊性。

槙本楠郎对《赤鸟》之后主宰儿童文学的童心艺术论进行了猛烈的批判。他揭露了"儿童是天使"这种无阶级、超阶级儿童观的欺骗性。他强调,"童心"的真相是源于对儿童认识的贫乏和不足而导致的。他认为,儿童也存在阶级性,应该向他们传递具有阶级意识的作品。由此,强调现实性的儿童小说在共产主义阵营中被自然而然地重视起来。

> 本来儿童的内心、儿童的世界是天真烂漫、纯真无垢的,像白纸、天使一般被认为是无阶级、超阶级的。但这只是极其阶级的,过于诗意的空想,是宗教偶像化,无知造成的迷信神圣化。现在大人的世界里正在出现阶级对立,斗争每时每刻都在更加尖锐化,白热化。
>
> 儿童如果不基于阶级,也无法生存。无论哪一方,如果不吃母亲(基于阶级的人)的奶,就无法成长。即,儿童的生活,儿童的内心也各有阶级差异,儿童本身也基于阶级。因此,如今的儿童也应该同父母、同胞齐心协力进行斗争。
>
> ——为贫苦大众创作故事!
> ——阅读能激励受苦众生的故事!
>
> 这些要求是在说什么呢?王子和公主的生活,他们的故事能给我们的无产阶级儿童带来怎样的乐趣?当今时代,我们知道你们要写什么故事,写什么书。①

此外,槙本楠郎表示,儿童是基于特定阶级的存在,应该得到大人的保护和教化。他主张,"儿童文学的本质"表现了儿童和大人之间的观念差异,"儿童文学的使命"将这种观念差异指引向大人的观念,而"左翼儿童文学的使命"又把这一观念指引向左翼的观念。槙本楠郎强调,"左翼儿童文学是以儿童为对象的左翼文学的分支——是第一个也是最后一个任务、使命和目的"②。

---

① [日]槙本楠郎:《无产阶级儿童文学的诸问题》,世界社(东京)1930年版,第8—9页。
② 同上书,第22—23页。

## 第二章 左翼文学思潮中东亚儿童文学的理论建设

> 成年人和儿童在生活态度、生活意识、生活心情、欲望、希望、指标等方面存在很大差异。喜怒哀乐的内容是不同的。这也导致成人和儿童的价值和意义的标准各不相同。因此,童话乃至儿童文学都将以儿童的世界、心性、世界观为基础进行创作,并从中得到发展。①

槙本楠郎特别强调儿童心性的特殊性和儿童文学的特殊性,究其原因,从他强调现实地认识成人和儿童的差异这一态度上可窥知一二。槙本楠郎明确强调儿童文学的特殊性,与左翼儿童文学阵营中否定童话空想性的观点作斗争。例如,近藤浩二曾主张,童话的空想性让儿童的理解力错乱,让儿童有否定科学的危险,以及分不清现实和空想的危险。

> "广义的象征"是我自己的解释,但在所谓童话中,有一些称不上手法、毫无根据的象征。例如,兔子和乌龟的故事、猴子和螃蟹的争斗、"植物和花对蝴蝶说话"等,这些物种都与人类相距甚远,但它们却被刻画得如人类一般,过着人性化的生活。因此,童话会使儿童的理解力变得错杂,导致儿童的日常生活变态化、心理化,又或存在否定科学的危险(例如,认为熊是真正的人类)。②

槙本楠郎将近藤浩二的主张称为"暴论",对其进行了猛烈的批判。他批判说,左翼儿童文学运动中,仅强调现实主义,试图将"空想性"和"非现实性"从所有儿童文学中驱逐的行为是愚蠢的。槙本楠郎指出,如果忽视儿童的心性(空想性、非现实性),怎么会留住现实主义,怎么可能深入儿童文学的本质。他还指出,不可以将依据成人的科学判断产生的"现实"和"非现实"问题,放到儿童世界中。

> 在左翼儿童文学运动中,如果有人只强调现实主义,企图把所有儿童文学中的空想或非现实性驱逐出去,那就是矫枉过正的愚蠢行为。不仅如此,忽视前面所提到的儿童的心性(空想,不现实),怎么可

---

① [日]槙本楠郎:《无产阶级儿童文学的诸问题》,世界社(东京)1930年版,第54页。
② [日]近藤浩二:《童话的空想性》,《教育新潮》1928年第7期。槙本楠郎:《无产阶级儿童文学的诸问题》,世界社(东京)1930年版,第53页。

能有现实主义,怎么可能追求儿童文学的对象。

(……)

根据我们大人的认识,即通过科学的判断来讨论"现实""非现实"的时候,没有什么障碍,但是在谈论童话的时候,这样的标准绝对不能适用到儿童的世界里。(……)左翼童话作家应该充分注意这一点(要考虑到读者对象的年龄、阶级、阶层、团体、地区等特点差异)。①

槙本楠郎切实地把握住了成人与儿童的差异,强调了儿童心性和儿童文学的特殊性。槙本楠郎的这种观点放在今天也是较为合理并具有说服力的,但把具有合理性的想法运用到实际作品创作中去才是最重要的。上述槙本楠郎的理论,明显地反映了对现实主义的深刻认识,但作为创作方法,缺乏深入的现实主义研究。

槙本楠郎的左翼儿童文学理论与实际作品创作之间存在一定的距离,这是不可避免的。正如前面提及的,《文艺前线》《真伪》《左翼文艺》《少年战旗》《童话运动》上刊发的作品,只不过是僵化的观念主张和思想教育而已。因为一旦把作品作为展开阶级斗争的首要目标,那就很难指望有什么成熟的表现或方法了。因此,虽然槙本楠郎的左翼儿童文学理论试图阻止作品成为赤裸裸的标语,但最终也无法阻挡意识形态在创作中的教条式应用。②

以小川未明为中心的无政府主义阵营中也展开过关于"新兴童话"的讨论。小川未明不仅是无政府主义阵营中左翼童话的代表作家,也是艺术创作童话的重要人物代表。在提倡"新兴童话"运动,集结反资本主义的儿童文学家方面,小川未明发挥了重要的作用。

之后,随着共产主义阵营和无政府主义阵营之间形成对立局面,小川未明最终退出了新兴童话作家联盟。他在反映了自己的观点和立场的《新兴童话的强压和解放》中,指责共产主义阵营的立场是强权主义,表明了不能以填鸭式的方法向儿童灌输阶级意识的态度。

---

① [日]槙本楠郎:《无产阶级儿童文学的诸问题》,世界社(东京)1930 年版,第 60—61 页。
② [日]横谷辉:《普罗儿童文学运动的成果和缺陷》,村松定孝、上笙一郎编《日本儿童文学研究》,三弥井书店 1974 年版,第 309 页。

## 第二章 左翼文学思潮中东亚儿童文学的理论建设

相信布尔什维克主义的一派在新兴童话的幌子下,将儿童视为阶级斗争的战士。并不是说做战士不好,如果这是自己的意志,是自由选择的信念,就可以将其视为改革的热火,但现在这是强制。当我们为了目的意识而去指导认知不足的人时,如果我们对资本主义毒害儿童表示憎恶,那就必须要否定这种方式,与其做斗争。①

此外,小川未明主张,童话中"美即为真、善",艺术之所以特别就在于此。童话并不是单纯的儿童文学,是成人大众也可以阅读的文学。他认为,"拥有最正直、最纯真的感性的大众"就是儿童,童话的受众不应只是儿童,而应面向大众来创作。

在童话中,美就是真、善。所有的艺术中,只有童话能将真善美这一观念完全具象化,艺术中童话之所以是特别的就在于此。
我常常想,童话作家不仅仅是为儿童创作作品的。以说教儿童为目的没有意义。儿童是来自成人背后的大众。拥有最正直、最纯真感性的大众,就是儿童。童话作家立足童心,以正直的告白和刺激性的感情创作出的作品,反而不被大众接受。②

1929年12月,自由艺术家同盟创立,宣告想要解放带有功利和强权性质的艺术,发挥艺术自身的功能,期待童话和童谣的革新,从而提升和净化社会与人心。自由艺术家同盟是以拥护小川未明的船木枳郎为中心的无政府主义阵营的童话运动组织。盟员包括小川未明、千代田爱三、土桥里木、仓田潮、中本弥三郎、大岛庸夫、武田雪夫等。联盟的内部刊物《童话的社会》在1930年3月创刊,编辑部成员包括船木枳郎、宫原无花树、喜多村信一、吉见正雄等。

以月刊形式发行的《童话的社会》在当年年底前共发刊9本,此后便停刊。对此,芦谷芦村解释说,1930年的童话界中,当时资深作家阵营和共产主义者阵营相互对立,《童话的社会》发刊后没有得到热烈的反响,最后

---

① [日]小川未明:《新兴童话的强压和解放》,《童话文学》1929年第8期。猪野省三等编《日本儿童文学大系:从普罗童话到生活童话》,三一书房(东京)1955年版,第351页。
② [日]小川未明:《针对童话的创作》,《童话研究》1928年第1期,猪野省三等编《日本儿童文学大系:从普罗童话到生活童话》,三一书房(东京)1955年版,第344页。

不得已停刊。《童话的社会》中收录了小川未明的很多作品。宫原无花树创作的《货车和车长》也是其中的代表作之一。芦谷芦村评价说,虽然《童话的社会》只存在了很短的时间,但其存在的意义是很鲜明的。①

《童话的社会》中收录的小川未明的作品有《船碎片残话》《劳动节故事》《钟》《只听风吹》等,这些作品以散文诗的形式表明了深刻的无政府主义思想。从小川未明这一时期的童话中,能感受到一系列的作品风格和思想性,展现了他意在把童话打造为一种具有艺术性的文学形态,而非把它仅仅看成儿童文学的意图。

与此相对应的评论活动还包括喜多村信一的《新兴童话的发展性和可能性》、吉见正雄的《新兴童话评论》等,纷纷主张将童话从教化意识中解放出来,摆脱儿童文学的束缚,将其发展为一般文学。船木枳郎的《童话时评》也是基于上面观点进行创作的。他们主张,以槇本楠郎为代表的共产主义阵营的童话理论,"与其称其为新兴童话理论,不如说是现有童话支持论"或者"现有童话利用论"。

> 槇本楠郎的超童话理论如新兴童话理论一样,在童话界大行其道。但这种超童话理论中不会出现能满足读者渴望的内容。因为该理论与其说是新兴童话理论,反而更像是现有童话支持论。他只不过是一个支持现有童话,利用没有思想的现有童话,为了将马克思主义融入其中而处心积虑的机械工而已。真正从童话运动中产生的童话理论不是这样的。他的理论只不过是"现有童话利用论"而已。②

小川未明主张小说和戏剧发展受阻,童话的时代已经来临。他的主张对于把童话视作文学的人,产生了很深的影响。他们希望自己所追求的"艺术派童话"或"童话派文学",能被确立为一种新浪漫主义文学的形式。酒井朝彦在1928年7月的《童话文学》创刊号上发表的《童话所描绘的世界》正是该事例之一。他认为,在文艺的多种形式中,童话是最独特的,这种较高的艺术表达形式有如诗或戏剧,童话要想成为艺术必须具备以下几

---

① [日]小川未明:《针对童话的创作》,《童话文学》1928年第1期,猪野省三等编《日本儿童文学大系:从普罗童话到生活童话》,三一书房(东京)1955年版,第424—425页。
② [日]船木枳郎:《童话时评》,《童话的社会》1930年第9期,猪野省三等编《日本儿童文学大系:从普罗童话到生活童话》,三一书房(东京)1955年版,第373页。

个条件。首先,整体上应称为一篇散文诗,诗的基调应是纯真的童心。其次是表现的问题。童话内容的生死系于表现的成败。因此,创作的内容在于寻找有趣的题材和融入纯真优雅的童心精神,而构成童话的形式不得不谈技巧。这是表现的力量,也是生命。

另外,小川未明认为,为了把童话和表现的问题一起创造成新艺术,应该把这些珍贵的作品构筑在现实主义精神之上。如同所有近代艺术都重视这种精神一样,童话文学也应该重视这种精神。在轻视或无视这种精神的情况下创作出的童话,至少在当今时代,不能被称为好童话。

> 儿童的内心永远在飞翔,但却不能脱离现实。
> 在童话重视现实主义精神的基础上,内容选取也要紧贴时代潮流,这是十分重要、值得关注的。但出于此,作家的主观意识太具倾向性或太伤感,将童话视为宣传目的意识的工具,这是无法令人满意的。作品作为一种高尚而纯粹的艺术,其内容应该传递对人生和社会有所贡献的理想。从这个意义上来看,把儿童看成只有儿童才阅读的读物,是存在局限性的。应当从广义的范围上,把童话解释为一般人的读物。
> 我也不认为童话文学只是儿童的专有文学。①

随后,关英雄在1930年4月刊发的《童话新潮》上发表《作为童话创作的艺术派童话》,指出"艺术派童话"在思想上与新浪漫主义新兴文学有些相似。

> 无政府主义文学提倡"无产阶级"和"浪漫主义",将"艺术派童话"视为新浪漫主义新兴文学。二者虽有思想差别,但却很相近。可以说,自由艺术家同盟的成立就是实证。对于作为新兴文学、特别需要运动的艺术派来说,以后是绝对需要联盟的活动的。②

---

① [日]酒井朝彦:《童话描绘的世界》,《童话文学》1928年第7期,猪野省三等编《日本儿童文学大系:从普罗童话到生活童话》,三一书房(东京)1955年版,第344—346页。

② [日]关英雄:《作为童话创作的艺术派童话》,《童话新潮》1930年第4期,猪野省三等编《日本儿童文学大系:从普罗童话到生活童话》,三一书房(东京)1955年版,第426页。

千代田爱三在1930年4月刊发的《童话新潮》上发表《童话时评》，指责说"来自无政府主义派运动团体自由艺术家联盟的新锐作家，与共产主义阵营的《少年战旗》《童话运动》相对抗的运动，我是有所关注的，但只感受到了一种脆弱而陈旧的艺术至上主义的、传统的气息而已"①。

如上所述，无政府主义的童话运动脱离了当时的左翼儿童文学主流，实际上从逃避性的艺术至上主义的角度，暴露出了强烈的反共意识。但无政府主义童话运动，吸引了很多因艺术魅力而关注童话的青年，这一点是可不忽视的。可能左翼儿童文学的主流缺乏艺术魅力也是个问题。②

高濑嘉男在《左翼儿童文学理论——无政府主义和共产主义的对立、批判》(1930)中，支持无政府主义阵营的观点，对无政府主义阵营和共产主义阵营的特征展开了全面的论述。他主张，无政府主义阵营具有更高的艺术观点，更具文学性、人性；共产主义阵营借助文学形式，将政治、经济、社会运动在相互密切牵制下结合起来，比起人性，更强调阶级性。③

如上所述，日本的"新兴童话"争论，主要在以槙本楠郎为中心的共产主义阵营和以小川未明为中心的无政府主义阵营之间展开。要论与中国、韩国的童话争论的差异，则是日本的共产主义阵营和无政府主义阵营在相互批判的同时展开了关于童话的评论。值得注意的是，共产主义阵营和无政府主义阵营，大体上都强调了童话的儿童性。共产主义阵营中，虽然也存在否定童话空想性的声音，但绝大多数人的立场还是不可忽视儿童的心性，不可否定童话的空想性。槙本楠郎和猪野省三等共产主义阵营的核心领导人，都积极地与否定童话的观点做斗争。不过，日本左翼儿童文学在反映儿童现实方面，未能构筑现实主义的桥头堡。出现了一种既非童话，也非儿童小说的折中形式，被称为"生活童话"体裁，这一点是需要注意的。④

1933年9月，塚原健二郎在《集团主义童话的提倡》中主张，集团主义

---

① [日]千代田爱三：《童话时评》，《童话新潮》1930年第4期，猪野省三等编《日本儿童文学大系：从普罗童话到生活童话》，三一书房(东京)1955年版，第426页。
② 同上。
③ [日]高濑嘉男：《左翼儿童文学理论——无政府主义和共产主义的对立、批判》，《童话文学》1930年第1期，猪野省三等编《日本儿童文学大系：从普罗童话到生活童话》，三一书房(东京)1955年版，第362页。
④ [韩]南海仙：《韩中"童话"概念的形成和变化过程研究》，仁荷大学2012年硕士学位论文，第32页。

童话与源自个人主义教育的个人主义童话之间,存在着鲜明而对立的观点。源自集团主义教育的集团主义童话,是一种"通过各种生活活动,提高儿童集体生活的自主性和创造性,从而走向崭新的明日社会的童话"[1]。强调生活主义和集团主义的生活童话,从1935年至战后10年,在日本儿童文学中占据了重要的位置。在初创期,生活童话作为左翼儿童文学的一部分,是指含有阶级意识的作品。而随着日本左翼儿童文学发展受阻,生活童话逐渐成为描述儿童生活的现实作品。1941年之后,生活童话曾一度堕落为日本军国主义合作文学。[2]

从上述中日韩各国有关童话的论争来看,中韩两国此时期发生的"否定童话"之说,都曾对童话的"幻想性"进行了直接批判,进而否定童话所具有的文学功能与社会功能。不过值得注意的一点是,都是质疑童话存在的必要性,在背景与起因及性质方面,两者却存在着很大的差异。我们知道,二十世纪二三十年代,左翼文学思潮在世界范围内蓬勃发展,现实主义文学的创作迎来发展的高峰。在左翼文学思潮的影响下,中韩两国反映现实生活、描写残酷环境下生存的儿童的文学作品,特别是描写贫穷劳动者和农民大众的子女们如何进行抗争的作品,也确实大量增多。很多作家的创作也逐渐转向让孩子们如实地了解残酷的社会百态,偏爱采用现实主义描写手法的儿童小说这一文学体裁。而就是基于这一背景,韩国文坛的很多文人认为,当务之急是要多创作反映儿童生活现实的儿童小说,对于具有"幻想性"这一特点的童话作品的创作,则提出了强烈的反对之声。作为当时占据文坛主导地位的韩国左翼文学同盟组织卡普(KAPF),则是这场"强调儿童小说、否定童话"论说的主要推动者。

在二十世纪三十年代的这同一历史时期,中国与韩国一样也经历了"否定童话"与"捍卫童话"的论争,却迎来与韩国截然相反的结局。中国这次"鸟言兽语"论争是继五四新文化运动之后,关于童话与儿童文学作品进行综合性辩论的一次论争。以此为契机,人们加深了对童话的认识,童话的地位也变得更加稳固。这一时期儿童文学理论批评也得到空前的发展,左联的引导者鲁迅、茅盾等文学大家也积极参与儿童文学理论建设,取得

---

[1] [日]塚原健二郎:《集团主义童话的提倡》,《都新闻》1933年第9期,猪野省三等编《日本儿童文学大系:从普罗童话到生活童话》,三一书房(东京)1955年版,第383页。

[2] [韩]南海仙:《韩中"童话"概念的形成与变化过程研究》,仁荷大学2012年硕士学位论文,第48页。

丰硕成果。

再看韩国，在"否定童话"理论占有压倒性优势的影响下，1932年《东亚日报》收到的150余篇儿童文学作品投稿中，突出描写阶级意识的儿童小说占了绝大多数。在卡普左翼文学阵营呼吁创作儿童小说之后，在不到两年时间内，儿童文学创作版图发生了天翻地覆的变化。儿童小说这一体裁，明显地占据了儿童文学创作的最高位置。相反，童话作品的创作急速萎缩。这一现象的发生让人匪夷所思。总之，童话作品几近消失殆尽，儿童小说创作成为儿童文学的主流。纵观韩国儿童文学发展历程，童话发展一直处于劣势状态，究其原因，盖始于此。韩国"童话否定论"的余波一直持续，所造成的影响不仅局限在二十世纪三十年代，而且影响到了后世。直到现在，韩国童话的发展一直处于萎靡不振的状态。

通过对中韩两国童话论争的梳理，我们可以看出，虽然两者都受到了左翼文学思潮的影响，左翼文学同盟组织的文学志士也都积极参与进来，但是两国呈现出截然不同的两种局面。韩国"否定童话"论争中，左翼文学同盟组织卡普成员们成了主力军，并引导了整个文坛的理论导向，成为阻挠童话发展的中坚力量。相反，中国左联成员像鲁迅、茅盾、张天翼等都是积极站在"捍卫童话"的这一阵营，对宣扬"猫说狗说"、"童话危机"的人士进行了激烈反驳。究其缘由，之所以出现上述这种差异，是有各方面原因的。

首先，二十世纪三十年代左翼文学思潮蓬勃发展之际，同为左翼文学同盟组织的左联与卡普作为当时文坛的主导者，两者的性质和路线却是不同的。左联的文学活动虽然也是在左翼文学思潮的影响下展开，儿童文学作品创作也被要求根植于现实，但是并没有盲目地去否定童话这一儿童文学体裁。当国民党湖南政府主席何键等人对童话的价值进行猛烈批判，称呼其为"猫说狗说"之时，鲁迅、张天翼等左联文人纷纷加入"捍卫童话"的阵营，积极维护童话。鲁迅作为左联中富有经验并极具影响力的文学巨匠，一直不遗余力地致力于儿童文学理论建设，同时积极给予张天翼等左联儿童文学青年作家以正确的方向引导。相反，韩国当时的情形却不尽如人意。左翼文学同盟组织卡普阵营通过两次的"方向转换"，追寻的是纯阶级主义路线，当时掌握卡普主导力量的群体是一群青年知识分子。这些年轻马克思主义者缺乏经验，又极其容易掉进教条主义的陷阱。在卡普儿童文学领域,这些没有多少生活经验与社会经验的青年知识分子,凭着一腔热血与追求正义之心投入了理论批判的浪潮中,却忽视了现实中儿童的真正需要。卡普阵营内主导第一次方向转换的赵仲坤、洪银星、李福明等"第三战线派"人士和主导第二次方向转换的林华、权焕、安莫等都是热血文学青年。问题在于,阵营内无有经验的文学巨匠给他们以好好的引导与规劝,导致他们未能更深刻地认清问题之所在,无法摆脱,只一味强调教条主义的路线,没有更广范围地团结进步文人。

1935年韩国卡普左翼文学组织解散之后,韩国仍旧处于日本殖民地统治时期。二十世纪三十年代中后期,韩国出现一位叫玄德的儿童文学作家,可谓给韩国儿童文学吹来了一缕清新独特的风。他的作品与卡普时期的儿童文学作品有着极大的差别。他的作品充分反映了当时殖民地韩国阶级矛盾的同时,又得到幼儿读者的喜爱。他笔下塑造的儿童人物形象极具趣味性,文学审美极高。不过他的儿童文学作品,从严格的意义上来说不能叫童话。他的作品比起一般的儿童小说,更偏重为年龄段较低的幼儿,所以可以把其作品称作"带有童话叙事特征"的"幼儿小说"。韩国很多评论家认为,比起卡普时期激进的儿童文学,玄德儿童文学的登场是一种进步的表现。但是韩国的童话创作依旧处于边缘化状态,儿童小说和幼儿小说的创作依旧在韩国儿童文学的文坛上占据压倒性优势。1945年8月15日韩国脱离日本殖民统治迎来解放,"朝鲜文学家同盟"成立之后,也进行了一些建立文坛统一战线的尝试与探索。但是,朝鲜半岛紧接着面临割裂分断局面。这种割裂分断的状态,使得韩国与朝鲜有才能的儿童文学作家,受制于各自的意识形态而无法充分发挥自己的才能。由此可见,二十世纪三十年代这场"童话论争",直接影响了韩国日后童话的发展。

中国经过"鸟言兽语"之争,童话在教科书中的选取问题也经历诸多波折。教材中出现过童话作品减少的痕迹,这也是事实。但是通过这一论争,人们越来越充分认识到童话的价值。既具有现实主义指向,同时又强调幻想性的"新兴童话"理论抬头。以此为契机,张天翼的《大林和小林》《秃秃大王》等既结合社会现实,又融合幻想色彩的"新兴童话"作品受到读者广泛喜爱。特别是《大林和小林》这部作品历经岁月洗练,如今依旧熠熠生辉,备受儿童的喜爱。1935年遵义会议之后,毛泽东提出中国的文化是人民大众的反帝反封建的文化,如今是抗日统一战线的文化,是新民主主义的文化。可以看出,中国的文学没有停留在阶级主义的阵线里,而是走积极地扩大统一战线这条道路。作为中国儿童文学左膀右臂的童话与儿童小说沿着各自的方向继续向前发展,没有出现像韩国那样的童话创作消失殆尽、儿童小说完全一边倒的状态。

通过梳理中韩两国这两场童话论争,可以清楚地了解在文学发展史中非常重要的一段儿童文学发展的脉络。另外,还有一些其他问题值得深思。例如在中国和韩国无论是"否定童话"这一阵营,还是"捍卫童话"这一阵营,其中很多人针对"否定神怪故事和鬼怪故事"的态度却是一致的。例如,在中国的"鸟言兽语"之争中,吴研因并不赞成尚仲衣对"鸟言兽语"故事的否定,但赞同其反对"神怪故事"的言论,甚至对小学课本里"不取可怕而无寓意的纯粹神话"这一观点也是赞同的,就这一点两人达成了一致。韩国金寿昌也在《现有朝鲜童话》一文中把鬼怪故事、恐怖故事看作"不好的童话",并对神怪故事持一种否定态度。对儿童文学发展来说,神话传说及民间故事中带有狂想色彩的神怪故事是一个巨大宝库。故而否定神怪故事中幻想精神的认识,无疑也会阻碍幻想文学的发展脚步。中韩两国幻想文学的发展较为迟缓,与现代文学史中对于"神怪故事"的认识不无联系。

童话作为儿童文学的重镇,如果童话的地位不保,儿童文学的发展也会举步维艰。中国与韩国同一历史时期发生的这场有关童话的论争,从起因、性质与所带来的影响等方面,两者既有相似之处,也存在着巨大的差异。这场发生在二十世纪三十年代的论争,显示出了当时成人社会对于童话以及"幻想性"的看法,对今天的我们仍然有很重要的意义,能够启发我们对童话与儿童文学的种种反思。中韩两国为东亚之邻国,历史文化与文学背景极其相似,现代儿童文学的发展方面也有着很多的相似之处。目前,关于韩国的儿童文学研究,在国内的研究论文还不是太多,可谓屈指可数。本书立足东亚视域,聚焦这一时期共同发生在两国的有关"否定童话"所引发的这场论争,能够让我们更好地了解到人们对童话的认识,以及更好地厘清它在中国现代文学史上的地位及影响,并探寻这场论争存在的问题和意义。

## 第三节　童谣、童诗的理论发展

### 一、中国:"儿歌""新诗歌""红色儿童歌谣"

随着五四新文化运动的展开以及白话文的使用,中国出现了新的形式和内容上的新诗,这对中国儿童诗歌的发展产生了巨大的影响。这一时期"儿歌"这一用语经常被使用,在古代则被称为"童谣""童子谣""孺子谣""小儿语",这是民歌等所有民间口传文学的重要组成部分。

这一时期的理论研究上比较活跃的是周作人,他在1914年发表的《儿歌之研究》可以说是关于中国儿童诗歌的研究中最初的、最具有体系化的研究。他指出儿歌是儿童唱的歌,古代童谣的释义为"儿歌者,儿童歌讴之词,古言童谣"。他叙述了童谣的历史地位和分类,并强调需要从有关童谣的一些偏见中走出来,即童谣在具备"儿童性""艺术性"的基础上,还应该发挥儿童教育的重要功能。

> 儿歌者,儿童歌讴之词,古言童谣。《尔雅》"徒歌曰谣"。《说文》专注云,"从肉言,谓无丝竹相和之歌词也。"顾中国自昔以童谣比于谶纬,《左传》庄五年杜预注,"童龀之子,未有念虑之感,而会成嬉戏之言,似或有凭者,其言或中或否,博览之士,能慎思之人,兼而志之,以为鉴戒,以为将来之验,有益于世教。"又论童谣之起源,《晋书》天文志,"凡五星盈缩失位,其精降于地为人,荧惑降为童儿,歌谣游戏,吉凶之应,随其众告。"又《魏书》崔浩传,"太史奏荧惑在匏瓜星中,一夜忽然亡失,不知所在,或谓下入危亡之国,将为童谣妖言。"《晋书》五行志且记事以实之。(以荧惑为童谣主者,盖望文生义,名学所谓"丐词"也。)自来书史纪录童谣者,率本此意。多列诸五行妖异之中。盖中国视童谣,不以为孺子之歌,而以为鬼神凭托,如乩卜之言,其来远矣。[①]

另外,他还发表了《艺文杂话》《读〈童谣大观〉》《读〈各省童谣集〉》《吕

---

[①] 周作人著,钟叔河编:《周作人文类编6:花煞》,湖南文艺出版社1998年版,第505页。

坤的〈演小儿语〉》《〈绍兴儿歌述略〉序》等有关童谣的文章,这些研究可谓中国儿童诗歌研究中非常重要的成果。他在《读〈童谣大观〉》中把当时童谣研究的现状分为民俗学派、教育学派以及文艺学派三部分,在《吕坤的〈演小儿语〉》中指责中国原本为儿童创作的作品很难看到其艺术性,紧接着他指出吕坤的《演小儿语》虽然具有"蒙以养正"的目的,但通过灵活运用童谣歌词把"趣味性"和"教训性"合二为一,这一点给予了高度的评价。他积极肯定了《读〈各省童谣集〉》的资料性价值,并主张如果想以此用作儿童读物的话,必须去掉下边具有教训性质的注释。

这一时期另外值得注目的文章还有冯国华的《儿歌的研究》(1923)和褚东郊的《中国儿歌的研究》(1926)。冯国华在《儿歌的研究》中用实证方法分析了儿童的心理特征,还在内容和形式上表述了儿童的心理特征。他对童谣在儿童文学上的重要地位以及儿歌在儿童文学上的教育价值进行了叙述,对儿童的想象力、好奇心、兴趣、记忆以及语言等进行了考察,之后规定了儿歌的内容。他主张有关儿童性和儿童化的客观性内容应作为评价儿歌的标准。褚东郊在《中国儿歌的研究中》以实证性资料为基础,对众多的童谣进行了较为体系化的分析。他首先叙述了童谣的地域性和国民性,又从内容上将童谣分为(一)防止哭闹、有助于睡眠;(二)可以游戏时使用;(三)发音练习用;(四)带有知识性的东西;(五)具备教训性的东西;(六)滑稽幽默的东西;(七)其他等。之后从形式上将童谣分为(一)韵语;(二)体裁;(三)句法等。这种分类方法在当时不仅非常有体系化,直到现在都具有重要的影响及学术价值。

朱鼎元在《儿童文学概论》(1924)中指出,童谣音节上的特性符合儿童的本能,能引起儿童的感情和想象上的共鸣,并分年龄阶段对童谣的文学功能进行了叙述。张圣瑜在《儿童文学研究》(1928)中对童谣的特征和内容进行了描述,他认为儿童并不能独自创作童谣,即使有创作动机的儿童,也需要和大人进行讨论,并且在童谣的内容上他指出有关自然物象、人事的童谣很多,涉及人类感情、家庭中平凡事的作品也不在少数。

中国自二十世纪二十年代就开始了与童谣理论相关的研究,作为童谣研究的初期阶段,还未具备深层研究成果出现的条件。但是这些童谣研究呈现出了有关初期童谣的"儿童性"等问题的思考,并为后世的童谣、童诗研究奠定了基础。

进入二十世纪三十年代后,有关儿童诗歌的研究持续增多。关于儿童

## 第二章　左翼文学思潮中东亚儿童文学的理论建设

诗歌,陈伯吹曾指出,对幼年儿童来说,它们亲切而适合。他们天性喜欢歌唱和朗诵,他们最需要来自天籁的诗歌,这也是他们喜爱的精神食粮。徐芳在《儿歌的唱法》(1936)中,以对儿歌实证性的研究为基础,将其分为妈妈哄孩子时唱的母歌及孩子自己唱的儿歌两种,还列举了母歌和儿歌的唱法。苏子涵在《儿歌中的教训与希望》(1936)中认为:儿歌的起源历史悠久,历史上记录的童谣也是儿歌的一种。他将儿歌分为(1)成人讽刺政治的内容(2)儿童自己制作的内容(3)妈妈或保姆为儿童制作的内容三部分。他积极肯定了儿歌的教训性功能,即一方面儿歌教训性的要素引起了儿童的好奇心,另一方面对儿童能起到积极的正面影响,与教育性原理也是相符一致的。①

二十世纪三十年代发行的儿童文学研究的相关书籍中,将儿童诗歌作为研究对象一直没有间断。王人路在《儿童读物的研究》(1933)中对吕伯攸的儿童诗进行了论述,他认为吕伯攸的童诗创作于儿童环境之中,童诗整体的音调非常和谐,比较符合儿童的语法和心理,因此吕伯攸的儿童诗可谓儿童读者比较乐于诵读的作品。陈伯吹、陈济成在《儿童文学研究》(1934)"诗歌研究"这一节中对儿童诗歌进行了论述。他们主张儿童诗歌既简单又具备感觉的、热情的、想象的特征,应立足于"儿童本位",这是最重要的。另外儿童诗歌的价值被归结为以下几点:(1)维持儿童和谐的感情;(2)开发儿童的想象力;(3)展开儿童的思想;(4)训练儿童的语言技能;(5)辅助儿童的记忆力;(6)帮助儿童的喜忧等。另外,葛承训在《新儿童文学》(1934)中认为,儿童的人生、家庭生活、社会生活、动植物、食物等都可以用来创作歌谣,并且在形式上可以使用讽刺、嘲笑、事实描写等方法。综上所述,二十世纪三十年代中国的儿童诗歌研究在继承了二十年代儿童诗歌研究的同时,取得了较为丰硕的成果。

1932年9月在穆木天、森堡、杨骚、蒲风、白曙、王亚平、胡楣、温流、石灵、溅波等的提倡下,成立了以左联为顾问的诗歌团体,他们于1933年2月正式发行了《新诗歌》。他们在《新诗歌》创刊号上发表《关于写作新诗歌的一点意见》(1932.2),表达他们对于新诗歌任务的看法。

---

① 李利芳:《中国发生期儿童文学理论本土化进程研究》,中国社会科学出版社2007年版,第275—276页。

新诗歌的时代任务是什么？

极显明的事实：我们是生活在资本帝国主义的矛盾制度下，第二次世界大战大有一触即发的可能，而在中国，我们的近邻——日帝国主义者，在"国际"的默认下，屠戮，压迫了千千万万的劳苦大众，同时民众运动却受了多方阻碍不能充分发展。不久，更开始了军阀们的混战，使民众受多方面的蹂躏压迫，加重了种种负担。在这些情况下，毫无疑义的，中国新诗歌的时代任务是应该：站在被压迫的立场，反对帝国主义的第二次世界大战，反对帝国主义侵略中国，反对不合理的压迫，同时引导大众以正确的出路。①

标榜无产阶级诗歌的《新诗歌》主张不要哀悼已经过去的历史残骸，应把握现实，具有歌唱新时代的意识。此处所谓的新时代任务的意识是指反对各种不合理压迫的反抗意识，其中也包括"阶级意识"。他们批判当时诗坛中沉迷于象征主义和浪漫主义而脱离现实主义的"新月派"和"现代派"所谓的"风花雪月"，提倡现实主义精神和大众路线。另外，他们主张以人民承受的军阀、自然灾害、火灾、重税等苦痛为素材，提出当时的革命斗争和政治现状等也是创作素材之良好选择的观点。他们还提议关注作为阶级斗争主力的劳动者、农民，这些人主唱的无产阶级诗歌的主旨自然也被无产阶级儿童诗歌继承发扬。

在这里，为着新诗歌是负有伟大的时代任务。我们必须理解新诗歌的内容，最少应该包含的三种要件：（一）理解现制度下各阶级的人生，着重大众生活的描写；（二）有刺激性的，能够推动大众的；（三）有积极性的，表现斗争或组织群众的。

理解了这些，我们且根据我们的时代任务来抓住像这下面所列的题材罢：

（一）反帝国主义军阀压迫阶级的热情；

（二）天灾人祸（内战）苛捐杂税所加与大众的苦况；

（三）当时的革命斗争和政治事变；

---

① 中国作家协会诗刊社编：《中国新诗百年志 理论卷（上）》，中国工人出版社2017年版，第125页。

## 第二章 左翼文学思潮中东亚儿童文学的理论建设

（四）新势力新社会的表现；

（五）过去革命斗争的"史实"（如陈胜吴广洪秀全的革命）；

（六）农人,工人的生活；

（七）有价值,有意义的"社会新闻"；

（八）战争的惨状；

（九）国际诗歌（的改作）。①

中华苏维埃共和国推进了以马克思列宁主义为基础的新文化运动。这场文化运动的主旨在于通过中华苏维埃的文化建设事业提高人民的政治水平,并督促其与解放战争相结合。另外,还强调红军担当了与敌人斗争的角色,文艺应该担当群众宣传、群众组织、群众武装、群众协助等角色,由此赋予了文艺运动极高的赞誉,为中华苏维埃儿童创作的"红色儿童歌谣"盛行创造了良好的背景环境。

曾镜冰在1932年发表的《江西各县儿童局书记联席会的总结》②中尤其强调了游戏和歌谣的重要性,指出这是教育儿童的手段中最有效最活泼的方法,并指出这一点必须与参加革命工作联系起来。

① 以较大的儿童,配合少队赤卫军放步哨查路票。

② 帮助红军家属秋收,和牧牛。

③ 参加慰劳队,慰劳红军。

④ 鼓励爸爸哥哥和亲戚去当红军,及耻笑红军开小差回来的人,要他归队。

⑤ 欢迎和欢送红军,看见红军要敬礼。

⑥ 要爸爸妈妈节省粮食经济,供给红军。

⑦ 要爸爸妈妈多买革命战争公债票。

⑧ 要爸爸妈妈迅速缴纳土地税给苏维埃政府。

⑨ 要做反对帝国主义进攻苏联瓜分中国,进攻中国革命,发展革

---

① 中国作家协会诗刊社编:《中国新诗百年志 理论卷（上）》,中国工人出版社2017年版,第125—126页。

② 此文件发表在《青年实话》1932年第1卷第22期上,可查阅参考。

命战争的宣传。①

陈丕显也在《我们儿童团踊跃参加收集粮食突击》中强调了游戏、演讲以及歌谣的重要性,他在《猛烈进行读书运动》中还陈述了游戏、歌谣和运动等能使儿童的学校生活更加有趣的相关观点。

1931年中华苏维埃共青团中央在瑞金发行了周刊《青年实话》,从第20期开始开设了"时刻准备着"栏目,而随着苏区的扩大和儿童运动的高涨,《青年实话》的"儿童栏"远远不能满足要求了,自1933年10月5日起,中华苏维埃中央儿童局开始将《时刻准备着》作为半月刊发行,同年《儿童实话》也开始发行。《时刻准备着》的创刊号在1933年10月5日出版,封面三套色彩印,内文最开始石印,后来实行铅印,采用32开本,每期20页,发行数达八九千份,行销闽赣、湘鄂等红色根据地。《时刻准备着》中写着"欢迎各地教员投稿,每篇请不要超过300—500字"的要求事项。这一杂志一直坚持出版到1933年秋,红军主力长征前夕被迫停刊,大约出了20期。② 以此为基础,主要内容为反帝、反国民党黑暗统治、反阶级压迫的"红色儿童歌谣"在当时盛行开来。

## 二、韩国:"童谣"理论的激烈的争论与差强人意的结论

在韩国,"童谣"这一概念最初是在二十世纪二十年代登场,因为当时是处于日本殖民统治时期,所以朝鲜语童谣本身就具备了反抗日制教育政策的斗争性特质。将韩国童谣的斗争性特点发挥到极致的恰恰是左翼童谣。从二十世纪二十年代后期开始,随着"少年运动方向转换论"的提出,儿童文学也应该顺应新时代要求的呼声越来越高。二十世纪三十年代初期,在朝鲜无产阶级艺术家同盟卡普的主导下展开了有关童谣、童诗的激烈辩论。③ 二十世纪三十年代出现的有关童谣、童诗的评论呈活跃趋势,当时参与此次论争的文人以申孤松和宋完淳为主力,还有梁又正、尹福镇、

---

① 共青团中央青运史研究室、中央档案馆编:《中国青年运动历史资料第11册(1932.6—12)》,中共党史资料出版社1988年版,第213页。
② 团中央少先队工作委员会、中国少年先锋队工作学会编:《中国少年儿童运动史话》,中国少年儿童出版社1989年版,第73页。
③ 参考[韩]元钟赞:《日本帝国主义殖民统治时期的童谣、童诗论研究——有关韩国特性的考查》,《韩国儿童文学研究》2011年第20号,韩国儿童文学学会。

## 第二章 左翼文学思潮中东亚儿童文学的理论建设

李秉岐、金星镛等。

首先,申孤松通过两篇题为《从童心到既成童谣的误区——给童谣诗人的一些话》和《新一年的童谣运动——童心纯化和作家引导》的评论,不仅揭示了以往童谣未能跳出"感想主义"特点的局限,还批判了"感想主义童谣"对概念没有现实体悟能力的问题。

> 因为童谣是童心之歌,所以儿童用童心演唱童谣时,童谣自然会呈现出儿童的原本心性。巡警带着长剑经过大路,看到这种场景的小孩肯定会大声叫喊着跑过去试图拔出这把剑,就像试图拔掉正在院子里小憩的猫的一根长胡子一样,而这才是真正的童心啊!儿童绝对不会在洒满夕阳的田园里漫步,也不会像自然诗人辈那样赞颂、仔细聆听林树间隐约传来寺院暮钟声的大自然,同样也不是半夜不睡觉、一边聆听雁鸣犬吠一边歌唱孤独的精神学家。儿童不是静止的物体,至少可以说是充满活力的动态存在。他们根本不可能在夕阳中听着钟声或者在海边抓着海草奔跑,甚至这种可能性存在的余地为零。①

接着,他主张"诗不是语句的罗列,而应是情感的奔放。童谣也不应仅仅是华美词句的罗列,必须有儿童般的冲动和感情上的共动"②,提倡自由格律的童诗。

> 朝鲜最初出现童谣运动的时候强调童谣的格调和句节必须互相对应,因此目前除去极少数自由诗体的童谣、童诗外,无论是在任何报纸上,抑或不管是谁写的,只要说起童谣,就都是用七五、八五、四四以及四二的格调唱出来的,最终成为定型律。运用巧妙的手法和技巧来歌唱童谣,既能充分感受诗中的内容,又能体会到其中音乐的氛围。③

---

① [韩]申孤松:《从童心到既成童谣的误区——给童谣诗人的一些话(一)》,《朝鲜日报》1929年10月20日。
② [韩]申孤松:《从童心到既成童谣的误区——给童谣诗人的一些话(六)》,《朝鲜日报》1929年10月27日。
③ [韩]申孤松:《从童心到既成童谣的误区——给童谣诗人的一些话(七)》,《朝鲜日报》1929年10月28日。

而且,他在《新一年的童谣运动——童心纯化和作家引导》中对童谣和童诗下了定义,说明了两者的差异是由其形式上是"定型律"还是"自由律"决定的。他指出童谣是定型律,童诗是自由律,并主张二者是不同的。当时持相同观点的只有梁又正,李秉岐、尹福镇、宋完淳都主张童谣和童诗是相同的。①

李秉岐在《童谣童诗的分离是错误——读申孤松的童谣运动》中主张定型律和自由律的使用取决于作家的表达,并不是一说定型律就是指童谣,一说自由律就是指童诗。但是,他只是像申孤松那样反对提倡童诗,在思想上和申孤松一样,他也提倡童谣的自由律。李秉岐认为童谣就是童诗,没有必要用不同的名字,作为两者表达方式的"律"取决于作家,他更想提倡自由律,原因在于他认为这更适合儿童吟唱,并且对于新手作家尤其是儿童作家来说,定型律的表达比较难。

他认为童谣应该具有以下特征:

(1) 纯真地表达儿童的心性
(2) 能歌唱
(3) 去除矫揉造作
(4) 儿童可以歌唱的简单表达②

继李秉岐之后,尹福镇也反对童谣和童诗的分离,并主张童谣是"儿童的诗"、"儿童歌唱的诗"以及"从儿童心灵深处溢出的歌"。宋完淳也对童谣和童诗的分离持反对态度,并且对以相对年龄大一些的孩子为对象的少年诗比较提倡,宋完淳认为童谣既需要定型律,也需要自由律,童谣最需要的是自由律。③

二十世纪三十年代初朝鲜出现的针对童谣和童诗内容及形式的争论,虽然大多数学者都有参与,却没有得到明确的结论,最后连像样的整理都没出现就不了了之。之后一直到现在,韩国都没有把童谣和童诗明确分开。虽然没能得出结论,二十世纪三十年代初关于童谣和童诗的争论却可以说成了当时儿童文学家们思考童谣和童诗内容以及形式等相关问题的

---

① 〔韩〕沈明淑:《韩国近代儿童文学论研究》,仁荷大学2002年硕士学位论文,第44页。
② 〔韩〕李秉岐:《童谣童诗的分离是错误——读申孤松的童谣运动》,《朝鲜日报》1930年1月23—24日。
③ 〔韩〕沈明淑:《韩国近代儿童文学论研究》,仁荷大学2002年硕士学位论文,第44页。

一个契机。但是最终随着争论的进一步深化,结果只局限于强调童心的阶级性而无疾而终。①

### 三、日本:"新时代童谣与诗运动"理论的提倡

日本无产阶级儿童文学运动正式开始之前,以艺术童谣、诗运动为基础的童谣诗人强调的是"儿童的心灵"、"天真性"、"自然"等。槙本楠郎彻底批判了非无产阶级童谣诗人的观念。他通过诸如《无产阶级童谣的讲话》以及《无产阶级儿童文学的诸问题》等理论书,从童谣的定义到童谣论、童谣的活用、创作方法、创作例文等进行了详细的论述。他尤其强调儿童是具有阶级性的,无论是哪一方的儿童都是具有阶级性的,并且随着阶级对立时时刻刻的尖锐化、过热化,人们再也不会被所谓的欺瞒性的"艺术"之类的话所欺骗了。②他主要批判的对象是"童心"以及"儿童的天真性"这样的观念。

> 彻底反对被关在象牙塔里的所谓的艺术家这样的"超阶级论者"(你们不仅仅中了奴隶教育的毒,并且毫不觉醒、在贫困中成长)。你们对"阶级""社会主义"以及"宣传""鼓动"之类的话无限蔑视和排斥,因此你们无意识中往往把"天使""神的儿子""成人之父"(这些都是符合你们趋向的观念上的资本主义或者小资本主义的儿童)当作你们的人生观、世界观来进行输送。③

西条八十(1892—1970)曾指出,世人对童谣创作活动的态度与一般的诗创作不同。创作童谣的时候脑海中会一直意识到应该让唱这首童谣的儿童容易理解其表达,这种"副意识"会让诗人的感情表达受限。由此,西条八十主张童谣并不是纯粹的诗。

与西条八十的观点相反,槙本楠郎主张无产阶级童谣广义上从属于无产阶级诗,从年龄上看无产阶级童谣以幼年和少年为对象,性别上看是中性的、两性的,从文化水平上看是以低阶层为对象的。因此,为了达成童谣

---

① [韩]沈明淑:《韩国近代儿童文学论研究》,仁荷大学2002年硕士学位论文,第45页。
② [日]槙本楠郎:《童谣讲话》,红玉堂书店(东京)1930年版,第2页。
③ 同上书,第47—48页。

使命上的结果,相关对象的质的、形态上以及技术上的分化是很有必要的。他尤其强调被西条八十轻视的"副意识"的重要性,指出把"宣传"和"煽动"当作生命和标语的阶级主义文学就是纯粹直率的诗。说明如下:

> 无产阶级童谣广义上从属于无产阶级诗,因此为了达成无产阶级诗的使命上的成果,将从质的、形态上的以及技术上对其对象进行分化。即对象的阶级、阶层、群的差异,以及地域上、文化上、生活上的差异,还有年龄、性别以及关心事物和兴趣等的差异,根据这些有据可查的内容,我们的无产阶级诗可以分为各种各样的种类,因此无产阶级童谣归根结底也属于其中之一,从年龄上说的话大体以幼年期或者少年少女期为对象,从性别上说是中性的、两性的,从文化水平上来说以尤为低阶层为对象。①

接着槙本楠郎指出在童谣创作中最重要的是意识问题,并强调只有马克思主义才是最现实的意识。他还指出如果人生和社会的任何一个断面都不是依据于意识的话,就不能从具体、整体上去理解它,意识是拯救每个事实的"魂",还是观望人生的"眼"。② 虽然为了让无产阶级童谣能有效发挥宣传效用,突破超阶级主义和选择对象、环境显得非常重要,但是他一如既往地强调了支持这些事物的意识形态的重要性。③

在无产阶级童谣的运用上,槙本楠郎将其分为读的、听的、唱的、加动作的四类,在此基础上,又将其分为"组织内儿童"和"组织外儿童","平常时期的情况"和"非常时期的情况"两种,详细内容如下:

> 组织内儿童和组织外儿童的情况
> 〈针对组织内儿童的情况〉
> 因为容易代入、阶级意识觉悟高,多应选择具体的、现实性的作品。(这些作品与一般歌唱反抗地主、资本家、权力者的内容相反,地主、资本家、权力者等多为非常鲜明的描写对象,无论是读的、听的、唱

---

① [日]槙本楠郎:《童谣讲话》,红玉堂书店(东京)1930年版,第57页。
② 同上书,第91—92页。
③ [韩]尹珠恩:《槙本楠郎和李周洪的无产阶级儿童文学比较》,釜山外大2007年博士学位论文,第46页。

的,还是加动作的,都应该具有非常鲜明的特色)

选择政治性、有助于团体性训练的团体形式。(各个团体的团体歌,提倡以各先驱者的斗争歌、合唱、口号为目的的团体游戏等)

根据内部指导的特殊经验选择有利用价值的东西。(从动员训练斗争的必要性或者单纯滑稽的歌)

〈针对组织外儿童的情况〉

为了不容易代入、阶级意识觉悟低的人,读阐释性的、启蒙性的作品以及教材。(不主张使用主题从一般性观念到比喻的、象征性的来回摇摆的作品,因看不到其表达上技术性的分化)

为了启发个人,作家首次选择单独的形式。(自由作曲、单独歌唱的形式,拍手歌,睡眠曲等)

选择外部指导下的个性化、独创性的作品。①

平常时期和非常时期的情况

1. 有纠纷的情况下,通过儿童的合唱使敌人愤怒的作品。(适用于非常时期的情况)

2. 用于儿童日常生活的游戏歌,或者其他(适用于平常时期的情况)

3. 以根据曲谱在汇合场所公演为目的的作品(适用于平常时期和非常时期的情况)②

另外,在《赤鸟》上投稿成长起来的一群以北原白秋为中心的诗人创立了"乳树社"。乳树社在1930年5月创立的同人杂志《乳树》促进了"文学童谣"运动的发展。北原白秋在《〈赤鸟童谣集〉序》中列举了合流到《乳树》中新人童谣作家的名字,并指出"他们带来了早晨、带来了风、带来了光"③,于是,自他们开始,日本迎来了第二世代的童谣、诗创作。

与异圣歌、与田准一、藤井树郎等参与编纂的《乳树》的问题意识非常鲜明,这些在创刊号上登载的与田准一的《致新的情操》中有所体现。他批判自称为儿童心理主义者的"冒牌艺术教育家"、合流于营利目的及新闻报刊界的

---

① [日]槙本楠郎:《童谣讲话》,红玉堂书店(东京)1930年版,第76—77页。
② 同上书,第80页。
③ [日]北原白秋:《〈赤鸟童谣集〉序》(1930.11),猪野省三等编《日本儿童文学大系:从普罗童话到生活童话》,三一书房(东京)1955年版,第378页。

通俗童谣作家和通俗杂志。他还主张,为了开拓新时代的儿童情操、摆脱"童心随喜"的心性,需要致力于用近代明晰的情操来建设坚韧的童心。①

> 但是不能止步于过去狭小的圈内位置,所谓的在传唱童谣的延长敷衍中出现的童谣,不能仅仅止步于感情,也不能被童心随喜的眼泪所迷惑。
> 由此可见,必须开拓新时代的情操;从依存于偏见主义反动之上的甜美情操,到近代明晰的情操。②

昇圣歌在发表于《乳树》上的《一九三〇年概算书》中主张意识形态也可以产生艺术。接着他指出在探讨作品的时候,作品中有没有意识形态不是问题,重要的是作品具备艺术性,非常明确地指出了研究无产阶级童谣的关键是作品的艺术性这一点。

> 我不同意槙本楠郎所谓的童谣没有艺术性、从意识形态无法产生艺术这一观点。托尔斯泰有托尔斯泰的理念,卢那察尔斯基有卢那察尔斯基的理念,但是他们的作品中不乏秀拔的内容。并不是意识形态无法产生艺术,当意识形态被以艺术的形式表现出来的时候,就有了变成艺术的可能性。是否应当将无产阶级意识形态体现在作品中的要求排除于他们的任务之外呢?重要的其实仅仅是他们的作品是否具备艺术性。③

在日本,通过与《赤鸟》同步进行的大规模的艺术童谣运动,童谣占据了重要的地位。随着无产阶级童谣的形成,对"超阶级童谣论"的批判也被提起,由此对儿童文学的"儿童性"问题相关思考认识也逐渐得到深化,尤其是昇圣歌主张不能忽略意识形态的同时,特别要重视艺术性这一点,直到今天都具有相当程度的说服力。

---

① [日]与田准一:《致新的情操》,《乳树》创刊号,1930 年第 3 期,猪野省三等编《日本儿童文学大系:从普罗童话到生活童话》,三一书房(东京)1955 年版,第 370 页。
② 同上。
③ [日]昇圣歌:《一九三〇年概算书》,《乳树》创刊号,1930 年第 3 期,猪野省三等编《日本儿童文学大系:从普罗童话到生活童话》,三一书房(东京)1955 年版,第 201 页。

# 第三章 左翼文学思潮与东亚童话

本章节围绕左翼文学思潮影响下东亚童话作品的特征进行分析。无论是直接表现阶级斗争内容的左翼童话也好，还是具有现实主义批判精神的童话，本时期的童话仍然继承与吸取了很多民间故事及民间文学的要素。中国和韩国这一时期都遭到了日本的侵略，所以两国的很多童话作品在批判社会现实黑暗的基础上，针对帝国主义侵略这一事实，描写反帝国主义和凸显民族意识的作品也不少；另外，左翼文学思潮影响下的东亚童话在"幻想"与"现实"中相拥与挣扎，特别是在张天翼和韩国李周洪的儿童文学作品中得到很好的体现。

## 第一节 民间故事与民间文学资源的汲取

丰富的民间故事与民间文学宝库为儿童文学的创作提供了重要的源流性素材。这一时期童话依然有不少都是带有民间故事色彩的，包括很多左翼文学色彩的童话创作，依然吸取了很多民间故事与民间文学的营养。例如，中国张天翼的长篇童话《大林和小林》借鉴了很多民间童话的叙述因素，故事开头是这样写的。

> 从前有一个很穷很穷的农人，和他的妻子住在乡下。他们都很老了，老得连他们自己都说不上有多大岁数了。有一天，他们忽然生了两个儿子，这个老农人非常快活，叫道：
> "我们有了儿子了！我真想不到这么大年纪还能生儿子。"[1]

---

[1] 《张天翼儿童文学全集（二卷）》，中国少年儿童出版社2002年版，第266页。

民间童话的开头一般采取"从前、很久很久以前、很久以前"等词,《大林和小林》则采用这一叙述方式,张天翼采用民间视角,像讲民间童话一样讲述给儿童。其中有关大林和小林"两兄弟"的人物设置方式更是典型的民间故事人物安排模式,一个是勤劳勇敢的,另一个是懒惰贪婪的,这也是采用民间故事的二元对立构成方式。张天翼安排了完全不同性格的两个人,彼此形成鲜明的对照。最后的结局也是善良战胜邪恶,善的一方获得胜利,事件得到完满的结局,这一点也是民间童话中经常出现的模式。另外,《大林和小林》作品中出现的怪物及狗绅士、狐狸绅士、鳄鱼小姐等形象也是民间童话中经常登场的形象。另外,张天翼的《秃秃大王》中也出现过怪物、猫、狼等多种角色,都是民间故事与民间文学中经常登场的形象,其中会采用偶然性事件发生的叙述方式,也充分地遵循了民间童话的叙事风格。

另外,民间故事或民间童话中经常登场的国王或皇帝也在这一时期的童话中频繁出现。不过这些童话中的国王或皇帝大多是以压迫民众的凶残统治者形象出现,例如张天翼《秃秃大王》中的"秃秃大王"就是一个食人血的残暴统治者。另外,巴金从1934年到1936年之间创作了蕴含现实主义精神的《长生塔》《塔的秘密》《隐身珠》《能言树》四部短篇童话。《长生塔》收录的作品都是讽刺现实政治的残酷和黑暗或描写人民悲惨现实的作品。其中《长生塔》(1934)也是以梦想着长生不老的皇帝让百姓建设长生塔的暴政为素材的作品。梦想长生不老的皇帝形象,也正是从中国民间故事中受到的启发。《长生塔》的叙事结构上也采取了父亲给孩子们讲民间故事的叙述方式。

"从前有一个皇帝……"
父亲总是这样开始讲故事。
"皇帝,你总是说皇帝,皇帝究竟是什么样的东西?"
有时候我忍不住要这样问他,因为我从没有见过这样的东西。
"皇帝……就是那个整天坐在宫殿里头戴皇冠的怪物!"
父亲费力想了一会儿,才这样回答我,于是他继续讲起故事来。[1]

---

[1] 鲁迅等:《百年百部中国儿童文学经典书系 从百草园到三味书屋——现代儿童文学选(1902—1949)》,湖北少年儿童出版社2007年版,第286页。

## 第三章 左翼文学思潮与东亚童话

像上面所述这样,这一时期的童话中,国王或皇帝很多时候以邪恶或滑稽的形象出现。叶圣陶以安徒生童话《皇帝的新衣》为题材,以叙述童话背后的故事方式发表了《皇帝的新衣》(1930)。

> 从前安徒生写过一篇故事,叫《皇帝的新衣》,想来看过的人很不少。(……)以后怎么样呢?安徒生没说。其实是以后还有许多事儿。①

叶圣陶笔下皇帝新装的故事被重新赋予新的语境。故事中的皇帝不穿衣服,人们都议论纷纷说皇帝不穿衣服,但皇帝不承认事实,反而制定了杀死说真话的人的荒唐法律,还杀死出行时发出讥笑之声的人。所有百姓被剥夺了言论自由和微笑自由。

> "我们请求皇帝,给我们言论自由,给我们嬉笑自由。那些胆敢说皇帝笑皇帝的,确是罪大恶极,该死,杀了一点儿也不冤枉。可是我们绝不那样,我们只要言论自由,只要嬉笑自由。请皇帝把新定的法律废了吧!"
> 皇帝笑了笑,说:"自由是你们的东西吗?你们要自由,就不要做我的人民;做我的人民,就得遵守我的法律。我的法律是铁的法律。废了?吓,哪有这样的事!"他说完,就转过身走进去。②

人们无法在残酷的统治下生活下去,最后大家齐心协力,给皇帝脱去这件并不存在的新衣。上至大臣,下至士兵也一同加入队伍中,最终皇帝不堪压力,晕倒在地。叶圣陶在 1929 年至 1930 年间创作了 9 部作品,全部在《古代英雄的石像》一书中结集出版,之后又创作了《"鸟言兽语"》《火车头的经历》等童话及《一个练习生》《一桶水》《邻居》《儿童节》《寒假的一天》等儿童小说。这期间叶圣陶虽以童话题材为主展开了创作,但是将现实主义精神更鲜明地融入了作品中。

---

① 叶圣陶:《百年百部中国儿童文学经典 稻草人》,湖北少年儿童出版社 2006 年版,第 209—210 页。
② 同上书,第 216 页。

二十世纪三十年代,叶圣陶以现实主义精神为基础,发表了许多批判现实的童话故事。《古代英雄的石像》(1929)中的主人公,顾名思义就是古代英雄的石像,竖立在广场上高耸的石像整日受到众人的关注,变得高傲起来。骄傲自满的石像无视支撑自己的石头,而支撑着石像的石头们无法忍受石像的高傲。最终,石像坍塌破裂成上万块,铺为一条道路。这部作品阐释了无论身处多么高的位置,如果不能得到人民的支持,最终都会走向灭亡的教训。

如上面章节中所讨论的那样,在韩国左翼儿童文学作品中,排斥幻想性的论调占压倒性优势。同时,在左翼儿童文学主导的韩国文坛中,民间故事中出现的幻想要素被贬低为虚幻观念,这些传承与发扬民间故事要素的作品发展艰难,即使偶尔出现这样的作品,大多数都是带有寓言性质的拟人童话或短篇童话,是以与现实形成一对一对应关系的教训性方式构成的。

这些短篇童话大多数讲述的是带有阶级反抗意识的作品,例如宋影的《鲸鱼》(1930),讲述的是生活在太平洋的鱼大王——鲸鱼,终日无所事事,践踏弱小的鱼类,甚至会杀死小鱼。于是鱼群聚在一起讨论解决办法,最终大家齐心协力将鲸鱼杀死了,可以说这是一部阶级斗争寓意非常鲜明的短篇童话作品。严兴燮的《小猫崽》讲述的是一直受猫压迫的老鼠们,聚在一起咬死猫崽,赶走猫妈妈的故事,这个故事具有反抗意识,但是叙述过于简单粗糙。其中所描述的数百只老鼠聚集在一起咬死小猫的场面描述过于残忍,塑造了一种杀气腾腾的氛围,作为给孩子读的作品来说,确实少了些细腻的考虑,有些过于残忍。

> 一只花花绿绿的猫崽全身的躯体被咬住,喵喵哭叫着,在篱笆边上倒下了。
> 傍晚时分,夜幕将过,母猫在血色斑斑的猫崽的身边坐下,用爪子使劲地掘地,拼命地哭着。①

《小猫崽》的题目以"小猫崽"为题,而实际所讲述的故事主人公却是老

---

① [韩]严兴燮:《小猫崽》,庆熙大学韩国儿童文学研究中心编《去寻找星国的少女2》,国学资料院(首尔)2012年版,第189页。

鼠,老鼠作为正面反抗者的姿态登场。在韩国像这样左翼文学色彩的童话中,经常有将老鼠或鼹鼠设定为故事主角的情况。其中郑哲的《鼹鼠国与老鼠国的战争》(1931)便是一个很好的例子。与《小猫崽》这部作品叙述的主题相反,该作品中老鼠被塑造成了反面角色。故事内容讲述的是鼹鼠国的鼹鼠们整日辛勤劳动,集体过着吃得好、穿得好的日子。但是,只顾个人享受的老鼠们纷纷跨过国界,来到鼹鼠王国,偷吃鼹鼠们的存粮。于是,鼹鼠王国发动了赶走老鼠的战争。

追求一起吃好、一起穿好、一起生活好的"鼹鼠国"和只贪图自己一个人吃好、只自己一个人穿好、互相咬牙切齿撕咬打架的"老鼠国"之间开战了。

这个"鼹鼠国"和"老鼠国"的战争,是从现在开始到几万年前就发生了的。但那场战争的理由就是这个。

"鼹鼠国"本来是一个不分彼此,不管是谁,只要工作,就能吃得好,过上好日子的国家。知道这一事实的老鼠们开始慢慢越过国境,进入"鼹鼠国"。进来之后不做事,只是吃,而且充满贪欲,抢夺别人的东西。完了还把东西带回自己的国家,成了富翁,每天大放其词。有这样的事情发生之后,"鼹鼠国"的鼹鼠们也开始学起了这一套,彼此对吃的东西充满贪欲,抢夺别人的东西,这样的人,也越来越多。

所以没有办法,"鼹鼠国"开始了驱逐老鼠的战争。①

最终,鼹鼠国的所有老鼠被赶到地面上,鼹鼠们在地底下重新过上了和平舒适的生活。值得注意的一点是,该作品用童话语言的叙述方式,对实际生活中为什么鼹鼠生活在地底,老鼠生活在地面上的这一事实娓娓道来,实在有趣。

日本这一时期的很多童话也不乏反映民间故事特性的作品。日本无政府主义阵营和共产主义阵营分裂后,在日本文坛的老一辈作家中,小川未明、江口涣等人于1927年5月成立了日本无产派文艺联盟。小川未明宣称放弃小说创作,进而投身童话作品创作的。这一时期的江口涣也创作了

---

① [韩]郑哲:《鼹鼠国与老鼠国的战争》,庆熙大学韩国儿童文学研究中心编《去寻找星国的少女2》,国学资料院(首尔)2012年版,第269页。

《某一日的鬼怪岛》《从此开化的爷爷》等相关主题的童话作品。

"桃太郎"是日本民间故事中最具代表性的英雄之一。桃太郎由日语"桃子"和代表日本男性名字的"太郎"组合而成。原先有关桃太郎的故事情节是这样的。没有子女的年老奶奶某一天捡到一个巨大的桃子带回家，而桃子里却跳出一个少年。几年后长大的桃太郎为消灭掠夺百姓的妖怪，告别父母独自前往魔鬼岛。在旅行的途中桃太郎结识了会说话的狗、猴子和雉鸡，这些同伴成了帮助桃太郎的朋友。与此同时，到达目的地的桃太郎与同伴们开始攻击魔鬼岛上的妖怪，打败了妖怪的头目和他的队伍，最终凯旋，从此以后与家人们过上了幸福的生活。迄今为止，桃太郎基本都是以英雄形象出现在日本的教科书、图书及电影中的。

而江口涣的《某一日的鬼怪岛》则是颠覆桃太郎英雄形象的一部作品，作品中"桃太郎"是以反面人物形象登场。卑鄙的桃太郎趁鬼怪头目上山祭祀之时，潜入了只剩老人与小孩的鬼怪岛，大肆掠夺了鬼怪们的宝物。鬼怪们聚在一起纷纷控诉桃太郎的恶性，并提出了质疑，他们不解，在人类世界中为什么狡猾的人比起诚实辛勤的人更舒适呢？另一方面，鬼怪们又纷纷表示，对自身没有生活在人类世界中感到无比幸运。

于是，上了年纪的一位黑女鬼怪安慰大家，在附近插话道。
"是啊，你不必伤心了，这就是肮脏的人间的习性。"
是吗？那真的是人间的习性吗？认认真真工作的人得不了好处，整天游手好闲不干事的人却最终获得许多甜蜜好处。就这样，像我们大家一起认真工作，友好相处，相互帮助的我们鬼怪岛多好啊！人间简直无法与我们相比！
那么，人世间真的算不上是一个像样的世界！这么一想，在鬼怪岛上这样生活是多么快乐的事。
另一位上了年纪的黑女鬼怪，竟用一种激动得颤抖的声音这样说。大家这才舒展了一脸害怕的脸，咯咯笑了起来。[1]

在《某一日的鬼怪岛》中，作者颠覆了日本国民童话中的英雄人物桃太

---

[1] [日]江口涣:《某一日的鬼怪岛》,《少年战旗》1931年第5期,猪野省三等编《日本儿童文学大系：从普罗童话到生活童话》,三一书房（东京）1955年版,第43页。

郎形象,将其描述成攻击鬼怪岛、掠夺财物的罪恶形象。在日本左翼童话和无产阶级儿童教育中,这种故事情节的设定被反复运用。像这样桃太郎被重新诠释,赋予了新的色彩,江口涣的《某一日的鬼怪岛》则成为日本左翼童话的先驱性代表的作品。

日本左翼儿童文学阵地《少年战旗》中收录了以桃太郎为主题的多部作品,其中有代表性的作品有坂梨光雄的《之后的桃太郎》、光成信男的《丢脸的故事》、本庄陆男的《讨伐恶魔的桃太郎》等。在这些作品中,本庄陆男的《讨伐恶魔的桃太郎》里将桃太郎描述成无产阶级大众的英雄,这与今天日本经典作品和学校剧场中以英雄形象登场的桃太郎十分相似。

《讨伐恶魔的桃太郎》中登场的佃户们,无论怎么努力劳动,因为地主的贪婪,他们始终无法摆脱贫困。佃户们给讨要佃米的地主起了"魔鬼"的外号。桃太郎代表佃户,他闯入地主的豪宅中将财物统统拿出来,交给佃户们保管,从此佃户们过上了安乐的生活。

"把世界上的地主和资本家都赶走!"

你们认为桃太郎的话可能是无稽之谈。究其原因,是因为这个世界上有地主和资本家。关键是地主或资本家说了真话吗?这一点真是让人忧心忡忡。但是也有可能的一点是,因为你们是农民或工人的孩子。学校老师教说谎,要听恶魔的命令。坐等吃穿而装腔作势的家伙,应该赶快打倒。大家都挽起胳膊来……①

本庄陆男的《讨伐恶魔的桃太郎》是发表在《少年战旗》5 号刊中的作品,比起《某一日的鬼怪岛》更具鲜明的阶级意识。作品中高呼"赶走世界上的地主和资本家"的是农民与工人劳动者,还有这是他们的后代需要牢记的任务。但因在学校受到的谎言教育,他们无法领悟这项任务。作品中为了消灭"不可一世的人们",强调了农民与工人劳动者以及他们的子女必须携起手来。如此,《讨伐恶魔的桃太郎》中出现了这样比较强烈的阶级意识。

如上面所讲,江口涣的《某一日的鬼怪岛》与本庄陆男的《讨伐恶魔的桃太郎》这两部作品都运用了日本民间童话的英雄桃太郎形象,并进行了

---

① [日]本庄陆男:《讨伐恶魔的桃太郎》,《少年战旗》1931 年第 5 期,猪野省三等编《日本儿童文学大系:从普罗童话到生活童话》,三一书房(东京)1955 年版,第 201 页。

重新诠释。桃太郎形象被重新诠释的过程中，虽然无法直言哪一种诠释更具意义，但是能够看出，江口涣《某一日的鬼怪岛》的可读性更强一些，有关细节的描述也更加细腻和生动。例如，在《某一日的鬼怪岛》中，对鬼怪们开展的运动会是这样描述的。

> 聚集在那里的运动员是从鬼怪岛的各处选出来的。换句话说，这些鬼怪也可以说是鬼怪中的鬼怪，所以比赛当然也会非常精彩。
> 比赛不仅有摔跤、马拉松、跳高、跳远等在人世间也能见到的项目，还有骑云彩、下雨、打霹雳、起风、掷山、扔铁棒、踢岩石等，他们创下的纪录也是非常了不起的。
> 骑云彩创下的纪录是 1 秒内骑三万八千英里，而打霹雳是 1 分钟内打了 1463 次的记录。另外，掷山是用双手撑住像箱根山一样的一座山，扔了二万八千公里，这也是创了纪录。踢得最远的记录是将有整栋大楼那么大的万丈岩石踢开 5 万米。①

如上所述，鬼怪们在运动会上的项目是化用了人类世界中的运动会项目，但是确实更符合鬼怪特性，民间故事中的鬼怪往往具有万般本领，所以故事中所展现的是世间看不到的神奇竞技。这一时期日本的童话作品受到了民间故事的很多影响，这种特点不仅体现在左翼童话上，可以说当时几乎所有的日本童话都具有这一特点。

二十世纪二三十年代日本的其他童话作品中也不难发现狐狸、山猫、鬼怪等民间故事中的形象经常出现。例如，宫泽贤治的《橡子与山猫》(1924)与《要求特别多的餐厅》(1925)中山猫的出现，新美南吉的《狐狸阿权》(1932)中出现的狐狸形象，这些都化用了民间故事中的形象，给人留下了深刻的印象。鬼怪——作为童话作家们非常喜爱的一个形象代表，经常出现作家的作品中。就像前面所提到的《某一日的鬼怪岛》中那些会万般神技的鬼怪，令人为之眼前一亮，这些鬼怪多是想要避开人类的视线平静生活。广受日本读者喜爱的滨田广介的《红鬼的眼泪》(1934)的主人公红鬼怪与这些作品中的鬼怪形象有些不同，他为了人类自愿劳动，并且梦想进

---

① ［日］江口涣：《某一日的鬼怪岛》，《少年战旗》1931年第5期，猪野省三等编《日本儿童文学大系：从普罗童话到生活童话》，三一书房（东京）1955年版，第29—30页。

第三章　左翼文学思潮与东亚童话

入人类当中与其友好地生活。

> 不知道是哪里的山。山崖上有一座房子。是木匠在住吗？不，不是。那么是不是熊在住呢？不，也不是。那里住着一只大红鬼。虽然和画册中出现的鬼怪不同，但眼睛还是炯炯有神，头上还长着一些可能想变成角的尖锐东西。
> 谁都会认为他是个可怕的家伙。但事实并非如此。他是善良的妖怪。从来没有欺负过人。那只红鬼和别的鬼怪不同。
> "虽然我是鬼怪，但我愿意为人做事。想做的事就是想进入人间好好生活。"①

但是人们十分害怕红鬼怪。红鬼怪的朋友蓝鬼怪为了实现朋友的愿望挺身而出，为了将红鬼怪打造成人类的救世主，故意向人类示威，被红鬼怪制服。此后蓝鬼怪担心人们看到自己与红鬼怪友好相处的样子会产生怀疑，便留下一封信后离开。红鬼怪读着朋友的信后痛哭。

> 致红鬼：
> 愿你和人类一直好好生活在一起。我暂时不会见你了。如果我们像以前那样相处，人类会怀疑你的。如果那样的话，你会真的伤心吧？这么想，我决定从此出去旅行了。
> 你要时刻注意健康。
> 
> 无论何时你的朋友，蓝鬼怪。
>
> 红鬼几次读了那篇文章。一边流泪一边读。②

《红鬼的眼泪》虽然不是左翼儿童文学题材的童话，但是读者通过这部作品，看到了鬼怪们催人泪下的友情，并能意识到什么是真正无私的友谊，同时对人类自己那种自私自利的人际关系感到惭愧。如上所述，当时的日本童话也是受到民间故事的极大影响，通过动物、鬼怪等多种形象的运用，

---

① ［日］滨田广介：《红鬼的眼泪》，鸟越信《日本近代童话选集2》，创作与批评出版社（首尔）2001年版，第90—91页。
② 同上书，第100—101页。

极大地刺激了儿童们的兴趣。这种特征呈现在日本左翼文学色彩的童话中，但是当时日本的左翼童话即使引用了民间故事的特征，或是出现动物、鬼怪等形象，也无法从阶级二分图解化的条条框框中脱离出来。问题是，这种图解模式让故事的趣味性大大降低，在日本左翼文学色彩童话中想要挑选出令人眼前一亮的作品，依然不是一件容易的事。

通过上面的梳理，我们能够发现以中日韩为代表的这一时期的东亚童话，包括左翼童话，对民间故事或者民间童话的相关因素都有吸收和接受，但传统的民间故事都被赋予了新的思想内容。正如茅盾所指出的，因为神仙故事最能滋育儿童的想象力，儿童文学的大本营是神仙故事，所以有关描写阶级意识的很多左翼作品也采用了幻想的形式，借用民间故事或民间童话来表现主题。正如这一时期童话理论中所体现的一个重要创作倾向，童话借用民间传说或民间故事的形式，但同时赋予其现代的新空气，使成为现代也可以接受的新风貌。

## 第二节　童话中"反帝国主义"及"民族主义"的体现

在近现代的朝鲜半岛与中国都曾遭受过日本的侵略。朝鲜于1910年沦为日本的殖民地，1931年"九一八"事变后中国的东北三省被日本侵占，在西方列强和日本的残食之下，中国也逐渐沦为半殖民地状态。在反映现实的中韩童话中出现了很多具有"反帝国主义"意识的作品。也许是源于体裁的特征决定，也或者是童话这一创作形式能够隐含更多的象征意义内容，具有幻想性质的童话比儿童小说而言，能够更巧妙地表现"反帝国主义"与"民族主义"的内涵。

梳理韩国这一时期能够充分体现反抗日本殖民统治的童话作品，马海松的《兔子和猴子》应该是其中一部最为典型的代表作品。虽然无法将马海松定义为严格意义的左翼童话作家，但在日本殖民统治时期，他曾受到马克思主义影响并以此创作了许多儿童文学作品，所以他应该算得上一位具有左翼文学思想倾向的作家。[①]《兔子和猴子》这部作品的发表和登载

---

[①] 参考［韩］元钟赞：《解放前后的民族现实与马海松童话——以〈兔子和猴子〉为中心》，《韩国儿童文学的争议点》，创作与批评出版社（首尔）2010年版。

第三章　左翼文学思潮与东亚童话

可谓经历了众多波折,这一作品的首次发表是刊登在1931年8月刊第一期的《俄里尼》上,但因为一些原因,作者中途停止了作品连载。之后这部作品在1933年1月和2月刊的《俄里尼》上重新连载,因第三回的原稿被没收,故事的连载又出现中断,完整的故事登载是韩国光复解放之后才得以完成。马海松于1946年1月1日在《自由新闻》上发表了"前篇",又于1947年1月1日至8日发表了"后篇"。

《俄里尼》1931年8月刊第一期中发表的部分为其中的"国与国"与"铠与王"这两个章节。其中"国与国"这一部分的讲述拉开了故事的序幕,故事讲述的是兔子国与猴子国两个国家之间的故事,其中故事一开头就对两个国家子民的性格进行了详细的描述。

  有一个大溪,大溪的东边是猴子国,大溪的西边是兔子国。
  大溪东边的猴子们身体乌黑,脸和屁股是红的。大溪西边的兔子们身体雪白,头上有一对竖起的耳朵。
  大溪东边的猴子们伶俐恶霸,喜欢打架。大溪西边的兔子们美丽又善良,喜欢唱歌和跳舞。①

故事中安排兔子国位于小溪的西边,猴子国位于小溪的东边的这一设定并不是随意之举,而是作者有意而为之。从世界版图的地理位置的分布上来看,这里暗指的正是韩国与日本,兔子国是朝鲜的代名词,猴子国则指的是日本。"美丽又善良,喜欢唱歌和跳舞"的兔子们象征着爱好和平的朝鲜民族,而小溪东边"身体乌黑,脸和屁股是红的"的猴子们则暗喻当时对朝鲜进行殖民统治的日本。

文中讲某一天猴子王国的嘎嘎因狂风被迫降落到兔子王国,兔子们救了猴子嘎嘎并亲切地接待了他。为了报恩,嘎嘎邀请兔子们到猴子王国去做客。这里值得关注的一点是,被邀请去猴子王国做客的三只兔子的名字分别为"*丝丝*"、"*飒飒*"、"*扫扫*"。翻阅日本的五十音图中正好有"さ(sa),し(si),す(si),せ(se),そ(so)"这一发音。考虑到在创作《兔子和猴子》这部作品的时候马海松曾在日本停留过一段时间,不难推测出"*丝丝*"、"*飒

---

① [韩]马海松:《兔子和猴子》,庆熙大学韩国儿童文学研究中心编《去寻找星国的少女2》,国学资料院(首尔)2012年版,第335页。

飒"、"扫扫"的名字由参考日本的五十音图而取,而这一点也充分体现出作者的一些意图所在,很多方面都是在暗指日本。

"铛与王"部分中抵达猴子王国后的兔子们发现了一种叫"铛"的可怕的武器。"铛"这种武器的名字很显然由枪声中得来,这里的"铛"这一武器象征着现实中的"枪"。兔子们听到了铛不仅能杀死猴子,甚至连兔子也可以射杀的消息后感到十分害怕,盼望着重返兔子王国。

> 街上的猴子们背着黑色的树枝走来走去,问嘎嘎那是什么,嘎嘎告诉他说叫铛,可以杀死猴子。嘎嘎的回答吓到了丝丝,丝丝想那这铛肯定也会打死兔子吧。铛太可怕了,得赶紧回到兔子国去。①

故事中对"铛"的这一描述,也是充分体现了作者的意图所指。在近代的东亚诸国中,日本是最早引进并广泛使用以枪为代表的新式武器的国家之一,也因此日本早早地拥有了现代化武装设备,并由此开启帝国主义殖民侵略的这一序幕。"铛"象征的不是别的,正是象征着日本的武力。除了"铛",兔子们还见了不曾见过的另一种物——"王",作品中关于"王"的描述如下:

> 你们应该知道的,我就是普天下之王。我今天叫你们过来,是因为原先我以为天下只有一个我们猴子国,而我就是普天下之王。听说在大溪的西边有一群奇怪的畜生建立的国家,我认为不能放着不管,我们得控制那个国家,管理那个国家,我得成为那里的王。如果万一不服从我的命令,我就要杀光他们。咳咳!所以我把你们叫过来,你们赶快告诉我兔子国那边的情况,我要去收拾这一国家。咳咳咳!②

当"王"听到还有一个兔子国的时候,提出要去管理和控制这一国家。"王"的这番讲话充分体现了猴子王国的帝国主义殖民侵略者的可怕嘴脸,这里描述的"王"的心理动态及意向正是当时日本殖民统治者当局的心之所想。特别是从猴子王国的大王自称为"天下之王"这一描述中,体现出作

---

① [韩]马海松:《兔子和猴子》,庆熙大学韩国儿童文学研究中心编《去寻找星国的少女2》,国学资料院(首尔)2012年版,第338页。
② 同上书,第338—339页。

者对日本天皇的暗指和讽刺。故事中描述猴子王国的大王会杀死那些不服从自己命令的猴子,这无疑暗讽了日本的军国主义统治。

另外,作者用"兔子"来作为朝鲜民族象征的这一安排也是有历史渊源的。在作品中兔子以善良、爱好唱歌跳舞、爱好和平的形象登场,作者将韩国委婉地比喻为兔子,也不是凭空而举,其历史渊源基于"朝鲜半岛的兔子形态论"。"朝鲜半岛的兔子形态论"最早在小滕文次郎的《朝鲜山脉论》中被提及过,之后矢津昌永(1863—1922)等其他日本学者也不断鼓吹这一言论,使得殖民统治时期的很多朝鲜民众认为自己的国家版图形状就是一只兔子,而对于自己国家的民族想象,心理上也会与"兔子"这一形象进行关联。① 这一点也充分暴露了当时日本殖民统治当局者的可怕用心,即朝鲜应该像一只温顺的兔子一样顺从地接受日本的殖民统治,不得有反抗。而不得不提的一点是,日本殖民统治这一时期提出的"朝鲜半岛兔子形态论"至今仍有影响力,很多朝鲜民众都认为自己国家的版图像一只"兔子"的模样。

> 实际上,韩半岛的形状是一只兔子的说法已经成为一种普遍认识。从日本帝国主义强制占领统治时期开始,到1950年发刊的杂志《少年》中的"地图"中,体现的是"我国的地图是兔子模样"。目前,在40—50岁以上的人中,认为韩半岛的地图模样像兔子的人还很多。②

梳理韩国这一时期的一些童话作品不难发现,"兔子"这一形象被经常使用,用来象征韩国。1931年9月发表在儿童文学《星国》杂志上的朴仁浩的《戴面具的老虎》中也将韩国比喻为兔子。在此作品中,兔子王国的地理位置处于金刚山中央,作者把兔子国描绘成一个同甘共苦、和平友好的国度。但是在秋天一个月色明亮的夜晚,兔子们载歌载舞时,一只身形庞大、面部肥胖的兔子突然出现并大声喊道要成为他们的国王。③

---

① [韩]穆秀莲:《国土的视觉表象与爱国启蒙的地理学——以崔南善的论议为中心》,《东亚文学研究》2014年第57期,汉阳大学文学研究所,第19—21页。
② 同上书,第24页。
③ [韩]朴仁浩:《戴面具的老虎》,庆熙大学韩国儿童文学研究中心编《去寻找星国的少女2》,国学资料院(首尔)2012年版,第354页。

"你们这些百姓们，不要放肆！我是从月宫飞来掌管你们的王，那个声音就是天帝告知你们的声音。所以，现在你们要把我视作你们的大王。"①

这位大王自称来自月宫，为了治理兔子国来到这里。兔子们被其谎言欺骗，侍奉其为大王，但是荒诞的是自兔子王国出现大王之后，每晚都会有一只小兔子消失不见。了解到此事的一只名叫"小铁石"的兔子每晚都提高警惕。某天晚上，小铁石发现兔子王国的大王叼走了自己的父母，随即追赶至大王宫中才发现，原来兔子王国的大王事实上是一头戴着面具的老虎。这只老虎戴着面具，遮住了自己的真实面貌，成为兔子王国的大王后偷偷地捕食兔子。读者看到的兔子王国的大王形象，在很多方面与日本殖民统治者当局极为相似，日本在踏出殖民主义侵略扩张的铁蹄之后，一方面对东亚诸国开展残酷的殖民统治，另一方面又打出"大东亚共荣圈"口号，以此想将自身的殖民侵略与统治正当化，甚至美化其统治。但是"老虎"终究是"老虎"，即使戴上面具，其真实嘴脸也终将会被发现。《戴面具的老虎》的结局是，在小铁石率领的小兔子敢死队和所剩无几的大兔子的共同努力之下，推倒了王宫，将伪装成兔子的邪恶老虎杀死，兔子王国在推翻老虎的统治后重新过上了和平幸福的生活。这部作品充分反映了当时处于日本殖民统治之下的韩国民众期盼推翻日本殖民统治政府、争取早日解放的心愿。

这一点在郑哲的《鼹鼠国与老鼠国的战争》中也得到充分体现。作品中将同舟共济的鼹鼠王国与独自享乐的老鼠王国设置为敌对关系，这一方面可以将其理解为阶级对立的关系，但也可以看成一种"反帝国主义"与"民族主义"的表现形式。作品中讲富国——老鼠王国在制造了很多武器后，每天过着醉生梦死的日子。而武器落后但勇猛的鼹鼠们，无论男女老少全体出战对抗老鼠们。结果在面对鼹鼠们的进攻之下，醉酒的老鼠们扔掉了自己的枪，或是逃亡，或是自杀。

另一方面，在角落里自杀的士兵也很多，他们说"上帝是我们的父

---

① [韩]朴仁浩：《戴面具的老虎》，庆熙大学韩国儿童文学研究中心编《去寻找星国的少女2》，国学资料院（首尔）2012年版，第354—355页。

亲,我们要献身于上帝而死"。有像这样无法再次战斗,只能将生命托付给上帝的士兵,还有觉得冤屈继续追赶的士兵,还出现了试图自杀扔掉兵器的士兵也很多。①

老鼠士兵将自身性命托付给"上帝"进行自杀的这一场面,很容易让人联想到日本武人所信奉的所谓"武士道"精神。日本军人在作战失败或无法前进的情况下通常向天皇献出自己的生命。老鼠士兵的这种自杀行为的设定,辛辣地讽刺了日本军国主义统治之下愚昧的"武士道"精神。鼹鼠国历经两次大战后最终战胜了老鼠国,这与当时朝鲜殖民地的人们所梦想的"解放"有异曲同工之处。这一时期朝鲜处于日本的严苛殖民统治之下,朝鲜民众的这种心愿无法通过现实主义的创作方式来进行形象化,但是作家可以利用童话特有的幻想性这一特点,通过巧妙的设计,用其暗讽日本的殖民统治,来表现"反帝国主义"与"民族主义"这一主题。

中国这一时期也饱受日本侵略战争铁蹄的践踏,体现左翼文学思想的童话作品中有关"反帝国主义"与"民族主义"这一主题的讲述也是不胜枚举。例如左联成员贺宜创作了很多隐喻讽刺反对日本发动侵略战争的童话,其中《隐士的胡须》《凯旋门》《木头人》都是凸显这一主题的代表作。短篇童话《隐士的胡须》讲述的是某个国家有个隐士留着长长的漂亮的胡须,当时正逢战乱,他一个人为了逃避战争,躲到山里自保。但是不久因为饿了去找吃的,结果被敌人俘虏,不仅要挂"牛马牌",被敌人当马骑,当敌人要割去他视若珍宝的胡须时,他苦苦求饶,但还是没有避免,最后过着牛马不如的奴隶般的生活。贺宜借此讽刺在国家遭遇侵略危难时刻,那些只顾自己不顾国家安危地苟且偷生的人。

  森林里有一间小小的茅屋,隐士便在茅屋里隐居起来。
  这可以说是个好地方!鬼都找不到的好地方!他相信米米国的兵士不会找到他。管他国家会变做什么样子,他隐士总可以安安稳稳地躲在这里,安安稳稳地捋他的好看的胡须。
  真是安安稳稳得很!安稳得好像一只颈子缩在壳里面的乌龟!

---

① [韩]郑哲:《鼹鼠国与老鼠国的战争》,庆熙大学韩国儿童文学研究中心编《去寻找星国的少女2》,国学资料院(首尔)2012年版,第271页。

>隐士每天赏赏风景,捋捋胡须,说道:"我要安安稳稳无忧无虑地吃饭!"①

贺宜的另一篇长篇童话《凯旋门》写米米国侵略大华国,大华国举国上下奋起反抗,侵略者加紧对本国人民压榨剥削,并想通过建造一座凯旋门来鼓励士兵的士气。作品中凯旋门是用士兵的尸灰和老百姓的鲜血和眼泪来筑成的。这一点描写很是巧妙地点明了侵略战争的本质,即战争不仅给被侵略方带来沉重的苦难,同时也给本国人民带来了巨大的包袱和灾难。

>所以外国建筑专家就担任监工的责任。凯旋门马上要造起来了。
>大轮船和运输舰呜呜地叫。它们从阿华国载来无数的尸灰,都是米米国战死兵士的尸灰。
>全国的老百姓得到命令,每天必须抽血五百个西西,交给"凯旋门建筑委员会"。不抽血给米米国政府,就是不爱;不爱国,照大元帅的说法,就是共产党,或者捣乱分子! 乖乖! 要杀头:卡嚓!
>米米国兵士的尸灰和米米国人民的膏血混合起来,凯旋门在外国专家的指导下,动工了。
>这个伟大的庄严的凯旋门一天天高起来。尸灰和膏血从各方面送到"凯旋门建筑委员会"。②

所以,在当权者的高压统治之下米米国人民也起来进行斗争反抗,最后士兵们掉转枪口与人民站一起,把那些发动战争的罪犯吊死在凯旋门上。这些描写都积极地展现了作者对于日本帝国主义侵略战争真实性质的揭露,具有非常强烈的"反帝国主义"意识倾向。

另外,贺宜的《木头人》这个作品则描写了一块烂木头被精通魔法的

---

① 贺宜:《隐士的胡须》,《贺宜童话全集:装甲的乌龟》,福建少年儿童出版社 2012 年版,第 134—135 页。
② 贺宜:《凯旋门》,《中国儿童文学大系·童话(二)》,希望出版社(太原)1988 年版,第 48 页。

木匠做成一个木头人,被取名为哈巴。这个创作思路跟意大利童话作品《木偶奇遇记》中的设定有一些相似。木偶成形后,木匠露出可怕的面目,要求木头人一切要服从他,而哈巴也表现出迎合的嘴脸,声称自己是最忠诚的奴仆。木头人使用各种卑鄙无耻的伎俩,逐渐发迹壮大自己的势力,从一个绅士升为警务大臣,又从警务大臣升职为外交大臣,最后投靠外寇,当上了外寇的傀儡王。不过,最终的结局是木头人逃不开正义的审判,被人民送上火刑架,被烧成灰烬。从这里看出,作者对于汉奸和投降者的憎恶以及无情唾弃。贺宜在《〈木头人〉后记》中曾指出自己是跳出一般童话的旧套,童话的主题表现了较为鲜明的时代特色。从《隐士的胡须》《凯旋门》《木头人》童话创作中,贺宜都明确表现了自己的创作主张,即他认为童话对于孩子们,不该只是一种单纯的娱乐品,它们应该是对生活的一种特殊方式的描述和反映。所以,他在童话作品中表达出符合时代需求的声音呐喊。

左联成员张天翼的《金鸭帝国》也是一篇凸显反帝国主义意识较强的作品。这部作品开始被命名为"帝国主义的故事",从1938年2月20日起在武汉《少年先锋》杂志上连载,共刊九期,后续1938年12月16日起在《观察日报》上连载,至1939年4月16日报纸停刊止,共登出六十六节,仍未完;此后,张天翼在1942年1月15日,到次年11月1日,在桂林《文艺杂志》一卷一期至二卷六期,以《金鸭帝国》这个名字刊登此作品,但还是没能完成。在抗战的最后几年里,张天翼又曾想重写本书,但因为得病,最终也没能完稿。这部书,只好以未完之作留在世间。

《金鸭帝国》这部作品,以讽刺日本帝国主义的发家史为主题,以宏大的眼光俯瞰整个帝国主义社会的发展壮大过程,围绕着"大粪王"的发家史,揭示出帝国主义原始积累的残暴与血腥,反映了社会的黑暗以及人民在帝国主义统治压制下的痛苦生活,作品一开始的"引子"部分就以"金鸭帝国"为描写对象,对日本帝国主义进行了映射和讽刺。

> 从前有一种野蛮民族,住在一个很大很大的岛上。这种野蛮民族叫做余粮族。
>
> 后来不知道过了多少年代,这余粮族人在这个岛上成立了一个王国,叫做余粮国,又叫做金鸭国。

> 现在这个国家——已经成了一个很文明的君主立宪国了,就是金鸭帝国。①

作品的一开头就把金鸭帝国描述为一个"野蛮民族",这个民族住在"很大很大的岛上",是一个"君主立宪国",这些都是对日本的映射和讽刺。《金鸭帝国》写于抗日战争的烽火中,作者的笔锋直指日本帝国主义,通过金鸭帝国的由来诞生、发展历程,以及垄断资本家大粪王的发家史和所谓上流社会形形色色的龌龊行为,形象而又逼真地展现了帝国主义的罪恶,有力地批判了日本帝国主义。

作品中第一部第十二到第十六节内容中,描写肥肥公司和香喷喷公司之间进行了一场商业战争,作者将其描述为在"帝国工业博览会"内外的激烈竞争。在商业竞争之始处于不利地位,肥肥公司以一场所谓民族主义符号"咕嘟酒"的仪式为开始发动反击,利用所谓的"爱国主义"情绪煽动舆论,从而扭转形势,后乘胜追击,利用所谓的政治讹诈最终实现了两家公司的合并,从而垄断了纺织品市场。在这场资本主义商业竞争中,"为了帝国的利益"的口号一再被喊出,这样的描写一方面体现了商业在利用政治,但是真实的目的是赤裸裸地揭露帝国主义统治之下的国家政权到底在为谁服务。最后,为了所谓的"帝国的利益",金鸭帝国决定对他们控制和压榨的大凫岛进行出兵作战,这一点更是突出了这一主题的描写。

> 果然,到了晚上十点钟的时候——大家正在吃喝着还没有散筵席哩,听差们拿着一大卷号外进来了。
> 立刻就引起一阵大骚动。有几位客人叫了起来:
> "什么!大凫岛人竟敢妨碍帝国的利益!"
> "帝国受了侮辱!帝国受了侮辱!"
> "出兵!出兵!要求帝国政府出兵!帝国侨民的生命财产要紧!"
> 有几位女客晕了过去。黑龟太太竟忘了揩嘴就说起话来:她认为只要是有一副新式头脑的,就决不容人家不尊重金鸭帝国。还有一位将军就猛地站起来,用个立正姿势,发表了一篇简短的演讲。他一讲到——

---

① 《张天翼儿童文学全集(三卷)》,中国少年儿童出版社2002年版,第3页。

第三章　左翼文学思潮与东亚童话

"大凫岛非并入帝国的版图不可,大凫岛是帝国的生命线!"大家都鼓起掌来。

亮毛爵士看了看保不穿泡,就提高嗓子嚷:

"我们应当把大凫岛人全都杀掉!他们是最野蛮的民族——没有资格生存。我们决不能宽容他们!"①

从上述描述中,可以看出"帝国主义"的丑陋嘴脸,可以说是为了自身一己私利就随意发动战争的刽子手,这里明显笔锋直指日本,批判其发动帝国主义侵略战争的非正当性。这一时期的日本也有一些作品体现了"反帝国主义"的意识,特别是在儿童小说和童谣中,出现过一些渗透着对"帝国主义侵略战争"的批判意识的作品,后面章节根据具体内容会有详细的论述。不过左翼文学思潮影响下的童话中,标榜"反战争""反帝国主义"的作品相对较少。其中"反战争"为主题的童话有小川未明的《野蔷薇》。《野蔷薇》讲述的是守护"大国"边境的老士兵与守护"小国"边境的青年士兵之间的故事。二人各自守护着自己的边境,和平共处,关系融洽。但是有一天,"大国"与"小国"发生了战争,曾经友好的二人不得已变成了敌对关系。"小国"的青年兵士离开边境,前去北方打仗,老士兵听别人谈起小国的士兵全部阵亡了。

某天,一位路人经过此地,老人向他打听战争的情况。路人告诉他,小国吃了败仗,该国参战的士兵全部阵亡了。战争此时已结束了。

老人心想,如此看来,年轻人一定也战死了。伤心的他坐在界碑的基座上,不知不觉地睡着了。恍惚间,他感到由远而近奔来许多人,定睛一瞧,原来是一支军队,骑在马上指挥士兵的,正是那个年轻人。军队肃静沉默,没有一点声响。他们列队从老人面前走过,当年轻人经过时,默默地向老人敬礼致意,然后闻了闻野蔷薇的花香。

老人正要开口说话,猛然间就醒了,原来是场梦。此后又过了一个月左右,野蔷薇便枯萎了。这年秋,老人请假,回了南方。②

---

① 《张天翼儿童文学全集(三卷)》,中国少年儿童出版社 2002 年版,第 375—376 页。
② [日]小川未明:《千代纸之春——小川未明的童话》,王新禧译,陕西人民出版社 2012 年版,第 3 页。

这部作品主要讽刺了战争的"非人性化",以"反战争"思想为基础,侧面描写了战争的残酷性。不过这部作品在发表当时,并没有受到日本本国的欢迎。但在日本战败后发行的国政教科书中有收录这部作品。这一时期的童话中极少有标榜"反战争"的作品,但是标榜"反战争"的这篇童话被收录进日本教科书,能看出这篇童话所具有的重要影响力。

## 第三节 "爱丽丝"在东亚的现实性变型

在左翼文学思潮的影响之下,东亚这一时期的很多童话,就算不是严格意义上的左翼童话,但都会显现出较强的现实批判意识。这些作品中会展现出对于现实黑暗的描写,包括一些仿照西方作品创作的童话作品,也都是融入了东亚现实状况的写实观照。东亚儿童文学在最初的发展过程中,把西方儿童文学的经典著作当作参考对象的事例很多,《爱丽丝漫游奇境记》就是其中一部典型的代表作。《爱丽丝漫游奇境记》(*Alice's Adventures in Wonderland*)是英国作家刘易斯·卡罗尔于1867年创作发表的文学名著。这部童话一经发表就受到各年龄层读者欢迎,并被称为十九世纪英国荒诞文学和世界儿童文学的一个高峰。英国维多利亚时代(Victorian era,1837—1901)充斥着道德主义和严肃主义,儿童文学呈现出明显的启蒙主义特征。在这样的时代背景下,刘易斯·卡罗尔创作的《爱丽丝漫游奇境记》使西方儿童文学逐渐摆脱了启蒙主义的枷锁,开始注重其娱乐性与趣味性。中韩两国作家也都曾借用《爱丽丝漫游奇境记》中的"爱丽丝"原型,重新创作过一些童话作品,成为东亚儿童文学史上具有重要意义的作品。

1922年1月,商务印书馆出版了赵元任翻译的白话文《阿丽思漫游奇境记》。这是《爱丽丝漫游奇境记》在中国最早的译本。胡适高度评价赵元任的译本,并为其起了书名。《阿丽思漫游奇境记》出版以后反响热烈,每年都会加印。周作人等主要文人给予高度评价并大力推荐。例如,1922年3月12日,周作人曾以笔名"仲密"在《晨报副镌》上发表推荐阅读《阿丽思漫游奇境记》的文章。之后,在1933年6月,商务印书馆出版了徐应昶的节译本;1936年5月,启明书局出版了何君莲的节译本;1946年正风出版社出版了英汉对照本,其中收录了英文原文和刘志根的中译本。

## 第三章　左翼文学思潮与东亚童话

随着《阿丽思漫游奇境记》在中国的走红，中国作家借用《爱丽丝漫游奇境记》原型创作出许多作品。最先出版的是沈从文的《阿丽思中国游记》。该书共两卷，于1928年在《新月》杂志（月刊）上连载。同年12月，上海新月出版社出版了单行本。《阿丽思中国游记》借鉴了《爱丽丝漫游奇境记》的叙事结构，并保留了阿丽思和兔子两个角色。它虽然使用了童话这一体裁名称，但叙述更像是小说。作品中的阿丽思和兔子傩喜在中国各地游历，经历了各种各样的人和事，有快要饿死的人、腐败的官僚、肤浅的知识分子，赌博、偷盗，还目睹了奴隶买卖，这些描写意在揭露中国社会的各种问题。① 沈从文的"阿丽思"出版不久，就遭到各方面的批评。沈从文也多次在自序中，对自己的作品中流露出的"露骨的讽刺"、"浅薄的幽默"与"过度的说教"等进行过解释和道歉。② 另外，这一作品从一开始就不是面向儿童读者而创作的，所以很难把它归入纯粹的儿童文学范畴，沈从文对此也有说明：

> 我先是很随便地把这题目捉来。因为我想写一点类乎《阿丽思漫游奇境记》的东西，给我的妹看，让她看了好到妈面前去学学。是这样无目的地写下来，所写的是我所引为半梦幻似的有趣味的事，只要足以给这良善的老人家在她烦恼中暂时把忧愁忘掉，我的工作算是一种得意的工作了。谁知写到第四章，回头来翻翻看，我已把这一只兔子变成一种中国式的人物了。同时我把阿丽思也写错了，对于前一种书一点不相关联，竟似乎是有意要借这一部名著，来标榜我文章，而结果又离得如此很远很远，俨然如近来许多人把不拘什么文章放到一种时行的口号下大喊，根本却是老思想一样的。这只能认为我这次工作的失败。③

相较于沈从文，陈伯吹的《阿丽思小姐》从一开始所针对的对象便是儿童读者。这部作品最先以"阿丽思漫游记"的题目，1931年在《小学生》（半月刊）杂志第11期上开始连载。之后，1933年由北新书局出版了单行本，

---

① 史画：《爱丽丝的中国旅行——中国现代文学对〈爱丽丝漫游奇境记〉的接受》，北京大学2012年硕士学位论文，第10—11页。
② 王宜清：《陈伯吹论》，少年儿童出版社2006年版，第97页。
③ 沈从文：《阿丽思中国游记》，新月书店1928年版，第1页。

题目改为《阿丽思小姐》。陈伯吹也直接道出卡罗尔的《爱丽丝漫游奇境记》对他创作灵感的激发,说是自己对于英国卡罗尔所著的《阿丽思漫游奇境记》的丰富奇异的幻想,活泼可爱的小主人公的形象,有着浓郁的兴趣,不觉生发"东施效颦"的念头,经过几度反复思考后,终于在1931年春执笔习作,写成20章共8万字的中篇童话《阿丽思小姐》,在同年《小学生》杂志上连载。它在读者来信中,反映出的"预应力",还能相当地符合作者的构思时的估计,这就使自己获得辛苦挥笔的"愉快报酬"。[1]

相较于中国,《爱丽丝漫游奇境记》被正式翻译到韩国的时间比较晚。"朝鲜儿童文化协会"1948年才出版了《梦之国的阿丽思》,是《爱丽丝漫游奇境记》在韩国最早的韩译本。韩国学者全熙恩曾指出,虽然《爱丽丝漫游奇境记》的韩译本出现较晚,不过,二十世纪三十年代的韩国报纸就已经有关《爱丽丝漫游奇境记》拍成电影的新闻报道。

朱耀燮的《雄哲的冒险》于1937年4月至1938年3月在韩国《少年》杂志上连载,朝鲜儿童文化协会1946年出版了此书的单行本。由此可知,《雄哲的冒险》的出版,要早于韩国《梦之国的阿丽思》译著的出版。也就是说,在韩国是先有了"爱丽丝"的变型,后来才出现了"爱丽丝"的韩译本。

朱耀燮是一个有着"中国背景"的韩国文人,这在当时韩国的文人中也是不可多见的。朱耀燮于1921年来上海,1927年加入中国国籍。同年6月,他持有中国护照赴美留学。1930年2月4日到达平壤,并于1934年9月6日重新回到中国,居住在当时的北平,创作了《雄哲的冒险》。由于他在中国居住过很长一段时间,尤其是在上海和北平等大城市居住过,可见他大概读过卡罗尔《爱丽丝漫游奇境记》的英文本或者中译本,以及当时与爱丽丝有关的中国儿童文学作品。

陈伯吹的《阿丽思小姐》和朱耀燮的《雄哲的冒险》都是当时儿童文学中比较经典的代表作。那么西方的"爱丽丝"化身为东亚的"阿丽思"和"雄哲",会有什么样的不同呢?通过这两部作品的比较梳理,可以廓清这一时期东西方儿童文学的联系与差异。首先,陈伯吹的《阿丽思小姐》一经发表,当时的读者反映是非常好的,其故事主角是一位名叫"阿丽思"的小女孩,她的性格与卡罗尔笔下的主人公也很相似,非常天真烂漫、活泼好动。

---

[1] 参考《陈伯吹文集 第一卷:童话》,少年儿童文学出版社1998年版。

## 第三章 左翼文学思潮与东亚童话

这一回,阿丽思再也不要她的姊姊一同出来了。

为什么呢?因为,她知道的,如果她的姊姊在她身边,一定又要唠唠叨叨地说了:"湖边上不要去走呀!""马路上跑不得的!""当心不要摔跤啦!""那山上不能去爬的!"……说个没完,说得她耳根边着实有点厌烦。自然,玩起来也不免要受一点拘束,这也不能,那也不能,不能称心如意,白白地把那六天来眼巴巴望到的星期日糟蹋了。①

《阿丽思小姐》一书的开头,就把阿丽思天真烂漫、活力四射的形象描写得非常生动。此后阿丽思小姐受到袋鼠夫人的邀请参加"昆虫音乐会",来到了昆虫世界。阿丽思小姐在昆虫世界里看到了各种有趣的昆虫。有电灯公司的老板秃头萤火虫博士、唱歌的傻瓜青蛙博士、总是打呼噜的瞌睡虫法官、螳螂警察等。但是阿丽思眼中的现实世界充满很多残酷的现实。比如,她去昆虫世界的时候发现并不是像看上去那么和平与美好,反而像极了残酷的人类世界的缩小版,其中就有对于当时黑暗社会现实的详尽描写,还显现出对当时社会现状的犀利批判意识。

"我的好小姐!路虽然是公共的,可是也分着等级的呀!"
"怎么?要分等级?——"
"自然分等级的!头等、贰等、叁等。有钱有势的走头等、贰等,无钱无势的走叁等。蜗牛是什么东西,谁叫他也去走头等、贰等的路?"
"哦——原来如此!我只以为坐车子分头等、贰等、叁等,现在连走路也分起等级来了。"
"正是,我的好小姐!"
"那么,我想将来的世界,一定要更有趣呢!什么东西都要分头等、贰等、叁等呢!哈哈!"
"怎么呢?我的好小姐!"
"哈哈!我说说将来大家脸孔上,都要像绸布店里的布匹那样,标明着一元二角、二元四角、三元六角的,把'头等'、'贰等'、'叁等'字样,也清楚地写在额角上。如果他是属于头等的,那么,他可以走头等的

---

① 陈伯吹:《百年百部中国儿童文学经典书系 一只想飞的猫》,湖北少年儿童出版社 2006 年版,第 1 页。

路,坐头等的车,吃头等的饭,住头等的房子,穿头等的衣服,最后还要照头等的太阳,玩头等的青山绿水。什么东西都清清楚楚地分出头等、贰等、叁等来;最好另外有个头等的地球,让他们去住在那里——哈哈!哈哈!"

"你倒说得有趣,我的好小姐!但是如果有头等的地球,只让他们头等的人住进去,恐怕他们准会饿死、冻死呢。"①

辛勤的蜜蜂劳动者、蜘蛛大妈、蚂蚁等昆虫们过着悲惨的生活,而蛀虫米商、螳螂警察、电灯公司老板萤火虫博士、瞌睡虫法官、诗人知了、蟒蛇皇帝等终日无所事事但过着奢侈的生活。根据文中所表述,昆虫世界的等级十分严格,无论是坐车还是步行在路上,都有一等、二等、三等的道路。阿丽思为生活在底层的昆虫们感到遗憾,同时对他们所受的不平等的待遇表示了愤怒,这充分显示了作者明显的阶级意识。

日本发动占领中国东北三省的"九一八"事变,使陈伯吹最初的创作计划发生转变,作家将重点放在体现"反帝国主义"与"民族主义"上。由此作品的后半部分与前半部分的风格有明显不同,作品最初描绘了天真烂漫、活力四射的阿丽思形象,后半部分却变成勇敢的反帝国主义英雄。例如,作品从"甲乙丙丁"这一章开始暗示了中国东北三省被侵略这一事实。阿丽思不知走哪条路才好,于是决定算上一卦。蛀虫在算卦的同时指出东北方出行不利。阿丽思表示一定要朝东北方向走,蛀虫却表示如果一定要向东北方向去的话,首先必须"镇静",然后"一定不要抵抗"。这实际上在批判讽刺当时国民政府对于日本帝国主义的侵略所实行的不抵抗政策。

蛀虫冷不防听得这么大的声音,吃了一惊,忙说:"算什么命呀?"
"你仔细替我算算,现在我走哪一个方向好?"
于是蛀虫又念起一套"甲乙丙丁……"的老话来,到末了,他说:"大利西南方;不利东北方!"
阿丽思哪里肯相信,她就问道:"为什么不利东北方?"
"因为东北……因为东北……东北方……东北方……"

---

① 陈伯吹:《百年百部中国儿童文学经典书系 一只想飞的猫》,湖北少年儿童出版社 2006 年版,第 52—53 页。

阿丽思等得不耐烦了。"东北方什么？"

"东北方，东北方或者有大灾难。"

啊哟！东北方去不得！袋鼠奶奶着急起来了。

"是的，去不得。"虻虫说。

"我偏要去！"阿丽思说。

"偏要去，或者会，你会挨打的。"

"打我？那么我怎么样呢？"阿丽思忽然问出这句话来了。

"第一要'镇静！'"虻虫说。

"镇静了以后怎么样呢？"

"第二要'不抵抗！'"虻虫又说。

"不抵抗岂不是挨打了吗？那自然不利了呀！"①

阿丽思还从袋鼠那里听到了蟑螂少爷与蝴蝶小姐的故事。他们只顾着跳舞，连毛虫们进攻蟑螂少爷的故乡也不进行抵抗。这一描写是暗讽国民党政府实施的"不抵抗政策"，而这里的蟑螂少爷暗指的是张学良，因为盛传日军发动"九一八"事变当晚，张学良跟当时的电影明星胡蝶跳了一晚上的舞蹈。虽然这只是坊间盛传，并不属实，但是由此可以看出民众对于当时政府所谓的"不抵抗政策"的反感与愤怒。这里有趣的是毛虫们的攻击时间是9月18日晚10点左右，这与"九一八"事变的时间是一致的，这些都直接暗示"九一八"事变这一事实。

"阿丽思小姐，你还不晓得，我告诉你呀！有一年的秋里，蟑螂少爷特请蝴蝶小姐到他的老家去参加跳舞大会。这一次，他们两个一直跳了三天三夜还不停止。岂知小毛虫知道了这个消息，便集合了成千上万的小喽啰，于九月十八日夜里十点钟，进攻蟑螂少爷的老家。那时，他跳舞正当甜蜜的时候。虽然小毛虫打进来了，可是他不管，他说：他们要什么，让他们拿什么。并且还叫他的兵士们不要抵抗，镇静着一步步退走，从大门退进二门，从二门退进三门，从三门退进四门。这时，他们已跳了七日七夜的舞了。后来小毛虫们冲进大厅隔壁的厢

---

① 陈伯吹：《百年百部中国儿童文学经典书系 一只想飞的猫》，湖北少年儿童出版社2006年版，第67—68页。

房了,他倒也好,便丢掉了一切逃出去。您看,今天我们碰见他们,他们还在甜甜蜜蜜地跳舞呢。"①

后来书中继续描写到蟒蛇皇帝的士兵们甚至入侵了昆虫音乐会场,阿丽思表示要抵抗强权,并树立了打倒帝国主义的决心,成为一名战士与入侵者作战。阿丽思与士兵们一起战斗,数次将侵略者击退。但是,感到恐惧的贵族艺术家们为代表的一部分昆虫提出热爱和平的口号,签署了不平等、屈辱的《和平停战协定》。《和平停战协定》不仅与昆虫们(人民)的意志背道而驰,而且是在阿丽思不知道的情况下签订的,这部分情节也暗讽了当时中国面对日本侵略时所遭遇的状况形势。

当时国民政府提出"攘外必先安内",即"欲抵挡外来势力,必先将内部安定下来"的一贯政策,虽然不是完全的不抵抗,当时国民政府很多兵力放在攻击共产党和工农红军这边。② 1932年"一·二八"事变后,国民政府派遣代表与日本进行停战协定,于5月5日签订了《淞沪停战协定》。根据停战协定的结果,上海变成了名义上的非军事区,日本在上海周边的多个地区驻扎军队。对于签署了不平等条约《淞沪停战协定》感到愤怒的中国民众,批判国民政府和国民党为卖国奴,主张全面开展抗日战争。③《阿丽思小姐》中的《和平停战协定》则暗讽的是《淞沪停战协定》。

  阿丽思得知签署了不平等停战协定后感到十分愤怒,她撕碎了停战合约后直接奔赴战场,写了如下文字:
   迎战万恶的帝国主义者!
   弱小民族抵抗侵略万万岁!④

作品中对阿丽思的描写最初是天真烂漫、活力四射的形象,而在作品

---

① 陈伯吹:《百年百部中国儿童文学经典书系 一只想飞的猫》,湖北少年儿童出版社2006年版,第75—76页。
② 秦孝仪:《中华民国重要史料初编·对日抗战时期续编(一)》,中华文物供应社(北京)1981年版,第281页。
③ 中国社会科学院近代史研究所中华民国史研究室编:《中华民国》(第8卷上册),中华书局2011年版,第46—47页。
④ 陈伯吹:《百年百部中国儿童文学经典书系 一只想飞的猫》,湖北少年儿童出版社2006年版,第132页。

后面部分中则把她描述成为勇敢的反帝国主义的战士。与在梦与幻想的世界中进行冒险的西方童话中的阿丽思不同,中国的阿丽思鲜明地代表了中国人民内心深处对抗帝国主义的斗争意志。

中韩作品中的"爱丽丝"变型反映各自本国特色的互文性转化。"互文性"的思想最早来自巴赫金的对话理论,但"互文性"作为一个概念被明确提出,是由法国符号学家茱莉亚·克里斯蒂瓦(Julia Kristeva)提出的。她认为"任何文本的建构都是引言的镶嵌组合,任何文本都是对其他文本的吸收转"。[①] 这种互文性(inter-textualité)概念取代主体间性概念而确立。然而,由于"互文性"经常作为对某个文本的"本质研究"来使用,本文使用"转化(transposition)"一词。因为"转化"这个词明确表达了,从一个意义体系向另一个意义体系转化提出新的命题(语言描写和指代作用的调节)要求。克里斯蒂瓦指出,如果承认所有意义实践属于多种意义体系的转化领域(互文性),那么它所具备的语言描写行为的"场所"及其指代的"对象"不是唯一的和完全的,它们是不一致的,是经过分裂而变为纸上模型。即文本不是静态的客观事物,而是处于"过程"中的一种研究对象,这一"过程"不仅局限于生产的过程,而且是一种有主体性的过程,作家、文本、读者在其中融汇与转化。"互文性"这一概念的提出,使人们能重新认识作品,即所有的文本作品以及所有的表意都是互文性的交织,同时也加深了我们对历史传承性及横向关联性的认识。

正如克里斯蒂瓦所说,"互文性"不是一个研究文学文本之间影响关系的概念,它强调的是任何文本都可以转化为其他文本。索莱尔斯也曾指出,"每一部文本联系着若干文本,并且对这些文本起着复读、强调、浓缩、转化与深化的作用"[②]。因此,我们可以理解为,任何文本都可以对其他文本进行"吸收"和"转化"。"互文性"可以应用于解读文学文本,陈伯吹与朱耀燮借用《爱丽丝漫游奇境记》原型创作的《阿丽思小姐》和《雄哲的冒险》,是两个体现文本"互文性"的很好的例子。任何文学文本不但受到其他文学文本的影响,同时不可避免地受到时代和地域的影响。尤其是用各自语言创作的文学文本在翻译成其他语言的过程中,抑或是在借鉴用其他语言

---

[①] [法]茱莉亚·克里斯蒂娃:《符号学:符义分析探索集》,史忠义译,复旦大学出版社2015年版,第87页。

[②] [法]蒂费纳·萨莫瓦约:《互文性研究》,邵炜译,天津人民出版社2003年版,第5页。

创作的文学文本原型的过程中,做出某种"变型"和"转化"是顺理成章的。所以,《阿丽思小姐》与《雄哲的冒险》在"变型"与"转化"的过程中,也都反映了各自本国的特色。

例如,《阿丽思小姐》中对于白话文儿童诗的运用。诗的应用是卡罗尔《爱丽丝漫游奇境记》的代表特征之一,《阿丽思小姐》借鉴了很多《爱丽丝漫游奇境记》的元素,其中就包括自由又有趣味的儿童诗的元素。陈伯吹笔下的"阿丽思"活泼可爱又直率,她虽然会经常认错和写错一些字,但是非常善于作诗。陈伯吹也曾披露过自己对诗歌的钟爱,"好的童话,其实质相当于散文的诗篇,因而童话与诗,虽非同胞'姊妹',却是堂房'兄弟'。我在童年时代,既然喜欢吟诗,倘佯在虹一般美丽的桥梁上,也就会爱读起童话来了"①。在《阿丽思小姐》一文中,阿丽思擅长作的诗,不是古体诗,而是富有生趣的白话文儿童诗。

《爱丽丝漫游奇境记》里的诗主要是对维多利亚时代启蒙主义诗的戏仿和嘲讽。《阿丽思小姐》里运用的儿童诗的元素,一方面是强调对于儿童来说,相较于文言文,白话文更简单易懂,也更适用于表达儿童自由开放的天性;另一方面,也是借此讽刺封建传统教育思想对儿童心性的禁锢,把批判的矛头指向高高在上的成人权威教育意识。赵元任的《阿丽思漫游奇境记》作为《爱丽丝漫游奇境记》的第一部中译本,运用白话文,在新文化运动上发挥着十分重要的作用。《阿丽思小姐》作为一种呼应和继承,也具有十分突出的白话文运动性质。

在《阿丽思小姐》"平平仄仄"一章中阿丽思和袋鼠妈妈走过"诗的学校",阿丽思便要进去看看,袋鼠妈妈不许。她说诗是一种极深奥的文章,普通人无法理解。但是阿丽思说诗不是一种深奥的文章,连小孩子都会念会做。

"不是的,诗哪里是一种深奥的文章,比我年纪还小的弟弟妹妹都会念、都会做呢。不要说别的,单是我一肚子的诗,就有二三百篇了。你不信,且让我随口念两篇来给你听。

　　来来来,
　　好花开,

---

① 参考《陈伯吹文集(第一卷)童话》,少年儿童文学出版社1998年版。

第三章 左翼文学思潮与东亚童话

不要采！
大狗跳，小狗叫；
小狗叫一叫，
大狗跳两跳。
你看，这样的诗可算得上难吗？"①

如上面所述，《阿丽思小姐》里的白话诗运用了"花"、"大狗"、"小狗"等事物，这些都是儿童日常生活中喜闻乐见的形象。其中"小狗叫一叫，大狗跳两跳"这一描写，非常富有童趣，符合儿童自由表达的天性。而阿丽思走进诗的学校，偷听蝉儿老师和蟋蟀学生的上课内容，却发现蝉儿老师讲的是古代文言文诗的平仄那一套，晦涩难懂，学生们根本不知道其所云。但是，"先生站在很高的讲台上，学生站着台脚跟，先生捧着一本书，很得意地哼着。平平仄仄仄平平，仄仄平平仄仄平；仄仄平平平仄仄，平平仄仄仄平平"②。这里作家写了老师是站在"很高的讲台上"，而学生们是站在"台脚跟"，形成了一个鲜明的对比。接着，蝉儿先生用文言文古诗体，阿丽思用白话文新诗体赛诗。蝉儿先生按照文言文格式作了蹩脚的七言诗来教训阿丽思，阿丽思并不畏惧，以白话诗进行回击。

"一张小嘴樱桃红，
年纪小小不要凶；
大人教训要听懂，
大人说话要服从。"

阿丽思想都不想，就应声回答说：

"因为你太凶，
老来喝尽西北风！
因为你太凶，

---

① 陈伯吹：《阿丽思小姐》，湖南人民出版社1981年版，第57—58页。
② 同上书，第59页。

左翼文学思潮与东亚儿童文学

螳螂拖刀来进攻！"①

蝉儿先生作为封建教育思想的代表人物，对阿丽思的反抗精神是持一种压制的态度。他认为作为小孩子就要听大人教训，并服从大人的说话。阿丽思信手拈来的白话诗中有螳螂拖刀来进攻的句子，其中就借鉴了中国历史文化故事的"螳螂捕蝉"这一句成语来诙谐地嘲讽蝉儿先生。文言文句式的诗有严格的字数限制，十分讲究韵律；而白话诗不受字数限制，形式比较自由。从阿丽思和蝉儿老师的对决中可以看出，白话诗比文言诗更简单，更符合儿童的语言表达。借助于白话文，孩子们更能轻松抒发自己的思想与感情。文言文诗与白话文诗的对决结果，最终以阿丽思的胜利结束，蝉儿先生只好念起了"南无阿弥陀佛"。这也暗示着，中国的新文化运动取得胜利，新的儿童观也终将替代守旧的封建儿童观思想。

朱耀燮《雄哲的冒险》中有很多关于韩国的民间传说、神话故事和寓言的运用。朱耀燮在谈及《雄哲的冒险》这本书的创作动机时，这样写道："不知道该把它归为童话还是儿童小说。十九世纪的英国作家刘易斯·卡罗尔写了一本叫《爱丽丝漫游奇境记》的书，我看得津津有味，很受触动，所以我写了《雄哲的冒险》。我的创作行为不能说是模仿，纯粹是想写个类似的长篇童话。读完两本书后对比一下就知道我说的是真的。"②

作者朱耀燮强调，"读完两本书对比一下"就能知道《雄哲的冒险》不是单纯地模仿《爱丽丝漫游奇境记》，书中可以找到借用《爱丽丝漫

图10 ［韩］朱耀燮《雄哲的冒险》童话封面

---

① 陈伯吹：《阿丽思小姐》，湖南人民出版社1981年版，第62页。
② ［韩］朱耀燮：《我喜欢的童话》，《儿童文学》1962年第2期，第8页。

游奇境记》原型的论证。如前面提到的,雄哲的冒险以朋友的姐姐为他们读《爱丽丝漫游奇境记》开始,这也是借鉴《爱丽丝漫游奇境记》的故事引出方式。听朋友的姐姐在读《爱丽丝漫游奇境记》,雄哲露出一副荒唐的表情。就在这时,一只穿着模本缎马甲(揣着怀表)的兔子出现在雄哲面前,跟他说话。

> 雄哲吃惊地转过头,朝着声音发出的方向看去。只见一只兔子正笑眯眯地、缓缓看向他,兔子的毛雪白,两只耳朵竖了起来。然而令雄哲格外惊讶的是,兔子竟然穿着模本缎马甲,样子十分稳重。马甲口袋外面有一根长长的手表链子,闪闪发光,和区长大人的一模一样。①

兔子穿着装有怀表的马甲,这里原封不动地借鉴了《阿丽思漫游奇境记》的设定。但是朱耀燮根据韩国(殖民地)这一地点进行了改变,比如"锦缎马甲"和"手表链子,闪闪发光,和区长大人的一模一样",②从中可以看出他的描写十分细腻。兔子马甲口袋里的怀表借鉴了《爱丽丝漫游奇境记》,并与《雄哲的冒险》的情节开展有密切的关系。为雄哲指路的保德尔兔子"掏出怀表,看着指针,催促雄哲赶快离开"③,好赶上去兔国的车。

到了以后才发现,兔子之国就在月球上。这样的情节设定来源于一个民间传说,相传月亮上有一棵高大的桂树,上面住着一只舂米的兔子。这则民间传说从中国传入,在韩国家喻户晓。朱耀燮考虑到读者是当时韩国的儿童,因此从他们熟知的民间传说中汲取了创作灵感。雄哲在和碾米的兔子爷爷的谈话中得知,它就是年轻时和乌龟赛跑的那只兔子,因为在半路睡着而输掉了比赛。这样的情节设定取材于伊索寓言里家喻户晓的《龟兔赛跑》。1896年,《新订寻常小学》首次刊登了伊索寓言,随后新闻馆发行的《少年》《红色赤古里》和《给儿童看的》等杂志也进行了介绍。因此,当时韩国的儿童读者十分熟悉伊索寓言,朱耀燮也是出于这样的考虑引用了伊索寓言里的故事。

雄哲还见到了被囚禁的龟国王子。由于兔国需要每个月杀掉30只乌

---

① [韩]朱耀燮:《雄哲的冒险》,《少年》1937年4月创刊号,第61页。
② 模本缎原产自中国,是一种单层纹织物。面料轻薄柔软,印有牡丹纹样,李氏朝鲜后期至近代使用较多。
③ [韩]朱耀燮:《雄哲的冒险》,《少年》1937年7月第1卷第4期,第63页。

龟来祭祀。兔国把龟国王子囚禁起来并威胁"如果每个月不上交30只乌龟,就把你们的王子撕得粉碎挂在树枝上"①。龟国只好答应兔国的要求。雄哲问一旁的兔子到底是怎么把龟国王子抓来的,他的回答涉及了《龟兔说》和《龟兔赛跑》。《龟兔说》在韩国家喻户晓,它来源于印度的本生故事或中国的佛教故事。但是故事里的动物其实是鳖而不是乌龟,作家可能是为了与前文的"龟兔赛跑"呼应,而把鳖改成了乌龟。

如前所述,《雄哲的冒险》的素材有的来自韩国儿童读者所熟知的民间传说、神话故事和寓言。不仅有亚洲的民间传说和神话故事,还有西方的寓言,拥有丰富多样的文本和互文性。卡罗尔的《爱丽丝漫游奇境记》本身具有突出的互文性特点,而《雄哲的冒险》的创作又借鉴了《爱丽丝漫游奇境记》,因此其互文性涉及范围十分广泛。

另外,《阿丽思小姐》和《雄哲的冒险》两部作品都有共同的现实指向,即描写现实的黑暗,批判资本主义经济基础,凸显出强烈的社会现实意识,并带有阶级批判意识。《爱丽丝漫游奇境记》写于维多利亚时代,当时英国国力强盛,殖民地众多。相反,中国沦为西方列强的半殖民地,而韩国也已经沦为日本的殖民地。这样的时代背景导致《阿丽思小姐》和《雄哲的冒险》不同于《爱丽丝漫游奇境记》。文学文本都具有时代特点和互文性,《爱丽丝漫游奇境记》它反映了维多利亚时代的道德主义和严肃主义,但是并没有全盘接受。它直面由此派生出来的启蒙主义作品,对其进行讽刺,直到今天依然受到读者的喜爱。

《爱丽丝漫游奇境记》对"道德主义"和"严肃主义"的上层建筑进行批判,而《阿丽思小姐》和《雄哲的冒险》对资本主义的经济基础进行批判。其原因可以从《阿丽思小姐》和《雄哲的冒险》所处的殖民地和半殖民地的时代特点中去寻找。与英国等西方资本主义国家的工人阶级被压榨劳动力相比,中韩两国的工人阶级过着更凄惨的生活。陈伯吹和朱耀燮或许认为比起上层建筑,批判经济基础是更迫切的任务,所以,在《阿丽思小姐》和《雄哲的冒险》都体现出对当时社会现状的批判指向。

陈伯吹在1933年5月15日《儿童教育》第5卷第10期中,曾指出"儿童生长在社会之中,他们需要知道人间社会的现状,正如需要知道地理和博物的知识一样。现在的童话作家应把握文学的目的,认清儿童将来的责

---

① [韩]朱耀燮:《雄哲的冒险》,《少年》1937年9月第1卷第6期,第45页。

第三章　左翼文学思潮与东亚童话

任,要启发,暗示,鼓励他们以将来的职责,使他们深深地了解人间的阴暗与悲惨,激发他们对于革命的信心"①。所以,在陈伯吹在《阿丽思小姐》中,对当时的社会黑暗现状进行了赤裸裸的揭露。文中,阿丽思在袋鼠妈妈的邀请下参加"昆虫音乐会",来到虫国,这里暴露了诸多社会问题。首先,阿丽思来到一家糖果店,店里的横幅上写着"划一不二"。老板和店员都是蜜蜂,老板事先叮嘱过店员,对客人热情的同时也要抬高价格。

"请问:这一匣香蕉糖,是不是四角八分?"她问道。
"啊哟！亲爱的小姐,不是的。"蜜蜂伙友赶忙陪着一个笑脸,说:"六角。"
"不对！不对！"阿丽思说:"你们不是明明写着四角八分吗！何以要六角钱呢?"
"啊哟！亲爱的小姐,你不要着急,我来说明白。"蜜蜂伙友拨了拨算盘珠,说:
"这是对于小姐特别优待呀,还替你打了一个八折呢。六八四十八,不是六角钱吗?一点也没有错。"
"也不对！也不对！如果打八折的话,八四三十二,八八六十四,是三角八分四厘。"阿丽思很得意地说着。
的确,蜜蜂伙友也很吃惊,看看这位女顾客,虽则小小的年纪,倒看不出她心算这样迅速精明;可是他也胸有盘算,从从容容地鞠了一个九十度的躬之后,便这么说,说得阿丽思呆呆地半晌没有话说出来。
"啊哟！亲爱的小姐,这是打的'倒八折'啊！"②

打折的意思就是降低价格,所以没有"倒八折"这样的说法。虫国的糖果店老板说出"倒八折"这样令人啼笑皆非的话,无非为了多要价。商人想多赚钱是天经地义的事,但是他们表面上对客人热情,其实是为了欺骗客人,这是不正当的行为。在这样的情况下,双方无法真诚地作为一个个体建立起关系,他们之间只是金钱交易关系。陈伯吹通过这样的情节设定对人与人关系的"物化"(Verdinglichung)进行了批判。

----

① 《陈伯吹文集(第四卷)理论》,少年儿童文学出版社1998年版,第24页。
② 陈伯吹:《阿丽思小姐》,湖南人民出版社1981年版,第40—41页。

紧接下文中,袋鼠夫人告诉阿丽思,在虫国连道路都是分等级的。阿丽思和袋鼠夫人的对话内容如下,采用象征的手法表现了虫国的物化现象。

"我的好小姐!路虽然是公共的,可是也分着等级的呀!""怎么?要分等级?——""自然分等级的!头等、贰等、叁等。有钱有势的走头等、贰等,无钱无势的走叁等;蜗牛是什么东西,谁叫他也去走头等、贰等的路?"

"哦——原来如此!我只以为坐车子分头等、贰等、叁等,现在连走路也分起等级来了。"

"正是,我的好小姐!"

"那么,我想将来的世界,一定要更有趣呢!什么东西都要分头等、贰等、叁等呢!哈哈!"

"怎么呢?我的好小姐!"

"哈哈!我说将来大家脸孔上,都要像绸布店里的匹头那样,标明着一元二角、二元四角、三元六角的,把'头等'、'贰等'、'叁等'字样,也清楚地写在额角上。如果他是属于头等的,那么,他可以走头等的路,坐头等的车,吃头等的饭,住头等的房子,穿头等的衣服;最后还要照头等的太阳,玩头等的青山绿水。什么东西都清清楚楚的分出头等、贰等、叁等来;最好另外有个头等的地球,让他们去住在那里——哈哈!哈哈!"

"你倒说得有趣,我的好小姐!但是如果有头等的地球,只让他们头等的人住进去,恐怕他们准会饿死、冻死呢。"①

虫国的等级制度十分严格,坐车和走路的时候,路也分成头等、二等、三等。阿丽思嘲讽说,最好另外有个头等的地方,让头等的虫子住进去。袋鼠夫人回答,恐怕他们会饿死、冻死。这里批判了不劳动的资产阶级压榨劳动阶级,衣食无忧。

商品可以分成几个等级,但是人不应该像商品一样被分成等级。在一切都商品化的社会,阶级与商品分级别无二致,包括人类在内的一切都被"物化"了。阿丽思讽刺道,如果把一切都分成头等、二等、三等,那以后虫

---

① 陈伯吹:《阿丽思小姐》,湖南人民出版社1981年版,第54—55页。

国可就有意思了,这是对社会的犀利讽刺。陈伯吹在《阿丽思小姐》中对虫国进行负面描写,他的创作理念认为应该使儿童知道现实世界是如何的不好,以及好的世界要哪种人去创造。"现代的社会,虽然如此不幸,在不久的将来,世界总是有希望的。而且这世界一定属于劳动者的。"①

《雄哲的冒险》中的雄哲经过兔国(月球)和狗国来到了海之国。

> 在海之国,影子猴的势力好像最大。它们数量不多,但是每只猴子都住着大房子,旁边还有超大的仓库,仓库里装满了小小的贝壳。每只猴子都有几千名影子服务于它,这些影子从早到晚一整天都在挖地。
> 
> 地里到处都是贝壳,影子们的工作就是挖贝壳,然后清洗干净放进仓库。挖贝壳的时候影子们十分小心,生怕破坏了贝壳。②

在古代,贝壳被当作货币来使用,是财富的象征。"数量不多"的猴子享有财富,这与生产工具和财富掌握在少数资本家手中的西方体制如出一辙。雄哲向一个给猴子打工的影子询问把贝壳放在仓库的原因,影子回答说"让我们放进去就放进去了",真是"不知所云"。"从早到晚一整天都在挖地"③,却不知道这样做的理由是什么,这样的影子类似资本主义体制下的"异化劳动(entfremdete Arbeit)"。给猴子打工的影子们从早到晚一整天都在劳动,却依然在饥饿中挣扎。拥有大量贝壳的猴子们有大量的青蛙可以吃,但是影子们只能用很小的蜗牛来充饥,甚至还为"没有蜗牛而发愁"④。这映射了现实社会中的剥削和不平等关系。

但是,韩国的金东延对此持否定态度,他认为雄哲目睹了海之国的体制不平等以后并没有介入这一问题。不但看不到对社会矛盾的反抗,甚至没有感受到一丝愤怒。尽管二十世纪三十年代沦为殖民地的韩国没有对文学提出阶级性和斗争性的要求,这样的态度依然令人感到遗憾。单独拿雄哲来看的话,他会为了花精灵踩死蜘蛛。所以,这样的态度与雄哲的性

---

① 《陈伯吹文集(第四卷)理论》,少年儿童文学出版社1998年版,第24页。
② [韩]朱耀燮:《雄哲的冒险》,《少年》1937年12月第1卷第9期,第44页。
③ 同上。
④ [韩]朱耀燮:《雄哲的冒险》,《少年》1938年1月第2卷第1期,第46页。

格也不一致。①紧接着他引用金容华的观点,认为朱耀燮早期作品中社会意识的缺乏也体现在了《雄哲的冒险》里。②对于这样的看法我们可以通过崔鹤松的观点加以修正。崔鹤松这样写道:"这一时期,朱耀燮接受了社会主义。'5·30'事件发生时他与沪江大学的学生一起组织上海劳动者开展总同盟罢工等一系列运动。朱耀燮作为一名社会主义者,他以黄包车夫和妓女等底层百姓的生活为素材,揭露、批判和摆脱不合理的社会现实,表达了自己的阶级理念。"③朱耀燮的早期作品不是缺乏社会意识,反而具有明显的社会主义倾向。1927年,朱耀燮赴美留学。在美国经历了思想幻灭后,朱耀燮激进的思想倾向被削弱,但是他依然保持着对社会的批判。定居北平后他说过:"虽然表达方式与20年代相比有所缓和,在北平我依然关注着时代和社会,并写进我的作品中。"④由此可以推测,朱耀燮在北平创作《雄哲的冒险》时依然是一位倾向于社会主义的作家。因此不能因为雄哲没有介入海之国的社会矛盾,就指责朱耀燮缺乏社会意识。

雄哲没有介入的原因还得从作品本身找。雄哲与保德利兔子和草精灵说话没有使用敬语。从《少年》杂志的插画中可以看出,保德利兔子和草精灵或者与雄哲同岁或者比雄哲年龄小。但是,雄哲对海之国的猴子和影子们说话使用的是敬语。《少年》杂志上的插画上也是把猴子画得像长者。由此可以推测,雄哲把猴子们当成了长者一样的存在。

即使雄哲还是个孩子,踩死蜘蛛这种事情对他来说也不是什么难事。而猴子们作为长者,他们的社会体制问题超出了儿童的能力范围。因此,我们应该这样理解,雄哲不是没有主动介入海之国不平等的体制,他是没有这个能力。虽然雄哲没有介入,但是朱耀燮依然在《雄哲的冒险》中对海之国进行了负面描写,以此来批判社会。

二十世纪三十年代,中韩两国都借用《爱丽丝漫游奇境记》原型创作了一些童话,这很值得探讨。借用"爱丽丝"的原型,陈伯吹与朱耀燮创作出的《阿丽思小姐》和《雄哲的冒险》与《爱丽丝漫游奇境记》有着很好的文本

---

① [韩]金京妍:《跟随马甲兔而去的那个孩子——朱耀燮的〈雄哲的冒险〉》,韩国儿童青少年文学学会编《韩国儿童文学史新论》,青铜镜出版社(首尔)2015年版,第345页。
② 同上。
③ [韩]崔鹤松:《解放前朱耀燮的生活与文学》,《民族文化史研究》2009年通卷第39期,民族文学史学会,第165页。
④ 同上书,第167页。

"互文性",进行了反映各自本国特色的互文性转化。陈伯吹在《阿丽思小姐》中插入了大量白话文儿童诗;朱耀燮创作《雄哲的冒险》时考虑到读者是韩国儿童,使用了他们所熟知的民间传说、神话故事和寓言等内容。陈伯吹和朱耀燮也希望能够像刘易斯·卡罗尔一样,为儿童读者带来趣味与欢乐。但是当时中国和韩国的政治状况,导致他们的作品又有沉重的现实指向性,《阿丽思小姐》和《雄哲的冒险》都有批判色彩。

由此可以看出,以中韩为代表的东亚儿童文学所处的发生环境,与西方儿童文学是截然不同的。西方的儿童文学相对来说更重视读者的喜好,能够更突显趣味性与娱乐性;相反,当时沦为殖民地的韩国和半殖民地的中国面临的情况比较恶劣,只有极少数的儿童可以在学校接受正规教育,大部分儿童要和成人一样从事体力劳动,生活在水深火热之中。在这样的背景下,儿童文学很难像西方儿童文学那样,立足于"愉悦儿童"的"文学"而存在。所以,东亚儿童文学在最初的发展过程中,虽然把西方儿童文学的经典著作当参考对象的事例很多,却呈现出不同的风貌。就像"爱丽丝"来到东亚,变身为"阿丽思"与"雄哲",具有很强的现实批判意义。

## 第四节 "幻想"与"现实"之间的挣扎与相拥

"成人话语"占据主导地位的左翼童话中,很多作家过多注重"现实"与"说教",忘却了童话最重要的"幻想"与"想象"。在这种挣扎中,张天翼与韩国的李周洪等左翼作家,不忽略儿童的特性,在摸索一种"现实"与"幻想"的相拥相抱。通过对两位作家这一时期的作品进行梳理与比较,更能廓清本时期儿童文学的一些经典特质。

如果说,张天翼是中国左翼文学思潮中儿童文学创作的高峰代表人物,而与其可比肩的正是韩国左翼儿童文学的代表人物李周洪。韩国学者元钟赞说过"卡普(即朝鲜无产阶级艺术家同盟)系列的儿童文学中也不是只有二流作品",并且评价道"代表卡普文学运动时期的一级作家正是负责编辑《新少年》的李周洪"。[①] 韩国学者李在福也评价道"在浏览卡普童话

---

① [韩]元钟赞:《韩国儿童文学创造的主人公》,《儿童文学与批评精神》,创作与批评出版社(首尔)2001年版,第108页。

作家们的作品时,我们不难发现其中的一位作家十分机智、诙谐,他便是负责编辑《新少年》的作家李周洪"①。张天翼和李周洪在儿童小说中为给儿童读者们带来笑容,努力尝试了所有表现方式。他们的这种游戏精神在童话中表现得更为鲜明。

张天翼和李周洪在自己创作的童话故事中经常以"说书人"的身份登场。翻阅李周洪的童话《青蛙和蟾蜍》,作家以"说书人"的身份登场,讲述了青蛙与蟾蜍的由来。作品中描绘了强势青蛙、监督青蛙、弱势青蛙的阶级对立,这与现实中的地主、二当家、佃户的身份相对应。光看这样的设定,就很容易联想这个作品会被赤裸裸的暗讽所束缚,沦落为一种公式化的作品。

不过,在这部作品中,随着能说会道的"说书人"像讲民间故事一样的叙述形式,呈现出一个有趣的故事。作品通过使用"是吗?""大概是吧""是的"等敬语体,和各位读者进行对话的方式,取得了很好的效果。通过这种形式,说书人和儿童读者之间的距离进一步被拉近。

图11 [韩]李周洪

   大家最近在夜晚会去野外吗?或者是在家里的房间里,打开窗户,感受到夏日的第一缕清风的时候,有没有听到野外叫得很吵的青蛙的叫声呢?你们在听到这些叫声的时候会想到什么?当然大家根据自己的处境,可能会听出或者开心,或者悲伤的情绪。但是,请听一下这个故事吧,这是一个发生在很久很久以前的故事。②

---

① [韩]李在福:《梦想解放的长胡子的孩子》,《正确阅读我们童话》,少年韩吉出版社(首尔)1995年版,第155页。

② [韩]李周洪:《青蛙和蟾蜍》,《新少年》1933年第2期,第36页。

但是，大家知不知道被赶出来的"大青蛙"的结局是怎么样了呢？它们没办法只能被驱逐出来，就到了陆地上，以后又不得已受了很多的苦。①

大家看到的青蛙就是这个样子的，蟾蜍使坏心眼要使天空降雨的时候，青蛙们对此已做过详细调查，就像进行无线广播一样，爬上高高的树枝，"呱呱呱"地叫，告知各位青蛙弟兄们，快要下雨了。②

张天翼的长篇童话《大林和小林》讲述的是大林和小林生活在不同的阶层，迎来了不同结局的故事。大林和小林失去父母后遇到了妖怪导致彼此分离。弟弟小林被绅士狗皮皮卖给了四四格成为童工。小林与其他童工一样每天饱受欺凌和虐待，他和小伙伴们最终奋起反抗，打死了四四格，当上火车司机。而大林在骗子狐狸包包的帮助下，被富翁叭哈收养，改名唧唧，在200名仆人的照料下每天好吃懒做，变成一个大胖子。唧唧与蔷薇公主结婚后坐火车去海滨，与当火车司机的小林相遇，但是二人没有认出彼此。小林他们需要用火车为灾民运送救济物资，举行了罢工，大林叫来怪物推火车，怪物却把火车推到了大海里，大林漂流到了一个遍地是财宝的富翁岛上，最终怀里抱着金子被饿死了。

图 12　张天翼《大林和小林》封面

如前面章节所提到的，张天翼的《大林和小林》和李周洪的《青蛙和蟾蜍》一样，作者都是以"说书人"的角色登场，采用向儿童读者们讲故事的方式。这里说书人被设定为把从年老的铁路劳动者那里听到的故事重新讲

---

① ［韩］李周洪：《青蛙和蟾蜍》，《新少年》1933年第2期，第41页。
② 同上书，第42页。

给儿童读者们听。为了帮助儿童读者更好地理解，没有采用描述兄弟们生活的复杂的叙述方式，而是选择了先从小林的故事开始讲述，再到讲述大林的手法。

> 小林天天晚上梦见大林，一醒来就不见了。
> "哥哥，你在哪里呢？"
> 真的，大林到底在什么地方呢？——听故事的人都想要知道。
> 大林么？大林这时候正在他自己的家里。大林这时候正在他自己家里吃饭。大林吃起饭来才麻烦呢。大林的旁边站着二百个人……
> 刚说到这里，你一定会问："你为什么不从头说起呢？大林怎么会跑到这里来的？大林怎么会有自己的家呢？那天怪物要吃大林和小林，大林和小林分开跑，我们就没看见大林了。你从那里说起吧。"
> 对，我就从那里说起吧。①

张天翼的长篇童话《秃秃大王》讲述的是人们齐心协力打倒抓人吃人的秃秃大王的故事。住在秃秃宫里的秃秃大王是个一生气牙齿就会长长的怪物。秃秃的早餐菜单里面是人肉丸子跟人血汤。秃秃大王每天都会抓人吃人，在自己残酷统治的王国里，他已经有了上万名妻子。可秃秃大王仍然强迫冬哥儿的姐姐干干做了自己的妻子，并把冬哥儿的父母都抓进了监狱里。冬哥儿召集了自己的朋友小明，一只名叫老米的猫，还有12只小猫一起去营救自己的父母与姐姐。结果冬哥儿他们跟人们一起闯入秃秃宫，解救了姐姐、父母，还有其他的人。生气的秃秃牙齿不断地变长，随后一阵大风刮过，把秃秃大王带到空中，最终掉落在哪里，谁也不知道。

《秃秃大王》在表现手法上与《大林和小林》相似，也采用了作者向读者讲述故事的形式。

> 世界上最大的官殿是什么官殿？
> 是秃秃官。
> 秃秃官在什么地方？星期日去玩玩好不好？

---

① 《张天翼儿童文学全集（二卷）》，中国少年儿童出版社 2002 年版，第 316 页。

第三章　左翼文学思潮与东亚童话

但是大家都不知道秃秃宫在什么地方。老师也不知道。妈妈和爸爸、姊姊和哥哥也都不知道。因为秃秃宫现在已经没有了。秃秃宫是从前的宫殿,秃秃宫是秃秃大王的宫殿。①

从上述列举的作品中不难看出,张天翼和李周洪都是才华出众的"说书人"。他们伶俐的口才使故事变得更加形象生动。在他们的童话中有各种有趣的动物及人物形象不断登场。

李周洪的童话《老虎的故事》中,因老虎总是抓不到兔子或小鹿,于是想出一个装死的办法。威风凛凛的老虎仅为捕捉一只如兔子般大小的动物,将自己缠绕在蜘蛛网上装死的这一行为,令人捧腹大笑。

老虎用蜘蛛网把自己缠得结结实实,就像死了一样,直直地躺在岩石上。真的过了一会儿,山顶上聚集了些兔子,小心地偷看。
"那个家伙死了吗?"
"嗯!那个家伙什么时候死的呢?"
"哎!真让人痛快!好像是猎手杀死的呢。"
"现在大家终于可以安心生活了!"
大家你一言我一语地,开始窃窃私语。②

在李周洪的《青蛙和蟾蜍》中,无法忍受大青蛙(蟾蜍)压迫的小青蛙们召开会议决定要消除大青蛙。战争一触即发,但故事的设定是伴随着天气变冷,小青蛙和大青蛙们都去冬眠了。预料到战争即将爆发的读者想象到冬眠的小青蛙时便露出会心的微笑。阶级斗争即使再重要,从作者对一到冬天不得不冬眠的小青蛙的生动描写来看,读者读完之后确实会心一笑。

所以,小青蛙们在准备对"大青蛙们"一网打尽的时候,这时正逢夏日逝去,初秋到来,刮起了凉飕飕的风,早上开始下白色的霜。剩下的青蛙们开始一个两个钻进泥里面。"大青蛙们"也把那个大堡锁掉,钻进泥土里,消失了。

--------

① 《张天翼儿童文学全集(四卷)》,中国少年儿童出版社2002年版,第8—9页。
② [韩]李周洪:《老虎的故事》,《新少年》1930年第5期,第38页。

147

天越来越冷,他们都钻进泥土里了。在冷冷的漫漫冬季长夜,想着夏天所遭受的那些委屈的故事,不知道熬了多少个夜晚。①

李周洪将处在不同自然环境下动物们的各种反应也进行了生动的描述。

"你这个家伙,大青蛙!过来试试看啊!你这个家伙,你这个家伙!大青蛙们啊!"每当到了夜晚,我们就会听到这样的叫声。这些声音在我们的耳朵里会听成"呱呱呱呱呱呱"的声音。

每当听到这样的叫声的时候,不能到水田里的那些大青蛙的胆子就变得跟豆粒那么小。所以人们会这样说,大块头胆小。看看蟾蜍那大块头,就知道是个胆小的家伙。所以给它起了"胆小的大块头"这个别名。

但是,蟾蜍也有一个才能。它们从乱石中出来,如果老是张望天空的话,天空就会下雨。对这些小青蛙没完没了地叫着它们的名字这件事,很烦又很害怕。有时会发挥它们的才能,让天空下雨,使小青蛙们闭嘴。(……)

"你这个家伙,你这个家伙!大青蛙们啊!"到现在小青蛙们还会咬牙切齿地叫着。

"你这家伙敢过来,就把你抓来吃掉。"虽然会有这样的威胁,但还是会听到"噗嗤噗嗤"的叫声,其中有一些急性子的家伙,会像吐血一样"呼哧呼哧"地叫着。②

如上,为了更生动地描述阶级斗争,作家在主题表达框架中嵌入了动物形象,有趣地勾勒出动物的固有特征。这正是与其他韩国卡普儿童文学相比,李周洪童话的卓越之处。像李周洪生动地描写这些动物形象,张天翼的童话中也有很多吸引儿童读者兴趣的角色登场。例如《大林和小林》中要吃掉大林和小林的巨怪、鼻孔太大导致一说话就有回声的四四格、把小林卖给四四格的狗绅士皮皮、将大林变成叭哈养子一直装作善良天使的

---

① [韩]李周洪:《青蛙和蟾蜍》,《新少年》1933年第2期,第38—39页。
② 同上书,第39—40页。

## 第三章 左翼文学思潮与东亚童话

狐狸绅士包包、胡须垂到地下以至于经常被踩到的国王、认为自己是世界上最美的蔷薇公主、个子高善于偷窃别人财物的红鼻子王子,以及追赶红鼻子王子的鳄鱼小姐等个性十足的动物角色纷纷登场。张天翼还运用了很多艺术手法进行有趣的描写。其中,大林变成唧唧后,唧唧变胖的程度超出人们的想象,作家采用夸张与荒诞的艺术手法,这样描绘唧唧滑稽的面貌。

唧唧坐在叭哈的旁边。那二百个听差伺候着唧唧吃饭,无论唧唧要吃什么,都用不着唧唧自己动手。那第一号听差把菜放到唧唧口里,然后第二号扶着唧唧的上颌,第三号扶着唧唧的下巴,叫道:

"一,二,三!"

就把唧唧的上颌和下巴一合一合的,把菜嚼烂了,全用不着唧唧自己来费劲。

于是第二号和第三号放开了手,让第四号走过来,把唧唧的嘴扳开。第五号用一块玻璃镜对唧唧的嘴里一照,点点头说:

"已经都嚼好了。"

第六号就扶着唧唧的上颌,第七号扶着唧唧的下巴,用力把唧唧的嘴扳开得大大的。第八号用一根棍子,对着唧唧的口里一戳,就把嚼碎的东西戳下食道去了。所以连吞都用不着自己吞。[1]

张天翼的《秃秃大王》中对秃秃大王的描写也是同样夸张有趣。

秃秃大王只有三尺长。眼睛是红的。这时候正是夏天,有几千几万苍蝇拥在秃秃大王身上,因为秃秃大王是不洗脸,也不洗澡的,脏得要命。苍蝇最爱和脏的人做朋友。秃秃大王的脸上有绿毛,原来秃秃大王永不洗脸,脸上发霉了。秃秃大王的脸上还长出了三四个小菌子哩。

那许多苍蝇在秃秃大王身上爬来爬去,飞来飞去,一面低声说:

---

[1] 《张天翼儿童文学全集(二卷)》,中国少年儿童出版社 2002 年版,第 334 页。

左翼文学思潮与东亚儿童文学

> 嗯嗯嗯，
> 我爱不洗脸的人。
> 嗯嗯嗯，
> 我爱不洗脸的人。
> 有一个苍蝇飞到秃秃大王头顶上。秃秃大王的头顶又光又滑，那个苍蝇站不住，一滑就滑了下来，摔了一跤。所以，秃秃大王的头顶上没有苍蝇。①

张天翼的长篇童话将所谓长篇作品的优点发挥到极致，同时通过描写各阶级的人物形象，勾勒出一幅巨大的社会图景。作品中显示了作家对资本家及统治阶级的愤怒与憎恶，同时打造了各种有趣的故事情节和极富有个性的形象。对一个童话作品来说，这种趣味和完成度无疑取得了卓越的成就。

另外，李周洪的童话《天堂》与张天翼的《秃秃大王》中均出现了讽刺向神灵祈祷、赞扬努力劳作的叙述元素。李周洪的《天堂》中，通过老鼠夫妇的眼和嘴，向读者展示了依附于宗教的人们的生活面貌。在《天堂》这部作品中，住在牧师家仓库的老鼠夫妇看到人们梦想着进天堂，每天祈祷唱颂歌的样子后，想象天堂一定很美好，也努力地祈祷着自己能去天堂。

> 从那天开始决定相信上帝。所以即使是叼来一粒米要吃的时候，也会祈祷的。
> "哎！吃饭的时候哪来那么多的祈祷啊！"母老鼠说。
> "上帝赐予我们吃的啊！"公老鼠自然地回答道。
> "如果说是上帝赐予的，那以我们自己的力量偷偷摸摸地拿来的这算是怎么回事？"
> "哎！那是源于上帝给我们创造了手脚！"
> "哎呀！这是上帝哪来的心思给我们这些小偷创造了手脚啊！哈哈哈"
> 母老鼠捂着嘴笑了。②

---

① 《张天翼儿童文学全集（四卷）》，中国少年儿童出版社2002年版，第10—11页。
② [韩]李周洪：《天堂》，《新少年》1933年第5期，第12—13页。

## 第三章　左翼文学思潮与东亚童话

少年信徒钟吉好几天不露面,使得他们都误以为钟吉去了天堂。有一天钟吉为了寻找之前自己一直用的坐垫,来到了教堂。老鼠夫妇则跟随钟吉,想要跟他一起进天堂。

> 他们来到了钟吉进去的厢房前面,在旧的横匾上写着"××××组织×××支部"。但是不识字的他们只是以为这写着的就是天堂。
> "我们新年努力学习的结果,看! 那就是天堂。"
> 听到有人在哭着说。
> 在那个地方没有像教会那样的宽阔的天台、美丽的画图和闪闪的风琴,也没有稻谷堆。放弃了那么好的地方,跑到这么又破又烂的地方。真搞不懂,这群人还这么有生气,而且很满足的样子,也不知道这些人是怎么想的。(……)
> 他们以为,只要祈祷,就会把他们送入这里的天堂。所以以后他们再也不做祈祷了。但是每当教会那里有祈祷歌唱的声音传过来的时候,老鼠们就在想,人们可能又想念那个厢房了。①

以钟吉为代表的少年们不再对宗教寄予希望,为了能够凭一己之力争取到幸福,他们加入了工会劳动组织进行各种社会活动。李周洪通过老鼠们的视线讽刺了人类的宗教生活,阐述了幸福不是靠向神灵祈祷,而是要通过自身的努力和斗争才能获得的道理。

张天翼的《秃秃大王》中,为了解救姐姐和父母,主人公冬哥儿和朋友小明在不知如何是好,急得团团转的时候神仙出现了,神仙要求他们支付给自己 100 块才能换来解救的方法。身无分文的冬哥儿和小明提出为神仙摘取树上的水果。两个人不顾爬树时受的伤,连续两天摘了足够的水果给神仙,而自称神仙的男子留下了吃剩的水果后却匆匆逃走,原来这个神仙是个骗子。

> "我并不是神仙。世界上是没有神仙的。我是骗子,我是来骗果子吃的。有许多人受过我的骗,因为这许多人都相信我是神仙。哈哈

---

① [韩]李周洪:《天堂》,《新少年》1933 年第 5 期,第 13—15 页。

哈,你们上当了!再会呀!"①

冬哥儿和小明去了供奉着菩萨的娘娘庙,冬哥儿对着娘娘庙的老和尚,询问可以解救自己父母和姐姐的方法,老和尚竟然把它当成一笔生意,企图来赚取金钱。

> 老和尚笑道:
> "好呀,好呀,又有人来和我做生意了。"
> 说了之后,就又向小明和冬哥儿说:
> "你们如果给我一百二十块钱,娘娘就去救你们的父母和姊姊了。"
> "为什么要钱?"
> "菩萨都是要钱的呀。菩萨帮了你们,给你们做事,你们就要拿钱给菩萨。有两句古诗,你们不知道吗?古诗说:
> '个个菩萨是圣贤,
> 个个菩萨爱金钱。'
> 菩萨和人是一样的。你们快快交钱给我,我就叫娘娘帮你们。你们如果没有钱,就给我滚出去!"老和尚又拿出一张纸来,说道:
> "这是求菩萨做事的价目表。现在正是大减价,所以你们要救父母和姊姊,只要一百二十元。"②

老和尚还给了孩子们一张求菩萨办事的价目表,细看价目表中的内容,真是引人发笑,因为里面都是充满孩子气的质朴的心愿。但是,实现这些质朴的愿望都需要金钱解决可不是一件令人发笑的事。特别是在最后一项——希望菩萨真的满足自己的愿望中,要支付一笔难以想象的巨款才能实现,不禁令人笑中带泪,又令人幡然醒悟,这里运用了讽刺的手法,具有很强的喜剧效果。具体求菩萨做事的价目表如下。

---

① 《张天翼儿童文学全集(四卷)》,中国少年儿童出版社 2002 年版,第 45 页。
② 同上书,第 47—48 页。

## 第三章 左翼文学思潮与东亚童话

**表 2　张天翼《秃秃大王》**

**求菩萨做事的价目表**
**大减价！！！　大减价！！！**

大事小事都可以求娘娘，
娘娘一定来帮忙，
娘娘做事又快又稳当。
各各各！当当当！
总经理——老和尚。（签字盖图章）

| | |
|---|---|
| 要求救妈妈爸爸和姐姐 | 一百二十元 |
| 要求天天有糖吃 | 五角 |
| 要求打架一定打胜 | 小洋八分 |
| 要求不会给老师罚站 | 十元 |
| 要求乱吃东西不会肚子痛 | 三十角 |
| 要求偷东西吃不会给妈妈看见 | 一千分 |
| 要求用袖子揩鼻涕不会脏 | 三百五十元 |
| 要求天天是星期日 | 铜元一枚 |
| **要求娘娘菩萨真正答允我的要求** | **十万万万万元**① |

　　张天翼和李周洪在作品中讽刺宗教，究其原因是当时共产主义者接受了马克思关于"宗教是人民的鸦片"的批判。特别是他们认为，从西方流入的宗教曾是帝国主义的走狗，所以当时的共产主义者对宗教有相当大的反感和批判意识，在张天翼和李周洪的作品中，这种共同的意识倾向已经超越了国界，在作品中表现出一种相通之见。

　　李周洪的作品多通过"细部的事件或情节"书写方式展开叙事，即采用通过细小的事物或事件来展现宏大的思想或宏观局面。他的作品中故事背景的时间与地点的设定是有局限性的。因为是在限定的时间与空间中观察记录发生的事件，往往容易出现登场的人物形象不够丰富的负面评价。不光是童话，儿童小说中也出现这样的情况。例如，李周洪的儿童小说《青鱼骨头》的空间背景设定的是顺德的家，《鲤鱼和尹金知》的空间背景则设定在点石的家和尹金知的家，《烤栗子》的空间背景是钟秀跑腿的主人家，《邮筒》的空间背景是顺姬的家，《猪鼻孔》的空间背景是钟圭的家和南瓜田，还有管事老头的家。童话《青蛙和蟾蜍》的空间背景是青蛙生活的田

---

① 《张天翼儿童文学全集（四卷）》，中国少年儿童出版社2002年版，第48页。

埂。在这些限定的场所中，作家通过细致的观察叙述描写在这里发生的一个个事件。究其原因，会发现李周洪的儿童小说也好，童话也好，都是以短篇为主，没有长篇。小说和童话以短篇形式的书写，一方面容易呈现出脍炙人口的故事，另一方面在篇幅上也限制了更多丰富形象的书写。因为故事情节的安排和展开多是通过细部的事件呈现故事，描写的生活场景多为狭窄的空间，难以呈现广阔的社会现实和复杂的社会现象。

张天翼的作品除了短篇之外，有很多长篇，特别是有长篇童话。长篇童话中作家不受时间与空间的限制，可以勾勒出背景更为宽阔、内容更为丰富的作品。当然，在张天翼的儿童小说中也有很多限定性空间的叙述，例如《小账》的空间背景是鸭肉餐厅，《两个朋友》的空间背景是小胖子和小姐住的富翁家。反之《蜜蜂》的空间背景是田地、学校、去抗议的路上、家等。张天翼的长篇童话中，登场人物中位于权力统治阶级的有国王、王子、公主、大臣、资本家；属于中层阶级的有警察、记者；属于被统治阶级的有农民、劳动者和他们的孩子等，呈现了多种多样的元素。从统治阶级到被统治阶级，勾勒出了整体的社会面貌。不仅如此，以各色精灵妖怪为代表的狐狸、狗、狼、鳄鱼等多种动物形象作为统治阶级或协助统治阶级的角色登场。这些动物形象的设定描写，另一方面也成为让小读者感兴趣的因素。

如上面所讲，李周洪的作品以限定的时间和地点为背景，主要原因是卡普时期发表的作品都是短篇小说。短篇小说的篇幅与长篇相比，自然要限制狭窄一些，张天翼的长篇童话却呈现出多样的色彩。虽然两人同一时期以类似的形式为基础展开了创作活动，但是根据作品的长短篇不同，其形态也有所不同。出现这种现象的原因推测如下。首先，必须考虑到殖民地和半殖民地之间的差异。当时因中国是半殖民地社会，而韩国完全处在日本殖民统治之下，相对来说李周洪想要进行自由流畅的创作并非易事，不仅很难确保连载作品的版面，而且伴随着日本帝国主义对儿童文学创作的介入日益加深，创作的处境更是艰难。在这样的现实中，进行长篇创作，应该是一件非常困难的事情。

其次，如前所述，考虑到文坛的时代状况是有所不同的。在左联时期，虽然也存在着一些对童话的怀疑性见解，但这反而使童话成为更加稳固的体裁。文学巨匠们积极介入讨论，强调童话对儿童的重要性，从而更加坚定了人们对童话重要性的认识。相反，在卡普时期，对童话题材本身持怀疑态度的观点迅速成为主流，所以在儿童文学的创作上，否定空想性以及

第三章 左翼文学思潮与东亚童话

消除童话的意见成为主流。因此,童话创作急剧减少,儿童小说成为主要创作的对象。李周洪在这样的文坛创作环境中,创作童话作品已是难事,更别说是创作长篇童话作品了。

另外,两位作家之所以存在这样的差异,不得不提的是,这里面包含作者个人能力的差异。左联时期,张天翼已经是文坛上阅历丰富的作家,不仅在儿童文学领域,在成人文学领域其文学创作实力也得到广泛认可;而卡普时期的李周洪处于文坛的边缘位置。卡普时期,人们通常认为儿童文学作家是作为一般文学作家正式出道之前积累经验的一个过程,虽然当时的李周洪在儿童文学领域是备受瞩目的作家,但他并不是在卡普时期中占据重要地位的文人作家。追忆李周洪的文学生涯,儿童文学创作属于早期的活动,是本人积累经验的过程。因此,李周洪还缺乏作为作家的训练,创作长篇确实是一件非常困难的事情。考虑到上面提到的一些差异,张天翼的长篇童话成为中国儿童文学史上的经典,而卡普儿童文学中却没有一部能够载入文学史的长篇作品,实在令人遗憾。

如前面提到的,在李周洪的作品中包含了其他卡普儿童文学作品中难得一见的讽刺和诙谐。但除了幽默外,并没有发现太多可以增加作品趣味的因素。尤其在可以尽情展现幻想性题材的童话中,也并没有展现与儿童小说太大区别的面貌,给我们留下了些许遗憾。例如,童话《螺蛳》的篇幅很短,类似袖珍童话或巴掌童话,内容极为简单空洞。这部作品只是讽刺了阶级斗争,除此之外找不到其他特色和亮点。童话《老虎的故事》与《螺蛳》一样,也同样是描写了阶级斗争的内容,但比起《螺蛳》,这部作品则读起来更有趣。其中描述老虎嚣张的内容相当有趣,特别是老虎装死的场面描绘得可谓栩栩如生。评价李周洪这一时期的童话,最能发挥和展现"游戏精神"的作品当属《青蛙和蟾蜍》。但是尽管如此,在这部作品中还是可以看得出其故事情节和细节描写比较简单。①

李周洪1931年2月13日至21日在《朝鲜日报》上发表的《儿童文学运动一年间》中主张作家要致力于儿童小说创作,童话创作较少,很多时候需要非现实性的故事。但他并不是想强调游戏精神的必要性,而是强调了作为向年轻读者传达阶级意识的手段,有必要创造非现实性的故事。

---

① 参考[韩]元钟赞:《"干活的孩子"与超越"游戏精神"》,《童话与儿童》,创作与批评出版社(首尔)2004年版。

## 左翼文学思潮与东亚儿童文学

李周洪这样的主张,在其他的主张里面,可以说并不显眼。在强调阶级意识的儿童文学作家们中,告知童话的重要性这一点上,并没有发挥到力量。而且,李周洪对童话"非现实性"的考虑,并不是就是肯定童话的幻想性在儿童文学中的重要性。而是认为,在对孩子们进行阶级意识的教育上,比起少年小说,童话更有效果。所以才一起强调童话的必要性。[①]

李周洪意识到了游戏精神的重要性。而且与其他卡普儿童文学作家不同,他的作品中承载了讽刺和诙谐,能够很好地观察童话中出现的动物的特征,为孩子们带来快乐。但是,李周洪认为的游戏精神本身并不是最重要的,而是无论到哪,阶级意识必须存在。就这样,李周洪的游戏精神被阶级意识束缚住了。因此他的作品迈出讽刺这一步,广阔自由的幻想性却得不到进一步体现。

而张天翼以强调儿童游戏精神的艺术观为基础,运用夸张、变形、讽刺、怪诞等表达手法,揭示了社会的整体本质,使儿童读者笑着感悟社会现实。他认为,比起通过作品向儿童读者进行单纯的说教,让他们感受到乐趣是更重要的。张天翼在童话创作中最常用的手法是夸张,可以说"他对微不足道的人物做出的卑劣行为是非常郑重的,就像用杀牛的力气杀鸡一样"[②]。张天翼通过夸张的表现手法,更能体现现实的丑陋和荒诞,而且能非常有效地讽刺社会。

张天翼的长篇童话篇幅较长,叙述的社会背景较为庞大宏观,但是对于具体人物或细节的描写很具体。举个例子,比如《大林和小林》中有关对怪物的描写,张天翼描写怪物体型很庞大,在文中他不只是简单去描写叙述说"怪物很大"之类的话,他通过丰富的想象力,幽默风趣地展现出怪物的巨大。

> 大林和小林都逃掉了,只有麻袋还丢在地上。怪物实在饿了,就拾起麻袋吃了下去。可是嘴太大,麻袋太小,麻袋给塞住在牙齿缝里。他拔起一棵大松树来当牙签,好容易才剔出来。

---

[①] [韩]沈明淑:《韩国近代儿童文学论研究》,仁荷大学 2002 年硕士学位论文,第 57 页。
[②] 许萌:《在幻想与现实之间——张天翼童话创作研究》,兰州大学 2007 年硕士学位论文,第 17 页。

第三章　左翼文学思潮与东亚童话

> 他想:还是再睡吧。
> 月亮已经出来了,月亮像眉毛似的弯弯的。
> 怪物伸个懒腰,手一举,碰在月亮尖角上,戳破了皮。
> 他狠狠地吐了口唾沫:"呸,今天运气真不好!"①

怪物究竟有多庞大呢?通过上述可以具体感知到怪物的大小。因为怪物太大,麻袋只能塞牙缝,大树只能当牙签,伸懒腰时手碰到了月亮,还戳破了皮,这些描述是考虑到喜欢夸张的儿童读者而运用的表现手法。这种夸张手法在《大林和小林》这部作品中反复被使用,比如为了突出写唧唧生活的奢靡,对唧唧就读的贵族小学的描写是,这所学校只有 13 名学生,但教室有 12000 间,老师有 6000 名,仅教数学的老师就有 134 名。另外,小学运动会上唧唧、乌龟、蜗牛之间进行"五米跑"比赛,唧唧名列第三,跑步比赛的结果如下。

**表 3　张天翼《大林和小林》**

```
          五米赛跑
    第一——乌龟
    第二——蜗牛
    第三——唧唧

    一共跑了五小时又三十分
    破全世界记录!!②
```

五米跑参加者是唧唧和乌龟以及蜗牛,五米的长度一共跑了五小时三十分钟,还破了世界纪录,这一描述令人感到十分荒唐可笑。如上述,张天翼的长篇童话中对于故事中出现的人物和事件的描写非常具体,有关角色的描写也是将各角色的鲜明个性以最大化的形式呈现。通过这些表现形式,张天翼塑造了众多令人难忘的人物形象。

张天翼在创作的过程中充分考虑到儿童读者的喜好,灵活运用游戏等形式。例如在《大林和小林》中,小林想和朋友们一起贩卖私制的金刚石,结果被警察抓获,并受到拷问。拷问这个行为乍一看不像是适合童话的素材,出现在儿童文学作品里让儿童阅读未免有些残忍。不过,细读下来发

---

① 《张天翼儿童文学全集(二卷)》,中国少年儿童出版社 2002 年版,第 271 页。
② 同上书,第 364 页。

157

现小林遭遇的拷问竟然是"脚心挠痒痒"。"脚心挠痒痒"是儿童互相玩耍时会玩的一种惩罚小游戏。因此,"脚心挠痒痒"这种拷问的书写足以引起孩子的阅读兴趣,而且小读者想象到挠一个小时的脚心时,会认为这是一个再残酷不过的拷问形式了。

　　由此可以看到,张天翼的童话讲述了残酷的社会现实,但是书写形式轻快活泼,而且充满了娱乐精神。张天翼的童话没有脱离当时中国的现实,从坚定的现实基础出发,在幻想的天空中飞翔。他的游戏精神建立在现实主义的精神上,游戏精神没有与现实主义精神完全对立,而是彼此亲密地混杂在一起。因此,他的作品在忠实地体现现实主义精神的同时,也没有放弃文学性和趣味性,他的游戏精神插上了翅膀,在广阔的幻想世界中自由翱翔。

# 第四章 左翼文学思潮与东亚儿童小说

本章节围绕左翼文学思潮影响下中日韩儿童小说的特征及主要作品进行探究。左翼文学思潮影响下的儿童小说，或是描述儿童主人公的贫苦现实和隐忍痛苦的生活，或是展现贫苦儿童积极与社会矛盾进行斗争与反抗的样态。值得关注的是，这一时期有一部分作品，在沉重的主题意识背后，依然不忘进行幽默、诙谐的表达，体现了"有意识"与"有意思"的异动与共振。

## 第一节 "阶级对立"和"阶级意识"的描写

二十世纪三十年代前后，中国左翼儿童文学运动对社会现实进行了强烈的批判，指责成人将儿童文学引入落后于时代的后退道路上。以阶级斗争和民族振兴为主要研究课题的中国左翼文坛，主张儿童文学也应成为左翼文学运动的一部分，传达革命式的理想主义。[①] 就此，描写阶级对立和阶级意识成为中国左翼儿童文学的主要课题。

郭沫若在《文化批判》上发表的《一只手——献给新时代的小朋友们》(1927)，正是一部积极反映这一时代要求的作品。小童工"孛罗（德语-Pro：Proletariat 的简称）"在位于"尼尔更达（德语-nirgends：没有的地方）"岛的钢铁厂里做工时，右手不幸被切断。但是资本家一副无所谓的态度，甚至要用鞭子抽打救助小孛罗的工人"克培"（德语-KP：Kommunistische Partei 的简称）。虽然包括小孛罗在内的工人们愤怒地进行了反抗，但最

---

[①] 王泉根：《三十年代中国儿童文学现象的历史透视》，《西南师范大学学报》1997年第2期，第82页。

终反抗失败,被关进了监狱。之后克培联合岛上的所有工人进行罢工,推翻了资本家的统治。手被切掉的童工小字罗因为伤势太重而不幸离世,工人们为了纪念小字罗和在斗争中牺牲的工人,建了一座纪念塔。在钢铁铸成的纪念塔的一侧,是一只高高举起的拳头,展现了燃烧的斗争意志。《一只手——献给新时代的小朋友们》中主人公的名字也源自无产阶级和共产党的简称,展现了鲜明的意识倾向性。可以说是一部将阶级斗争极大形象化的作品。

最后是克培提议要在这儿替小字罗建一个纪念塔,大家都赞成了。要替小字罗凿一尊大理石的遗像,左手拿着断了的右手在指挥作战的光景,大家都赞成了。还要为小字罗及老普罗夫妇及这次死难的工友们举行国葬,大家也都赞成了。

这几件事体一决议了之后,就给国家的其他的大事一样,很雷厉风行地举办了起来。

举行国葬的一天也就是小字罗的纪念像纪念塔开幕的一天。小字罗的纪念像把它安置在那岛上的公会堂里了。几十万的工人和岛民团集到纪念塔的周围。那塔大概有五十丈高的光景,全身都是用铁铸成。

大家抬起头来了。

开幕的时候,只见塔顶上一个红色的铁拳向天空伸出。

大家都不约而同的把右手握成拳头向天空伸了出来。

大家都不约而同地喊了几声:

——"铁拳万岁! 铁拳万岁! 铁拳万岁!"①

上面引用的是作品结尾部分,工人们高喊"铁拳万岁"口号,氛围十分庄严。这种具有强烈的倾向性和煽动性的表现方式,对日后的中国左翼儿童小说有深刻的影响。劳动者们团结起来要求掌握权力的作品设定,可以从史实中找到相关佐证。例如当时在上海及周边城市中发生的工人罢工等反抗事件等。作品开头在介绍"尼尔更达"岛时提到"那岛子上已经有像上海这样的繁华的都市了"②。此外,还写到"上海市上的洋房、商店,

---

① 郭沫若:《一只手》,《郭沫若全集》第10卷(文学编),人民文学出版社1985年版,第34页。
② 同上书,第3页。

第四章　左翼文学思潮与东亚儿童小说

也就可谓冠冕堂皇了,但是只要你一出市外,便可看见无数的丑陋不堪的小屋"①。

二十世纪三十年代,中国左翼儿童小说中有关阶级对立和阶级意识描写的作品层出不穷。随后,茅盾、柔石、胡也频、应修人、洪灵菲、冯铿、阿英、沙汀、艾芜、草明、戴平万、于伶、王鲁彦、王统照、宋之的、杨骚、蒲风、蒋牧良、舒群、叶刚等左翼联盟成员结合左翼儿童文学运动,创作了很多具有倾向性和战斗性的作品。此外,《少年大众》《创造月刊》《太阳月刊》《萌芽月刊》《拓荒者》《北斗》《文学》《小说家》《文学丛报》《文化日报》《文学界》《光明》《中流》《译文》等左翼文学杂志和报纸上,也收录了左翼儿童文学作品和评论。

描写阶级对立和阶级意识的中国左翼儿童小说作品中比较有代表性的有冯铿的《小阿强》、丁玲的《给孩子们》、金丁的《孩子们》、征农的《孩子的想头》等。张天翼的儿童小说《搬家后》(1930)②、《蜜蜂》(1932)③、《一件寻常事》④、《小账》(1933)⑤、《奇遇》⑥、《教训》⑦、《朋友俩》⑧(1934)、《团圆》(1935)⑨等这些作品也展现了阶级对立和阶级意识倾向的内容。茅盾的短篇儿童小说《大鼻子的故事》(1935)、《儿子开会去了》,长篇儿童小说《少年印刷工》(1936)等,也是体现阶级对立和阶级意识的作品。

茅盾的短篇儿童小说《大鼻子的故事》⑩的主人公是在上海到处流浪的儿童"大鼻子"。小说以"一·二八"事变上海战事为时代背景,写一个因日本侵略者的飞机轰炸而失去父母和家园的城市流浪儿"大鼻子"的故事,

---

① 郭沫若:《一只手》,《郭沫若全集》第10卷(文学编),人民文学出版社1985年版,第3页。
② 1930年4月创作的《搬家后》被收录在1930年5月1日出版的《萌芽杂志》第1卷第5期中。现代文学月刊《萌芽杂志》由鲁迅和冯雪峰担任编辑,1930年1月1日创刊,由上海光华书局发行。同一年,左联成立后,成为左联的机关刊物。《搬家后》这部作品是张天翼加入左联之前创作的,但因为发表在左联机关刊物《萌芽杂志》上,所以将其包括在研究对象之中。
③ 《蜜蜂》于1932年7月1日发表在月刊《现代》第1卷第3期中。
④ 《一件寻常事》于1933年7月1日发表在月刊《文学》第1卷第1期。
⑤ 《小账》于1933年9月23日、30日,10月7、14日发表在周刊《生活》第8卷第38—41期。
⑥ 《奇遇》收录在1934年4月1日刊发的《文学季刊》第2期第4号中。
⑦ 《教训》收录在1934年10月8日刊发的《国闻周报》第11卷第40期。
⑧ 《朋友俩》收录在1934年10月20日出版的《良友丛书》第12期短篇小说集《移行》中。
⑨ 《团圆》收录在1935年11月1日发行的月刊《现代》第4卷第1期中。
⑩ 该作品创作于1935年5月27日,发表在1936年7月1日刊发的《文学》第7卷第1号中。

小说多角度多层次地刻画出一个中国三十年代的流浪儿的典型形象。[1]"一·二八"事变后,"大鼻子"成了孤儿,过着如流浪狗一般悲惨的生活。

> 在大上海的三百万人口中,我们这里的主角算是最低贱的。
> 我们有时瞥见他偷偷地溜进了三层楼新式卫生设备的什么坊什么村的乌油大铁门,趴在水泥的大垃圾箱旁边,和野狗们一同,掏摸那水泥箱里的发霉的宝贝。他会和野狗抢一块肉骨头,抢到手时细看一下,觉得那黏满了尘土的骨头上实在一无可取,也只好丢还给本领比他高强的野狗。偶然他捡得一只烂苹果或是半截老萝卜,——那是野狗们嗅了一嗅掉头不顾的,那他就要快活得连他的瘦黑指头都有点发抖。他一边吃,一边就更加勇敢地挤在狗群中到那水泥箱里去掏摸,他也像狗们似的伏在地上,他那瘦黑的小脸儿竟会钻进水泥箱下边的小门里去。也许他会看见水泥箱里边有什么发亮的东西,——约莫是一个旧酒瓶或是少爷小姐们弄坏了的玩具,那他就连肚子饿也暂时忘记,他伸长了小臂膊去抓着掏着,恨不得连身子都钻进水泥箱去。可是,往往在这当儿,他的屁股上就吃了粗牛皮靴的重重的一脚:凭经验,他知道这一脚是这村坊的管门巡捕赏给他的。于是他只好和那些尾巴夹在屁股间的野狗们一同,悄悄逃出那乌油大铁门,再到别的地方进行他的"冒险"事业。[2]

从上述叙述中可以看出主人公大鼻子的生活处境非常艰难,作者用"最低贱"这个词来定位主人公的处境,《大鼻子的故事》是茅盾专为《文学》杂志推出的"儿童文学特辑"所创作的一篇儿童小说。小说的主人公"大鼻子"在繁华喧闹的大都市过着非人的生活,他与野狗争夺垃圾桶里的肉骨头,吃野狗都不屑一顾的烂苹果或老萝卜,在等着倒进泔脚桶的残羹冷饭,在用瘦弱的臂膀推黄包车和用发抖的声音乞讨,在抢夺比他更弱的孩子的剩饭残菜,他每天的生活就是挨饿、挨骂、挨棍子、挨皮靴等,过着惊险刺激的生活。在茅盾的笔下,大鼻子是一个个性鲜活的人物形象,他既有小孩子的那种天真顽皮、善良勇敢的脾性,同时也暴露出像小瘪三那样狡猾、低

---

[1] 金燕玉:《茅盾儿童小说初探》,《中国现代文学研究丛刊》1984年第4期,第29页。
[2] 孔海珠编:《茅盾和儿童文学》,少年儿童出版社1984年版,第340页。

## 第四章 左翼文学思潮与东亚儿童小说

俗、粗野的恶习,他每天的生活就是活一天撞一天钟,还带一些反抗意识。大鼻子应该是当时底层社会中儿童形象的一个典型代表。在当时的大上海,像大鼻子这样的流浪儿童多达几十万,这些流浪儿同小说的主角"大鼻子"一般,每天在饥饿与贫困中挣扎,在社会的夹缝中求生,生活非常困苦。唯一能改变这一现状的方法就是加入反抗的队伍中来,故事中的大鼻子也的确是最后加入了反抗的行进队伍中了。

　　茅盾通过这种现实主义的写作手法,将社会各阶层的儿童置于广阔的时代洪流中,紧跟当时的时代浪潮,如实详尽地地反映了他们的现实生活,并让儿童参与革命的叙述中。在左翼文学思潮的影响之下,他的儿童文学小说紧贴着中国现实生活状况,他笔下的在困苦中挣扎的儿童很多最后选择走入革命的队伍中,具备反抗斗争精神。茅盾的儿童小说《少年印刷工》也凸显了这一主题,围绕现实生活中的儿童的生活困境展开叙述,展现了主人公的成长和磨砺。小说中的主人公赵元生的家在"一·二八"事变之后,生活愈发悲惨。赵元生父亲经营的商店因战火轰炸而倒塌,母亲离世,妹妹又失踪。赵元生辍学后,为了生存来到印刷厂做工。这段时期,深受压榨的赵元生目睹了资本家们疯狂攫取金钱的不道德行为和野心。最终,赵元生选择离开那里,走上了一条崭新的路。在这部儿童文学作品中,茅盾将"儿童问题"与"社会问题"紧密结合起来,生动反映了当时的社会现实,而且结合当时由日本侵略者发动"一·二八"事变的上海战事,对于处于社会底层孩子的生活展开了详尽的描述,作者把学校、家庭、工厂、社会几个方面的广阔生活场景写进故事里。

　　小说的主人公赵元生是个十五六岁的少年,他聪明、懂事,在学校成绩优异,有"算术大家"之称。因为战争,日本侵略者的炮弹摧毁了赵元生家里赖以生存的洋货店,不幸接踵而至,妹妹在战火中走失,母亲在贫病交加中去世,父亲也萎靡不振,日益堕落,生活的重担就这样落在了赵元生小小的肩膀上,他被迫离开学校去厂里做学徒。可他却不愿"穷光了做人的兴趣",喜欢读些"穷苦人出身的大伟人的故事",希望找一个能同时解决"他的生活技能和知识欲望"的职业,立志"要做一个救国救民的大丈夫"。于是他从造纸厂出来,辗转又去了印刷厂,当上了"少年印刷工"。两次求职的学徒经历,他看到的只是老板对工人的压榨和逼迫,学徒的麻木与倦怠,他的职业与求知欲、理想与现实总是出现尖锐的矛盾冲突。但生活的重压并未泯灭赵元生强烈的求知欲与自立奋斗的精神。一次偶然的机会,他翻阅到印刷厂偷印的爱国刊物，受这些刊物的影响，他开始向往革命事业，意欲追求新的职业与生活，最后跟着工人"老角"离开了印刷厂。在整部小说里，赵元生不断与环境抗争，与命运搏斗，是一个聪明、懂事、有责任心与同情心，在特殊时代背景中能自立自强、奋斗向上的穷苦少年的典型形象，为当时的少年树立了一个榜样。

这一时期韩国的儿童小说中展现阶级对立和阶级意识的作品也特别多。二十世纪三十年代，韩国描写阶级对立和阶级意识的很多作品被登载在《新少年》和《星国》杂志上，这两本杂志成为引领左翼儿童文学前进发展的通道。这期间《新少年》和《星国》中发表了很多主题鲜明的左翼儿童小说。在《新少年》和《星国》中发表的左翼儿童小说中，反映阶级对立和阶级意识的作品有吴京浩的《年幼的血泪》(1931)、朴世永的《懒虫和松树》(1931)、具直会的《老头》(1931)、李东奎的《这边，那边》(1931)、金友哲的《昌浩的梦》(1932)和《五月的太阳》(1933)、洪九的《采石场》(1933)和《豆芽和饭》(1932)、朴一的《少爷和米字》等。这些作品所涉及的主题大部分是有关描述地主和佃农、资本家和工人及其他们子女间的阶级对立的状况。

在韩国的现行研究中，很多人认为只有《新少年》和《星国》杂志是紧跟左翼文学思潮的进步期刊，方定焕主办的《俄里尼》并不具有左翼文学这方面的倾向。但是，其实韩国的《俄里尼》绝非一本与左翼儿童文学运动毫无相关的杂志。《俄里尼》杂志上也发表过很多左翼儿童小说，细究起来，其发表数量其实不亚于《新少年》和《星国》杂志。值得注意的是，被称为韩国左翼儿童小说代表作之一的宋影的《被赶走的老师——某个少年的手记》，就被收录在《俄里尼》1928年1月刊中。《被赶走的老师——某个少年的手记》是根据一位出身贫苦上不了公立学校，只能在私立学校学习的少年口述而完成。作品中出现了一位"理想的老师"，他辞去了待遇条件都很好的公立学校，来到艰苦的私立学校教书。这位老师向饱受苦难的学生们倾注了无尽的爱。

"其实你们的脸蛋应该是白嫩白嫩、粉扑扑的，但为啥你们的脸不白也不红，反而还一副病恹恹的模样呢？那是因为你们家穷。那为什么说你们家穷呢？因为你们的爹娘再怎么努力也没用的。你们的父母是佃农，过着一年四季面朝黄土背朝天的生活。换句话说，就是出苦力的人。那么,你们也会像你们父母一样,成长为'出苦力'的人。那么想一想,应该怎么做才好呢?"①

老师心系贫苦的佃农和他们的后代,告诉学生们他们之所以贫苦的真正原因。老师为了启发佃农儿女的阶级意识,组织了"农民讲座",但结果因"思想不端正没有资格当教师"而被学校开除。宋影《被赶走的老师——某个少年的手记》无论从故事梗概还是人物描写方面,都称不上一部特别有趣的作品,但它立足现实,生动地描绘了当时殖民地儿童所处的现实环境,是韩国左翼儿童文学史上一部具有重要价值的代表作。

方定焕主办的《俄里尼》杂志上刊登的左翼儿童小说中,除了宋影的《被赶走的老师——某个少年的手记》比较具有代表性,还有闵凤浩的《小顺的委屈》(1930.8)、金道仁的《振秀和他哥哥》(1930.11)、振直的《黄蝴蝶》(1932.5)等作品,都是具体描写阶级对立和阶级意识的作品。所以说,韩国的左翼文学思潮深入各个文化领域,不仅左翼儿童文学的机关刊物《新少年》《星国》上发表了大量的左翼儿童文学作品,像《俄里尼》这样的儿童文学杂志上,也都刊载了带有左翼儿童文学倾向意识的作品。

图13 [韩]宋影

日本左翼儿童小说中,描述阶级对立和阶级意识的作品中,刊登在《少年战旗》和《无产阶级艺术》等左翼文学杂志上的作品居多。《无产阶级艺术》上刊登的主要代表作品有鹿地亘的《地狱》(1928.1)和猪野省三的《烧祭》(1928.2)等。《战旗》上刊登的槙本楠郎的《突袭文化村的孩子》和《少年战旗》上刊登的德永直的儿童小说《不想要的戒指》等,都是描述阶级对

---

① [韩]宋影:《被赶走的老师——某个少年的手记》,民族儿童文学研究会编《民族儿童文学选集1:接妈妈》,大麦出版社1999年版,第143页。

立和阶级意识的主要代表作品。另外,无政府主义阵营创作的左翼儿童小说中,描述阶级对立和阶级意识的主要作品包括有《童话文学》中刊登的小川未明的《酒屋的元公》和水谷胜的《钱包》、酒井朝彦的《少年》等。

德永直在《少年战旗》上发表《不想要的戒指》(1930),描述了资本主义的丑恶面貌,如实地展现了在工厂做工的劳动者是如何遭受剥削和压榨的。公司向装订厂的女工们提出"技术奖励法",最先完成2000册的人可以得到一个戒指。女工们为了得到戒指,拼死拼活地工作,累到手都出血了。最终小菊成了这场比赛的胜者。可公司老板出面后,却把女工的工钱从4钱5厘削减至4钱。

> 小菊拿到戒指后心想,要是公司给我们发完戒指,再扣我们的工钱,这可麻烦了。
> 小菊下定决心,大步流星地朝老板办公室走去。
> "我反对克扣工钱,我不想要这种破戒指。"
> 小菊猛地将戒指朝着老板的脸上扔去。[1]

资本家通过刺激年幼女工们的物欲,来激发劳动者之间的竞争,从而达到提高生产效率的目的。小菊虽然拼尽全力在竞争中获胜,最终得到了戒指,但公司老板宣布,可以奖赏戒指,作为代价要克扣女工们的工钱。对此,小菊愤怒无比。最终,得到戒指的小菊为了反对克扣工资,把戒指扔到了老板身上。上述场面展现了劳动者和资本家之间的阶级对立和阶级矛盾,如实地描绘出工人劳动者的反抗斗争的面貌。

二十世纪二十年代后半期起,随着左翼儿童文学运动的日益活跃,引领童心主义儿童文学浪潮的《赤鸟》上,也开始刊登描述佃农和地主、工人劳动者与资本家阶级对立的作品,《赤鸟》也顺应了当时的时代形势。例如,《赤鸟》1927年12月号刊中收录的吉田玹二郎的《熊与手枪》,虽称不上一部具有明显左翼意识倾向性的作品,但这是一部批判社会矛盾的作品,这部作品中描绘了大地主的丑恶形象。

《赤鸟》中收录的反映阶级对立和阶级意识的作品中,木内高音的《水

---

[1] [日]德永直:《不想要的戒指》,猪野省三等编《日本儿童文学大系:从普罗童话到生活童话》,三一书房(东京)1955年版,第159页。

## 第四章 左翼文学思潮与东亚儿童小说

果店的要吉》尤为值得关注。这是一部以儿童的视角切实描绘资本主义生产和消费矛盾的作品。来自农村的儿童要吉在水果店工作,在要吉的眼中,很多事情都让他无法理解。他工作的水果店,宁愿看着水果都腐烂被扔掉,也不会多给客人一些,更不会降价销售,要吉每天都要去扔掉那些腐烂的水果。

> 每到晚上,要吉最讨厌的事情就要来了。
> 每天晚上,要吉都要把没卖完的腐烂的水果,放到一个大桶里,扔到铁路对面的草丛里。女主人不喜欢看到桶被装满,她发现了一棵小树后,就让要吉晚上偷偷地把水果扔到那里去。
> 要吉厌烦了每天晚上都去扔烂水果,于是,他找到女主人说:
> "不能再这样下去了,难道就不能想法子卖出去吗?哪怕是卖得便宜点……"
> 一听这话,女主人瞪了要吉一眼,
> "不要太放肆了,你这个傻小子,你以为卖得便宜些生意就会好吗。"
> "可是……与其扔掉,还不如送出去呢。"
> 要吉犹豫地说道。
> 因为这番话,要吉招来主人的厌恶,晚饭的时候连饭都没吃到。要吉滴水未进,饿得前胸贴后背,却只能怯生生地钻进被子里。①
>
> 要吉想破脑袋也搞不懂,为什么做生意就要把好好的食物都放到腐烂。
> "要是长大了,应该就能明白吧。"
> 要吉只能这样安慰自己了。
> 以后要是有条件了,我也要开个店。我才不会把食物都放到腐烂,要是眼看着快坏了,就会分给大家吃掉。
> 要吉这样想到。不过等要吉长大后,这种想法真的就能实现吗,

---

① [日]木内高音:《水果店的要吉》,猪野省三等编《日本儿童文学大系:从普罗童话到生活童话》,三一书房(东京)1955年版,第104—105页。

这就无从知晓了。①

这部作品揭露了资本主义空虚的供需法则。对年幼的要吉来说，老板宁愿扔掉也不把快要烂掉的水果分给大家的这一法则，是令他无法理解的，要吉设想以后如果自己开一个店，一定在食物腐烂之前分给大家，孩子温暖而纯真的想法跃然纸上。日本儿童文学杂志《赤鸟》中收录了很多揭示资本主义本质和矛盾的儿童文学作品，这也从侧面反映了当时日本儿童文学在左翼文学思潮影响下整个文学氛围也是偏向于揭露残酷的社会现实这一现状。

## 第二节 "忍苦的儿童"与"反抗的儿童"

左翼文学思潮影响下的儿童文学聚焦贫困的底层民众的生活，描写生活在黑暗中贫困儿童主人公的实际生活与心理状态。在这一点上，儿童小说表现尤为突出，因为儿童小说的书写特质可以让作者将创作焦点放在描述贫困阶层儿童所处的现实上进行详细展开，而且对儿童主人公的心理进行深入剖析。纵观二十世纪二三十年代的中日韩儿童文学作品的创作倾向，可以看到的是，作家们笔下的儿童形象有些相似特质，相比那些在幻想世界中表现儿童欲望、描写试图摆脱规范约束的"匹诺曹倾向"②儿童形象，更常见的是为守护家庭、国家、理念等献身和坚韧不拔的"忍苦倾向"③的儿童形象。在描写这些主题方面的作品中，左翼儿童文学作品的这种倾向尤为突出。这一时期的儿童无法单纯地作为"儿童"本身而存在，他们要变身为"小大人"或"小劳动者"，好为家庭分担生计之苦。此外，他们背负着重要的使命，会成为现代国家建设的主力军，所以这一时期的儿童并不

---

① ［日］木内高音：《水果店的要吉》，猪野省三等编《日本儿童文学大系：从普罗童话到生活童话》，三一书房（东京）1955年版，第110页。
② "匹诺曹倾向"这一用语来源于意大利作家卡洛·科洛迪的童话《木偶奇遇记》中的主人公木偶匹诺曹，匹诺曹是一个被虚构出来的人物，他的身上能体现出很多儿童身上所带有的欲望需求，以及儿童那种想要释放天性的特质。
③ "忍苦倾向"这一用语来源于意大利作家亚米契斯《爱的教育（*Cuore*）》，作品里面会展开一些对于儿童进行劝诫以及教会儿童忍耐苦难的内容。

轻松,他们担负着和成人同样的重担。① 左翼文学思潮影响下的儿童小说中登场的儿童形象大致可以分为"忍苦"的儿童形象,以及"反抗斗争"的儿童形象。

这一时期贫苦儿童的生活中,可谓充满了"眼泪",这些儿童不得不忍受生活所给予的痛苦。中国这一时期的儿童小说中,展现"忍苦儿童"形象的作品很多。例如,洪灵菲的《女孩》(1929)、草明的《小玲妹》(1933)、沙汀的《码头上》(1932)、艾芜的《爸爸》(1934)、王鲁彦的《童年的悲哀》(1933)、戴平万的《小丰》(1928)等。王统照的《小红灯笼的梦》②描述了主人公隐忍受难的生活状况,是一个结局有些悲伤的作品。这个作品具体讲述的内容是二年级学徒阿宝春节前一天去上海送桌子的路上发生了车祸,结果玻璃桌碎了,阿宝也受伤了,因为那张纸发票受到太太威胁,真的是到了一种生无可盼的境遇。

> 桌子碎了,车子也一定被人家推了去,源生店回不去,他这时倒不必再怕什么了。恰似大海里的一根断线针,不知漂到哪里。除掉嘴角、右腿、足踝上的伤痕,泥与血之外,他一无所有。平日半个铜子不会落到他的衣袋里来,有事送东西遇见好说话的人家多给他二十个铜板,或者一张角票,回到店中,老板照例搜一次,作半斤老酒的代价。所以这时他身上除那小衫破裤之外,就是一张毛边纸发票也落到那位太太的手中做了物证。③

阿宝最终没能回到店里,跳江自尽了。故事的结局着实令读者感到唏嘘,让人惋惜这条小生命的陨落,同时也引发读者对于当时残酷的社会现实的反思。当时大多数的中国儿童都生活在水深火热的残酷环境之中,为了生计小小年纪不得不去务工赚钱,但是做工的环境往往很恶劣,不仅会受到店主的盘剥,还会受到各色人的欺侮。前文提及的茅盾的《大鼻子的故事》《少年印刷工》也描述了儿童小小年纪被迫成为工人,去城市工厂做

---

① [韩]元钟赞:《根据族谱看李周洪的儿童文学的特征——以卡普时期的成果为中心》,《文化教育学》2012年第38号,韩国文学教育学会,第337页。
② 王统照的《小红灯笼的梦》发表在1936年7月1日《文学》第7卷第1号上。
③ 王统照:《小红灯笼的梦》,鲁迅等《从百草园到三味书屋——现代儿童文学选(1902—1949)》,湖北少年儿童出版社2007年版,第52页。

工的悲惨境遇,这反映了当时社会的一种普遍现象。

  可是我们却有凭有据地晓得:在"大上海"的三百万人口当中,大概有三十万到四十万的跟我们的主角差不多年纪的孩子,在丝厂里,火柴厂里,电灯泡厂里,以及其他各式各样的工厂里,从早上六点钟到下午六点钟让机器吮吸他们的血!是他们的血,说一句不算怎么过分的话,养活了睡香喷喷被窝的孩子们以及他们的爸爸妈妈的。

  我们的主角也曾在电灯泡厂或别的什么厂的大门外看见那些工作得像人蜡似的孩子们慢慢地走出来。那时候,如果他的肚子正在咕咕地叫,他是羡慕他们的,他知道他们这一出来,至少有个"家"(即使是草棚)可归,至少有大饼可咬,而且至少能够在一个叫做屋顶的下面睡到明天清早五点钟。①

 这一时期的韩国亦是如此,很多底层的少年儿童生活在水深火热之中,韩国左翼儿童小说中有关这方面的描写内容非常多。吴京浩在《新少年》第8卷第4号(1930.4)发表的《年幼的血泪》中详细描述了贫困家庭的生活现状。主人公的母亲卧病在床,生活贫苦,连买药的钱都没有,主人公的大哥见母亲奄奄一息,半夜出门找医生。可不管怎么敲门,医生都不愿给身无分文的大哥开门。结果,因此大哥还被关进了监房。没等大哥出来,母亲便在独自守候的女儿身边咽了气。

  在黑漆漆的监房里,大哥不知母亲是死是活,脑子里充斥着各种可怕的幻想,不停地抽泣。
  小妹醒来时,已是日照东窗的早晨。大哥昨晚出去后,还没回家?是跑去什么别的地方了吗?
  "娘!娘!"小妹一边叫着娘,一边摇晃着娘的身子,可是娘没有任何回应。娘是咽气了吗?
  娘就这样走了,大哥又不知道去了哪里,小妹放声痛哭,年幼的血

---

① 茅盾:《大鼻子的故事》,鲁迅等《从百草园到三味书屋——现代儿童文学选(1902—1949)》,湖北少年儿童出版社2007年版,第8页。

第四章　左翼文学思潮与东亚儿童小说

泪沾湿了白色的衣襟。①

是怎样的残酷生活居然让孩子流下了血泪,可见当时韩国底层儿童的生活亦是充满了艰辛与眼泪,在这种不平的社会现实中,无奈地咽下苦难和血泪成了孩子们生活的基本现状。韩国左翼儿童小说《可怜的少女》(1930.5)讲述的是未满10岁的顺伊为了挣钱而辍学,去别人家帮忙看孩子。本身小小年纪就是个孩子,还要去做保姆帮别人家带孩子,而那家孩子的妈妈又常常辱骂顺伊,伤心不已的顺伊对自己的生活充满了绝望,每天泪流不止。

别人家的孩子,吃好的穿好的,还能上学堂识字学知识,动不动还能和父母撒个娇,想去哪玩就去哪玩。而我呢,连肚子都填不饱,穿得也是破破烂烂,离开了父母,离开了一起玩耍的小伙伴,只身来到这儿,替别人看孩子。可不可以不过这样的生活……②

《可怜的少女》反映了当时韩国儿童因贫困而辍学不得不投身劳动的悲惨现实,他们离开父母形单影只孤苦伶仃,吃不饱穿不暖,还要遭受非人的待遇,真的很令人同情,作品中把他们内心的真实感受展现得淋漓尽致。宋根宇的《代还两千钱的小姑娘》(1926)则讲述了一个家庭为了活命而背井离乡的故事。刘女婿欠了两千钱的债,他本想等大麦收获后还这笔钱,可谁承想农田受灾,刘女婿颗粒未收,加上利息刘女婿一共欠下了四千钱的债。最后,刘女婿把自家闺女卖给了别人家做侍女,女婿一家人用卖女儿的钱还了债,为了活命逃去了中国东北。从上述这些作品我们可以看到,当时的大多数韩国儿童不仅无法受到良好的学校教育,反而深受劳役之苦,或是去当童工,或是被贱卖到别人家做侍从。细细梳理会发现大多数的韩国左翼儿童小说都以"悲伤的眼泪"或"悲伤的结局"来收尾。有研究者批判说这些作品太过于模式化,千篇一律的都是"眼泪""苦难"的书

---

① [韩]吴京浩:《年幼的血泪》,庆熙大学韩国儿童文学研究中心编《去寻找星国的少女2》,国学资料院(首尔)2012年版,第55—56页。
② [韩]吴京浩:《可怜的少女》,庆熙大学韩国儿童文学研究中心编《去寻找星国的少女2》,国学资料院(首尔)2012年版,第86—87页。

写,毫无创新式的开拓。但考虑到当时的情况,不如说这是一种自然而然的书写方式,当时的社会现状如此,小说其实就是对社会现实的一种真实折射,反映了当时真实的社会生活就是如此惨烈。

　　如上面所述,中国和韩国的左翼儿童小说中,儿童形象经常以童工的身份出现,还经常出现失去家庭、到处流浪乞讨的孤儿等形象。这些特征,在日本这一时期的儿童小说中也会经常看到。相比中国和韩国,日本早一步开启现代化进程,相对来说经济物质条件会好一些,但是随着资本主义发展的贫富差距加大,日本也出现了很多年纪小小的劳动者,日本左翼儿童小说中也可以找到很多童工的形象。例如小川未明的《酒屋的元公》讲述的就是一个出身孤儿院的孩子"元公"的故事。这个孩子小小年纪还不到12岁,就被迫在酒馆做工,不知道自己的本名,被周围的人叫作元公。元公是一个眼神中充满了不安的可怜小孩。

> 　　酒馆家的小孩是从孤儿院来的。不用说也知道,肯定是个无依无靠的孩子。
> 　　那孩子一边说着话,一边盯着听者的脸。那眼神看似简单,却又莫名地充满了不安。
> 　　因为他在担心,"我的话会不会惹怒了对方,招人训斥啊?"
> 　　若是为人父为人母的人,见了他这副模样,准会说"没有父母的孩子真可怜"。
> 　　那孩子年方十二岁,个头却比同龄人矮许多。走起路来,两条小短腿总往里歪,不禁让人联想起斗牛犬走路的样子。所以,不知何时起,大家都开始喊他"酒馆元公"。这个可怜的少年甚至连自己的本名都无从知晓,最后总是被人用别名"元公"来称呼。①

　　从引文中可以看到,元公是一个无依无靠孤苦伶仃的孩子,不论是身体上还是精神上都异于同龄的孩子。虽然已经十二岁,但是比同龄人要矮很多,可能是因为缺食少穿,造成发育不良,腿会往里歪,走路像斗牛犬一颠一拐的。另外从精神方面看,因为缺少父母的疼爱,他从小就学会了察

---

① [日]小川未明:《酒屋的元公》,猪野省三等编《日本儿童文学大系:从普罗童话到生活童话》,三一书房(东京)1955年版,第95—96页。

言观色,平时说话的时候都是盯着别人的脸,生怕惹别人生气,内心充满着不安。作者用极其细腻的笔触描写出了孤苦无依的儿童的神态与心理状况。前文提及的木内高音的《水果店的要吉》也是如此,主人公要吉虽然很不喜欢在水果店工作,但又没办法逃离水果店,因为要吉的爸爸欠了水果店主人的钱。

> 但是要吉没办法逃离水果店。因为有约在先,征兵检查前,要吉要一直在这里工作。这都是因为要吉的爸爸向水果店主人借了好几百日元造成的。①

从这些儿童小说中,我们可以看到,即使是在亚洲宣称最先迈入现代化的日本,家境贫寒的孩子仍免不了因债务问题而沦为苦力,这些孩子为了家人而不得不委曲求全,饱受煎熬隐忍度日,"忍苦的儿童"在东亚这一时期的儿童小说中是一个普遍存在的形象。综上所述,这一时期以中日韩为代表的东亚的很多儿童其实生活在饱受剥削和压迫的残酷环境中,他们无从选择,很多时候只能去默默承受生活给予他们的这些重担压迫。但是,所谓"有压迫也势必有反抗",受压迫的儿童也不一定是一味地逆来顺受。除了"忍苦的儿童",中日韩的儿童文学作品中,包括左翼儿童小说在内的这一时期的很多小说,也有不少作品体现出儿童们"斗争反抗"意识的萌芽。

值得注意的一点是,中日韩三国的左翼儿童小说中所体现的儿童反抗意识中,很多作品呈现出的"反抗"意识或行动,并不是成人式的那种积极抵抗斗争的方式,很多采取的是儿童式的"消极反抗"或"被动反抗"的措施。比如,以韩国左翼儿童小说洪九的《豆芽粥和白米饭》(《新少年》1932年第12期)为例,这篇小说讲述的是学校体育课上发生的故事。天天喝豆芽粥的阿牛看似弱不禁风,最后却赢了村长家那个整日食肉力气很大的儿子亨植。李周洪的《猪鼻孔》(《新少年》1930年第8期)中,地主老头家的猪跑到小宗奎家的南瓜地践踏庄稼,小宗奎举起小弹弓,朝着南瓜地一通乱射,结果射到了地主老头家的猪身上。还有李周洪的《炒栗子》(《新少

---

① [日]木内高音:《水果店的要吉》,猪野省三等编《日本儿童文学大系:从普罗童话到生活童话》,三一书房(东京)1955年版,第110页。

年》1934年第2期)中,宗秀常常替主人家的儿子跑腿做事,但有什么好吃的,少爷从来不想着给他,都是自己偷偷吃掉,于是宗秀想了个点子,把少爷的炒栗子抢来吃了。从这些有代表性的左翼儿童小说中可以看出,儿童们的"反抗"是有限度的,很多是一种"小打小闹式"的反抗。

当然也有一些作品中讲到儿童阶级意识的萌生,写儿童开始思考这种社会现实导致的根本原因,即在他们心里开始萌生出比较清晰的阶级对立意识。韩国李周洪的儿童小说《青鱼骨头》和《鲤鱼和尹金知》是两部主题有些类似的作品,详细描述了地主和佃农间的阶级矛盾。在故事情节方面,两部作品都讲述了面临生存危机而生活贫苦的佃农,本想求得地主的慈悲,结果却接连碰壁的故事。两部作品中分别借用了"鲱鱼"和"鲤鱼"这两种鱼类作为素材,用来去讨好祈求地主慈悲的工具。另外在结尾处,两部作品都以主人公的眼泪作为收尾,这也是非常相似的地方。《青鱼骨头》这部作品中,面对地主的无情,父亲、母亲、顺德抱团痛哭;《鲤鱼和尹金知》中父亲的眼泪落在了占硕的脸上。但作品没有停留在流泪处就结尾,最后都表达了他们对地主的愤怒和憎恶。

> 爹娘和顺德抱头痛哭,三个人的脸颊如同火烧般滚烫。
> 爹!爹!没关系的。我不疼。你打我吧。啊!爹的手一放上来,立刻就都痊愈了。爹,爹,是我错了。说着,顺德内心涌动出莫名的感情,用力地抱住了爹娘。
> 这种感情充满了感激,充满了温暖,充满了爱,仿佛要溢出心头。
> 但同时,又有一种和众人站在街角,握紧拳头、咬着牙、颤抖着的感情夹杂其中。①
> ——李周洪《青鱼骨头》

> 父亲的三滴眼泪落到了占硕的脸上。
> 滚烫的泪水让占硕如坐针毡。
> 但又怕伤了父亲的心,只能默默地闭着眼忍着。
> 可不知不觉间,拳头变得颤抖起来。②
> ——李周洪《鲤鱼和尹金知》

---

① [韩]李周洪:《青鱼骨头》,《新少年》1930年第4期,第30页。
② [韩]李周洪:《鲤鱼和尹金知》,《新少年》1930年第6期,第13页。

第四章　左翼文学思潮与东亚儿童小说

从上面两部作品的结尾处可知,作者除了揭露悲惨生活外,作品中还流露出了对统治阶级的愤怒和憎恶的情绪,反映了儿童的反抗斗争意志。作品中强调不能被现实的挫折所打败,要有反抗意志的问题意识,这样的书写很有现实意义。但这种问题意识总是被套入一种模板式的结尾中,这也是当时韩国左翼儿童小说中普遍存在的局限性。

中国左翼儿童小说中这样具有反抗意识的儿童形象也随处可见。例如,张天翼的《搬家后》中,主人公大坤因为做工那家的少爷总是对自己无礼,对少爷和他们一家很是不满,于是某天晚上跑去他们家门口拉了泡屎,表示反抗和不满。后来,面对雇主他们一家的无礼,大坤用嘲笑和辱骂进行了反击。张天翼的另一篇儿童小说《小账》讲述了在鸭肉店做工的三名贫苦儿童小福子、小和尚、阿四的故事。餐厅主人两口子虐待三个孩子,让他们睡不好觉,吃不好饭,动不动还对他们又打又骂。甚至为了从孩子们手中抢客人给的小费而对他们大打出手。对食堂主人两口子的恶行,三个孩子很是气愤。他们往主人的饭里吐口水,还把鸭肠里的黄水倒进蒸鱼里端上桌。类似这些孩子的反抗行为虽然没有起到什么大的效果,但弱小的孩子们使出了浑身解数,表现出了他们的不满和反抗意识,这一点还是很有趣的。这种孩子气式的反抗,让作品更加生动鲜活,也让读者们能够产生共鸣,在苦笑中留下同情的眼泪。

另外,张天翼的《蜜蜂》通过孩子写信的方式,展现了贫苦的佃农和富有的养蜂资本家之间的矛盾。养蜂资本家养的意大利蜜蜂飞到了佃农的田里,喝了稻浆,让稻田一片大乱。养蜂资本家所养的意大利蜜蜂毁了佃农们的稻田,这一情节设定和韩国作家李周洪的《猪鼻孔》中,地主家的猪毁了佃农家的南瓜地是很相似的。佃农们一起找到县长,县长和养蜂资本家对前来抗议的佃农们动了手,不仅把他们关进牢房,甚至还开了枪。这一过程中,小孩子们模仿大人们的行动,为了保护父亲们,他们团结起来,悄悄地跟了上去。这篇小说通过诙谐的书写方式,透露出了孩子们模糊的斗争反抗意识。

这一时期具有明显斗争反抗意识的作品,要数描写以"革命根据地"为背景的儿童小说或"儿童投身革命"为主题的作品。1927年毛泽东、朱德等带领中国工农革命军,在湖南省和江西省交界的井冈山地区建立湘赣边区工农政府。湘赣边区打倒地主和土豪,为农民和劳动者分配土地,之后又发展为以瑞金为中心的中央革命根据地。二十世纪三十年代中国工农红军的势力扩大,随后中华苏维埃共和国成立,这一时期出现了很多描绘小布尔什维克形象的儿童小说。这些作品中,主人公儿童大部分以英雄的形象登场,早期比较具代表性的作品是冯铿创作的儿童小说《小阿强》(1930)。该作品被发表在《大众文学》月刊第 2 卷第五、六期的合刊《少年大众》栏第 2 期中,成为描述根据地革命斗争和儿童生活的代表性的作品之一。

《小阿强》的作者是左联五烈士之一的冯铿,冯铿曾是倡议左联成立的发起人之一,后在"左联"工农工作部服务和工作。那时她在上海南强书局编辑部工作,以公开的职业掩护为"左联"工作。参加"左联"以后,冯铿利用一切业余时间,废寝忘食地写作。冯铿所写的《小阿强》《红的日记》成为这一时期反映和热烈讴歌革命根据地红军战斗事迹和工农群众生活的代表性作品。1930 年 5 月,上海各革命组织为迎接全国苏维埃区域代表大会的召开,都采取了行动,进行广泛的宣传和组织工作。"左联"也及时召开会员大会,着重讨论派代表出席苏维埃区域代表大会的名单,郑重推举了冯铿、柔石和胡也频三位,代表"左联"出席会议。1931 年 1 月 17 日,冯铿在上海东方饭店与柔石、胡也频、李求实、白莽等人参加党的会议时不幸被捕,2 月 7 日死于龙华狱中,《小阿强》作为她的代表作品之一,在现代儿童文学史上占据了重要的一席之地。

《小阿强》这部作品称颂了小阿强的英雄形象,描绘了在革命根据地投身革命斗争的儿童心理。小阿强和父母深受地主的压迫和剥削,过着痛苦呻吟的生活。但中华苏维埃共和国成立以后,他们的生活迎来了转折点,年仅 12 岁的阿强成长为少年先锋队队长。一天红军包围村庄,试图帮助村子从地主和其走狗的魔爪中解放出来。但是红军没能了解清楚村内的情况,陷入了混乱。小阿强深夜冒着危险,向红军传递了重要的情报信息。最终,红军突袭村庄,取得了胜利,建立了苏维埃政权。作品的最后一部分,作者呼唤少年儿童成为小布尔什维克站起来斗争,极具感染力。

> 新时代的小弟妹们!你们都愿意做这样的一个小布尔什维克、小斗士吗?
> 现在,阿强是个小布尔什维克,他是个英勇的擎旗手![1]

---

[1] 冯铿:《小阿强》,《海滨杂记》,花城出版社 2019 年版,第 203 页。

## 第四章　左翼文学思潮与东亚儿童小说

中国左翼儿童小说中描写具有革命儿童文学的倾向作品比较多,这一特征在日本和韩国左翼儿童小说中是比较少见的。这样的作品还有胡也频创作的《黑骨头》等。《黑骨头》是以上海的第三次工人武装斗争为背景创作的。讲述14岁的童工阿土加入集会参与斗争,结果却不幸被反动势力所杀害,同志们从遍地的死尸中把阿土的尸身拖出来,看到他的身上冒出了三个窟窿。《黑骨头》通过将少年主人公的英雄形象形象化,展现了强烈的斗争意志,与此具有相同意识倾向的作品还有前文提到过的郭沫若的《一只手》以及苏苏的《小癞痢》等,都是体现了这样的意识倾向。

长篇儿童小说《小癞痢》是苏苏最具代表性的一部儿童文学作品。该作品一经问世,就遭到"禁售",但是通过秘密发行,依然得到众多读者的喜爱,被销售一空。到了1939年,《小癞痢》重印后也是秘密发行,但也是被销售一空,由此可见这部作品在当时受欢迎的程度。小说讲述了小癞痢如何从一个普通的贫困儿童成长为一名优秀的"小游击队员"。在成长过程中,小癞痢得到了许多人的帮助,也经历了许多的波折。而这些波折让小癞痢真正地成长起来。其中,李国华的爱国主义教育为小癞痢参加游击队埋下了火苗,后来母亲的离世以及与父亲的离散让小癞痢没有了家庭的依靠,成为他参加游击队的重要原因。最后,在小癞痢与他的小伙伴们准备为家人和朋友报仇的时候,恰好遇见了给他们指明方向的孙老头。在诸多因素的作用下,小癞痢最终加入游击队,成为一名思想坚定的小游击队员。贺宜在《苏苏作品选》的序中指出当时不少小读者受了《小癞痢》的影响,奔赴抗日斗争的队伍。在此之前,还没有见过儿童小说发挥了像《小癞痢》那样深远的社会影响和教育效果的。

《小癞痢》中对小癞痢这一人物的刻画非常生动有趣。最开始小癞痢的身份是一个接近于小乞丐的贫困儿童,这种身份地位导致小癞痢忘记了自己真实的姓名,无法正确认识自我。只因为头上长有癞痢,就被叫作了"小癞痢",自己的名字都不记得了。

> 打破他的头么?好!好!来打破它吧!唉呀!这癞痢头也够叫他受苦了!人人不叫他的名字,他的名字是顶顶好听不过的,叫做,唔……啊呀!怎么连他自己也把名字忘掉了呢?……这真算他倒楣,谁都叫他:小癞痢!小癞痢!小癞痢!……却把他的顶顶好听的名字

也忘掉了！……①

生活困苦的小癞痢即使很聪明也没法上学，为了打发时光，和小伙伴们嬉闹玩耍是小癞痢每天生活的常态，从上海逃难出来的李国华的到来让小癞痢的生活出现转机。李国华带领小癞痢和其他孩子们一起唱国歌，然而由于大家基本没上过什么学，不太理解歌词中一些较为抽象的概念，便张冠李戴唱成了其他词。例如李国华教孩子们喊"打倒日本帝国主义！"被小癞痢听成"打倒蚀本帝国猪泥"；李国华教唱《救中国》，孩子们将"努力"唱成"糯米"；李国华告诉他们都是中国的"小主人"，小癞痢却以为他说的是"小猪人"；还有小癞痢将"游击队"叫作"油煎蛋"……这些小细节凸显了儿童的本性，这些唱错或说错的词很符合儿童的行为习惯和认知水平，而且这些描述极易让儿童读者产生共鸣。

在小说结尾，小癞痢真正加入游击队，他不再把"游击队"叫作"油煎蛋"，并与爸爸哥哥重逢，他头上的癞痢也被军队医生医治痊愈，此时的小癞痢应该说是真正摆脱了旧的身份标记，不再是一个没有自我认识的孩子，获得了新生。同时在作品中能够发现，小癞痢并不是孤立地成长，在他的成长道路上有着许多人生导师。

值得一提的是，《小癞痢》在人物形象的刻画上，没有呈现出脸谱化的倾向，作者没有将所有的敌人都刻画成面目可憎的人。小说将不愿参加战争的日本民众与日本军阀区分开来。例如，当小癞痢和伙伴们收集情报的时候，遇到一个日本兵。这个日本兵想让小癞痢他们吃糖，因为他觉得小癞痢太像他的儿子了。

可是，啊呀！你看呀！那鬼子显出不高兴的样子来了，他眨巴眨巴地看了几眼小癞痢，于是又结结巴巴地说：

"小儿子！不要紧！吃！吃！唉！你真像我的儿子，我的儿子也有，也有这个，这个的！"

鬼子用右手在自己的头上点了点，意思是说——他的儿子也是癞痢头呀！

小癞痢心里顿时发起火来了！可是，咦！奇怪了，那鬼子眼睛里

---

① 钟望阳：《苏苏作品选》，少年儿童出版社1982年版，第7—8页。

第四章　左翼文学思潮与东亚儿童小说

流出眼泪来了！啊唷！怎么啦，鬼子哭起来啦！咦！咦！怎么回事呀？

鬼子一边流着泪，一边说：

"唉唉！我也是种田的，是军阀要我们来你们这里打仗的呀！唉唉！我没有办法呀！唉唉！我只得离别妻子、儿子来打仗了！可是，唉唉！我喜欢我的儿子，儿子呀！唉唉！我不知道什么时候可以看见我的儿子呀！唉唉！小儿子！糖！糖！唉唉！吃吃！唉唉！不要紧的！不要紧的！"①

这个日本兵因为思念自己的孩子而失声痛哭，这个日本兵所代表的是被迫卷入战争的日本民众。在小说中他们被描绘为战争的牺牲品，作者通过这样的情节试图引导读者去了解战争的本质和真正的罪魁祸首。

日本左翼儿童小说中描写具有反抗斗争精神的作品也到处可见。槙本楠郎的《突袭文化村的孩子》(1928)是日本左翼儿童小说的重要代表作品之一。作品讲述了在路边玩打仗游戏的坂本吉郎和好川松男等无产阶级儿童，如何用石头攻击资产阶级居住的文化村的故事。"文化村"是二十世纪二十年代中期出现的位于城市郊区的独栋住宅，那里主要居住着贵族、地主。作品中文化村象征着资产阶级，而攻击文化村这一设定则将阶级斗争形象具体化。②

以坂本吉郎为首的孩子们在玩打仗游戏时，遇上了好川松男等几个小孩。他们在聊天过程中了解到对方也是无产阶级，于是相约一起袭击住在文化村的资产阶级。

"你爹是干啥的？"

好川松男站起身来，用粘着芒草花的脸打量着。

"我爹是职工，是工人。"

"怪不得你不知道打仗游戏呢。"

好川松男笑着说。

"不能用刀一砍，大家就随便躺着滚下去。"

---

① 钟望阳：《苏苏作品选》，少年儿童出版社1982年版，第136—137页。
② ［日］鸟越信：《初学日本儿童文学史》，密涅瓦书房（东京）2001年版，第194页。

"因为无产阶级不能受这么严重的伤。死之前还要站起来再打几次,这是我爹说的。"

"无产阶级是啥呀?"

好川松男虽然没听说过,但却莫名地被吸引。

"无产阶级就是贫苦的人,不是那些资本主义。我是,你们也是,咱们都是无产阶级。"①

在确认了彼此都是无产阶级后,孩子们分成两伙,一伙以好川松男为中心,另一伙以坂本吉郎为中心,向着象征资产阶级的文化村住宅投掷石头,发起了攻击。

孩子们放声高喊"哇啊"。

"冲上去!"

"哇啊!"

"是炸弹!"

男孩子们干脆捡起石头扔。小石子飞进大门、玄关里。

听到狗一直在叫,侍女们出来了。但却阻止不了孩子们一直扔石子。

侍女们纷纷躲开,结果二楼的窗户被砸碎了。只见男人、女人、短发少女,还有少奶奶模样的人,都躲在粉色窗帘后面窥视。

"哇啊!哇啊!"

孩子们高兴地跳起来。

只见一个蓄着胡须的男人光着脚跑出来,在玄关内大喊。

"你,你们这些臭小子!"

孩子们闻声赶紧逃跑。一边跑一边高喊万岁。

还有人喊起了"嗨呦,嗨呦!"好川松男高喊"示威!示威!"

于是,众人一起高喊"嗨呦,嗨呦!示威!示威!"②

---

① [日]槙本楠郎:《突袭文化村的孩子》,猪野省三等编《日本儿童文学大系:从普罗童话到生活童话》,三一书房(东京)1955年版,第118页。

② 同上书,第127—128页。

## 第四章 左翼文学思潮与东亚儿童小说

该作品大部分采用了模式化的情节构成,而有趣的一幕是,孩子们在玩打仗游戏的时候,提到了中国军阀张作霖的名字。当时张作霖是领导中国东北三省的军阀,1927年在北京当上大元帅。在他领导东北三省期间,拒绝与日本军合作,并进行了反抗。于是日本帝国主义决心除掉他。1928年6月24日,在开往奉天的火车上,日本关东军用炮弹炸毁火车,车上的张作霖被炸死。此事件在中国被称为"皇姑屯事件"。而日本帝国主义为了掩盖杀人的事实,称其为"满洲某重大事件"。槙本楠郎的《突袭文化村的孩子》正是在皇姑屯事件同一年发表的作品,文中也提及了张作霖:

"来了!来了!"
"啊,来了!"
"是火车!火车!"
"大家都准备好!这列火车里有张作霖!"①

如上可知,《突袭文化村的孩子》对皇姑屯事件这一日本帝国主义犯下的罪行进行了影射式的批判。在日本军国主义的统治下,在作品中包含反帝国主义意识绝非一件易事,这部作品却凸显了这样的意识。

与《突袭文化村的孩子》一样,猪野省三的《烧祭》也包含了无产阶级儿童奋起反抗的情节设定。主人公贤治的父亲是进行社会主义运动的活动家,被村里的地主抓走后移交给了警察。贤治用捡来的粉笔在厕所墙上画了一个大房子,然后在上面写上地主。又画了一个小房子,在上面写上"我们的家"。和地主一伙的校长看了贤治的画后,把他训斥了一顿。不仅如此,校长还叫嚣社会主义者是魔鬼,抓他们是国家的义务。

"地主把爹抓走后送到了警察那里,真的是太让人气愤了。我也要让那地主尝尝拳头的滋味。"

"你说什么?你爹被社会主义整得魔怔了也就算了,你这儿子也要随爹去吗?社会主义那是魔鬼,弄得村子上下闹哄哄的。把这恶魔赶出村子,这是国家的义务!"

---

① [日]猪野省三:《烧祭》,猪野省三等编《日本儿童文学大系:从普罗童话到生活童话》,三一书房(东京)1955年版,第111页。

"你骗人!"

"你说啥?你再说一遍试试。你瞧瞧你那副嘴脸。"

校长上来一把抓住贤治的鼻子、耳朵,又拧又拽。而贤治紧紧咬着牙,瞪着校长的脸。①

从上文可知,校长和地主是一伙的,都很厌恶社会主义者。而学校中有一位柏林老师,他是社会主义者,也是贤治的支持者。有一天,校长遵照地主的意思,宣布要取消年年举办的"烧祭"。"烧祭"是一种传统节日,每年这个节日,人们会去农田边,烧掉用竹子做的各种装饰物,然后一起吃烧烤玩耍。可是地主却要求禁止这一活动,校长就向孩子们下了死命令,绝不能举行烧祭。充满斗志的贤治并不听校长的命令,和孩子们一起玩烧祭,以示反抗。贤治经常能从同是社会主义者的柏林老师那里获得支持。从柏林老师写给贤治的信中,可以感受到鲜明的阶级意识。

"你的信让我的脑海里不禁浮现起当时的场景。

虽然工厂和城市里的孩子们不玩烧祭,可是他们一样很努力。

这里的孩子们,如果能和全日本全世界正在奋斗的孩子们携手前进,那不管什么妖魔鬼怪,都不是我们的对手。

让我们告诉这里的朋友们。

叫一声'同志',永远不离不弃。

你父亲很快就会回来的。

回来后,和父亲一起奋斗吧。

再见!"

贤治读完信,一边说着"奋斗吧……"一边举起拳头,向着父亲的土房走去。②

但因为校长和地主是一伙的,所以身为社会主义者的柏林老师最终被学校开除了。这样的情节设定和韩国宋影的《被赶走的老师——某个少年

---

① [日]猪野省三:《烧祭》,猪野省三等编《日本儿童文学大系:从普罗童话到生活童话》,三一书房(东京)1955年版,第79—80页。

② 同上书,第93—94页。

的手记》如出一辙。

如上所述,讲述了忍苦"反抗斗争"题材的中日韩左翼儿童小说,虽然在情节设定上有些模式化,但考虑到当时儿童所处的社会环境,中日韩的左翼儿童小说这方面的书写符合时代要求,作者在刻画描写的力度上还是付出了很大的努力。得益于他们的努力和斗争,现实主义观点和创作手法得以在中日韩儿童文学领域扎根发芽。但从完成度方面来看,并不是所有的作品都符合"现实主义"。关于个别作品的完成度,需要在今后另立选题进行深入分析。

## 第三节 "有意识"与"有意思"的异动与共振

中日韩这一时期的儿童文学的特征是"眼泪"多于"欢笑",所以充满"乐趣"和"欢笑"基调的作品很少。尤其是左翼儿童小说,主要描绘了"忍苦""反抗斗争"的儿童形象,作品中充满了"泪水",很难找到"欢笑"。[1] 在这样的情况下,当时左翼儿童小说中,努力传递"幽默"和"诙谐",实现"有意识"与"有意思"之间的异动与共振的作家和作品,就很值得关注了。

坚持"有意识"与"有意思"之间的异动与共振的创作态度的作品,在中国张天翼的儿童小说中可以找到这样的例证。前文提及的《蜜蜂》作品中最重要的场面之一是意大利蜜蜂飞到田间,喝了稻浆毁了农田后,佃农们集体去找县长抗议的场面。

>"蜜蜂是不吃稻浆的。本鲜是读书人,比你们明白。蜜蜂不吃稻浆。蜜蜂吃的只是露水:蜜蜂只吃露水。所以你们不要大惊小怪。蜜蜂到田里来只是玩玩的。它只吃露水。"
>
>"蜜蜂既然只吃露水,那顶好把蜜蜂都搬到这院子里来:这院子很大,露水一定多。"
>
>县长面红了。[2]

---

[1] [韩]元钟赞:《根据族谱看李周洪的儿童文学的特征——以卡普时期的成果为中心》,《文化教育学》2012年第38号,韩国文学教育学会,第332—333页。
[2] 《张天翼儿童文学全集》一卷,中国少年儿童出版社2002年版,第50页。

县长向前来抗议的佃农们做了荒唐的解释,本想袒护养蜂的资本家,结果却被佃农们充满智慧的反应搞得颜面尽失。满嘴胡言的县长,鲜活地展现了欺骗压迫劳动人民的统治阶级的嘴脸。面对佃农们的反驳,县长难堪不已,县长这种滑稽的模样足以引发读者的冷笑。

张天翼创作的儿童小说《蜜蜂》以11岁儿童的书信形式展开,包括第1封信、第2封信、第3封信、第4封信、第5封信。由于作品中主人公的年龄被设定为11岁,还有很多字不识,所以文中有很多错别字,还有错用的词语。这种有意识地使用错误的语法文字的设定,从当代的视角来看,也是很新奇的构思。在根据儿童读者的喜好进行创作方面,张天翼确实具有卓越的才能。正因为这种独特的设定,那些对孩子们来说还很陌生的词语,通过一种充满童趣的解释在作品中得以呈现。

《蜜蜂》的主人公尚处于识字学字的年龄,所以作品中也表现出他对新的文字很有好奇心,很喜欢玩文字游戏。看到同班的小朋友在写作课上得到了"甲上"的成绩,主人公就自己推测,认为朋友的文章中使用了很多"恰好",所以才取得了好成绩。于是,从此以后写文章的时候,主人公不顾文章是否通顺,到处都在用"恰好"这个单词。就这样,张天翼在讲述充满紧张氛围的阶级斗争的过程中,穿插着使用诙谐的词语或句子,以引发儿童读者们的欢笑。这种手法就如同逗号一样起到中间停顿的作用,缓和了作品的紧张氛围。

同音异义的词也被恰当地使用。像是用"副"代替"富","大富翁"写成"大副翁";用"死"代替"丝",富翁家的"丝绸"都成了"死绸"。通过这种文字游戏,让作品充满荒诞的乐趣,这也是张天翼创作的儿童小说的一大特征。这种创作手法在《搬家后》也被使用。大坤把"大少爷"叫成"大烧鸭"和"大烧爷"。在一个奇怪的地方,主人家太太告诉主人公那是"洋房",可主人公误以为那是"羊房",是圈羊的地方。张天翼通过这种充满童趣的释义,引发读者的欢笑。在沉重的主题意识书写之下,这种努力是非常难得的。

韩国左翼儿童小说中,传递"乐趣"和"幽默",实现"有意识"与"有意思"之间的异动与共振的代表性作家,还是要数李周洪了。他创作的儿童小说《猪鼻孔》,故事情节充满"讽刺"与"诙谐",不禁引人发笑。宗奎的父亲见地主老头家的猪总是来祸害南瓜地,于是就跑到地主老头家去抗议。可那地主老头却毫无诚意地回答道"哦,有这事?可都是这群畜生干的,我能咋办？又不是人指使的……"①宗奎家因为这事，眼看着就要活不下去了，而地主老头一副事不关己的样子。后来，地主老头家的猪又跑去南瓜地闹事，宗奎拿起弹弓箭向着猪群射去。

> 唰唰唰，猪又成群结队地出来了。宗奎把吃完的粥碗收拾好，去屋里取来弓箭，朝着猪鼻子一通乱射。
> 唰唰唰，猪群一个个鼻孔里插着箭，朝着家的方向落荒而逃。②

宗奎别的地方不射，就挑猪鼻子射，这样的设定不禁让读者发笑。毁了宗奎家南瓜地的猪群，鼻孔里插着箭落荒而逃的场面，让人不禁痛快发笑，大声叫好。而接下来的情节转折却让人笑不出来。地主老头找上门说理来了。最后，赶走猪群保护了南瓜地的宗奎，却遭到父亲的一顿狠揍。就像地主老头说得那样"这什么情况？什么情况啊？"宗奎对眼前发生的情况也很是不解。无论是鼻孔里插着箭落荒而逃的猪群，还是因为自家猪被射伤上门讨说法的地主，又或是因为猪而被狠揍了一顿的宗奎，这些情节设定都是十分具有讽刺意义的，甚至有些诙谐的意味。但是作品同时还表现了尖锐的阶级矛盾，让人无法对其简单地一笑了之，笑后会有沉重的思考。

李周洪的儿童小说《炒栗子》也是一部有趣的作品，讲述了平民家的孩子使小聪明，从主人家少爷那里抢栗子吃的故事。

> 哪儿着火了呀？少爷又问了一遍。
> 宗秀气喘吁吁地回答道："没，没有。是我们天天去买炒栗子的那家店，那家店的炉火烧了起来。"说着，用树枝画着圈比画起来。
> 这时，炉里的栗子突然蹦了出来。
> 少爷的脸变得通红。
> "就看着那栗子不停地往外蹦啊。"宗秀说着拾起栗子比画起来。
> "都说火上浇油，这家店着火了，是不是大家都会跑来，像这样捡栗子吃啊？"

---

① [韩]李周洪：《猪鼻孔》，《新少年》1930 年第 8 期，第 21 页。
② 同上。

说着,宗秀把一颗栗子放进了嘴里。

"应该是那个贪心的人,像这样一直地捡来吃,是吧。"宗秀一边喊着模仿,一边捡起一颗栗子吃,最后吃光了所有的炒栗子。①

主人家的儿子为了自己吃炒栗子,就谎称着火,把宗秀支走,结果却中了宗秀的计。宗秀使小聪明,若无其事地捡起少爷的炒栗子吃,这个场面让读者忍不住发笑。如果按照大多数左翼儿童小说的情节构成展开,那后面宗秀会因为少爷的贪欲而被伤害和蹂躏,发展为一个悲惨的故事。而李周洪考虑到儿童的特点和儿童文学的特性,让作品传递了欢笑和大快人心的畅快感。像这样在描述阶级对立的同时,又保持传递欢笑和幽默的态度,这可谓李周洪儿童小说的鲜明优点。

像张天翼和李周洪这样的东亚左翼儿童文学作家在当时沉重的主题意识之下,能够不抛弃"幽默"和"有趣"这一书写要素,可谓难得,他们尝试在作品中努力践行"有意识"与"有意思"之间的异动与共振,实属不易。

---

① [韩]李周洪:《炒栗子》,《新少年》1934年第2期,第43页。

# 第五章　左翼文学思潮与东亚童谣、童诗

在左翼文学思潮影响之下，中日韩的童谣与童诗发展迅速，这一时期取得了很大的成绩。但是，与前面提到的左翼童话和左翼小说相比，很难找到一部迄今为止还备受追捧的左翼（无产阶级）童谣、童诗作品集。左翼文学思潮影响下的儿童文学多强调作品的"政治性"，作家在创作左翼（无产阶级）童谣和童诗作品时，尤其强调其影响力。特别是童谣，适合传唱，具有鼓动性，在当时底层儿童之间已经具备了不小的影响力。在这一时期的中国，中华苏维埃共和国的"红色儿童歌谣"影响较大，在韩国和日本则都刊行了具有强烈阶级意识宣传色彩的"无产阶级童谣集"——《火星》童谣集和《小同志》童谣集。本章将结合"儿童性""社会性"以及"文学性"几个方面，探讨这一时期的童谣和童诗的特点。

## 第一节　中国的红色儿童歌谣与诗歌

在左翼文学思潮的影响下，这一时期歌唱穷人展望未来的作品在中国诗歌中是很常见的。例如，冯宪章在1928年3月5日创作的《劳动童子的呼声》就是此类作品。该作品被收录在《梦后》诗集中，作品将"劳动童子"作为诗歌中的主人公来书写。

不要认为我们现在年轻，
还不应该过问一切国政，
可知我们是未来的主人！
我们有创造历史的使命！

我们有纯洁无瑕的心灵,
我们有百折不挠的精神;
管他妈的枪炮与金银,
最后的胜利终属我们。

我们要敲碎现实的锋芒,
我们要创造光明的乾坤!
啊!
只有我们才能代表未来社会的光明,
努力呀我们要努力向前厮杀与拼命!
————冯宪章《劳动童子的呼声》(节选)①

该作品虽然是歌唱对未来抱有的希望,但除了作品将主人公设定为"劳动童子"之外,该诗和其他左翼诗歌没有什么差别。诗歌虽然是用充满希望的语调在歌唱光明的未来,但是相对来说缺乏那种生动的"儿童性",内容表达上"社会性"更强,"豁上性命努力战斗"这样的诗句,对于儿童来说,也有些过于沉重。

反观萧三的作品,在对"社会性"进行积极描写的同时,也非常重视"儿童性"。他在这一时期创作了很多左翼诗歌,并追求诗句的通俗化与口语化。他在1933年和上海工厂里的劳工有着密切的接触,并借此完成了《三个(上海)摇篮歌》的写作,此诗歌写作体例采取的是长篇叙事诗的形式。②深受民间童谣影响的萧三,其作品中的诗歌语句大都短小精炼,方便儿童的歌唱。

摇啊摇
弟弟小
伸手来
给我抱

---

① 冯宪章:《劳动童子的呼声》(《梦后》1928年3月5日),张香还《中国儿童文学史(现代部分)》,浙江少年儿童出版社1988年版,第266—267页。
② 张香还:《中国儿童文学史(现代部分)》,浙江少年儿童出版社1988年版,第263页。

## 第五章 左翼文学思潮与东亚童谣、童诗

妈说我太小
弟弟怕跌掉
一只小竹篮
冷饭已盛好
妈抱你
在前行
我提篮
在后跑

摇啊摇
弟弟小
听声声
象鬼嚎
弟弟不要怕
这是汽笛叫
妈催快点走
迟到不得了
迟到五分钟
罚钱可不少
——萧三《小姐姐唱的〈摇篮歌〉》(节选)[①]

上面的这一作品最大的优点就在于其被歌唱时,能让人感受到和谐的韵律。而且比起生硬地煽动阶级对立感,因为害怕警笛声而大哭的弟弟、因上工迟到担心被罚款的战战兢兢的姐姐等生动描述,使作品更具有真实感,那个想要抱抱弟弟的小姐姐形象很有立体真实感。另外,看一下"妈妈唱的"摇篮歌也具备相似特点。

摇啊摇
孩儿小
你莫哭
你睡觉

---

[①] 萧三:《摇篮歌——小姐姐唱的》,《萧三诗选》,人民文学出版社1985年版,第53—54页。

左翼文学思潮与东亚儿童文学

  妈妈真辛苦
  妈妈真疲劳
  作工上十年
  一个工钱没增高
  作工上十年
  一个钟头没减少
      ——萧三《妈妈唱的（摇篮歌）》（节选）①

  从上面这首"妈妈唱的"这里能看出，写实性更强一些，用以妈妈的口吻进行哭诉的形式，来揭示当时工厂资本家对劳动工人的压榨与剥削的残酷性。在这种黑暗的现实生活中，人们把希望投向了中华苏维埃政权，《三个摇篮歌》生动地描述了底层人民的这一强烈愿望。

  摇啊摇
  弟弟小
  天呵天
  怎么好
  莫心急
  莫心急
  听说有个江西省
  那边
  苏维埃很好
  是穷人
  给地种
  是阔人
  通赶跑
  小孩上学不要钱
  童工制度
  全废掉
      ——萧三《妈妈唱的（摇篮歌）》（节选）②

---

① 萧三：《摇篮歌——妈妈唱的》，《萧三诗选》，人民文学出版社1985年版，第57页。
② 萧三：《摇篮歌——小姐姐唱的》，《萧三诗选》，人民文学出版社1985年版，第55—56页。

## 第五章　左翼文学思潮与东亚童谣、童诗

这一时期"红歌"盛行,中华苏维埃共和国的儿童歌谣创作非常活跃,众多的儿童歌谣被收录到教材中,并被广泛传播开来。中华苏维埃共和国的红色儿童歌谣集体创作的情况很多,也因此很难确认每首歌谣的作者。歌谣的内容主要是表达对地主和国民党的憎恶,以及凸显强烈的斗争反抗精神。这些红色儿童歌谣和中华苏维埃共和国的儿童日常生活保持着密切的联系。

<blockquote>
春天好,<br>
春天到了放纸鹞,<br>
纸鹞扎的老土豪,<br>
拉在手里把它摇。<br>
——红色儿童歌谣《春天好》(全文)①
</blockquote>

《春天好》所刻画的是孩子们放风筝的场面。飞上天的风筝比喻地主土豪,这一作品可以说是嘲讽地主土豪的歌谣。虽然是孩子们在玩耍的时候就能轻松唱出来的作品,风格轻快,带有幽默感,但特别的文学性效果或"儿童性"的考虑等在该作品中都没有得到充分的体现。

<blockquote>
爸爸说:要养牛,<br>
黄牛养得光油油。<br>
妈妈说:要砍柴,<br>
砍满一担快回来。<br>
教员说:书要熟,<br>
回家还要把书读。<br>
队长说:操要勤,<br>
学会了操打敌人。<br>
儿童们!年纪轻,<br>
保养身体更重要。<br>
做事情,要联合,<br>
儿童越多越快活。
</blockquote>

---

① 中央苏区文艺丛书编委会:《中央苏区歌谣集》,长江文艺出版社2017年版,第606页。

> 儿童们，要歌舞，
> 大家组织俱乐部。
> 儿童们，要演戏，
> 集体演戏更有趣。
> ——红色儿童歌谣《儿童生活》（全文）①

中华苏维埃共和国的红色儿童歌谣中对儿童提倡"勤劳"和"多才多能"。提倡团结的集体观念的作品很多，正如上举作品中所提，只有"联合"才会让唱歌跳舞、表演话剧等变得更有意思，这样使得儿童自然而然地认识到集体主义的重要性。

另外，中华苏维埃共和国的红色儿童歌谣中有很多是关于"迎红军"和"送红军"，以及"拥戴红军"的儿童诗歌。对苏维埃的儿童来说，红军是他们敬仰喜欢的对象。下面介绍的两首儿童歌谣，都有拟声拟态词的使用，例如"咯咯咯"和"咕噜噜"，增添了红色儿童歌谣的趣味性和节奏性。儿童读者一般都非常喜欢灵活使用拟声拟态词的童谣。因为拟声拟态词的运用可以使得童谣的游戏性增强，也使得诗歌具有更强的读者感召力。

> 小母鸡，咯咯咯，
> 一天要生蛋一个，
> 生一个，蓄一个，
> 一月生出一大箩。
> 等到红军叔叔来，
> 每人送他蛋一个。
> ——红色儿童歌谣《送蛋》（全文）

> 咕噜噜，咕噜噜，
> 半夜起来磨豆腐，

---

① 江西中央苏区红色儿童歌谣：《做事情，要联合》，张香还《中国儿童文学史（现代部分）》，浙江少年儿童出版社1988年版，第334页。

做好豆腐送红军,
红军吃了好走路。
——红色儿童歌谣《红军吃了好走路》(全文)

正如上文提到的那样,中华苏维埃共和国红色儿童歌谣是特定区域形成的特定儿童文学,与中华苏维埃共和国的儿童日常生活保持着密切的联系。对于当下的儿童来说虽然会有一些难以理解的内容,但其具有较强的历史意义和时代意义,需要更多的研究者对其进行关注和研究。

## 第二节　韩日无产阶级童谣集《火星》与《小同志》

本章节主要针对韩国无产阶级童谣集《火星》与日本无产阶级童谣集《小同志》(该文集于1931年7月由当时的自由社出刊)进行详细的比较研究。站在韩国理论制高点的卡普(朝鲜无产阶级艺术家同盟)系列作家们主导了儿童文坛,在定期编辑出刊的同时,还在深受儿童读者好评的《俄里尼》、《新少年》、《星国》等杂志上积极发表作品。此外,作为阶级斗争的重要一环,韩国卡普作家们一直计划出版童谣集,最后于1931年3月在中央印书馆出版了《无产阶级童谣集——火星》。在探讨韩国左翼童谣运动状况时,《火星》童谣集是一部非常重要的作品集,这部童谣集是韩国在日本殖民统治时期出版的唯一一部左翼童谣集。日本殖民统治时期韩国左翼童谣同时也发表在《俄里尼》、《新少年》、《星国》等杂志上,但这些杂志作为儿童杂志,除了刊载童谣外,还收录了一些其他体裁的儿童文学作品;而《火星》是韩国卡普作家们首次专门谋划出版的左翼童谣集,因此《火星》比起其他杂志来说,其所具有的"左翼童谣运动性质"远远高于其他杂志。由此,这部作品集对于研究韩国的左翼童谣运动具有非常重要的理论意义。同样日本左翼童谣集《小同志》的文学地位与价值也是如此。通过对这两部童谣集的剖析,探究韩日左翼童谣的共同之处与相异之处,以新的视角来分析东亚左翼童谣的特征,具有重要的意义。

## 一、韩日无产阶级童谣集《火星》与《小同志》的概况

《火星》这部童谣集是韩国第一部完整的左翼童谣集,也是日本殖民统治时期韩国发表的唯一一部左翼童谣集,这部童谣集能够被刊发出来,实属不易,这是卡普左翼作家们不懈努力的成果。为了较为全面地梳理童谣集的内容,首先整理《火星》这部童谣集的童谣目录如下。

表4 韩国无产阶级童谣集《火星》目录

| 作家 | 题目 | 乐谱 | 插画 |
|---|---|---|---|
| 金炳昊 | 秋风 |  | 李周洪 |
|  | 退学 | 李一权 |  |
|  | 插秧 |  |  |
|  | 海之父 |  |  |
|  | 热天 |  |  |
| 梁又正 | 还有 |  | 李甲基 |
|  | 马驹 | 李久月 |  |
|  | 大牧场前夜 |  |  |
|  | 秘密宝箱 |  |  |
|  | 摔跤 |  |  |
|  | 鸟铳 |  |  |
| 李久月 | 蟹群 |  | 李甲基 |
|  | 赶鸟歌 | 同人 |  |
|  | 佃租 |  |  |
|  | 来看看 |  |  |
|  | 请小心 |  |  |
|  | 秃僧 |  |  |
|  | 汽车声 |  |  |

第五章　左翼文学思潮与东亚童谣、童诗

续　表

| 作家 | 题目 | 乐谱 | 插画 |
|---|---|---|---|
| 李周洪 | 蜂蜜 | | 李甲基 |
| | 群斗游戏 | 李周洪 | |
| | 蚊子 | | |
| | 腌菜大叔 | | |
| | 放归 | | |
| | 蝙蝠与猫 | | |
| 朴世永 | 路 | | 姜湖 |
| | 铁匠铺 | 孟午永 | |
| | 客人的话 | | |
| | 枫叶 | | |
| | 爷爷的旧表 | | |
| 孙枫山 | 镰刀 | | 李周洪 |
| | 蚂蟥 | 李一权 | |
| | 水枪 | | |
| | 雷电 | | |
| | 豉甲 | | |
| 申孤松 | 讨厌看到哭相 | 姜湖 | |
| | 弥勒与神柱 | | 李久月 |
| | 吃壳的命运 | | |
| | 等待 | | |
| | 猪 | | |
| 严兴燮 | 母亲 | | 郑河普 |
| | 印刷机 | 李一权 | |
| | 夜校歌 | | |
| | 祭祀 | | |

195

通过童谣集目录的梳理,可以了解到《火星》作品集分别收录了八位韩国左翼作家的作品,其中金炳昊5篇、梁又正6篇、李久月7篇、李周洪6篇、朴世永5篇、孙枫山5篇、申孤松5篇、严兴燮4篇,全作品集共计43篇左翼童谣。这部童谣集中有些童谣作品配有曲谱,有些童谣则配上了插画。非常巧合的是在《火星》童谣集出刊四个月之后,日本出刊了无产阶级童谣集《小同志》。《小同志》童谣目录如下。

表5　日本无产阶级童谣集《小同志》目录

| 作家 | 题目 | 乐谱 |
| --- | --- | --- |
| 冈一太 | 讨厌的禽兽 | 露木次男 |
|  | 秋天来了 |  |
|  | 红与白 |  |
|  | 早与晚 |  |
|  | 亲密朋友 |  |
|  | 新年问候 |  |
|  | 蝴蝶幼虫与蚂蚁 |  |
|  | 长屋 |  |
|  | 贴传单 |  |
|  | 地主 |  |
| 米村健 | 晚霞 |  |
|  | 雨 |  |
| 牧耕助 | 织布的蚱蜢 |  |
|  | 文福茶釜 |  |
|  | 蚊子嗡嗡 |  |
| 川崎大治 | 桥上的涂鸦 |  |
|  | 鲤鱼旗 |  |
|  | 我们的胳膊 |  |
|  | 火车轰轰 | 露木次男 |
|  | 劳动节万岁 |  |
|  | 前进的队列 |  |
|  | 啊咿呜哎噢(あいうえお)歌曲 |  |

续　表

| 作家 | 题目 | 乐谱 |
| --- | --- | --- |
| 松山文雄 | 伤兵 | |
| | 我不哭 | |
| 织田颜 | 一年级 | |
| | 父亲的脸 | |
| | football | |
| | 芭比不百包（パピプペポ）歌曲 | |
| | 成绩单 | |
| | 农民木偶 | |
| 武田亚公 | 打架 | |
| | 挖土豆 | |
| | 劳动节 | |
| | 蚂蚁 | |
| | 地主村长 | |
| | 游行的故事 | |
| 伊东欣一 | 军舰 | |
| | 章鱼 | |
| | 我们讨厌 | |
| 槙本楠郎 | 乡村学校 | |
| | 石头菩萨 | |
| | 丝瓜络 | |
| | 小同志 | 守田正义 |
| | 军人 | |
| | 捉迷藏 | |
| | 齿轮之舞 | |
| | 猴子与螃蟹 | |
| | 本部的台阶 | |

通过对日本无产阶级童谣集《小同志》目录的梳理，可以了解到《小同志》共收录了九位日本左翼作家的作品。其中分别包括冈一太 10 篇、米村

左翼文学思潮与东亚儿童文学

健2篇、牧耕助3篇、川崎大治7篇、松山文雄2篇、织田颜6篇、武田亚公6篇、伊东欣一3篇、槙本楠郎9篇，共计48篇左翼童谣。按照收录数量来说，冈一太(10篇)、槙本楠郎(9篇)、川崎大治(7篇)、织田颜(6篇)等几位作家收录的篇幅比较多。

从《火星》和《小同志》收入童谣的目录来看，插画和乐谱的收录情况是存在差异的。首先，《小同志》没有收录相关插画内容。从位于序言前面的乐谱收录情况来看，只有川崎大治的《火车轰轰》、槙本楠郎《小同志》、冈一太的《讨厌的禽兽》这三篇诗歌配有乐谱。上文提到川崎大治、槙本楠郎、冈一太三人被收录的童谣要远多于其他几位左翼儿童文学作家。综合这两点，可以推测这三位作家在日本左翼童谣运动中所处的位置应该是很重要，处于核心地位。反观《火星》收录的作品情况，八位作家都分别配有一篇乐谱和配有一幅插画。如前文所讲，刊载的八位作家的作品篇幅数相近，并且被刊载的乐谱和插画数量也是一致。从这可以看出，由韩国卡普阵营作家所发行的《火星》童谣集采取的是类似于同仁杂志的刊载方式，各作家刊载的篇章数量基本相仿。当然，作为左翼童谣运动的一环而发刊的无产阶级童谣集与一般的同仁杂志有着巨大的差异。

图14 日本无产阶级童谣集《小同志》

另外，翻阅《火星》和《小同志》的序言，会看到韩国无产阶级童谣集《火星》中有三篇序言。刊登在最前面的是卡普联盟成员权焕书写的序言，后面紧接着的是卡普联盟成员尹基鼎的序言，最后一篇是上文提到的八位作家合写的序言。日本无产阶级童谣集《小同志》仅仅收录了九位作家合写的一篇序言。《火星》和《小同志》都标榜自己是无产阶级童谣集，通过其序言的内容可以发现二者在创刊指向性方面没有什么差别。

## 第五章 左翼文学思潮与东亚童谣、童诗

富家子弟穿着温暖柔软的丝绸衣服到空气清新的学校嬉戏与学习。回到家以后,在父母的宠溺下,把米饭吃到肚儿滚圆。之后,抓起香甜可口的西式点心吃到牙齿坏掉,和涂着粉的姐姐弹奏钢琴,一边跳舞一边唱歌。

但,我们是如同春风中生长的野草,用柔弱的臂膀背负阳光,在满是灰尘的工厂里操作机械的孩子们;是跟随父亲的脚步,背着粪便肥料和牛马草料的孩子们;是从未见过大米饭,连小米饭、稗米粥都没有,忍饥挨饿的孩子们;是从未见过丝绸衣服,连棉布衣服、麻布衣服都没有,瑟瑟发抖的孩子们。

(此处省略)因此,他们的歌与我们的歌不同。他们有他们唱的歌,我们有我们唱的歌。

——权焕"序言 1"部分内容①

你们的童谣和富家子弟的童谣全然不同。富家子弟穿着光鲜的衣服坐在庞大的钢琴前,唱着甜美的歌。你们穿着破旧的衣服忍受着饥饿在荒废的街道上唱歌。你们不像富家子弟那样,在吃完美味的食物后,一边吃着巧克力和太妃糖,一边和着收音机的节奏唱着童谣。你们的父母和叔叔们都一样地贫穷,你们也一样地饿着肚子在寒风中发抖。但是,即使这样的情况下,你们也要打起精神来,你们也一定要唱好自己的童谣。

——槙本楠郎、川崎大治"序言"部分内容②

从《火星》和《小同志》的序言中显示出的内容指向是,二者都是将贫困的儿童作为读者层来设定的。两个童谣集的共同点都是将富家儿童的生活状况和贫困阶层儿童的社会现实做了鲜明的对比,并强调贫困儿童应该有自己所要唱的歌曲,这歌曲和富家儿童的歌曲是完全不同的。童谣集中收录的作品都明确地凸显了阶级意识,正如尹基鼎在《火星》序言中提到:"我认为所谓的传统童谣,要对非科学性、空想的、非现实性的童谣予以完

---

① [韩]权焕:《序文(1)》,申明均编《无产阶级童谣集——火星》,中央印书馆 1931 年版,第 1—2 页。
② [日]槙本楠郎、川崎大治编:《小同志》,自由社 1931 年版。

全否定和憎恶,超越阶级的童心童谣在阶级社会是绝对不可能存在的。"①根据上述考察,可以看出这一时期的韩日文坛都在强调左翼童谣运动的必要性。

## 二、《火星》与《小同志》的共同之处

(一)阶级对立的直接描述

无产阶级童谣集《火星》与《小同志》都凸显了明显的阶级意识和阶级对立方面的内容,其收录的有关号召进行阶级斗争的童谣数量自然很多。例如《火星》童谣集收录了金炳昊的《秋风》一诗,描写的是希望秋风能吹落地主老头的帽子,让地主得感冒的诅咒内容;申孤松的《讨厌看到哭相》与之类似,"有钱的熊孩子"会"走路踩了牛屎滑倒,然后鼻子跌破在狗屎里",也是诅咒资产阶级的作品,如此《火星》作品集里收录了很多诅咒资产阶级的作品。

秋风簌簌
呼呼地刮着
老头的帽子
吹落它吧

我们一起合力
刮起漫天尘沙
老头的眼里
吹进去吧

呼呼地刮着
老头的儿子
阿嚏,阿嚏
得感冒吧

使劲收租

---

① [韩]申明均编:《无产阶级童谣集——火星》,中央印书馆1931年版,第3页。

## 第五章 左翼文学思潮与东亚童谣、童诗

> 我们吃不到新麦
> 都塞到你们鼻子里了
> 都统统拉稀屎去吧
>
> ——金炳昊《秋风》(全文)

此外,童谣集中刻画为资产阶级地主工作而饱受辛劳的父母形象,流露出对资产阶级地主不满的童谣也很多。金炳昊的《海之父》描述了出海捕鱼的父亲形象,哀叹他无论抓多少鱼,自己一家也只能落得吃海藻酱汤的悲惨现实。该作者的另一首童谣《热天》描述的是炎热的天气下,父亲仍然在工厂辛苦工作的故事,并且坚信不久的将来,通过工人劳动者联盟的罢工,父亲被解放解救出来的日子也不远了。朴世永的《铁匠铺》和严兴燮的《印刷机》也都是刻画了无暇休息、艰辛工作的工人劳动者形象。梁又正的《还有》和李久月的《来看看》这两篇作品中,所表达的主题思想是号召贫穷的无产阶级儿童团结起来,将斗争的矛头对准资产阶级和地主阶级。

日本无产阶级童谣集《小同志》中也有诸多描写这样内容的作品,例如冈一太的《地主》一文中描述的是地主的车来将佃农的粮食都拉上车带走,从而引起佃农愤恨的场面。《讨厌的禽兽》则是将资产阶级蔑称为"猪",批判其丑陋嘴脸。另外,槙本楠郎的代表性作品《小同志》讲述的是无产阶级阶层的孩子们在红旗下团结起来,毫不动摇地进行抗争的故事。

> 快来呀,快来呀,全世界的小同志
> 全世界的孩子们哟,手拉手
> 我们在红旗下,无产阶级
> 迈着沉稳的脚步
> 沉稳的脚步,沉稳的脚步
> 准备好了吗
> 让我们守护,红旗!
>
> 都去呀,都去呀,全世界的小同志
> 全世界的孩子们哟,一起攻击
> 我们在红旗下,无产阶级
> 迈着沉稳的脚步

> 沉稳的脚步,沉稳的脚步
> 不要害怕,不要退缩
> 勇敢前进!
>
> ——槙本楠郎《小同志》(全文)

《小同志》中所运用的"快来呀"、"都去呀"、"沉稳的脚步"等语句的反复叠加,使得诗歌更具韵律性。童谣核心内容是"全世界的小同志"团结起来进行斗争,这一内容相对而言比较浅显,但本童谣自身通俗易懂,作品的内容彰显了无产阶级童谣集的特质,成为日本无产阶级童谣集的代表作。

(二)象征和讽刺手法的灵活运用

《火星》中收录了很多通过象征寓言和讽刺等描写手法来凸显阶级意识的作品。这类作品主要有李周洪的《蜂蜜》《蝙蝠与猫》《蚊子》,李久月的《蟹群》,孙枫山的《豉甲》《蚂蟥》,申孤松的《猪》《弥勒与神柱》等。在这些童谣作品中,老虎、猫、蚊子、猪、蚂蟥等象征资产阶级,蜜蜂、螃蟹、蝙蝠象征贫困而艰辛工作的无产阶级。

> 蜜蜂啊,朋友们,快快来
> 蜂巢里又闯进来了那只老虎
> 游手好闲偷蜜的讨厌家伙
> 刺向它!刺向它!刺向它!
>
> 我们流汗,我们流血,收集来的一切
> 这个家伙如何坐享其成
> 嬉戏吞蜜的讨厌家伙
> 射向它!射向它!射向它!
>
> 无论何时,只要你来
> 就让你尝尝蜂群的尖刺
> 游手好闲偷蜜的讨厌家伙
> 团结起来!团结起来!团结起来!
>
> ——李周洪《蜂蜜》(全文)

第五章　左翼文学思潮与东亚童谣、童诗

李周洪《蜂蜜》中的老虎被刻画成"游手好闲偷蜜的讨厌家伙",这是象征手法的灵活使用,讽刺了每日坐享其成的资产阶级。蜜蜂们聚集在一起用"流汗流血"换来了蜂蜜,却被老虎拿走。这就好像在比喻无产阶级流血流汗生产出来的物品被资产阶级、地主阶级所占有,这一事实用象征式寓言生动表达出来。一只蜜蜂的力量在老虎面前微乎其微,但是蜂群团结起来共同用尖刺攻击的话,也能将老虎打败的寓意蕴含其中。所以这也是一个号召无产阶级团结起来,打倒资产阶级的寓言故事。

李周洪有6篇童谣被《火星》刊载收录,其中3篇都是灵活运用了象征与讽刺手法。申孤松的5篇作品被《火星》刊载收录,其中也有3篇是灵活运用了象征与讽刺手法。借用这种手法创作的诗歌,能更好地激发幼年期儿童的兴趣。为了增加童谣趣味性,使用象征与讽刺手法是一种非常有效的创作手法。不是赤裸裸地揭露和批判,而是考虑到儿童特性大量使用象征和讽刺手法,可以说,李周洪和申孤松是少见的考虑到童谣的特性而进行创作的韩国卡普作家。

《小同志》中灵活运用了象征与讽刺手法的童谣也很多。冈一太的《蝴蝶幼虫与蚂蚁》,牧耕助的《蚊子嗡嗡》,武田亚公的《蚂蚁》,槙本楠郎的《丝瓜络》《猴子与螃蟹》等都是重要的代表作。这些童谣作品中猴子、蚊子象征资产阶级,蚂蚁、螃蟹则用来象征无产阶级。

从猴子那里获得了柿子种
完全不知道被骗的螃蟹
系上紧紧的额带,努力地施肥
柿子树长叶开花
结满了果实
是从哪里冒出来的猴子的红脸蛋

好,好,一边夸赞
一边悄悄爬上了柿子树
将红色的柿子吃到肚子胀
心地善良的螃蟹被欺骗
在树下仰头张望等待
落在身上的却是未熟的青柿子

抓住那只坏猴子，好好教训它
怎么可以放过这个坏家伙
朋友们，在这给予教训的夜晚
请多多地和我们站成一列
这时那猴子的红脸蛋
唰地一下变得苍白

——槙本楠郎《猴子与螃蟹》（全文）

槙本楠郎的《猴子与螃蟹》取材于日本民间故事。[①] 螃蟹从猴子那里得来的柿子种，努力地播种施肥，使其长出来美味的柿子。猴子爬到树上独自将熟透的红柿子吃了个精光，束手无策的螃蟹只能仰头看着这样的场面，结果落在螃蟹背上的都是些青柿子。这里的螃蟹象征着无产阶级，作者意图号召被激怒的无产阶级团结起来，这样地主和资本家就会如同猴子的红脸被吓得苍白。这样的场面描写在《火星》中也能找到，如孙枫山的《镰刀》《蚂蟥》等作品。对此，韩国评论家元钟赞曾指出："这样表现憎恶的手法成为这时期惯用的构思方式，缺乏新意，这是此类童谣诗歌的不足之处。"[②]不过在当时，为了及时有效地进行革命宣传，这也是没有办法的设定。

（三）拟声拟态词的灵活运用

儿童读者一般比较喜欢有拟声拟态词的童谣，因为拟声拟态词的灵活运用可以使童谣的游戏性增强，让诗歌具有更强的读者感召力。《火星》中灵活使用拟声拟态词的童谣作家主要有李周洪和申孤松。如上文提到的那样，在韩国众多卡普儿童文学作家中，两人会考虑到儿童的特性，是努力站在儿童喜好立场上创作作品的个中翘楚。

蚊子嗡嗡嗡
咬人嗡嗡嗡

---

[①] ［韩］尹珠恩：《槙本楠郎和李周洪的无产阶级儿童文学比较》，釜山外大2007年博士学位论文，第111页。

[②] ［韩］元钟赞：《从系谱上看李周洪儿童文学的特质——以卡普时期的成果为中心》，《文学教育学》2012年第38号，韩国文学教育学会，第350页。

## 第五章　左翼文学思潮与东亚童谣、童诗

> 喝血嗡嗡嗡
> 开心嗡嗡嗡
>
> 蚊子嗡嗡嗡
> 挨打嗡嗡嗡
> 发抖嗡嗡嗡
> 死掉嗡嗡嗡
>
> ——李周洪《蚊子》（全文）

李周洪的《蚊子》通过使用象征手法，将剥削无产阶级劳动成果的地主资产阶级比作喝人血的蚊子加以讽刺。该诗歌中所包含的主旨思想是，剥夺无产阶级劳动果实的资产阶级最终被无产阶级打倒。在《火星》中包含这一主旨思想的童谣作品甚多，但这首童谣独以其趣味性胜其他诗歌一筹。特别是对蚊子飞到人体进行吸食血液到被打死的过程描述，都使用了"嗡嗡嗡"这一拟声词，使得本作品文学表达效果出众而受到读者的瞩目。比起其他同样主旨思想的作品，例如用"镰刀割除杂草"的孙枫山的作品《镰刀》《蚂蟥》等，《蚊子》这首童谣更具有"儿童性"的特质。即使不考虑所谓的主旨思想，单纯看刻画孩子扑杀蚊子的这个场面也是颇具情趣的。《火星》收录的作品中，唯一直到今天仍为儿童读者所青睐和饱受好评的就是这首童谣。和李周洪的《蚊子》相类似的描写蚊子被打死的作品在日本无产阶级童谣集《小同志》中也有一首，同样也颇具韵味。

> 蚊子嗡嗡
> 为了喝血结果被打死
> 但是外面
> 仍然还有很多喝我们血的家伙存在
> 这些家伙也要被清除才行
>
> ——牧耕助《蚊子嗡嗡》（全文）

牧耕助的《蚊子嗡嗡》也是借用了蚊子飞来时发出的"嗡嗡"声音的拟声词。但李周洪的《蚊子》中反复使用"嗡嗡嗡"，感觉音乐性和游戏性更强。牧耕助的《蚊子嗡嗡》仅使用了一次"嗡嗡"，因而其音乐性功能并不

强。"但是外面/仍然还有很多喝我们血的家伙存在/这些家伙也要被清除才行",这样的诗句将主旨思想赤裸裸地表露出来,比起童谣的游戏性来说,更强调的是阶级斗争的主题思想。

韩国无产阶级童谣集《火星》中收录的申孤松的《猪》这首童谣中也有拟声拟态词的灵活运用。

> 猪啊,哼哼哼
> 肚儿圆咕隆咚
> 即使吃饱
> 仍埋头吞食
>
> 猪鼻,哼哼哼
> 眼珠骨碌骨碌
> 只要自己吃(饱)
> 就觉万事大吉
>
> 四腿分开
> 肚儿圆咕隆咚
> 一摇一晃
> 看它走路的样子啊

——申孤松《猪》(全文)

申孤松的《猪》通过象征的手法,用为满足自己的贪欲而急不可待吞食的猪来象征地主资产阶级,对其进行了辛辣讽刺的书写。该诗有趣的描写部分是,使用了"哼哼哼"拟声词和"圆咕隆咚"、"骨碌骨碌"等拟态词,使得整首童谣诗歌读起来朗朗上口,更具"儿童性"和"游戏性"。

日本无产阶级童谣集《小同志》中也有很多活用拟声词的童谣,这点在川崎大治的《火车轰轰》中可以找到很好的参照。

> 轰轰轰
> 呜呜呜

## 第五章　左翼文学思潮与东亚童谣、童诗

我们的火车头
火车轰轰
火车启动
大家快上车
快,快,快上车
开拓者们

轰轰轰
呜呜呜
我们的火车头
火车轰轰
树在车前
朝向世界奔跑的
是红色的旗帜

轰轰轰
呜呜呜
我们的火车头
火车轰轰
间谍和工贼
全部消灭
我们前面的道路
是苏维埃

轰轰轰
呜呜呜
我们的火车头
火车轰轰
火车停下
堡垒成为
保卫我们的
城市

>轰轰轰
>呜呜呜
>我们的火车头
>火车轰轰
>直到
>父亲呼唤
>我们都勇敢向前
>火车轰轰
>
>——川崎大治《火车轰轰》（全文）

从"开拓者"和"苏维埃"等词语的使用，可以推测出此作品深受苏联的无产阶级运动的影响。作品的内容很浅显，但从"轰轰轰""呜呜呜"等拟声词的使用上来说，该作品也考虑到了童谣的游戏性特征，而且在现实生活中儿童们可以一群人一起唱着这首童谣做开火车这样的游戏，在游玩中坐上这趟"开往苏维埃的火车"，奔赴向前。

**三、《火星》与《小同志》的相异之处**

（一）游戏性童谣的收录与否

上面提到川崎大治的《火车轰轰》童谣中除了拟声词的灵活运用之外，还具有"游戏性童谣"的特质。另外，《小同志》收录的川崎大治的另一篇童谣《啊咿呜哎嗷（あいうえお）歌曲》，是灵活运用了日语五十音图的游戏性童谣。每句的开头，都是以日语表的横向行的前四个假名为开始，共有十行，读起来朗朗上口，非常有韵律。

>啊咿呜哎（あいうえ）大叔罢工了
>咔咳库开（かきくけ）孩子做先锋
>撒西思晒（さしすせ）向天空奔跑
>塔尺之呆（たちつて）让我们加入＊＊①

---

① ＊＊是在原文中被隐去的部分。这些左翼童谣集发表的当时，和其他左翼文学作品一样，会受到相关审查审核，一些重要的有关左翼宣传或左翼组织等敏感词汇会被禁用或抹去。

## 第五章　左翼文学思潮与东亚童谣、童诗

　　纳尼奴呐（なにぬね）全部消灭掉
　　哈嘿胡嗨（はひふへ）来到总部后
　　嘛咪姆麦（まみむめ）贴好宣传单
　　亚伊由哎（やいゆえ）我们是纠察队
　　拉里路来（らりるれ）和俄国儿童
　　瓦伊呜哎（わいうえ）宣誓永不败
　　"准备好了吗？"
　　"是的，准备好了！"
　　　　　　　——川崎大治《啊咿呜哎嗷歌曲》（全文）

　　另外，《小同志》里刊载的织田颜的《芭比不百包（パピプペポ）歌曲》，也是化用了日本五十音图里的字母读音，其特点是每个段落的最后都是用"芭比不百包（パピプペポ）"来收尾。

　　嗖的一下消失的父亲。
　　那些家伙是＊＊＊，芭比不百包（パピプペポ）

　　精神振奋的朋友们
　　无论何时都精力十足，芭比不百包（パピプペポ）

　　吧嗒吧嗒闲逛的人
　　轰隆一声扫除光，芭比不百包（パピプペポ）

　　卑躬屈膝低下头的
　　是动物们，芭比不百包（パピプペポ）

　　哒！想打就使劲打
　　现在的我们，芭比不百包（パピプペポ）
　　　　　　　——织田颜《芭比不百包（パピプペポ）歌曲》（全文）

　　织田颜根据日本孩子背诵"あいうえお"五十音图时发出的声音与音节数，创作出了《芭比不百包歌曲》这首童谣诗歌。"パピプペポ"作为诗句的构成部分，本身没有什么特别的含义。就像日本孩子在唱该童谣的时

209

候,会轻松自在地唱出川崎大治的"啊咿呜哎嗷(あいうえお歌曲)"一样,也会把这首童谣一起大声唱出来。パピプペポ(芭比不百包)作为童谣诗句中的一部分出现,使得语感变得有趣,也使得童谣的游戏性倍增。

  《小同志》童谣集中槇本楠郎的《齿轮之舞》也可以作为孩子们在玩耍嬉戏时一起唱的游戏歌谣。

> 一排排整齐地排列
> 锯齿整齐
> 合着
> 齿轮之舞的节拍
> 围成圈,扩大圆
> 一圈一圈转起来
> 哧溜哧溜齿轮
> 齿轮之舞
> 哧溜哧溜,咣当咣当,哧溜哧溜
> 哧溜哧溜,咣当咣当,哧溜哧溜
>
> 从早上到晚上
> 待在工厂角落里
> 油脂掉了
> 肚子饿了
> 紧紧咬住对方撕扯打斗
> 齿与齿之间嘎吱作响
> 我们对齿轮
> 深深地怨恨
> 哧溜哧溜,咣当咣当,哧溜哧溜
> 哧溜哧溜,咣当咣当,哧溜哧溜
>
> 想撕碎吃掉
> 把那胖子的脖子
> 想拧下来撕碎
> 长长的衣摆

## 第五章 左翼文学思潮与东亚童谣、童诗

那样也不行
弄了一身的灰尘
我们对齿轮
深深地怨恨
哧溜哧溜,咣当咣当,哧溜哧溜
哧溜哧溜,咣当咣当,哧溜哧溜

今天也从早上开始
什么也没有吃
肚子咕噜噜
咬着锯齿呐喊
至少让它破碎吧
破碎吧,破碎吧
现在耀眼的
太阳的眼睛乍现
哧溜哧溜,咣当咣当,哧溜哧溜
哧溜哧溜,咣当咣当,哧溜哧溜

——槙本楠郎《齿轮之舞》(全文)

槙本楠郎的《齿轮之舞》这首童谣在被演绎的时候,孩子们可以在一个地方围成一个圈,模仿齿轮转动,一起玩耍一起合唱这首童谣。工厂的齿轮每天从早到晚地运转,没有片刻休息直到齿轮的机油掉落,工人们肚子饿得咕噜噜,也只能不停地劳作。这些描述既是童谣中的内容,也是对工人无产阶级所处的现实情况进行的真实描述。另外,在这首童谣中,"哧溜哧溜""咣当咣当"等拟声词被反复使用,孩子们可以在玩耍的同时合着节拍快乐地歌唱出来。

通过以上的梳理分析,可以察觉到日本无产阶级童谣集《小同志》中有关"游戏童谣"的刊载收录情况是值得关注的。这些"游戏童谣"和《小同志》所收录的其他主题意识明显、色调凝重的童谣诗歌不同,可以说是"游戏性"与"儿童性"比较突出。相反,韩国无产阶级童谣集《火星》中却很难找到和上面作品类似的"游戏童谣"。如果要找以"斗耍"为素材的作品,梁又正的《摔跤》这篇童谣是其中一个比较有代表性的例子。这一童谣作品

讲述的主要内容是在摔跤斗耍的游戏比赛中，吃大米饭的富家子弟战胜了吃菜汤稀饭的穷孩子，但穷孩子不久后就和朋友们一雪前耻，最后战胜了富家孩子。另外，李周洪的《群斗游戏》这首童谣刻画的是韩国传统游戏之一的"打群架"的场面，具体细节描写较为生动，充满力量与生机。

挨饿的孩子快出来<br>
亲密的伙伴快出来<br>
全都聚到一起来<br>
同去群架打起来

被踢就被踢<br>
被踩就被踩<br>
早就知道会这样<br>
现在现在不再忍

哪边赢<br>
哪边败<br>
我们块头大<br>
哪个家伙敢上来

——李周洪《群斗游戏》（全文）

韩国儿童文学评论家元钟赞曾对此作品评论道："这是一首伴随着快乐的呼吸、承载着孩子们快乐的歌曲，李周洪的'打群架'这首童谣无论放在何处进行评论，都可以说是一首书写'群斗游戏'的成功案例"[①]。不过遗憾的是这一作品虽然生动刻画了孩子们聚在一起玩耍的情景，但和川崎大治的《啊咿呜哎噢（あいうえお）歌曲》、织田颜的《芭比不百包（パピプペポ）歌曲》相比，很难算得上凸显"游戏性"的游戏童谣。韩国无产阶级童谣集《火星》只是单纯地以游戏为素材，童谣本身并没有凸显出很强的"游戏性"，由此仅看童谣作品本身，很难说这就是一篇特别有趣的作品。童谣的

---

① ［韩］元钟赞：《从系谱上看李周洪儿童文学的特质——以卡普时期的成果为中心》，《文学教育学》2012年第38号，韩国文学教育学会，第352页。

生命力在于其"音乐性"和"游戏性",而游戏童谣具有"音乐性"和"游戏性"双层面的优点。所谓"游戏童谣"或"游戏童诗",就是可以让孩子们通过唱童谣或读童诗体味感觉到自己仿佛就是在做游戏。从这一点上来看,韩国无产阶级童谣集《火星》收录刊登的"游戏童谣"较为缺少,不得不说是一种遗憾。

(二)和平反战主旨思想的呈现

上文提到,日本无产阶级童谣集《小同志》里收录了很多"游戏童谣",这是这一童谣集的一大亮点。另外引人注目的一点是里面还刊载收录了具有"和平反战"主旨思想的作品,松山文雄的《伤兵》这篇童谣就是个典型的代表。

> 一瘸一拐,一瘸一拐的跛脚伤兵
> 嘎吱嘎吱,嘎吱嘎吱地来了
>
> 一瘸一拐,一瘸一拐的跛脚伤兵呦
> 原以为是为了国家而战
>
> 不,我们都遭受到＊＊
> 现在无法再去容忍＊＊
>
> 一瘸一拐,一瘸一拐的跛脚伤兵
> 全都,全都被骗了
>
> ——松山文雄《伤兵》(全文)

松山文雄的《伤兵》刻画的是一个在战场上负伤导致瘸腿的士兵形象。该作品反映的是统治阶层以"为了国家"的口号,将广大的工人农民无产阶级无情地推到了战场上,结果导致无产阶级出身的底层士兵负伤或死亡。随着当时日本社会逐渐被军国主义所笼罩,这种包含"反对战争、倡导和平"主旨思想的作品能被童谣集收录并刊发出来,可以说是一件非常难得的事情。此外,包含"反对战争、倡导和平"主旨思想的作品还有伊东欣一的《我们讨厌》。

　　　　我们讨厌＊＊＊
　　　　背着枪
　　　　拉着炮
　　　　比马累
　　　　比牛苦

　　　　我们讨厌＊＊＊
　　　　不敬礼的话
　　　　即使在休息
　　　　也会被拽出来
　　　　耳光扇到你痉挛
　　　　　　——伊东欣一《我们讨厌》(全文)

　　《火星》童谣集中没有找到包含"反对战争、倡导和平"主旨思想的作品。出现这样的差异，究其原因是当时的日本和作为殖民地的朝鲜两者的处境不同。正如上文所提到的，日本当时正逐渐走向军国主义统治的道路。日本在取得中日甲午战争和日俄战争的胜利后，强制吞并了朝鲜，伸出妄图侵占整个东亚的魔爪。在此背景下，具有国际连带意识的日本无产阶级儿童文学家们反对本国统治者发动帝国主义侵略战争，创作出含有"反对战争、倡导和平"主旨思想的作品，也是很自然的一种反应。反观当时的韩国，成为殖民地的朝鲜半岛失去国家的状态，也就是说作为国家主义的主体——"国家"本体已经不存在了。没有了"国家"的殖民地韩国的无产阶级儿童文学家们很难将"反战与和平"作为创作的主题，他们主要关注的主题是"民族解放"和"阶级斗争"。另外，还有一个重要的原因是殖民地韩国当时处于日本殖民统治之下，如果发表包含"反战和平"主旨思想的作品，那就是对殖民体制本身的否定。这样意识的作品如果被收录在童谣集里刊发，会立刻遭到残酷镇压。这样的话，整个无产阶级儿童文学运动都会陷入危机之中。

　　通过上述几点推测分析，可以看出韩国无产阶级童谣集《火星》收录包含"反战和平"主旨思想的作品，是一件很难的事情，就算韩国卡普作家们有这样的意识，也很难真的就把它呈现在作品里进行大胆的宣传。当然日本无产阶级童谣集《小同志》收录包含"反战和平"主旨思想的作品，无疑也

第五章　左翼文学思潮与东亚童谣、童诗

是需要很大勇气的。前面第二章中也提过,有一点是可以明确的,当时韩日两国无产阶级儿童文学作家们有着非常活跃的交流,共同创作和发表了很多蕴含韩国力求"独立解放"与"和平反战"等主旨思想的作品,并为之付出了巨大的努力,这些交流合作也并未因时代的局限而受到中止。

(三)以"退学"和"夜校"为素材的作品

前面探讨的主要是在日本无产阶级童谣集《小同志》中可以查找到,而在韩国无产阶级童谣集《火星》中很难看到的作品类型。接下来主要谈及《小同志》中很难找到,而在《火星》中可以轻易找到的作品类型,即以"退学"和"夜校"为素材的童谣作品。

> 学校和伙伴被留在了身后
> 哭泣着走在田间小路上
> 不能上学的话,书包还有什么用
> 干脆让乌鸦叼走算了
>
> 从明天开始我要到山那边
> 松树根会把我的脚扎出血
> 树林里跑出老虎怎么办
> 追赶的话,我的脚如何跑快
>
> 到了晚上,我要去夜校学习
> 嘎给呀高给嗷(가갸거겨)一二三
> 学完回家还要做草鞋
> 别看这样,长大后我也要做大事
>
> ——金炳昊《退学》(全文)

金炳昊的《退学》这首童谣所描述的是,从学校被迫退学的孩子哭丧着脸,下决心"到了晚上,我要去夜校学习"的场景。当时韩国的儿童因家境原因,需要帮助家里做工而被迫退学的情况很多。因交不起每个月的学费(古时按月缴纳学费),或是因反抗日本殖民统治之下的帝国主义教育而导致退学的情况也很多。总之,在当时的殖民地韩国,能够顺利完成学校学习的儿童少之又少,大多数儿童是无学可上,只能充当小小劳动者。

《退学》讲的是被迫退学的孩子决心到夜校学习的故事,而《火星》还收录了在夜校学到的歌曲,如严兴燮的《夜校歌》。

> 我们是种地农夫的儿女
> 我们是劳作农夫的儿女
> 种地仍旧贫穷的农夫的儿女
> 劳作仍旧贫穷的农夫的儿女
>
> 我们因为没有知识而生活困苦
> 因无知被欺骗,因软弱被抢夺
> 学习了解世界,协力共同反抗
> 嘎给呀高给嗽(가갸거겨)一二三 努力学习吧
>
> ——严兴燮《夜校歌》(全文)

严兴燮的《夜校歌》讲述的是贫穷的"农夫的儿女"虽然不能去学校学习,但可以去夜校努力学习知识了解世界,并下定决心积蓄力量后和地主资产阶级进行抗争。该作品不仅展现出阶级意识,也能看到其强烈的启蒙主义特质。由此看出,韩国无产阶级童谣运动和此前的启蒙主义童谣运动并非完全隔断的关系,而是相当程度上进行了延续和传承。

那么,为什么在日本无产阶级童谣集《小同志》中没有找到类似"退学"和"夜校"这样素材的作品呢?作为亚洲最早进入近代化的国家,日本在很早的时期就开始实施了小学普及义务教育。特别是随着日本军国主义的扩张,统治阶层相关势力急需从儿童开始对其灌输军国主义思想。在此种情况下,"退学"的这种状况较少发生,有关"退学""夜校"这样素材的童谣也就不会成为日本左翼儿童文学关注的重

图15 [韩]严兴燮

点对象。当然即使日本当时经济教育各方面发展迅速,也有很多因家庭贫困而没能完成学业的孩子存在,但比起只有极少数儿童能完成学业的殖民地韩国来说,两者的差异还是很大的。这也从侧面反映出,当时日本和殖民地韩国的处境之间相差悬殊。日本相对来说经济实力雄厚,殖民地韩国经济贫弱,这一方面还是存在差异的。

## 第三节 "儿童性""文学性""社会性"的权衡与探索

探讨二十世纪三十年代中国儿童诗歌的"儿童性"、"社会性"、"文学性"的权衡与探索问题的话,绝对不能忽视的一位作家是陶行知。他在青年时期到美国留学,跟随约翰·杜威(John Dewey,1859—1952)学习教育学,回国之后热心于乡村教育和儿童教育。深受歌谣影响的他所创作的儿童诗歌具有通俗易懂和自然生动等特点,被称为"行知体"。左联诗人萧三在《中国的大众诗人陶行知》(1936)中对其诗歌的评价是,陶诗别有风格,非常通俗,大众化而又富有"诗味",读了令人意犹未尽,令人深思,这正是我们时代和我们大众所需要的诗。郭沫若也对陶行知的诗歌给予了很高的评价,称其为"真理的号角"。[①]

上海儿童书局出版了陶行知的作品集《行知诗歌集》《行知诗歌续集》(1933)、《行知诗歌别集》(1935)、《行知诗歌三集》(1936)等,他虽然不是严格意义上的左翼作家,但他是一个具有进步思想倾向的作家。他将穷苦儿童的悲惨生活形象化,将反帝、反国民党的主题形象化,另一方面儿童诗歌作为儿童文学的组成部分,是要秉持"儿童性"作为前提的这一理念,他也一直没有抛弃掉。他的诗歌关注"社会性"的同时,仍认为"儿童性"是儿童诗歌的核心。通过陶行知在1931年4月18日创作的《小孩不小歌》可以一窥他对儿童的认识。

> 人人都说小孩小;
> 谁知人小心不小?
> 您若小看小孩子,

---

[①] 张香还:《中国儿童文学史(现代部分)》,浙江少年儿童出版社1988年版,第285页。

便比小孩还要小!

——陶行知《小孩不小歌》(全文)①

正如上面诗歌所谈及的那样,如果大人认为小孩小而无视小孩的话,就会变成比孩子还小的人。从这一作品也能确认出他的儿童观和儿童文学观都是彻底地以"儿童性"为立足点的。

风来了!
雨来了!
谢老师捧着一颗心来了!

风来了!
雨来了!
韩老师捧着一颗心来了!

——陶行知《风雨中开学》(全文)②

本首诗歌的上段和下段只是换了一个字,是以传统民谣的方式创作的简短童谣。在风雨中,迎接入学学生的谢老师和韩老师两位登场。作品刻画了不顾恶劣的天气,两位教师都举着伞等待着学生们到来的这一感人场面。陶行知是有思想的教育家,如上面作品中的主人公一样,倾注全部的身心为学生服务。事实上,他被认为一生都是过着这样的生活。

此外他没有无视社会现实,通过描写贫穷儿童的日常来暴露当时的不平等,提出社会的症结,这些内容可以从下面这首《擦皮鞋的小孩——亲眼所见》的作品中体会到。

孩子,孩子,
孩子啊,来这儿!
多少钱啊

---

① 华中师范学院教育科学研究所主编:《陶行知全集》第四卷,湖南教育出版社1985年版,第141页。
② 同上书,第72页。

218

## 第五章 左翼文学思潮与东亚童谣、童诗

擦一双皮鞋?

只叫了一个小孩
却一下子来了五个小孩。
围着一双脚坐下
都说要擦皮鞋。
——陶行知《擦皮鞋的小孩——亲眼所见》(全文)[1]

这首诗歌讲述了找擦皮鞋的,虽然只叫了一个,五个小孩围上来。这一场面描写着实生动逼真,五个小孩争相要擦皮鞋的设定非常有趣,又非常现实。陶行知用四两拨千斤的描写手法,看似云淡风轻,却写出了底层劳动人民的悲惨现状。小孩子本来应该是去学堂上学的,却沦为擦皮鞋的小孩,看到这一设定着实让人心疼。另外,陶行知是主张抗日的爱国人士,创作出了与之相关的作品《一双手》《小小兵》《今年的"九一八"五周年纪念儿歌》《我是小孙文》《傅家兄弟》《中国人》《"一·二八"儿歌》。

1930年,当局政府以南京晓庄师范主张抗日斗争为理由,对其进行调查,并封锁了学校。为此陶行知在1930年11月7日创作了《一双手》,是以和儿童读者对话的方式展开的。

小朋友!小朋友!你有一对好宝贝,身上摸摸有没有?找不着吗?你有,你有,不会没有!我告诉你吧!就是你的一双手!

会用这双手,什么也不愁,穿也不愁,吃也不愁,玩也不愁。小朋友啊小朋友,千万别忘记,求友不如求手。

玩秋千,翻筋斗,送糖果儿进嘴,和弟弟比球,数一数你的快乐,哪一样不是靠着这双手?如果你也想去打倒帝国主义,还须拿出你的小拳头。

别学那没有出息的人,好事怕用手。个子那么大,拿不动扫帚!整天逛趟子,一双手儿笼在袖里走。他会抽香烟,也会打牌九,挨了外国人的嘴巴,忍着气儿不回手。

倒会欺弱者,欺人还要人请酒。这样一个人,你看丑不丑?他既有手不会用,何妨打他几把手。

---

[1] 《陶行知全集》第四卷,湖南教育出版社1985年版,第366页。

天给我手必有用,精神全在"做"字上。攀上知识最高峰,探取地下万宝藏,铲除人间的不平,创造个世界像天堂儿模样。这些事没有完成,决不可把手儿放。

——陶行知《一双手》(全文)[1]

通过上面的作品可以看到陶行知的见解认识。首先是他对儿童读者们强调"自立"的重要性。他向儿童读者们强调双手可以用来游戏,可以用来劳动,可以用来反抗不平等,可以用来对抗帝国主义。在这些内容上可以确认他的"阶级性"和"民族性"的观点。

韩国左翼童谣、童诗中最受人瞩目的,当数李元寿的作品。李元寿自称方定焕的弟子,元钟赞与李在福等对他的评价是他的作品跨越了"童心天使主义"和"公式化"的界限,是非常重视"现实主义"的韩国左翼儿童文学的代表。[2]

白色的野玫瑰盛开了
在姐姐去矿山工作的路上盛开了

野玫瑰的叶子也很好吃
背着人偷偷地吃过

为了接在矿山砸石头的姐姐
走在日落后的山路上

摘下白色野玫瑰的叶子吃掉
一边等姐姐,一边摘下来吃掉

——李元寿《野玫瑰》(全文)[3]

---

[1] 《陶行知全集》第四卷,湖南教育出版社 1985 年版,第 97 页。

[2] 参见[韩]元钟赞:《李元寿和马山的少年运动》,《儿童文学和批评精神》,创作与批评出版社 2001 年版。李在福:《带来未来欢喜的悲伤之歌——李元寿童谣童诗的世界》,《我们童谣童诗的故事》,我们教育出版社 2004 年版。

[3] [韩]李元寿:《李元寿儿童文学全集 1——故乡的春天》,熊津出版社(首尔)1983 年版,第 21 页。

## 第五章 左翼文学思潮与东亚童谣、童诗

李元寿的童诗《野玫瑰》发表在 1930 年 11 月的《新少年》杂志上,这算得上他在日本殖民统治时期发表的作品中最具有代表性的一篇。诗歌中的主人公说自己的姐姐是"在矿山砸石头",可以推测出主人公应该是个无产阶级儿童。为了填饱自己咕噜噜的肚子,小主人公摘下花和叶子来吃。作品用哀婉的语调表达了无产阶级儿童困苦的事实,这与韩国卡普儿童文学常用的"公式化"主义相去甚远。

福顺啊
母亲还没来吧
肚子饿在吃冰冷的雪吗
雪花飞舞
太阳下山,天色昏暗
你的母亲没回来
我的母亲也没回来

家家户户打开温暖的灯
冷飕飕的阴暗房间里
福顺正在哭着喊"妈妈"
两只红肿的眼睛
眼泪浸湿了衣袖

福顺啊
你的妈妈,我的妈妈
都在工厂坚持到夜深
为了增加工钱在坚持

雪花飞舞,夜色沉沉
妈妈们一定会胜利
工厂叔叔们一定会胜利

福顺啊,一起去
和哥哥一起去工厂

221

>　　回来就做晚饭吃
>　　金灿灿的小米
>　　做成晚饭吃
>
>　　我们一起去吃晚饭
>　　一起等妈妈们
>　　你的妈妈，我的妈妈
>　　今天一定会胜利归来
>
> ——李元寿《下雪的夜晚》(全文)①

李元寿的童诗《下雪的夜晚》发表于左翼儿童文学横扫韩国儿童文学的时期，刊登在1931年的《俄里尼》期刊上，加上之前我们所确认的，《俄里尼》这一杂志也是左翼儿童文学的主要发言阵地，并不是像现在很多韩国评论家所说的《俄里尼》只标榜"民族主义"，其实也有"阶级主义"内容的表达。《下雪的夜晚》是以女性劳工罢工斗争作为素材的作品，作品中登场的孩子看着"雪花飞舞"，等待着即使"太阳下山，天色昏暗"也没有回家的妈妈。因为母亲们"都在工厂坚持到夜深／为了增加工钱在坚持"，都在罢工中。把罢工斗争作为素材，是卡普儿童文学中经常使用的元素。但《下雪的夜晚》其情感的表达方式，和那些仅仅提出口号、表达愤怒的多数卡普童谣、童诗有着全然不同的书写。

李元寿的左翼童诗不仅取得了现实主义的成就，同时也没有忽视对儿童读者的考虑。因而，李元寿是以"儿童性"作为左翼童诗的创作基准，也因而获得了韩国左翼童谣、童诗中最高的文学成果。

另外，这一时期韩国尹石重具有左翼思想倾向的童诗也很值得关注。很长时间以来，尹石重一直被赋予"童心主义诗人"的称号评价，其童诗被认为缺乏"自由性"。但韩国最近几年新的研究成果②则显示出新的事实，尹石重与左翼童谣童诗运动有着相当多的共鸣，不仅如此，他还亲自创作并发表了不少具有左翼思想倾向的童诗。他在二十世纪三十年代，响应时代的要求发表了许多篇左翼思想倾向的童诗，与其他格式化公式化的作品

---

①　[韩]李元寿：《李元寿儿童文学全集1——故乡的春天》，熊津出版社(首尔)1983年版，第30—31页。
②　参见[韩]金帝坤：《尹石重研究》，青铜镜出版社(首尔)2013年版。

## 第五章 左翼文学思潮与东亚童谣、童诗

不同,尹石重自身的"个性化"气息也因而被"温和化"。① 金帝坤在《尹石重研究》中,对尹石重童诗的评价是其童诗具有"明朗性"、"空想性",并富有"都市情感"和"幼年倾向"的特质。

探究尹石重的左翼童诗时会发现,他的诗歌和其他左翼童诗不同点在于,其诗歌中的儿童充满了天真的本性,也更具有生动感。从这一点来看,所谓"儿童性"和"社会性"是对立的这一个论调是不对的。现实的儿童所遭受的苦痛,成为现实主义创作方法论的立足点,也是形象化的本体,这是无可置疑的。但问题是,童谣和童诗最终是为了儿童而创作出来的歌谣和诗句,比起其所蕴藏的内涵,切合儿童喜好的有趣表现形式和充满活力的韵律等反而更重要。

尹石重绝不是对现实中儿童所面临的问题置之不理,诗句的"儿童性"是其童谣的重要特性。他的童谣、童诗不是"成人本位"的儿童文学,而是重视"儿童性"的儿童文学。1932年出版的《尹石重童谣集》收录的作品中有不少是刻画平民儿童的,根据时代要求其也展现出"阶级主义"的视角,下面的童诗作品就是一个很好的例子。

> 稻草人啊,稻草人啊
> 堆在这儿的粮食被谁全偷走了?
> 顺儿的爸爸、顺儿的叔叔、顺儿的哥哥们
> 一整个夏天辛辛苦苦付出收获的粮食
> 被谁全偷走了?
> 顺儿的家人们
> 昨晚哭着讨论以后的路
> ——这条路是去间岛的路
> ——那条路是去都市的路
> 稻草人啊,稻草人啊
> 你本来什么都知道,为什么不说话?
> 你本来什么都知道,为什么不说话?
> ——尹石重《稻草人》(全文)②

---

① [韩]金帝坤:《尹石重研究》,青铜镜出版社(首尔)2013年版,第217—219页。
② [韩]尹石重:《尹石重童谣集》,京城新区书林出版社1932年版,第30页。

尹石重的诗歌《稻草人》是以主人公向稻草人求助的方式展开的。特别是"被谁全偷走了?"和"你本来什么都知道,为什么不说话?"等疑问句的反复使用,生动描述了主人公的痛苦惋惜与无能为力。该作品形象化地再现了当时殖民地韩国的人民忍受着压迫与剥削,稻草人担当的是这些压迫与剥削过程的见证人。这一情景设定与中国现实主义童话作家叶圣陶的作品《稻草人》类似。叶圣陶的《稻草人》中,稻草人是由主人竖起来看稻田的,借助稻草人的视角,描写了贫困人们的苦痛。作为观察者的稻草人目睹了一切,却什么都做不了,给人以无力的存在感。

尹石重的童诗在强调"儿童性"的同时,并未失去其"社会性"。他生动刻画了当时贫困儿童所处的现实境遇,并由此获得了成功。他不仅流着泪面向残酷的现实进行哭诉和呼喊,同时号召贫穷的孩子不要放弃希望,努力克服现实的困顿,这也正是尹石重的个性特质得以彰显体现的重要印证。

说去买下饭的小菜,去了一整天
活了不知多少年的爷爷声音沙哑

看着月亮在深夜里汪汪汪地叫着
在月夜失去母亲的小狗声音沙哑

姐姐,饭饭,肚肚饿,吃饭饭
打小没有奶喝的爱哭鬼声音沙哑

便宜了,便宜了,便宜卖了
从夜市回家来的哥哥也声音沙哑

大铁锅里咕嘟咕嘟煮着豆芽汤
快来,快来,声音沙哑的各位尝尝

爷爷一碗
哥哥一碗
小狗一碗

## 第五章　左翼文学思潮与东亚童谣、童诗

> 小孩一碗
>
> 在美如圆盘的满月下面
> 铺开满月般圆满的草席
>
> 高矮不一地围坐在一起喝汤
> 热乎乎的豆芽汤，美味的豆芽汤
> 　　　　　——尹石重《我家的豆芽汤》(全文)①

尹石重的《我家的豆芽汤》是从家中各个成员的生活中截取片段入手，以温馨温和的角度提炼出来的作品。登场的人物一共有五人。去买下饭菜的"活了不知多少年的爷爷"和"在夜市卖东西的哥哥"，还有"没有奶吃的孩子"以及"失去母亲的小狗"和被叫成"姐姐"的主人公。诗歌前半部分形象地描述了为了维持生计，家人们都艰辛努力工作的样子。后半部分因一碗豆芽汤使人感到生机与活力。"大铁锅里咕嘟咕嘟煮着豆芽汤"的描写，可以断定主人公正非常开心地煮着豆芽汤。"热乎乎的豆芽汤，美味的豆芽汤"的诗句可以让人感受到对生活的希望。穷苦的人们背负着毫不轻松的生活重担，仅仅一碗"热乎乎""美味"的豆芽汤就使他们感到欣慰和幸福，本作品真实刻画了这一充满眼泪却又质朴温暖的画面。

尹石重曾认为二十世纪二十年代开拓韩国童谣和童诗的有功者是郑芝溶，并称其为韩国艺术童谣的先驱者。尹石重在创作诗歌的开始阶段，就深受郑芝溶的影响。② 而郑芝溶创作初期受到日本的北原白秋影响比较大。

前文曾提到过，二十世纪初期日本童谣创作开始兴起，北原白秋是童谣运动的先驱者。他主张童谣应是"童心童语的"，并担任了《赤鸟》的童谣主编，致力于日本艺术童谣运动。日本纳普时期北原白秋依然秉承自己的创作理念发表了诸多童谣与儿童自由诗，他创作的众多童谣直到今天依然得到广大读者的喜爱。

---

① ［韩］尹石重：《尹石重童谣集》，京城新区书林出版社(首尔)1932年版，第78—79页。
② ［韩］金帝坤：《尹石重研究》，青铜镜出版社(首尔)2013年版，第187页。

225

原地踏步中
我们

天空飘过
美丽的云

海上的涟漪
一闪一闪的

学校外的庭院
转一圈

转圈后原地踏步
我们

山茶花开了,开了
铃声响了
　　　　　——北原白秋《原地踏步》(全文)①

通往月亮的路
天上的路

从桉树的
树梢开始

从白船的
桅杆开始

从天线上的

---

① [日]北原白秋:《足踏》(《赤鸟》1926年第1期),猪野省三等编《日本儿童文学大系:从普罗童话到生活童话》,三一书房(东京)1955年版,第301页。

## 第五章 左翼文学思潮与东亚童谣、童诗

夜露开始

通往月亮的路
闪光的路

直直的,直直的
绿色的路
———北原白秋《通往月亮的路》(全文)①

如上面所举的《原地踏步》《通往月亮的路》童诗例子,这一时期北原白秋歌颂"自然"与"童心"的童谣作品依然很多,但是他的作品中也不乏关于社会现实的描写,并不是只有所谓的"真善美"的歌颂,也会找到一些对真实社会生活的描述。

皮革传送带滑落
悄无声息地滑落

齿轮转啊转
上下齿轮,上下齿轮转啊转

手臂,手臂动呀动
活塞,活塞动呀动

耀眼的,耀眼的利刃
是嗡嗡作响的锯片

扔到车床上的铁板
螺丝,螺丝钻出洞来

---

① [日]北原白秋:《去月亮的路》(《赤岛》1928年第6期),猪野省三等编《日本儿童文学大系:从普罗童话到生活童话》,三一书房(东京)1955年版,第309页。

227

火花，大锤，熊熊烈焰
火车轨道终成

——北原白秋《铁工厂》（全文）①

本作品描绘的钢铁工厂的景象，因其生动形象的描述而备受好评。该诗最让人印象深刻的就是单词的反复使用。"上下齿轮，上下齿轮转啊转"、"手臂，手臂动呀动"、"活塞，活塞动呀动"、"耀眼的，耀眼的利刃"、"螺丝，螺丝钻出洞来"等，出现了重叠反复的句式结构，从而使作为读者的儿童能够歌唱出来。虽然同样是以歌唱工厂为题材的作品，该诗却是以儿童性为焦点，使其与公式化的无产阶级童谣有很不同的特质。

伴随着童谣运动的深入开展，以北原白秋为核心成立的乳树社掀起了文化童谣运动。有趣的是这些文人在追求创作"文化童谣"和"艺术童谣"的同时，也创作出很多反映社会现实的作品。

公寓的台阶
爬了上去
太阳西落时分
疲惫不堪的孩子

妈妈的病
很严重
看护的孩子很忙碌

给被送到乡下的
弟妹们
写信的孩子
不禁悲伤

公寓房顶

---

① ［日］北原白秋：《铁工厂》（《赤岛》1927年第2期），猪野省三等编《日本儿童文学大系》，三一书房（东京）1955年版，第303—304页。

## 第五章 左翼文学思潮与东亚童谣、童诗

> 不知不觉间红色的月——
>
> 好像春天来到了房内
> 好像春天来到了房内
> 感觉好像春天来到了
>
> ——周乡博《公寓的孩子们》(全文)①

周乡博《公寓的孩子们》这首诗,所刻画的是生活在贫穷公寓里的孩子们的日常生活。生活在破烂公寓中的孩子为了照顾重病的母亲而每天劳碌,没有丝毫闲暇的时间;在给被送到乡下去的弟妹写信时,小主人公陷入了巨大的悲伤之中。从题目《公寓的孩子们》就可以推测出来,生活在这样困苦中的孩子是有很多很多的。结尾段落描述了"红色的月","好像春天来了"等内容,反映出虽然现实黯淡无光,充满困苦,但作者还是把丝丝温情表露在诗歌里,给人一种希望和暖的体味。

这一时期另一位值得关注的人物还有鸟田浅一,他主张文学里要表达"社会性情感",所以倡导童诗中树立阶级性观点。

> 凄冷的冬雨落在原野上
> 背着弟弟疾驰
> 为了让他能喝上奶
>
> 冬日里酢浆草绽放
> 跨越水沟时
> 木屐上的绳带断裂
>
> 找寻绳带的时候
> 工厂的大钟响起
> 三点的钟声响起

---

① [日]周乡博:《公寓的孩子们》,《乳树》第7册,1931年第2期,猪野省三等编《日本儿童文学大系》,三一书房(东京)1955年版,第318—319页。

左翼文学思潮与东亚儿童文学

> 三点休息十五分钟
> 母亲在等待着
> 为了喂奶等待着
>
> 焦灼间无法系上绳带
> 我光着脚
> 光着脚飞奔在路上
>
> ——鸟田浅一《喂奶》(全文)①

鸟田浅一的《喂奶》这首诗发表在1932年《叮当》10月刊上。小主人公在母亲工厂休息的3点时分,背着弟弟冒着冬雨在斜坡上奔跑去找妈妈给弟弟喂奶,结果在跨越狭窄水沟时,木屐的绳带断掉了,寻找绳带的时候工厂休息的大钟在3点响起。但他们面临的是母亲只有短暂的15分钟能给弟弟喂奶,没办法,主人公只能光着脚跑去工厂,因为母亲焦急地等着给弟弟喂奶。

这一作品活灵活现地描画出贫穷主人公的日常生活。虽然是介绍了主人公艰辛的日常生活,但和那些直接宣扬"阶级对立"和"阶级斗争"的作品不同。本作品仅仅是向世人鲜活地呈现出贫穷主人公的艰辛。特别是为了让弟弟喝上奶的那个紧迫场景描述,更增添了本诗的情趣。这同样说明,不能只看到鸟田浅一主张"社会性"的论调,其同样也注重"儿童性"的内在。也正基于此,其所创作的作品比起其他无产阶级童谣来说,更具生动性。

---

① [日]岛田浅一:《喂奶》,《乳树》1932年第10期,猪野省三等编《日本儿童文学大系》,三一书房(东京)1955年版,第320—321页。

# 结　论

　　二十世纪二三十年代受左翼文学思潮的影响，中日韩三国的左联、纳普、卡普等左翼文学艺术运动团体在文坛占据主导地位，儿童文学的理论和创作方面自然也是左翼儿童文学占据主导地位。左翼儿童文学占据优势不仅仅发生在儿童文学界，同时也反映了文坛的整体情况。中日韩为代表的东亚各国掀起了左翼文学思潮，左翼儿童文学作为左翼文学思潮运动的一环蓬勃发展起来。

　　左翼儿童文学虽然是左翼文学运动的一部分，但是它并没有照搬照抄左翼文学运动。因为左翼儿童文学依然属于"儿童文学"的范畴，它必须考虑"儿童文学的特质"。儿童文学不仅属于"文学"，还有"服务于儿童"的特点。正因如此，儿童文学从诞生之日起就被赋予了"文学性"和"儿童性"两大特点。左翼儿童文学除了考虑"文学性"和"儿童性"之外，还承担起"政治性（社会性）"这一使命。因为要容纳考虑的因素越多，高质量完成儿童文学书写任务的难度就越大。"左翼儿童文学的本质"是"肩负着诸多任务的文学"。无论在创作领域还是理论批评领域，参加左翼儿童文学运动的人不可能完全在重压之下获得完全自由的写作。

　　儿童文学因其是成人创作"服务于儿童"的本质特点，摆脱不了可能沦为"成人本位"儿童文学的处境。美国学者杰克·齐普斯早前就已指出，格林兄弟发表"精灵谈"[①]时儿童文学已经进入资本主义社会化阶段。[②] 西方

---

　　[①]　原文为"fairy tales"，这里参照韩文翻译本[杰克·齐普斯（Jack Zipes），《童话的本质》，金贞雅译，文学社区出版社2006年版]将其译为"童话"。而笔者认为将其译为"精灵谈"更恰当，因此在本书中使用"精灵谈"一词。对"fairy tales"这一体裁术语的翻译讨论参见金欢喜的《传说故事的发现》（我们教育出版社2007年版）。

　　[②]　Jack Zipes, *Fairy Tales and the Art of Subversion: The Classical Genre for Children and the Process of Civilization*, 2th ed, New York: Routledge, 2006, pp.69-72.

掀起的"现代化",其本质是"资本主义化"。所以作为"现代化过程"的产物,"儿童文学"也顺理成章地开启了资本主义社会化的过程。处于"现代化过程"中的"儿童"被提出按照新建立的资本主义体制的要求来培养,而儿童文学充分迎合了这一要求。然而考虑到儿童文学的读者是"儿童",不能激发儿童阅读兴趣的作品注定会在出版市场遭受冷待。因此虽然西方的儿童文学肩负着"育人"的职责,但是它更重视读者的喜好。资本主义体制建立在帝国主义压榨和由此带来的繁荣基础之上,在这种体制之下,西方的儿童文学尚且能够以一种立足于"儿童性"的"文学"存在。即我们应该认为西方的儿童文学是从"成人本位"的儿童文学开始的,但是在出版市场的要求或读者喜好的影响下,逐渐向注重"儿童性"的儿童文学转变。

然而二十世纪二三十年代中日韩为代表的东亚儿童文学所处的环境与西方儿童文学是截然不同的。作为后起的资本主义国家,日本高喊要尽快追赶英美等西方列强,奉行军国主义。在集体主义体制下,日本的贫富差距十分严重。[①] 因此,日本虽然走在近代化的前列,但是日本的儿童文学无法像西方儿童文学那样发展起来。

这一时期沦为殖民地的朝鲜(韩国)和半殖民地的中国面临的情况比日本更加严峻恶劣。只有极少数的儿童可以在学校接受正规教育,大部分儿童要和成人一样从事体力劳动,文盲率很高。在这样的背景下,儿童文学很难完全以"文学"的形式存在。二十世纪初期,儿童文学作为"启蒙"的形式出现,到了二三十年代,依然以"启蒙"的形式存在,即以"文学启蒙运动"的形式展开,但是"启蒙"的目的发生了变化。二十世纪初期,"启蒙"意味着追随西方资本主义。

但是到了二三十年代,"启蒙"意味着超越西方资本主义。东亚各国的文人知识分子因为认识到帝国主义本质是什么,他们已经不再将效仿西方资本主义作为唯一的救国图强方案。在中国、韩国和日本,一些知识分子开始批判资本主义,把视线转向无政府主义或无政府共产主义。[②] 苏联成立以后,主导权从反资本主义阵营转移到共产主义阵营,二十世纪二三十年代的中日韩左翼文学运动将苏联作为参考方案,或者直接将其作为范本

---

① [韩]仲村修:《朝鲜儿童文化研究(1920—1945)》,《儿童青少年文学研究》2014年第14期,韩国儿童青少年文化学会,第433—434页。

② 参考窦全霞《丹齐申采浩的文学和无政府主义》,《韩国学研究》2011年第25期,仁荷大学韩国学研究所。

结　论

来参考。

　　首先,韩国的左翼文学运动将苏联视为典范,但是它接受的很多观点是从日本引进传入的,而非直接从苏联那里引入。韩国的左翼文学运动受到了日本左翼文学运动的影响,左翼儿童文学也不例外。但是,韩国的左翼文学运动也并非与日本毫无二致。在日本,共产主义运动开始蓬勃发展以后,社会主义和无政府主义阵营依然保持和坚守着一定的势力范围;反观韩国,马克思主义运动发展成了单一的共产主义运动,无政府主义势力几乎销声匿迹。韩国儿童文学的理论讨论和创作倾向完全被韩国卡普儿童文学所支配。

　　卡普儿童文学出现以后,现实主义的问题意识才得以在韩国儿童文学落地生根,这一点应该予以肯定性评价。然而在这一过程中由于过分强调"社会性",也出现过忽视甚至否定"儿童性"的现象。可以称为"童话抹杀论"的"童话否定论"成为社会主流。与中国不同的是,韩国的文学巨匠们并没有挺身而出为守卫童话阵地进行辩论。二十世纪三十年代之前,在韩国童话创作还十分活跃,然而仅仅过了两年,童话作品数量就急剧减少。而且,当时关于童话的概念十分混乱,其影响至今依然存在。现在的韩国基于幻想的"童话"和扎根于现实的"儿童小说"之间的概念划分不明确,儿童文学中的所有散文体裁都被统称为"童话"。这种不明确的文学体裁术语被滥用的现象十分普遍。①

　　这一时期能够列举的韩国有代表性的童话作品是韩国马海松的《兔子和猴子》,这部作品因日本当局政府的审查在当时没能完整刊登出来,到殖民地韩国光复解放之后,才得以完成。但是这丝毫不影响这部作品成为二十世纪三十年代韩国儿童文学的代表性成果。虽然马海松是拥护马克思主义的具有"左翼思想倾向作家",但是一般来说都没有将他直接归为左翼儿童文学作家阵营。而且马海松当时滞留在日本,与韩国左翼儿童文学运动开展的现场相距甚远,所以在当时来说,其作品的影响力相对没有卡普儿童文学作品的影响力大。

　　当时,韩国公认的左翼儿童文学代表作是韩国卡普作家宋影的《被赶走的老师——某个少年的手记》。这部作品所体现出的"社会性"高于"儿

---

① 这种乱象在韩国儿童青少年文学学会编著的《韩国儿童青少年文学体裁论》(青铜镜出版社2013年版)中也有体现。

童性"和"文学性",所以很难让人感受到这是一部有趣的作品。但是,它立足社会现实,较好地刻画了殖民地儿童所处的现实环境,引发了当时儿童读者的极大共鸣。虽然它难以引起当下儿童读者的共鸣,但它是一部顺应了时代要求的作品。像《被赶走的老师——某个少年的手记》这样的作品可以说是一篇"成人性"更强的儿童文学作品,因为它更强调作者的表达意图,而非真正考虑到儿童的喜好,其创作目的也不是让儿童读者开心,更多是教育和警示儿童。包括宋影作品在内的及当时的韩国左翼儿童文学虽然在当时的时代背景下引起了读者的共鸣,获得了成功,但是没能超越时间和空间的打磨考验,没有成为当下仍普遍受欢迎的作品,实属遗憾。

从当下的儿童文学审美角度来看,韩国左翼儿童文学的代表作家应该是李周洪。他创作的左翼儿童小说《猪鼻孔》和《烤栗子》、左翼童话《青蛙和蟾蜍》、左翼童谣《蚊子》等作品,现在读来依然有很多可以让当代读者产生共鸣之处,其语言表达风趣幽默惹人发笑,这种行文风格在其他卡普儿童文学作品中难觅其踪,所以李周洪作为独树一帜的左翼儿童文学作家在韩国左翼儿童文学史上占据重要的一席之地。他与中国左联儿童文学代表作家张天翼在许多方面有着共通之处。1945年8月15日韩国光复解放以后,李周洪又发表了一些留名韩国儿童文学史册的儿童小说作品,但是他没有继续从事童话创作,不禁令人扼腕叹息。

二十世纪二三十年代的韩国儿童文学代表作应该是玄德的儿童小说作品。玄德不是卡普成员,他的主要儿童文学作品是二十世纪三十年代末卡普解散以后发表的。卡普活跃在二十世纪二十年代中后期到三十年代中期,而玄德作为儿童文学家进行创作是卡普解散以后。也就是说,玄德是代表二十世纪三十年代的儿童文学家。对于韩国文学来说,二十世纪三十年代是"现实主义"和"现代主义"进行融合的时期,文学的"社会性"和"艺术性"都得到了很大提高。玄德的儿童小说与二十世纪三十年代文学在韩国文学上占据的特殊地位不无关系。[①] 可以说,他的儿童小说是采用"现代主义手法"来表达"现实主义"的问题意识。

玄德的儿童小说中,相当一部分作品是介于童话和儿童小说之间的。

---

[①] 参考崔源植《对韩国文学近代性的再思考》,《为了建设性的对话》,创作与批评出版社(首尔)1997年版;崔源植《"写实主义"和"现实主义"的融合》,《文学的回归》,创作与批评出版社(首尔)2001年版;元钟赞《韩国近代文学新论》,昭明出版社(首尔)2005年版。

结　论

这句话的意思并不是说,玄德的儿童小说既不是童话也不是儿童小说,是一种定位较为模糊的"生活童话"。笔者在他相当多的儿童小说中发现了一些具备"童话特点"的地方,比如"童诗般的韵律"和"音乐性"以及对孩子天真烂漫玩耍游戏情景进行细致的描写,因此笔者认为玄德的作品严格意义上来说是儿童小说,儿童小说却具有"童话的特点"。①

　　玄德的儿童小说之所以呈现出"童话的特点",原因在于他考虑到了低龄读者的需求。那个时期的儿童文学读者,年龄比现在大很多。套用今天的年龄划分标准,他们相当于现在的"青少年"。因此,比起童话这一体裁,儿童小说自然更受重视,拥有更广阔的读者群。不同于其他作家,玄德更关注幼年读者,并创作出了一些具有"童话的特点"的儿童小说。所以,他的儿童小说与《乌龟》等小说的风格完全不同。在《乌龟》等小说中,玄德侧重于根据小说体裁的特点对现实进行生动形象的描写。而在创作儿童小说时,他的创作重点是了解儿童读者的喜好,为他们带去欢乐。所以,他的儿童小说可以说是立足于"儿童性"的儿童文学。也正因如此,他的儿童小说超越时空限制,直到今天依然受到众多小读者的喜爱。

　　和韩国和日本一样,中国的左翼文学运动也受到了苏联的影响。但是与韩国和日本相比,苏联对中国左翼文学运动的影响并不是绝对的。苏联过度强调本国的经验,提出了只有劳动阶级才能主导左翼革命的方针。但是以毛泽东为中心的中国共产主义运动拒绝照搬照抄苏联的方针。当时,中国人口的绝大多数是农民,工人劳动阶级只占极少数。国情如此,如果因为农民处于社会的底层其认识和教育相对欠缺就不让他们在革命中发挥主导作用,这无异于放弃革命。于是,以毛泽东为中心的中国共产主义运动将占中国人口绝大多数的农民作为中国革命的主力军,追求农民和工人劳动阶级的广泛合作。所以,中国的左翼文学运动虽然将苏联作为参考对象,但并非在苏联的掌控下进行,而是在很多思想路线方面,进行中国特

---

①　元钟赞将玄德的儿童小说称作"瑞玛童话系列",认为他的儿童小说拥有"传说故事般的叙述结构"。此外,他还认为"玄德的童话不是奇幻的故事,但是又区别于少年小说,拥有十分独特的叙述结构。他对严格意义上的'写实童话'(现实童话、生活童话)进行了创新"。此处参考了元钟赞《韩国近代文学新论》[昭明出版社(首尔)2005 年版]的第 160—167 页。但是后来元钟赞又指出,应该废除"想象童话"和"生活童话(事实童话)"等概念,明确区分基于想象的"童话"和扎根于现实的"儿童小说"。根据这种最新的讨论,笔者认为尽管玄德的儿童小说拥有"童话的特点",但是归根结底还是基于现实的"儿童小说"。此处参考了元钟赞的《韩国童话体裁》《韩国儿童文学的争论》,创作与批评出版社 2010 年版)。

色的社会主义道路探索,取得了重大成就。

中国的左翼儿童文学也是如此,并没有照搬照抄苏联的儿童文学或日本的左翼儿童文学,而是走上了中国特色之路。例如这一时期中国也有人提出过被称作"童话抹杀论"的主张,"鸟言兽语"之争涉及了这方面的内容。但是左翼文学界巨匠积极参与围绕童话开展的理论讨论,反复强调童话的重要性,这些文学巨匠以及文学界教育界的文人志士的积极参与,使得左联时期童话的地位更加稳固。在此基础上,一种保留了童话的"幻想性"同时兼具"社会性(政治性)"的"新兴童话"出现了,代表作有张天翼的长篇童话《大林和小林》和《秃秃大王》等。张天翼是左联成员,虽然他的童话没有回避"社会性(政治性)",但他的作品不是单纯的"成人本位"的儿童文学,而是积极立足于儿童需求喜好,是"儿童性"非常强的作品。

到了二十世纪八十年代初,中国的儿童文学出现了一个叫"热闹派童话"的新流派,开启了改革开放后中国儿童文学的黄金时代。"热闹派童话"的主要特点是追求夸张、荒诞和生动有趣的叙述等。① 考察梳理张天翼童话的特点,可以说"热闹派童话"是张天翼式童话的继承发扬者。这说明了儿童文学的传承超越了时代空间的界限。立足儿童需求具有很强"儿童性"的经典儿童文学不是局限在某个特定时代的文学,它拥有持久的生命力。

中华苏维埃共和国的"红色儿童歌谣"是中国左翼儿童文学发展过程中一种非常具有特色的儿童文学。这些红色儿童歌谣是以中华苏维埃共和国这一特定场所为基础创作而成的儿童歌谣,与中华苏维埃共和国儿童的日常紧密结合在一起。它是在特定背景下出现并成型的一种特殊的儿童文学,因此具有重要的历史意义和时代意义。

在日本的左翼儿童文学运动中,以小川未明为首的无政府主义阵营成立自由艺术家同盟,对共产主义阵营展开批判,他们认为共产主义阵营试图将左翼儿童文学作为宣传的工具。但是,归根结底,掌握日本左翼儿童文学主导权的还是纳普阵营,所以纳普儿童文学的影响更为广泛,也得到了更多底层儿童读者的呼应。当然,纳普阵营并没有一味地追求"社会性"而完全忽视"儿童性"。槙本楠郎是纳普儿童文学的理论指导者,他呼吁左翼儿童文学要考虑儿童读者的特点,同时对"否定童话幻想性"的观点进行

---

① 朱自强:《黄金时代的中国儿童文学》,中国少年儿童出版社2014年版,第8—24页。

结　论

了反驳。

在日本纳普时期,槙本楠郎在儿童文学领域取得了较高水平的理论成果,但是他没有利用这些理论进行左翼儿童文学创作。日本这一时期的左翼儿童文学呈现出一边倒的趋势,特别是童话方面的创作。当然,日本的左翼儿童文学中也有诸如《某一日的鬼怪岛》这样值得关注的作品,作者江口涣借用日本的民间传说进行了颠覆性的创作,文中有一些考虑到儿童特点的描写。可以说日本左翼童话中在"文学性"、"社会性"和"儿童性"实现有效融合的作品较少,纳普时期没有出现像张天翼《大林和小林》这样的长篇童话。后来伴随着左翼文学运动的开展遭到镇压,"生活童话"登场。既不是儿童小说,也不是童话的"生活童话"的发展,既压制了童话的"幻想性",又抑制了儿童小说的"现实性",遭遇模棱两可的局面。

尽管如此,日本儿童文学追求"现实主义"的脚步并没有停止,战后日本儿童文学者协会(1946)成立。作为日本儿童文学者协会成员主力军的鸟越信和古田足日等发表了《少年文学宣言》(1953),批判以小川未明为代表的传统童话创作方式,标榜"小说的方法",以此取代"童话的方法",提倡现实主义,为克服"生活童话"这一局限体裁做出了不懈努力。在日本儿童文学者协会的努力下,"现实主义"最终在战后日本儿童文学中扎根。从此,在日本一度被广泛使用的"生活童话"这一名称销声匿迹,"童话"和"小说"在体裁上划清界限,各自走上了均衡发展的道路。今天,除了对特定历史时期的研究所需之外,日本儿童文学界已经不再使用"生活童话"这一术语。但是,二十世纪三四十年代它被韩国引进接受,"生活童话"这一概念至今依然对韩国文坛影响深远,导致"童话"和"儿童小说"体裁的混乱。①

现在,人们公认的二十世纪二三十年代日本儿童文学代表作是宫泽贤治的《银河铁道之夜》。信奉无政府主义而成为世界语者(esperantisto)的宫泽贤治从1924年开始创作《银河铁道之夜》,然而直到1933年去世也没能完成。《银河铁道之夜》是一部与纳普儿童文学或其他日本儿童文学相距甚远的作品。作品本身虽然规模宏大,但是用细腻的文笔对人物内心世界进行了细致入微的刻画。这部作品极富想象力,仿佛插上翅膀在宇宙翱翔,同时又有对人物内心世界的观察。作品的整体旋律是悲伤的,但是不

---

① [韩]元钟赞:《韩国的童话体裁》,《韩国儿童文学的争论》,创作与批评出版社(首尔)2010年版,第32—37页。

乏微小的希望。作品中有大量的象征，能够引发读者的思考，可以从人性、友情、成长、死亡、真正的幸福等多个层面进行解析。比起"社会性"，作者的着眼点在这部作品的"文学性"上。他的作品曾被排斥在日本的主流儿童文学之外，然而今天却被视为日本儿童文学的代表杰作。这部作品引导我们思考一个问题——什么样的儿童文学作品才会拥有持久的生命力。

二十世纪二三十年代中日韩的左翼儿童文学与西方儿童文学不同，它们鲜明地体现了东亚儿童文学以"文学运动"形式存在的特点。中国和韩国的儿童文学肩负着摆脱殖民地和半殖民地的命运，以及为"现代化国家"的成立和现代制度的确立服务的任务。其左翼儿童文学受到了苏联的启发，提倡儿童要参与到社会主义现代化建设中来。日本已经是一个"现代化国家"，并且建立起了现代制度，但是贫富差距十分严重，陷入军国主义的泥潭。在这样的情况下，为了推行改革把日本建设成为社会主义现代化国家，左翼儿童文学应运而生。

如前所述，二十世纪二三十年代中日韩为代表的左翼儿童文学具有极强的"现实目的性"，即"实现社会主义现代化"。因此它必然具有极强的政治性、现实性和教育性色彩。无论是指责它对儿童文学的认识不足也好，还是批判其对"儿童性"考虑的欠缺也好，我们不能一味地批判这一时期左翼儿童文学的"公式化"模式表现。中日韩的儿童文学和西方的儿童文学所处的时代背景和儿童文学场等不同，必然呈现出不同于西方儿童文学的特点。相反，这一时期中日韩为代表的东亚左翼儿童文学深入剖析当时儿童读者所处的现实，为儿童读者带去了力量。它为开展丰富的"儿童文学运动"做出了努力，从这一点来说理应得到积极的评价。

但是，这一时期韩国和日本左翼儿童文学作品中至今依然受到读者喜爱和青睐的作品较少，这一点敦促我们去思考儿童文学的本质和特点。左联时期的中国左翼儿童文学出现了像张天翼的《大林和小林》这样的杰作，其原因就在于中国文学界的巨匠和主要作家及评论家再三强调儿童文学不是"教育"的工具，同时也是一种"文学"。二十世纪二三十年代中日韩的左翼儿童文学告诉我们，只有立足于儿童需求本身的儿童文学，而非完全的"成人本位"儿童文学才能获得持久的生命力。

儿童文学"服务于儿童读者"，但缘于它是"由成人作家创作而成的"，因此成人作者很容易将自己的意图体现在作品中。二十世纪二三十年代中日韩的左翼儿童文学淋漓尽致地向我们展现了，如果不考虑儿童的特性，只强调作家的意图，这样肆意发挥在儿童文学中得到突出体现时会带来什么样的结果。把它们和西方儿童文学相提并论，认为它们不如西方的儿童文学杰作优秀是不可取的。二十世纪二三十年代，西方的儿童和中日韩的儿童所处的环境迥然不同，没有可比性。这一时期中日韩的左翼儿童文学是在当时的时代背景下形成的一种非常特殊的文学，意识不到这一点就无法做出客观公允的评价。

二十世纪二三十年代中日韩左翼儿童文学的读者主要是被压迫的儿童，他们无法接受正规教育。这一时期的中日韩左翼儿童文学家们没有余暇去创作"能超越时空并受广泛喜爱的儿童文学"的作品。对于当时的他们来说，最重要的是安慰这些生活困苦的儿童，激励他们对资本主义和帝国主义剥削制度进行变革，这是这一时期中日韩左翼儿童文学的使命，并且左翼儿童文学家为了完成时代赋予的使命而孤军奋战。当时的很多儿童读者写信说左翼儿童文学作品把他们看哭了，他们的反响十分热烈。左翼儿童文学主导了二十世纪二三十年代中日韩为代表的东亚儿童文学，中日韩左翼儿童文学在东亚儿童文学史上占据重要的地位，是不可忽视的重要组成部分。

我们要关注二十世纪二三十年代中日韩的左翼儿童文学，不仅仅是因为其时代意义。这一时期的左翼儿童文学让我们对"儿童文学"的本质提出疑问和思考。"儿童文学"是"服务于儿童的"，所以不能不考虑它的"儿童性"。同时，儿童文学又属于"文学"的范畴，保证其"文学性"是最基本的。一味地追求文学技巧而忽视儿童读者的喜好，这样的儿童文学不能算作优秀的儿童文学。而且儿童并没有脱离现实独立存在于特殊的时空中，他们生活在现实中，所以儿童文学不能不考虑"社会性"。排除"社会性"所谓"纯粹的儿童文学"其实是对儿童错误认识的产物，因为儿童本身是社会的一员，并不是孤立的存在。

儿童文学肩负着诸多课题任务，不但要考虑"儿童性"、"文学性"和"社会性"，而且要实现三者之间的均衡。所以，要想创作出优秀的儿童文学就不得不弄清楚儿童文学的本质。在"儿童文学"这个单词中，"文学"前面加了"儿童"一词，它不单是一个修饰词，它阐明了"儿童文学"的本质。同时具备了"文学性"和"社会性"的作品是优秀的"文学"作品，但不一定是优秀的"儿童文学"作品。儿童文学不应该是"成人本位"的儿童文学，它应该是立足"儿童性"，考虑到儿童的特性进行创作。这一时期中日韩三国的很多左翼儿童文学作品之所以没有受到现在的读者的广泛喜爱,是因为它们有很多的作品过于强调"成人本位",而非真正的儿童文学。中国张天翼的左翼童话《大林和小林》之所以被视为中国儿童文学的杰作,在东亚也备受众多读者喜爱,是因为它不是单纯的"成人本位"的作品,是充分考虑到"儿童性"、"文学性"、"社会性"的儿童文学。"儿童文学"是什么,应该怎么写?思考这些问题,考察梳理二十世纪二三十年代东亚左翼儿童文学的过程给了我们很多的参考。

# 参考文献

## 1. 主要史料与文本

《少年大众》《创造月刊》《太阳月刊》《萌芽月刊》《拓荒者》《北斗》
《文学》《小说家》《文学丛报》《文化日报》《文学界》《光明》
《中流》《译文》《萌芽杂志》《现代》《国闻周报》《良友丛书》
《동아일보》,《중외일보》,《조선일보》,《별나라》,《신소년》,《어린이》

신명균 편,《푸로레타리아동요집 불별》, 중앙인서관, 1931.3.

《少年戰旗復刻版》(1929—1931),《戰旗復刻版》,《小さい同志》,《赤い旗》,《プロレタリア童謡講話》,《プロレタリア児童文学の諸問題》,《赤い鳥》,《文芸戦線》,《プロレタリア藝術教程》(第1—4辑)

梁启超:《饮冰室合集》,中华书局1989年版。

鲁迅:《鲁迅全集》第1—18卷,人民文学出版社2005年版。

鲁迅等:《从百草园到三味书屋——现代儿童文学选(1902—1949)》,湖北少年儿童出版社2007年版。

周作人:《周作人散文全集》第1—14卷,广西师范大学出版社2009年版。

郭沫若:《郭沫若全集·文学编》第1—10卷,人民文学出版社1985年版。

叶圣陶:《百年百部中国儿童文学经典书系 稻草人》,湖北少年儿童出版社2006年版。

叶圣陶等:《我和儿童文学》,少年儿童出版社1980年版。

张天翼:《张天翼儿童文学全集》第1—4卷,中国少年儿童出版社2002年版。

陈伯吹:《百年百部中国儿童文学经典书系 一只想飞的猫》,湖北少年儿童出版社 2006 年版。

蒋风主编:《中国儿童文学大系》,希望出版社 2009 年版。

겨레아동문학연구회 편,《겨레아동문학선집 1 -엄마 마중》, 보리, 1999.

겨레아동문학연구회 편,《겨레아동문학선집 2 -돼지 콧구멍》, 보리, 1999.

겨레아동문학연구회 편,《겨레아동문학선집 3 -팔려가는 발발이》, 보리, 1999.

겨레아동문학연구회 편,《겨레아동문학선집 4 -날아다니는 사람》, 보리, 1999.

경희대학교 한국아동문학연구센터 편,《별나라를 차져간 소녀 1》, 국학자료원, 2012.

경희대학교 한국아동문학연구센터 편,《별나라를 차져간 소녀 2》, 국학자료원, 2012.

경희대학교 한국아동문학연구센터 편,《별나라를 차져간 소녀 3》, 국학자료원, 2012.

이원수,《이원수 아동문학 전집 1 -고향의 봄》, 웅진출판, 1983.

윤석중,《윤석중 동요집》, 경성신구서림, 1932.

장톈이, 김택규 역,《요술 호리병박의 비밀》, 국민서관, 2007.

장톈이, 남해선 역,《다린과 쇼린》, 여유당, 2013.

토리고에신 편, 서은혜 역,《일본 근대동화 선집 1 -산도토리와 산고양이》, 창작과비평사, 2001.

토리고에신 편, 서은혜 역,《일본 근대동화 선집 2 -울어버린 빨간 도깨비》, 창작과비평사, 2001.

猪野省三等編,《日本児童文学大系-プロレタリア童話から生活童話へ》,三一書房,1955.

鳥越信著,《はじめて学ぶ 日本児童文学史》,ミネルウア書房,2001.

村松定孝,上笙一郎編,《日本児童文学研究》,三弥井書店,1974.

槇本楠郎著,《プロレタリア童謡講話》,紅玉堂書店,1930.

槇本楠郎著,《プロレタリア児童文学の諸問題》,世界社,1930.

槇本楠郎著,《新児童文学理論》,東宛書房,1936.

槇本楠郎著.《赤い旗》,紅玉堂書店,1930.

槇本楠郎著,川崎大治編.《小さい同志》,自由社,1931.7.

小川未明著.《小川未明選集(第 1—6 卷)》,未明選集刊行会,大正 14—15.

## 2. 专著类

麦永雄主编:《东方文化与东方文学》,广西师范大学出版社 2001 年版。

姚辛:《左联史》,光明日报出版社 2006 年版。

李利芳:《中国发生期儿童文学理论本土化进程研究》,中国社会科学出版社 2007 年版。

方卫平:《中国儿童文学理论发展史》,少年儿童出版社 2007 年版。

蒋风:《中国儿童文学发展史》,少年儿童出版社 2007 年版。

张香还:《中国儿童文学史(现代部分)》,浙江少年儿童出版社 1988 年版。

朱自强:《日本儿童文学论》,山东文艺出版社 2007 年版。

朱自强:《黄金时代的中国儿童文学》,中国少年儿童出版社 2014 年版。

朱自强:《中国儿童文学与现代化进程》,浙江少年儿童出版社 2000 年版。

赵景深:《童话学 ABC》,上海书店出版社 1990 年版。

曹文轩:《中国八十年代文学现象研究》,北京大学出版社 1988 年版。

汤锐:《比较儿童文学初探》,湖北少年儿童出版社 1990 年版。

杜传坤:《中国现代儿童文学史论》,中国社会科学出版社 2009 年版。

王黎君:《儿童的发现与中国现代文学》,中国社会科学出版社 2009 年版。

刘绪源:《儿童文学的三大母题》,华东师范大学出版社 2009 年版。

方卫平:《中国儿童文学理论批评史》,江苏少年儿童出版社 1997 年版。

徐兰君、安德鲁·琼斯:《儿童的发现:现代中国文学及文化中的儿童问题》,北京大学出版社 2011 年版。

大卫·帕金翰:《童年之死:在电子媒体时代成长的儿童》,张建中译,华夏出版社2005年版。

本尼迪克特·安德森:《想象的共同体》,吴叡人译,上海人民出版社2003年版。

费约翰:《唤醒中国:国民革命中的政治、文化与阶级》,李恭忠、李里峰等译,北京三联书店2005年版。

埃里·凯杜里:《民族主义》,张明明译,中央编译出版社2002年版。

余英时:《知识分子立场——激进与保守之间的动荡》,时代文艺出版社2000年版。

安东尼·吉登斯:《社会的构成》,李康、李猛译,北京三联书店1998年版。

泰勒·何德兰、坎贝尔·布朗士:《孩提时代:两个传教士眼中的中国儿童生活》,王鸿涓译,金城出版社2011年版。

周忠和:《俄苏作家论儿童文学》,河南少年儿童出版社1983年版。

金燕玉:《中国童话史》,江苏少年儿童出版社1992年版。

刘禾:《跨语际实践——文学,民族文化与被译介的现代性(中国:1900—1937)》,宋伟杰等译,北京三联书店2002年版。

塞缪尔·亨廷顿:《文明的冲突与世界秩序的重建》,周琪等译,新华出版社1998年版。

王泉根:《中国现代儿童文学文论选》,广西人民出版社1989年版。

丰子恺:《丰子恺文集》,浙江文艺出版社、浙江教育出版社1992年版。

乐黛云、张辉:《文化传递与文学形象》,北京大学出版社1999年版。

周宁:《跨文化研究:以中国形象为方法》,商务印书馆2011年版。

提摩太·夏纳罕、罗宾·王:《理性与洞识——东方与西方求索道德智慧的视角》,王新生等译,复旦大学出版社2012年版。

颜海平:《中国现代女性作家与中国革命,1905—1948》,季剑青译,北京大学出版社2011年版。

尼古拉·别尔嘉耶夫:《人的奴役与自由》,徐黎明译,贵州人民出版社1994年版。

张京媛主编:《后殖民理论与文化批评》,北京大学出版社1999年版。

吴其南:《中国童话发展史》,少年儿童出版社2007年版。

刘晓东:《儿童精神哲学》,南京师范大学出版社1999年版。

梅子涵等:《中国儿童文学5人谈》,新蕾出版社2001年版。

林毓生：《中国传统的创造性转化（增订本）》，北京三联书店 2011 年版。

伊夫·瓦岱：《文学与现代性》，田庆生译，北京大学出版社 2001 年版。

露丝·本尼迪克：《文化模式》，何锡章、黄欢译，华夏出版社 1987 年版。

杨实诚：《儿童文学美学》，山西教育出版社 1994 年版。

李红叶：《安徒生童话的中国阐释》，中国和平出版社 2005 年版。

김계자・이민희，《일본 프로문학지의 식민지 조선인 자료 선집》, 도서출판 문, 2012.

김영순，《한일아동문학 수용사 연구》, 채륜, 2013.

김요섭 편，《현대일본아동문학론》, 보진재, 1974.

김제곤，《윤석중 연구》, 청동거울, 2013.

김환희，《옛이야기의 발견》, 우리교육, 2007.

류종렬，《이주홍과 근대문학》, 부산외국어대학교 출판부, 2004.

류종렬 편，《이주홍의 일제강점기 문학 연구》, 국학자료원, 2004.

민족문학사연구소 기초학문연구단 편，《제도로서의 한국 근대문학과 탈식민성》, 소명출판, 2008.

박경수，《아동문학의 도전과 지역 맥락-부산・경남지역 아동문학의 재인식》, 국학자료원, 2010.

역사문제연구소 문학사연구모임 편，《카프문학운동연구》, 역사비평사, 1989.

원종찬，《동화와 어린이》, 창비, 2004.

원종찬，《북한의 아동문학》, 청동거울, 2012.

원종찬，《아동문학과 비평정신》, 창작과비평사, 2001.

원종찬，《한국 근대문학의 재조명》, 소명출판, 2005.

원종찬，《한국아동문학의 쟁점》, 창비, 2010.

이재복，《우리 동요동시 이야기》, 우리교육, 2004.

이재복，《우리 동화 바로 읽기》, 소년한길, 1995.

이재철，《한국현대아동문학사》, 일지사, 1978.

인하 BK 한국학사업단 편，《동아시아한국학입문》, 역락, 2008.

임규찬 편，《일본프로문학과 한국문학》, 연구사, 1987.

최원식，《민족문학의 논리》, 창작과비평사, 1982.

최원식,《생산적 대화를 위하여》, 창작과비평사, 1997.

최원식,《문학의 귀환》, 창작과비평사, 2001.

최원식 외,《동아시아한국학의 이론과 실제》, 태학사, 2013.

한국아동청소년문학학회 편,《한국 아동청소년문학 장르론》, 청동거울, 2013.

가가와 도요히코, 홍순명 역,《우애의 경제학》, 그물코, 2009.

호쇼 마사오 외, 고재석 역,《일본현대문학사 (상)》, 문학과지성사, 1998.

호쇼 마사오 외, 고재석 역,《일본현대문학사 (하)》, 문학과지성사, 1998.

柄谷行人:《現代日本文学的起源》,赵京华译,北京三联书店 2006 年版。

宫川健郎:《日本现代儿童文学》,黄家琦译,三民书局(台北)2001 年版。

鳥越信著.《はじめて学ぶ日本児童文学史》,ミネルヴア書房,2001.

村松定孝,上笙一郎編.《日本児童文学研究》,三弥井書店,1974.

根本正義著.《「赤い鳥」盛衰史》,高文堂書店,1969.

熊谷孝著.《児童観の推移と日本児童文学》,文学と教育,1967.

横谷輝著,日本子どもの本研究会編.《横谷輝児童文学論集》(第 2 巻),偕成社,1974.

日本児童文学者協会編.《児童文学の戦後:1946—1954(現代児童文学論集;第 1 巻)》,日本図書センター,2007.

関英雄著.《新編児童文学論》,新評論社,1968.

饒平名智太郎編.《プロレタリア藝術教程 第 4 輯》,世界社,1930.

菅忠道著.《日本の児童文学(増補改訂版)》,大月書店,1966.

蔵原惟人,手塚英孝編.《物語プロレタリア文学運動(上)》,新日本出版社,1967.

児童文学者協会編.《児童文学入門》,牧書店,1957.

日本児童文学学会編.《世界児童文学概論》,東京書籍,1976.

日本児童文学者協会編.《児童文学読本(すばる児童文学研究)》,すばる書房,1977.

日本児童文学学会編.《児童文学事典》,東京書籍,1988.

児童文学者協会編.《日本児童文学代表作集：年刊 5 集》,渡辺三郎絵,あかね書房,昭和 28.

石沢小枝子,上笙一郎編.《児童文学とわたし：講演集》,梅花女子大学児童文学会,1992.

日本児童文学者協会編.《戦後児童文学の50 年》,文渓堂,1996.

村松定孝,上笙一郎編.《日本児童文学研究（叢書近代文芸研究)》,三弥井書店,1974.

上笙一郎著.《日本児童文学研究史》,港の人,2004.

上笙一郎著.《日本児童史の開拓》,小峰書店,1989.

巌谷小波著.《こがね丸（巌谷小波お伽噺文庫)》,大和書房,1976.

植田敏郎著.《巌谷小波とドイツ文学：〈お伽噺〉の源》,大日本図書,1991.

Perry Nodelman, *The Pleasures of Children's Literature*, Pearson, 2002.

Maria Nikolajeva, *Children's Literature Comes of Age: Toward a New Aesthetic*, Routledge, 1996.

Mavis Reimer, *Such a Simple Little Tale: Critical Responses to L. M. Montgomery's Anne of Green Gables*, Scarecrow Press, 1992.

Barbara Wall, *The Narrator's Voice: The Dilemma of Children's Fiction*, New York: St. Martins Press. 1991.

Mary Ann Farquhar, *Children's Literature in China: From Lu Xun to Mao Zedong*, New York: M.E. Sharpe Inc., 1999.

Yi-Fu Tuan, *Topophilia: A Study of Environmental Perception, Attitudes, and Values*, Columbia University Press, 1974.

Limin Bai, *Shaping the Ideal Child: Children and Their Primers in Late Imperial China*, Hong Kong: The Chinese University of Hong Kong Press, 2005.

Anne Behnke Kinney, ed., *Chinese Views of Childhood*, Honolulu: University of Hawaii Press, 1995.

Jack Zipes, *Fairy Tales and the Art of Subversion: The Classical Genre for Children and the Process of Civilization*, 2nd ed, New York: Routledge, 2006.

### 3. 论文

蒋风:《中日儿童文学交流的回顾及前瞻》,《文科教学》1995年第2期。

王泉根:《三十年代中国儿童文学现象的历史透视》,《西南师范大学学报》1997年第2期。

王泉根:《"五四"与中国儿童文学的现代转型》,《中国现代文学研究丛刊》1997年第1期。

王泉根:《"成人化"剥夺了童年的滋味》,《文汇报》2004年2月16日。

王泉根:《稻草人主义:中国现代儿童文学的美学精神》,《浙江师大学报(社会科学版)》1990年第2期。

张美红:《中韩现代儿童文学形成过程比较研究》,北京师范大学2008年博士学位论文。

朱自强:《中日儿童文学术语异同比较》,《东北师大学报》1993年第5期。

朱自强:《"童话"词源考——中日儿童文学早年关系侧证》,《东北师大学报》1994年第2期。

朱自强:《二十世纪日本少年小说纵论》,《浙江师大学报》1994年第6期。

朱自强:《战后日本儿童文学的变革》,《东北师大学报》1991年第6期。

朱自强:《两个"现代"——论中国儿童文学的矛盾性与复杂性》,《文艺争鸣》2000年第3期。

朱自强:《二十世纪中国儿童文学理论走向——中西方儿童文学关系史视角》,《社会科学战线》1996年第1期。

朱自强:《儿童文学的双重读者结构及其对创作的影响》,《昆明学院学报》2009年第4期。

朱自强:《论新文学运动中的儿童文学》,《上海师范大学学报(哲学社会科学版)》2013年第4期。

陈红旗:《"日本体验"与中国左翼文学的发生》,《贵州师范大学学报》2005年第5期。

许萌:《在幻想与现实之间——张天翼童话创作研究》,兰州大学2007

年硕士学位论文。

李利芳:《论中国现当代儿童文学中的儿童观》,《兰州大学学报(社会科学版)》2000年第1期。

方卫平:《童年写作的厚度与重量——当代儿童文学的文化问题》,《文艺争鸣》2012年第10期。

秦弓:《五四时间儿童文学翻译的特点》,《中国社会科学院研究生院学报》2004年第4期。

杨念群:《亲密关系变革中的"私人"与"国家"》,《读书》2006年第10期。

吴其南:《"复演说"和成人对儿童的殖民》,《阴山学刊》2012年第2期。

谈凤霞:《论中国现代儿童文学发生期的审美困境》,《南京师大学报(社会科学版)》2005年第3期。

陈晖:《中国当代儿童观与儿童文学观》,《文艺争鸣》2013年第2期。

姜彩燕:《试比较鲁迅与丰子恺的儿童教育思想》,《西北大学学报(哲学社会科学版)》2010年第5期。

刘进才:《被发现的风景——国语运动与现代儿童文学的兴起》,《河南大学学报(社会科学版)》2009年第6期。

金莉莉:《儿童文学叙事中的权力与对话》,《湖南大学学报(社会科学版)》2006年第6期。

沈琪芳:《改造国民性语境下的儿童教育》,《浙江学刊》2009年第5期。

孙建国:《清末民初:中国现代儿童文学的起源》,《中国现代文学研究丛刊》2010年第5期。

金燕玉:《茅盾的儿童文学翻译》,《苏州大学学报(哲学社会科学版)》1986年第1期。

王黎君:《〈新青年〉与中国现代儿童文学的发生》,《中国现代文学研究丛刊》2010年第5期。

王永洪:《朦胧的群像——20世纪中国儿童文学人物形象论》,《北京师范大学学报(社会科学版)》1999年第2期。

丘铸昌:《20世纪初中国儿童文学园地里的译作》,《外国文学研究》2000年第3期。

김민령,《한일 아동문학의 판타지 시공간 비교 연구-이원수의〈숲속 나라〉와 사토 사토루의〈아무도 모르는 작은 나라〉》,《아동청소년문학연구》제 7 호, 한국아동청소년문학학회, 2010.

김성진,《1930 년대 이주홍의 동화 연구》,《현대소설연구》22 호, 한국현대소설학회, 2004.

김영순,《근대 한일아동문학 유입사 연구-일본 동요 장르의 한국으로의 수용》,《아동청소년문학연구》제 10 호, 한국아동청소년문학학회, 2012.

김영순,《일본 동화 장르의 변화 과정과 한국으로의 수용: 일본근대아동문학사 속에서의 흐름을 중심으로》,《아동청소년문학연구》제 4 호, 한국아동청소년문학학회, 2009.

김영순,《한일 근대 창작 동화 속에 투영된 일생의례의 특징》,《아동청소년문학연구》제 12 호, 한국아동청소년문학학회, 2013.

김영순,《1930 년대에 교차하는 한국과 일본의 아동문학》,《아동청소년문학연구》제 7 호, 한국아동청소년학회, 2010.

김태영,《조선에서 전개된 프로레타리아 음악 운동에 관한 고찰》, 한국예술종합학교 음악원 석사논문, 2003.

나까무라 오사무,《조선아동문화 연구(1920—1945)》,《아동청소년문학연구》제 14 호, 한국아동청소년문학학회, 2014.

남해선,《한·중 '童話' 개념의 정착 및 변화과정 연구》, 인하대학교 석사논문, 2012.

두전하,《단재 신채호의 문학과 무정부공산주의》,《한국학연구》제 25 집, 인하대학교 한국학연구소, 2011.

두전하,《이주홍과 장톈이의 아동문학 비교 연구-카프와 좌련 시기를 중심으로》,《동화와번역》제 26 집, 건국대학교 동화와번역연구소, 2013.

두전하,《카프와 좌련 시기의 아동문학론 고찰》,《한국아동문학연구》제 24 호, 한국아동문학학회. 2013.

두전하,《한일 프롤레타리아동요 비교 연구-〈불별〉과〈작은 동지(小さい同志)〉를 중심으로》,《한국아동청소년문학연구》제 14 호, 한국아동청소년문학학회, 2014.

류종렬,《이주홍과 부산지역문학》,《현대소설연구》제 19 호, 한국현대소설학회, 2003.

류종렬,《이주홍의 프로문학 연구》,《비교문화연구》14집, 부산외국어대학교 비교문화연구소, 2003.

마성은,《1950년대 조선〈아동문학〉과 동아시아적 감각-작품 속에 나타난 중국인상을 중심으로》,《아동청소년문학연구》제8호, 한국아동청소년문학학회, 2011.

마성은,《1960년대 조선〈아동문학〉과 프롤레타리아 국제주의》,《아동청소년문학연구》제12호, 한국아동청소년문학학회, 2013.

마성은,《1980—1990년대 중국조선족아동소설 연구-〈20세기중국조선족아동문학선집〉에 수록된 작품들을 중심으로》,《한국아동문학연구》제12호, 한국아동문학학회, 2011.

박경수,《계급주의 동시 이해의 밑거름-프롤레타리아 동요집〈불별〉에 대하여》,《지역문학연구》제8호, 경남·부산지역문학회, 2003.

박경수,《잊혀진 시인, 김병호(金炳昊)의 시 세계》,《한국시학연구》9집, 한국시학회, 2003.

박태일,《이주홍의 초기 아동문학과〈신소년〉》,《현대문학이론연구》제18호, 현대문학이론학회. 2002.

심명숙,《한국근대 아동문학론 연구》, 인하대학교 석사논문, 2002.

심은정,《한·일 국어교과서의 전래동화 교재연구》,《동일어문연구》제13집, 동일어문학회, 1998.

심은정,《한·일 전래동화 비교연구-일본 소학교 국어교과서에 실린〈줄지 않는 볏단(へらない稲束)〉을 중심으로》,《일어일문학연구》제55호, 한국일어일문학회, 2005.

심은정,《한·일 전래동화 비교연구-일본 소학교 국어교과서에 실린 한국전래동화》를 중심으로, 동덕여자대학교 박사논문, 2004.

악용,《한국카프와 중국 좌련의 프로시 비교연구》, 건국대학교 석사논문, 2011.

오오다케 기요미(大竹聖美),《근대 한일 아동문화교육 관계사 연구(1895—1945)》, 연세대학교 교육학과 박사논문, 2002.

오오타케 키요미,《이와야 사자나미(巖谷小波)와 근대 한국》,

《한국아동문학연구》제 15 호, 한국아동문학학회, 2008.

오오타케 키요미, 《〈조선동화〉와 호랑이-근대 일본인의 〈조선동화〉인식》, 《동화와번역》제 5 집, 건국대학교 동화와번역연구소, 2003.

오오타케 키요미, 《1920 년대 일본의 아동총서와 〈조선동화집〉》, 《동화와번역》제 2 집, 건국대학교 동화와번역연구소, 2001.

원종찬, 《계보에 비추어 본 이주홍 아동문학의 특질-카프 시기의 성과를 중심으로》, 《문학교육학》제 38 호, 한국문학교육학회, 2012.

원종찬, 《근대 한국아동문학에 나타난 중국인 이미지》, 《동북아문화연구》제 25 집, 동북아시아문화학회, 2010.

원종찬, 《일제강점기의 동요·동시론 연구-한국적 특성에 관한 고찰》, 《한국아동문학연구》제 20 호, 한국아동문학학회, 2011.

원종찬, 《중도와 겸허로 이룬 좌우 합작-1920 년대 아동잡지 〈신소년〉》, 《창비어린이》 2014 년 여름호.

원종찬, 《한국 동화 장르에 관한 연구: 동아시아 각국과 다른 '동화' 개념의 연원》, 《민족문학사연구》제 30 호, 민족문학사연구소, 2006.

원종찬, 《韓·日 아동문학의 기원과 성격 비교: 방정환과 한국 근대아동문학의 본질》, 《한국학연구》제 11 집, 인하대학교 한국학연구소, 2000.

윤주은, 《槇本楠郎와 이주홍의 프롤레타리아 아동문학 비교》, 부산외국어대학교 박사논문, 2007.

이순욱, 《카프의 매체 투쟁과 프롤레타리아 동요집 〈불별〉》, 《한국문학논총》제 37 집, 한국문학회, 2004.

이재철, 《한일 아동문학의 비교연구(Ⅰ)》, 《한국아동문학연구》 창간호, 1990.

이재철, 《향파 이주홍 선생의 문학세계-해학적 문장, 건강한 리얼리즘》, 《아동문학평론》제 12 호, 한국아동문학연구원, 1987.

이정임, 《이주홍 초기 사실 동화 연구》, 부산대학교 석사논문, 2003.

장영미, 《이주홍 동화의 현실 인식 연구》, 성신여자대학교 석사논문, 2004.

정금자,《이주홍 동화의 인물 유형 연구》, 창원대학교 석사논문, 2003.

정선혜,《이주홍 아동소설의 문학 구조 탐색》,《한국아동문학연구》제 13 호, 한국아동문학학회. 2007.

정춘자.《이주홍 연구: 창작동화와 소년소설을 중심으로》, 단국대학교 석사논문, 1990.

조리리,《이기영의〈고향〉과 모순의〈농촌삼부곡〉의 비교 연구》, 아주대학교 석사논문, 2011.

조평환,《한·중 동화의 비교 연구-〈개와 고양이〉와〈신필마량(神筆馬良)을 중심으로〉》,《동화와번역》제 18 권, 2009.

최지희,《한·일 전래동화의 요괴담 비교 연구》, 울산대학교 교육대학원 석사논문, 2004.

한연,《한·중 동화문학 비교 연구》, 전남대학교 박사논문, 2002.

호배배,《한국 카프와 중국 좌련에 대한 비교 연구: 조직과 문학 논쟁을 중심으로》, 대구대학교 석사논문, 2011.

莽永彬:《铃木三重吉与日本现代儿童文学》,《东北师大学报(哲学社会科学版)》1981 年第 1 期。

浅野法子:《二十世纪初期日中儿童杂志研究——以〈赤鸟〉和〈儿童世界〉为例》,2010 年第十届亚洲儿童文学大会论文。

王瑜.《『赤い鳥』に関する研究——大正期日本創作児童文学の一側面として》,《同志社国文学》,2008.

横谷輝.《プロレタリア児童文学運動とはなにか-その成果と欠陥》,村松定孝·上笙一郎編,《日本児童文学研究》,三弥井書店,1974.

季穎.《日本における中国児童文学及び日本児童文学における中国》,聖和大学博士論文,2008.

猪野省三.《プロレタリア児童文学運動の思い出》,《日本児童文学(プロレタリア児童文学特集)》,日本児童文学者協会,1971.11.

金永順.《殖民地時代の日韓児童文学交流史研究:朝鮮総督府機関紙「毎日申報」子ども欄を中心に》,梅花女子大学博士論文,2007.

桑原三郎.《日本近代児童文学史の研究》,慶應義塾大学博士論文,1988.

大木葉子.《日本近代児童文学の研究》,東北大学博士論文,2017.

大澤千恵子.《児童文学の宗教性:「宗教」・子ども・ファンタジー》,東京大学博士論文,2011.

谷本誠剛.《昔話と児童文学の文体と表現:昔話から創作昔話へ》,筑波大学博士論文,2004.

菅忠道,砂田弘.《「プロレタリア児童文学」をめぐって》,《日本児童文学(プロレタリア児童文学特集)》,日本児童文学者協会,1971.11.

菅忠道.《プロレタリア児童文学について》,《日本児童文学》(26),1980.3.

松沢信祐.《プロレタリア児童文学と小林多喜二の役割》,《近代文学研究》(通号14),1997.2.

川崎大治.《そのころの思い出の中から》,《日本児童文学(プロレタリア児童文学特集)》,日本児童文学者協会,1971.11.

井野川潔.《新興童話作家連盟と教育文芸家協会——プロレタリア児童文学運動と教育運動》,《日本児童文学》17(11),日本児童文学者協会,1971.11.

大竹聖美.《プロレタリア児童文化と朝鮮——『少年戦旗』と『赤い旗』の考察》,《あそび文化研究》(2),2005.3.

# 后　记

"东方儿童文学"一直是我比较感兴趣的一个研究主题,考虑到自己的外语优势,本研究从"东亚儿童文学"入手,后续将继续拓展研究领域,以待更全面地考察东方儿童文学与西方儿童文学的差异,探究东方儿童文学的特性。聚焦二十世纪二三十年代左翼文学思潮影响下的东亚儿童文学,可以很好地廓清东亚儿童文学与西方儿童文学之间的异同。

近代的西方国家从资本主义走上帝国主义扩张道路,积累了雄厚的财富和资本,并在这一基础上构建了西方儿童文学,很多儿童文学作品是为"温饱的"孩子创作的,所以"儿童性"和"文学性"会表现得强一些。而这一时期东亚大部分国家和地区处于帝国主义统治之下的殖民地或半殖民地状态,在这一基础上形成发展的东亚儿童文学与"文学思潮""文学运动"之间存在着密切的联系,"社会性(政治性)"会相对突出一些。虽然西方帝国体制之内也存在着贫富差距,但是相对而言,这一时期的东亚诸国家的绝大多数儿童在苦难的生活中挣扎度日,特别是处在殖民地、半殖民地的儿童,他们小小年纪就不得不去做工,被繁重的劳动所累,每天都处于吃不饱睡不足的状态,而且很难有受教育的机会。受左翼文学思潮影响的东亚的儿童文学诸作家看到儿童们每天在悲惨的生活中挣扎,内心充满同情怜悯,他们对存在的阶级矛盾感到愤怒,于是选择为广大贫苦的儿童创作文学作品,想为孤弱无依的他们送去温暖和力量。读这一时期的作品,能够从字里行间感受到作家们那颗赤诚火热的心,并感受到他们强烈的时代责任意识。

当然要廓清的一点是有时代责任意识,并不意味着这些作品在当下就一定会得到儿童的喜爱,只彰显"社会性"的作品很难引起读者的阅读兴趣，只有"儿童性""文学性"并存的作品，才能超越时空，成为永远的经典。所以关注左翼文学思潮影响下的东亚儿童文学这一研究主题，探索东亚儿童文学的特性，不仅具有重要的文学史意义，也是对"儿童文学"的本质进行一次根本的探问。在读博期间我带着这些问题意识不断地进行思考，这些研究思路的花火，在来浙江师范大学人文学院工作之后变得更加闪亮，最终汇成一片，成就了此书的面世。

对于我而言，能来到浙江师范大学做儿童文学的教学和研究工作，是一件极其幸运而幸福的事。记得2013年在世界儿童文学大会上与耄耋之年的蒋风老师进行交流的时候，被他的热忱打动，年过九十却依然倾情投身于儿童文学事业，是多么值得尊敬。感恩最终能来到蒋老师还在坚守的这片"童真"天地，并遇到了众多让我心怀感恩的人。感谢高玉教授在课题研究和论文写作上不断地进行指导和督促，让我的学术眼界更为开阔，在学术这条道路上能够走得更为坚定；感谢温文尔雅的吴翔宇教授总是不吝赐教，无论是工作上还是学术研究上，给予我很多的启发和鼓舞；感谢钱淑英老师、汤汤老师、孙杰老师、徐枫老师、郭媛老师等同事们像春日的暖风相伴左右，给予我众多支持；感谢虽相隔千里，却一直给予我最温暖关怀的郭蕊老师、刘茵老师，幸而相知，情谊长存；感恩知遇儿童文学研究的巨匠楷模朱自强教授、方卫平教授，他们犹如灯塔一般指引后辈研究者奋勇向前。感谢浙江师范大学出版基金资助（Publishing Foundation of Zhejiang Normal University），为这本书的出版提供有力支持。另外，特别感谢南京大学出版社能够促成此书的出版。还有，向无论是物质上还是精神上，都给予我强大后盾支持的父母和家人、师长和朋友致谢，没有你们的关心和帮助，不可能有这本小书的面世。

一年前，儿子简简的到来，为我的生活开启了一个新纪元。对于从事儿童文学专业学习和研究的我来说，能够近距离地拥抱和观察这样一个富有生命力的存在，实在是世上第一幸福的事情。"你是爱，是暖，是希望，你是人间的四月天！"我的心被柔软感恩的情愫填满，感谢宝贝的到来，让我的世界有了更多五彩斑斓的梦想。既要照顾宝宝，又要从事教学和科研的日子有些辛苦，时间被日常琐事填满，有时夜里一两点还在整理和打磨书稿。望着万家灯火在黑夜里一一隐去，天上星星若隐若现，眼睛闪烁充满

朦胧睡意，心中却有一轮明月升起，内心充满了光亮和力量，我知道这就是"爱的力量"。家有小儿初长成，我愿带着这份厚实的力量，不忘微笑，继续"向黑夜挑战，向白天、月亮挑战"。

最后，向心爱的丈夫表示尊敬和感谢，感谢一直以来的宠爱和守护，知音难求，就在枕边，执子之手，与子偕老，愿牵手看遍世界大千风景，继续一起书写人生这本大书，此生别无他求。

是为后记。

窦全霞
2023 年 9 月记于浙江师范大学

图书在版编目(CIP)数据

左翼文学思潮与东亚儿童文学 / 窦全霞著. --南京：南京大学出版社，2024.8
　　ISBN 978 - 7 - 305 - 27444 - 2

　　Ⅰ.①左… Ⅱ.①窦… Ⅲ.①左翼文化运动-文学研究②儿童文学-文学研究-东亚-现代　Ⅳ.①I209.6②I310.78

中国国家版本馆 CIP 数据核字(2023)第 244432 号

出版发行　南京大学出版社
社　　址　南京市汉口路 22 号　　邮　编　210093
ZUOYI WENXUE SICHAO YU DONGYA ERTONG WENXUE
**书　　名　左翼文学思潮与东亚儿童文学**
著　　者　窦全霞
责任编辑　郭艳娟
照　　排　南京紫藤制版印务中心
印　　刷　江苏凤凰数码印务有限公司
开　　本　718 毫米×1000 毫米　1/16　印张 16.5　字数 300 千
版　　次　2024 年 8 月第 1 版
印　　次　2024 年 8 月第 1 次印刷
ISBN　978 - 7 - 305 - 27444 - 2
定　　价　68.00 元

网　　址　http://www.njupco.com
官方微博　http://weibo.com/njupco
官方微信　njupress
销售热线　025 - 83594756

＊ 版权所有，侵权必究
＊ 凡购买南大版图书，如有印装质量问题，请与所购
　图书销售部门联系调换